आर.पी. नरोन्हा

आर.पी. नरोन्हा का जन्म 14 मई, 1916 को हैदराबाद में हुआ था। उन्होंने लोयाला कॉलेज, मद्रास से बी.ए. और लंदन स्कूल ऑफ इकोनॉमिक्स से बी.एस-सी. किया। 1938 में इंडियन सिविल सर्विसेस परीक्षा में द्वितीय स्थान प्राप्त कर उन्होंने आई.सी.एस. के तत्कालीन मध्यप्रांत संवर्ग में प्रवेश किया।

उनकी प्रशासनिक क्षमताओं और आदिवासियों के प्रति सहानुभूति ने उन्हें अपने जीवनकाल में ही चर्चित व्यक्तित्व बना दिया था। 1961 में गोवा की आजादी के बाद वे उसके पहले मुख्य नागरिक प्रशासक बने। वे 1963 में मध्यप्रदेश के मुख्य सचिव नियुक्त हुए और मई, 1974 में उसी पद से सेवानिवृत्त हुए। पंजाब में 1968 और मध्यप्रदेश में 1977 में लगे राष्ट्रपति शासन के दौरान उन्हें राज्यपाल का सलाहकार नियुक्त किया गया था।

उनकी बेहतरीन सेवाओं के लिए 1975 में उन्हें 'पद्मभूषण' से अलंकृत किया गया। 23 नवंबर, 1982 को उनका देहावसान हुआ। उनकी स्मृति में मध्यप्रदेश सरकार ने अपनी शीर्षस्थ प्रशिक्षण संस्था—प्रशासन अकादमी—का नामकरण उनके नाम पर किया है ।

इन्द्रनील शंकर दाणी

इन्द्रनील शंकर दाणी का जन्म सन् 1955 में जबलपुर, मध्यप्रदेश में हुआ। उन्होंने बी.ई. (इलेक्ट्रॉनिक्स एंड टेलीकम्यूनिकेशन), एल.एल.बी. और मास्टर ऑफ सोशल साइंस (डेवलपमेंट एडमिनिस्ट्रेशन) की उपाधि प्राप्त की।

वर्ष 1980 में भारतीय प्रशासनिक सेवा में चयनित और मध्यप्रदेश संवर्ग आवंटित। सेवाकाल के दौरान कलेक्टर, कमिश्नर, सचिव, प्रमुख सचिव, अपर मुख्य सचिव आदि विभिन्न पदों पर 35 वर्ष का प्रशासनिक अनुभव।

सेवाकाल के दौरान उन अनेक स्थानों पर पदस्थापना मिली जहाँ पर श्री नरोन्हा पूर्व में कार्यरत थे। श्री नरोन्हा की तरह ही उन्होंने बस्तर जिले के सुदूर क्षेत्र अबूझमाड़ की पदयात्रा उन्होंने की।

एक अनाड़ी की कही कहानी

आर.पी. नरोन्हा

अनुवाद

इन्द्रनील शंकर दाणी

संपादन

सुधीर रंजन सिंह

राजकमल पेपरबैक्स

A Tale Told By An Idiot का हिन्दी अनुवाद

पहला पुस्तकालय संस्करण
राजकमल प्रकाशन प्राइवेट लिमिटेड द्वारा
2015 में प्रकाशित

राजकमल पेपरबैक्स में
पहला संस्करण : 2025

राजकमल पेपरबैक्स : उत्कृष्ट साहित्य के जनसुलभ संस्करण

राजकमल प्रकाशन प्रा.लि.
1-बी, नेताजी सुभाष मार्ग, दरियागंज
नई दिल्ली-110 002
द्वारा प्रकाशित

शाखाएँ : अशोक राजपथ, साइंस कॉलेज के सामने, पटना-800 006
पहली मंजिल, दरबारी बिल्डिंग, महात्मा गांधी मार्ग, प्रयागराज-211 001
1, अनमोल सोराबजी संतुक लेन, धोबी तलाव, मरीन लाइंस, मुम्बई-400 002
वेबसाइट : www.rajkamalprakashan.com
ई-मेल : info@rajkamalprakashan.com

बी.के. ऑफसेट
नवीन शाहदरा, दिल्ली-110 032
द्वारा मुद्रित

मूल्य : ₹ 299

EK ANARI KI KAHI KAHANI
Memoirs by R.P. Noronha
Translated by Indraneel Shankar Dani

ISBN : 978-93-6086-011-0

मुझे भाषा का परिचय कराने वाली
माँ
श्रीमती सिन्धु दाणी
की स्मृति में

अभिस्वीकृति

इस हिंदी रूपांतरण को तैयार करने का निश्चय फरवरी, 2015 में किया गया। चार माह की अल्प अवधि में काम पूरा करके छापने और पाठकों के हाथों में पहुँचाने का कार्य मुझे स्वयं आश्चर्य में डालता है। अनेक व्यक्तियों और संस्थानों से मिले सहयोग और मदद के बिना यह संभव नहीं था।

सर्वप्रथम मैं नरोन्हा फाउंडेशन और विशेष रूप से उसके अध्यक्ष श्री अशोक नरोन्हा का आभारी हूँ जिन्होंने मूल पुस्तक का हिंदी रूपांतरण करने की अनुमति और कॉपीराइट अधिकार उपलब्ध कराए हैं।

संपादन और संशोधन के लिए श्री सुधीर रंजन सिंह ने अपनी सहर्ष सहमति दी और पूरे मनोयोग के साथ कार्य संपन्न किया। आवरण का रूपांकन श्री विवेक ने किया है। प्रशासन अकादमी के संकाय सदस्य प्रो. प्रमोद चतुर्वेदी ने लेखन और मुद्रण की समस्त प्रशासकीय व्यवस्थाएँ मुस्तैदी के साथ देखीं। राजकमल प्रकाशन ने इस पुस्तक को त्वरित गति से प्रकाशित कर उपलब्ध कराया है।

पुस्तक की पांडुलिपि टंकित करने में प्रशासन अकादमी के श्री मुकुन्द गौर ने बहुमूल्य सचिवालयीन मदद दी। अकादमी के ही श्री मिन्टू समद्दार ने सपोर्ट स्टाफ के रूप में आवश्यक सहयोग किया।

और जीवन-संगिनी वीणा का अदृश्य लेकिन प्रमुख सहारा कैसे भूल पाऊँगा जिन्होंने इस आपाधापी के दौरान पारिवारिक मोर्चा अकेले ही सँभालकर मुझे 'फ्री हैंड' दिया। मनोविज्ञान की प्राध्यापिका होने से उनसे कतिपय तकनीकी शब्दों के सटीक अनुवाद में भी मदद मिली।

इन सभी के प्रति मैं अपनी गहरी कृतज्ञता व्यक्त करता हूँ।

—इन्द्रनील शंकर दाणी

अनुक्रम

आरंभ का अंत

मैं मज़े-मज़े में आई.सी.एस.बन गया। मेरा कोई मन नहीं था, मैं तो फ़ोटो-जर्नलिस्ट बनना चाहता था। मेरे इंग्लैंड जाते समय मेरी माँ ने मुझ पर प्रतियोगी परीक्षा में बैठने की आवश्यकता का दबाव बनाया था। परीक्षा में बैठने का प्रथम अवसर जब मैंने जानबूझकर गँवा दिया तब मेरी माँ अपना धैर्य और शायद अपने इकलौते बेटे में अटूट विश्वास खो बैठी और उसने मुझे आई.सी.एस. परीक्षा के सभी फार्म और उससे संबंधित प्रमाणपत्र भिजवा दिये। उसने संवेदनशील संकेत भी दे दिया कि यदि मैं परीक्षा में नहीं बैठा तो मुझे मिल रही वृत्ति सहसा काल-कवलित हो जाएगी। मैं परीक्षा में बैठा, मेरे लिए आश्चर्य का विषय था कि मेरा चयन हो गया। इससे भी बड़ा आश्चर्य यह था कि हिंदुस्तानी प्रतिभागियों की सूची में मेरा प्रथम स्थान था और तब से प्रतियोगी परीक्षाओं में मेरी कोई आस्था नहीं रह गई है।

शिकार की रुचि के कारण मैंने अपनी प्रथम वरीयता मध्यप्रांत और बरार दर्शाई थी और सौभाग्यवश मुझे वह प्राप्त भी हो गया। एक माह अवकाश के बाद 1939 के वर्षांत में सहायक आयुक्त नागपुर के पद पर मेरी नियुक्ति हुई। इस प्रादेशिक मुख्यालय पर पदस्थापना का प्रमुख उद्देश्य मुझे ज़िले में जाने के पूर्व उच्च पदाधिकारियों से मुलाकातें करने या उन्हें मेरा आकलन करने का अवसर प्रदान करना था। नागपुर में आई.सी.एस. के मध्यप्रांत संवर्ग में अँगरेज़ और भारतीय लगभग सम संख्या में थे। यहाँ न केवल अँगरेज़ और भारतीय अधिकारियों के बीच की फूटों के बारे में पता चला, बल्कि भारतीय और भारतीय अधिकारियों के बीच और अँगरेज़ और अँगरेज़ अधिकारियों के बीच विद्यमान फूटों की सुदीर्घ श्रेणी से मेरा पहला साक्षात्कार हुआ। इस समय तक गौरांग महाप्रभुओं के समाज के द्वारा मात्र उन्हें झेल लिया जाना भारतीयों ने लगभग अस्वीकार कर दिया था। गोरों के क्लब (सी.पी. क्लब) की सदस्यता ग्रहण करने की उन्हें अनुमति तो थी लेकिन बिना मताधिकार के, जो एक असहनीय स्थिति थी। इसकी प्रतिक्रिया में वरिष्ठ हिंदुस्तानी अधिकारियों ने एकजुट होकर और ऋण लेकर एक गोंडवाना क्लब स्थापित किया जो एक नितांत भारतीय क्लब था और जिसमें यूरोपियनों का प्रवेश निषिद्ध था। हजारी पहाड़ क्षेत्र में एक पहाड़ी पर मनोहारी गोंडवाना क्लब स्थित था और वह पुराने और कुछ-कुछ

लथेड़े गए सी.पी. क्लब की तुलना में इतना श्रेष्ठ था कि उससे अँगरेज़ अधिकारियों में कुछ कड़वाहट उदित हुई होगी। एक-दूसरे के क्लबों में प्रवेश वर्जित होने के कारण अँगरेज़ और हिंदुस्तानी अधिकारी आपस में दफ़्तरों में और कभी-कभी घरों में तो मिल लेते थे, लेकिन अपने क्लबों में कभी भी नहीं! यद्यपि सामाजिक सौजन्यता का पालन होता था, जिसका पालन करते हुए मैंने बिना रंगभेद के अपने सभी वरिष्ठों से मुलाकातें कीं। जिस निगाह से उन्होंने मुझे देखा-परखा, वह जंगल बुक की याद दिलाता था : 'ए भेड़ियो, ठीक से देख लो'। सच में मुझे लगा मानो मैं एक भेड़िए का शावक हूँ जिसे टोली के द्वारा सूँघा जा रहा हो!

तत्कालीन मुख्य सचिव चन्दूलाल त्रिवेदी एक तेजस्वी पुरुष थे, जो एक ऐसी सेवा में अपना स्थान बना चुके थे, जिसमें भर्तियाँ मूर्खों में से तो अवश्य ही नहीं हुई थीं। गवर्नर के सचिव आर.एन बॅनर्जी थे जो अपनी तरह से उतने ही क़ाबिल थे। दुर्भाग्यवश किन्हीं कारणों से, जिन्हें मैं कभी समझ नहीं पाया, उन दोनों के बीच तलवारें खिंची रहती थीं। मेरे दुर्भाग्य से बॅनर्जी के पास बेहतर रसोइया था इसलिए त्रिवेदी के मुकाबले उनके घर पर मेरा जाना अधिक होता था। यदि किसी बात ने मुझे 'बॅनर्जी का आदमी' होने के ठप्पे से बचाया तो वह थी मेरी नितांत अमहत्त्वपूर्णता। फिर भी शुभचिंतकों ने एक-दो बार संकेत दिये और मैंने अपना चटोरापन नियंत्रित किया।

उसके बाद जबलपुर संभाग के अंतर्गत सागर ज़िले में सहायक आयुक्त की मेरी पदस्थापना आई और इसके साथ ही यह कहानी वास्तव में शुरू होती है।

दो

1940 एक असाधारण वर्ष था। युद्ध के भड़कने पर कांग्रेस हाईकमान के आदेश पर प्रांतों में निर्वाचित मंत्रिमंडलों के द्वारा त्यागपत्र दे दिया गया था। अन्य प्रांतों के समान मध्यप्रांत में भी गवर्नर शासन लागू हो गया था। प्रथम दृष्टि में यह बस उसी शासन प्रणाली की वापसी थी जो कांग्रेस के द्वारा प्रांतीय स्वायत्तता को स्वीकारने के पूर्व प्रचलित थी। लेकिन वास्तविकता बिल्कुल अलग थी। 1937 में जनप्रिय सरकार आने के पूर्व ब्रिटिश हुकूमत के प्रति आदर रखना और अपनी स्वामिभक्ति की ध्वजा फहराना मान्य था। नि:संदेह इसमें राय साहब अथवा दीवान बहादुर पदवी की अंततोगत्वा प्राप्ति की लालसा निहित रहती थी। कांग्रेस के दो वर्ष के शासन ने शीघ्र ही मापदंडों का नया समूह स्थापित कर दिया। अपनी राष्ट्रभक्ति का प्रदर्शन और बन सके तो नागरिक अवज्ञा आंदोलन में जेल हो आए तीन पीढ़ी दूर के कज़िन के साथ अपने संबंध का प्रदर्शन अब मान्य था। मेरे लिए भी यह तथ्य बहुत काम का था कि सरोजिनी नायडू मेरी धर्म-माता थीं (सचमुच की, काल्पनिक नहीं)।

कांग्रेस के जाने तथा गवर्नर द्वारा नियंत्रण वापस ग्रहण करने तक सभी समझ

गए थे कि अँगरेज़ी राज एक चिरस्थायी सत्ता नहीं थी। एक दोहरे आचरण का युग आया—दो घोड़ों की एक साथ सवारी का, निजी जीवन में कांग्रेस के आदर्शों के प्रति दिखावटी प्रशंसा करने और सार्वजनिक रूप से वाइसराय के युद्ध प्रयोजन निधि में योगदान करने का। एक गाँव में मुझे अपना तंबू खड़ा करने के लिए किराए पर मज़दूर उपलब्ध नहीं हुए क्योंकि वह कांग्रेस का गाँव था। लेकिन मेरे और मेरे चपरासी के द्वारा यह काम पूरा कर लिए जाने के बाद मालगुज़ार मुझसे मिलने आ टपका तब मैंने उससे युद्ध निधि के लिए सौ रुपए झटक लिये। कई वर्षों के बाद जब कांग्रेस की विदाई शुरू हुई तब भी ऐसा ही दोहरापन मुझे देखने को मिला।

मैं अपने स्वयं की मनोवृत्ति के बारे में ईमानदार रहना चाहता हूँ। आई.सी.एस. के साक्षात्कार के समय मुझसे पूछा गया था कि ''मिस्टर नरोन्हा, हमें बताएँ, वेतन के अलावा आपको किस चीज़ ने आई.सी.एस. की ओर आकर्षित किया है?'' मैंने प्रतिप्रश्न किया, ''वेतन के अलावा क्या कोई और आकर्षण है?'' मैं अपने आपको एक भाड़े के सैनिक की तरह देखता था जो ऐसी किसी भी सरकार को, जो उसे वेतन देने के लिए तैयार है, एक मजबूत व्यावहारिक अंतरात्मा की सीमा में रहते हुए निष्ठापूर्वक अपनी सेवाएँ देता है।

लगभग इसी समय महात्माजी ने सरकारी सेवकों को 'राइस सोल्जर'[1] का नाम दिया था। मुझे 'राइस सोल्जर' होने में आपत्ति नहीं थी, हाँ, थोड़े चिकन के साथ। मैं समझता हूँ कि हरेक व्यक्ति जो पारिश्रमिक लेकर सेवा देता है, एक राइस सोल्जर है। यह कोई शर्म का विषय नहीं है बशर्ते कि वह केवल अपनी तलवार बेचे, अपना आत्मसम्मान नहीं। और क्या वे राइस सोल्जर ही तो नहीं थे जिनके लिए होसमन ने लिखा है :

ईश्वर ने जिन्हें त्यागा, उन्होंने बचाया
और रक्षा की कुल जमा चीज़ों की, मजूरी ख़ातिर[2]

1940 में और अक्सर बाद के वर्षों में मेरा रवैया लोकप्रिय नहीं हो सकता था। यह मूलत: एक अनुयायी का रवैया था। एक ऐसे देश में, जहाँ हर कोई अपने आपको नेता के रूप में देखता था, अनुयायी लोकप्रिय नहीं हो सकते। क्लब में मेरा यह कहना अँगरेज़ों को नहीं भाता था कि शासक में कुशलता का अभाव प्रजा के लिए वरदान है। जार्ज षष्टम अमर रहें! दूसरी तरफ़ मेरे कांग्रेसी मित्र, हाँ, वे भी मेरे द्वारा यह सुझाव दिये जाने पर चिढ़ जाते थे कि वाइसराय काउंसिल के सदस्य खाली बैठे राजनीतिज्ञों से अधिक बुद्धिमान थे। उन्हें तो कम-से-कम मुँह बंद रखने के लिए पैसा मिल जाता था, जो अधिकांश दूसरे लोग नि:शुल्क कर रहे थे।

---

1. जिसकी नगण्य या तुच्छ भूमिका हो।
2. मूल पाठ : 'What God abandoned, they defended and saved the sum of things for pay'–from 'Epitaph of an Army of Mercenaries' by A.E. Houseman.

सेवा के हिंदुस्तानी सदस्यों में एक दूसरी तरह की दुचिताई थी। अँगरेज़ों के द्वारा भर्ती किए जाने के कारण वे पहले से ही संदिग्ध थे। उन्होंने अपना भारतीयकरण करने के प्रयास ऐसे तरीकों से किए जो किंचित हास्यास्पद थे। कुछ ने दो रसोइए रखना शुरू किया। एक अँगरेज़ी भोजन तैयार करने के लिए और दूसरा हिंदुस्तानी भोजन बनाने के लिए। दो बढ़िया रसोइयों का ख़र्चा उठाना किसी के बस का नहीं होने से दोनों ही प्राय: अयोग्य रहते थे। इसलिए मुझमें बाहर भोजन करने की ललक नहीं रह गई थी। चाँदी की थालियों के लिए अचानक सनक पैदा हो गई थी। ऐसे वरिष्ठ अधिकारी भी थे जिनकी हड्डियाँ बीसियों सालों से पाश्चात्य टायलेट सीट पर सुबह का अखबार पढ़ने के बाद भारतीय पद्धति के शौचालयों में बैठने के प्रयास में चटकने लगी थीं। फिर भी उन्होंने ईमानदारी से सेवा की। इन 'राइस सोल्जरों' ने, जिनके पूर्ववर्तियों ने चन्द्रगुप्त, अकबर, शिवाजी और डलहौजी के लिए जैसे सेवा की थी, वैसे ही उन्होंने स्वयं भी अभी कुछ ही माह पूर्व कांग्रेसी मुख्यमंत्री पंडित रविशंकर शुक्ल के लिए की थी।

संपूर्ण वातावरण कह रहा था कि ब्रितानी सत्ता के लिए यह आरंभ का अंत था, अंतत: लोप की ओर जाने वाले अपकर्ष के प्रथम चरण की यह सिद्धि थी। यह उतना ही स्पष्ट हो गया था कि यह एक नई शक्ति के रूप में कांग्रेस के उदय का अस्त था। 1857 से 1927 के बीच किसी भी राजनीतिक दल को विशेष कहने लायक ग्रामीण समर्थन प्राप्त नहीं था। उनका समर्थन नगरों से आता था। उनके नेताओं का उद्‍गम नगरों में था। गाँवों में उनकी यात्राएँ उमंग नहीं उभार पाती थीं। पंजाब के किसी गाँव में जलियाँवाला बाग घटित नहीं हो सकता था, केवल वह शहरी आबादी ही थी जो राष्ट्रवादियों के आह्वान स्वीकार करती थी। लेकिन 1937-38 के पूर्व के दशक में गाँवों के प्रमुख लोगों को अपनी ओर कर कांग्रेस विशाल ग्रामीण समर्थन जुटा चुकी थी। यह कैसे संभव हुआ, यह समझने के लिए हमें पहले ग्रामीण ढाँचे को समझना होगा। अशोक के समय से भूमि का एकमात्र मालिक परंपरागत रूप से सदैव ही राज्य यानी राजा रहा है। आज भी मध्यप्रदेश भू-राजस्व संहिता की धारा 57 घोषित करती है कि 'समस्त भूमियाँ...राज्य सरकार की हैं।' उसी तरह धारा 58 का निष्कर्ष यह है कि 'समस्त भूमि...राज्य सरकार को राजस्व के भुगतान के लिए दायित्वाधीन है।' 1857 में कोई राज्य नहीं था, केवल राजा था। वह चाहे दिल्ली का हो या अवध का या किसी छोटे-मोटे पर्वतीय क्षेत्र का, इससे कोई अंतर नहीं पड़ता था। वह राजा था और भूमियाँ उसकी थीं। वह भूमि का प्रशासन करने के लिए मध्यस्थ को नियुक्त कर सकता था। लेकिन अंतत: मालिक तो वही था। बाकी सब, चाहे उन्हें सामंत, जागीरदार, मालगुज़ार या ज़मींदार कुछ भी कह लें, मात्र राजा के पट्‌टेदार थे। भूमि राजा की संपत्ति होने और उसके द्वारा अधिकार प्रदत्त किए जाने के इस सिद्धांत ने राजा की स्थिति को उसकी प्रजा में से

ऊँचे से ऊँचे नागरिक के भी मुकाबले अत्यंत मजबूत बना दिया था। जब भी किसी मध्यस्थ की मृत्यु हो जाती थी तब राजा अथवा अगले वरिष्ठ मध्यवर्ती से फिर से, और सामान्यत: शुल्क चुकाकर, पट्टा लेना पड़ता था जो भूमि का वास्तविक स्वामित्व किसके पास है, इसका शाश्वत संस्मारक था।

स्वामित्व का यही सिद्धांत सामंतकालीन इंग्लैंड में प्रचलित था। इससे छुटकारा तभी मिल पाया जब एक राजा का सिर कलम हुआ और दूसरे का देश-निकाला हुआ, लेकिन हिंदुस्तान में आने के पहले ही अँगरेज़ इससे पिंड़ छुड़ा चुके थे और इसलिए वे हिंदुस्तान में स्वामित्व की धारणा को ठीक से नहीं समझ सके। जब भी वे बंगाल के नवाब या महाविद्रोही से भूमि अनुदान ऐंठ लेते थे तब वे अपने आपको उस भूमि का पूर्ण स्वामी मान बैठते थे। जब वे पूर्व राजाओं के स्थान पर पूर्ण स्वामी हो ही गए तब उन्होंने अपने मध्यस्थों पर स्वामित्व का अँगरेज़ी सिद्धांत लागू किया। उन्होंने मध्यस्थों को बिना पूर्व स्वीकृति प्राप्त किए हस्तांतरण, बँटवारा व उत्तराधिकार करने के अधिकार दिये। संक्षेप में, उन्होंने हिंदुस्तानी मालगुज़ार को अँगरेज़ ज़मींदार में परिवर्तित कर दिया। फिर भी वे उसकी स्वामिभक्ति ख़रीदने में सफल नहीं हो सके। 1857 में जब अँगरेज़ों का बुरा समय चल रहा था तब गाँवों के अधिकतर मालगुज़ार अपने पुराने प्रभुओं और पुराने राजाओं के पक्ष में लड़े। बेशक वे हार गए और उन पर मुसीबतों का पहाड टूट पड़ा। उन्होंने अपने गाँव खो दिये। अधिकतर मारे गए। बहुत से लकड़हारे और पनहार बन गए और यदि और कुछ नहीं तो झुककर इतिहास से बाहर हो गए। उनके स्थान पर नए मध्यस्थ नियुक्त हुए, ऐसे लोग जो पूर्णत: अँगरेज़ों के कृपा पात्र थे और अपने अस्तित्व के लिए उन पर निर्भर थे। मध्यप्रांत में गाँव स्तर का मध्यस्थ मालगुज़ार कहलाता था। उससे किराएदार भूमि धारण करते थे, इसके बावजूद कि उसके द्वारा लिये जा सकने वाला अधिकतम किराया निर्धारित था और शोषण की रोकथाम के लिए अन्य सुरक्षा उपाय भी थे। किराए का एक निश्चित हिस्सा, जिसे भू-राजस्व कहा जाता था, सरकार को भुगतान किया जाना होता था। कुल मिलाकर यह एक अच्छी प्रणाली थी और अधिकांश मालगुज़ारों को लोग पसंद करते थे और उनका आदर करते थे।

बरार में जहाँ रैयतवारी प्रणाली प्रचलित थी, किराएदार या रैयत सरकार को देय राशि का भुगतान पटेल के माध्यम से करते थे जिसे प्रशासन के द्वारा नियुक्त किया जाता था। पटेल का पद इतना महत्त्वपूर्ण माना जाता था कि उस पर नियुक्ति प्रदेश सरकार की सीधे अधिकारिता के अंतर्गत होती थी और ऐसे व्यक्तियों को चुना जाता था जो गाँव में सर्वाधिक प्रभाव और ताक़त रखते थे। पटेली वंशानुगत रहती थी और अत्यंत मूल्यवान समझी जाती थी। समस्त व्यावहारिक प्रयोजनों के लिए बरार में पटेल मालगुज़ार जैसा ही काम करता था।

मालगुज़ार अथवा (बरार में) पटेल ग्राम-स्तर का प्रमुख व्यक्ति था। जहाँ मालगुज़ार के भू-अधिकार वंशानुगत, विभाजनीय तथा हस्तांतरणीय थे, वहीं पटेल के मात्र वंशानुगत थे। गाँव की संपन्नता से मालगुज़ार का सीधा हित जुड़ा हुआ था क्योंकि वह उससे आय प्राप्त करता था, परंतु पटेल के पास मात्र अपनी कृषि भूमि होती थी। हर नई पीढ़ी के आगमन पर उत्तराधिकार में स्वामित्व के अधिकारों का विभाजन होते चले जाने के कारण मालगुज़ार कमजोर होते चले गए और उनका हिस्सा सौ प्रतिशत से घटते-घटते पचास, दस, पाँच और कभी-कभी एक प्रतिशत तक सिकुड़ गया। इसी तरह पटेल की भूमियाँ पीढ़ी-दर-पीढ़ी उसके उत्तराधिकारियों के बीच विभाजित होती चली गईं और अंततः वह संपत्ति तथा हैसियत जो परिवार में पटेली लाई, स्मृतियों में ही शेष रह गई। मैं यह कभी समझ नहीं पाया हूँ कि अँगरेज़ों ने ज्येष्ठ संतान को संपत्ति के उत्तराधिकार का क़ानून जैसे उनके राजकुमारों पर लागू किया था, अपने मध्यस्थों पर लागू क्यों नहीं किया। उनकी इस विफलता के कारण अंततः मालगुज़ार / पटेल के पद की जीवन-क्षमता समाप्त हो गई। वे जितने ही ग़रीब होते गए उतने ही कमजोर फसल की बारम्बारता को झेलने अथवा कृषि उपज मूल्यों की गिरावट का सामना करने में असमर्थ हो गए।

तभी मंदी का समय आया। उसके कारण खेती को धक्का लगा और परिणामस्वरूप गाँवों के मध्यस्थों को बहुत नुकसान पहुँचा। यह उसी वर्ग के लोग थे जो देश में अँगरेज़ों के समर्थन का अहम भाग था, और जिसने राष्ट्रवादी आंदोलन को ग्रामीण क्षेत्रों में अपनी जड़ें फैलने से अडिगतापूर्वक रोका था। 1938 के पूर्व के दशक में जब मालगुज़ार के बुरे दिन आए तब अँगरेज़ी राज ने उसकी मदद के लिए कुछ भी नहीं किया। क़ानून के अक्षरों पर अंधी और अविश्वसनीय रूप से मूढ़ अडिगता के साथ अँगरेज़ों ने इन लोगों को, जिनके पूर्वजों को स्वामिभक्ति व ईमानदार सेवा के लिए गाँव मिले थे, कर्जदारों के हाथ बिक जाने दिया; जबकि राजस्व विधि में एक छोटा सा संशोधन कर उन्हें बचाया जा सकता था। इससे बुरा तो यह हुआ कि सरकार ने ख़ुद ही बहुत से गाँव भू-राजस्व या तक़ाबी के बकाया की वसूली के लिए बेच डाले। हिंदुस्तान, जिसने पिछले चार हजार वर्षों के इतिहास में कई प्रकार की मूर्खताएँ देखी हैं, यह पागलपन देखकर भौंचक्का रह गया—लेकिन खामोशी के साथ, क्योंकि 'एक पागल को उसके पिता का नाम कौन पढ़ा सकता है!'

बेदख़ल हो जाने पर भूतपूर्व मालगुज़ार एक किराएदार मात्र बन गया, जो कि गाँव का यदि सर्वाधिक प्रभावशाली व्यक्ति नहीं था तो प्रभावशाली व्यक्तियों में से एक तो था ही और जो अँगरेज़ों के प्रति कड़वाहट धारण किए हुए था। नए किस्म का मालगुज़ार न तो ज़मीन से जुड़ा हुआ था और न ही उसका विशेष प्रभाव था। यदि उसकी कोई सहानुभूति थी तो वह कांग्रेस के प्रति थी। वह पूर्व मालगुज़ारों के साथ टकराव मोल लेकर अपने पद का उपयोग राज के हित-संवर्धन के लिए करने

की प्रवृत्ति से नहीं करता था। ग्रामीण क्षेत्रों में अँगरेज़ों की सत्ता या सरकार की सत्ता का तेज़ी से ह्रास हुआ। एक वृद्ध ठाकुर, जो तब मेरे मित्र थे और आज भी मेरे प्रिय मित्र हैं, ने संक्षेप में इस बात को यों रखा—"उस सरकार के लिए मेरा क्या देना लगता है जो मुझे तब भूल गई जब मैं अपने क़र्ज़ में डूब रहा था!" ऐसे लोगों के लिए कांग्रेस ने कई वादे किए। ये ही वे लोग थे जिन्होंने कांग्रेस की प्रतिष्ठा बढ़ाई और जिनके माध्यम से कांग्रेस ने ग्रामीण क्षेत्रों में अपना प्रभाव स्थापित किया, ऐसा प्रभाव जो पहले वह नहीं रखती थी।

1937 में कांग्रेस सरकार प्रादेशिक स्तर पर शासन में आई और विधानसभा सदस्यों ने जो अधिकांशत: कांग्रेसी थे, अपने समर्थकों को प्रसन्न रखने की ओर ध्यान दिया। पूर्व मालगुज़ारों तथा भूमिधारकों दोनों ने पहली बार यह अनुभव किया कि जो वे चाहते हैं, उसकी प्राप्ति के लिए तहसीलदार के बजाय एम.एल.ए. का माध्यम कहीं अधिक प्रभावी है। लेकिन सरकार और कांग्रेस के बीच हमेशा एक सतर्कतापूर्ण अंतर रखा जाता था। वह अंतर आज तक चला आ रहा है। हमेशा यह कहा जाता था कि 'कांग्रेस ने आपको अमुक-अमुक दिया है', यह कभी भी नहीं कि 'सरकार ने आपको यह दिया है।' महत्त्व उस समय भी, और आज भी, दल की छवि बनाने पर दिया जाता था, प्रशासन की छवि बनाने पर नहीं। परिणामत: 1940 में अब तक विस्मृत हो चुके शब्द सरकार का प्रतिनिधित्व करने के नाते, हमने एक विचित्र स्थिति का सामना किया। हमने शासन बगैर मित्रों के चलाया, क़ानून और व्यवस्था बनाए रखकर क्योंकि क़ानून और व्यवस्था ध्वस्त हो, ऐसी सचमुच में किसी की चाह नहीं थी। सरकारी देयताओं की वसूली हम करते रहे क्योंकि कोई उनका भुगतान रोकना नहीं चाहता था। हम जनता में अपनी साख की कल्पना करते रहे जबकि वह थी नहीं। अन्य सब बातें समान हों तो एक अधिकारी-तंत्र, चाहे वह कितना ही दक्ष हो, जनता के हृदय को नहीं छूता—वह अत्यधिक अवैयक्तिक होता है तथा लोगों की प्रतिक्रिया भी उतनी ही अवैयक्तिक थी। वे देखकर भी हमारी अनदेखी करते थे मानो हमारा अस्तित्व ही न हो। इस निराशापूर्ण वातावरण में अँगरेज़ अधिकारियों के व्यवहार का मैं मन ही मन क़ायल था। उन्होंने कभी भी शासन करने की अपनी योग्यता अथवा युद्ध के परिणाम अथवा स्वयं के भविष्य के प्रति अपने अटूट आत्मविश्वास में लेशमात्र कमी प्रदर्शित नहीं होने दी। परिस्थितियों के संकेत अत्यंत स्पष्ट रूप से पठनीय थे और वे पढ़ना जानते थे।

मुझे प्रशिक्षण के लिए अनुविभागीय अधिकारी, रहेली के साथ संलग्न किया गया जिसने अपनी सेवा का प्रारंभ नायब तहसीलदार से किया था। उसने मुझे आश्वस्त किया था कि वह मुझे विभागीय परीक्षाओं के लिए प्रशिक्षित करेगा, परंतु विभागीय परीक्षा में एक बार अनुत्तीर्ण रहने के बाद मार्गदर्शन के लिए मैंने अन्यत्र खोज की। मैंने उससे कई बातें सीखीं जो मेरे भविष्य के सेवाकाल के लिए उपयोगी

थीं—एक सुस्त अधिकारी की वे सभी तरकीबें जिन्हें निरीक्षण में ढूँढ़ा जाना चाहिए। समय-समय पर वह अपनी नस्तियों का निपटारा तहसीलदार को जाँच और प्रतिवेदन के लिए भेजकर कर देता था। प्रकरण अदम पैरवी ख़ारिज करने में उसे विशेषज्ञता प्राप्त थी। वह प्रकरण को सुनवाई पर लेने का कष्ट तभी उठाता था जैसे ही वह देख लेता कि आवेदक मूत्रालय गया हुआ है। उसके स्थल निरीक्षण सदैव खेत पर पहुँचे बिना ही गाँव के नक्शे तथा पटवारी की सहायता से हो जाया करते थे। इसके बावजूद राज में उसकी नौकरी अच्छे से चल गई, यदि उसे पदोन्नति नहीं मिली तो वह सेवाच्युत भी नहीं हुआ। उपायुक्त फर्कुहार एक स्थूलकाय आदमी था, जिसमें बुद्धिमत्ता तो थी पर उसका उपयोग करने की बहुत व्यग्रता नहीं थी। लेकिन उसमें विनोद बुद्धि अवश्य थी, ''देखो बेटे, यदि तुम औसत बुद्धिमत्ता रखते हो तो तुम्हारे लगभग आधे कार्य तो सही होने ही हैं जो किसी भी पेशे में अच्छी सफलता है। उन पर अपनी रातों की नींद ख़राब मत करो।''

आयुक्त ग्रीनफील्ड सख़्त पसंदगी और उससे भी अधिक सख़्त नापसंदगी रखने वाले उम्दा अधिकारी थे। जब मैं वन प्रशिक्षण कर रहा था, मैंने एक अति कुख्यात नरभक्षी तेंदुए का चार दिन तक पीछा किया और आख़िरकार स्वयं को चारा के रूप में पेश कर उसे मार गिराया। मुझे अपनी उपलब्धि पर गर्व-सा था और मैंने इस घटना का उल्लेख अपनी भ्रमण दैनंदिनी में किया जो मेरे यात्रा भत्ता देयक के साथ आयुक्त को जाती थी। फर्कुहार ने उसे बगैर किसी टिप्पणी के आगे बढ़ा दिया, उसे नेमी कागजातों को पढ़ने की लत नहीं थी। फौरन ही देयक बिना स्वीकृत हुए इस टिप्पणी के साथ लौटा, ''सहायक आयुक्त को तेंदुआ मारने के लिए वेतन नहीं दिया जाता, चाहे नरभक्षी हो या न हो।'' मुझे यह बात वहीं जाने देनी चाहिए थी, परंतु मैं युवा और मूर्ख था। मैंने उसे इस टिप्पणी के साथ वापस भेजा, ''आयुक्त का ध्यान राजस्व पुस्तक परिपत्र अमुक-अमुक की ओर आकर्षित किया जाता है जिसके अनुसार राजस्व अधिकारी के कर्तव्यों में से एक कर्तव्य नरभक्षी और मवेशी उठाकर ले जानेवाले जानवरों को नष्ट करना है।'' इसे पढ़कर फर्कुहार ने मुझे बुला भेजा और कहा, ''ढीठ मत बनो नरोन्हा, बूढ़ा ग्रीनफील्ड इसे पसंद नहीं करता।'' परंतु मैं देयक वापस आयुक्त को भिजवाने के लिए अड़ा रहा और मुझे अचरज हुआ कि वह बिना किसी टिप्पणी के स्वीकृत होकर वापस आ गया। एक माह बाद ग्रीनफील्ड सागर में निरीक्षण के लिए आए और फर्कुहार चिंतित थे। उन्होंने कहा, ''भगवान के लिए अपने कार्यालय को ठीक से खँगाल लो, यदि उसने ज़रा सी भी ग़लती पकड़ ली तो तुम तो गए।'' मैं भी चिंतित था और तब तो और भी ज़्यादा जब मुझे ग्रीनफील्ड से एक पर्ची मिली जिसमें मुझे सर्किट हाउस में शाम सात बजे उनसे मुलाकात करने के निर्देश थे। मेरा कार्ड पहुँचते ही वे बाहर आए और उनके पहले शब्दों ने मेरे पेट में कुलबुलाती तितलियों को शांत कर दिया, ''अंदर

आ जाओ और पीने के लिए कुछ लो। तो तुम्हीं वह लड़के हो जो राजस्व पुस्तक परिपत्रों को पढ़ते हो। मुझे उस तेंदुए के बारे में सब कुछ बताओ।'' तब मैंने जाना कि यदि प्रशासन लोगों के प्रति अवैयक्तिक था तो अपने सदस्यों के साथ उष्णतापूर्ण और मानवीय था।

ग्रीनफील्ड गवर्नर के सलाहकार बनकर चले गए और उनकी जगह जयरत्नम ने ली। उन दिनों युवा अधिकारियों पर सही अर्थ में पितृवत निगाह रखी जाती थी, यह देखने के लिए कि वे मर्यादा और सदाशयता की सीमाओं का उत्क्रमण न करें। सागर में थल सेना का ठिकाना था और लघु आयुध प्रशिक्षणशाला में नवागंतुकों के सतत आगमन के कारण ज़िंदगी उल्लासपूर्ण थी। मेरे जैसे शौक़ रखने वाले कनिष्ठ अधिकारी के लिए वह ख़र्चीली भी थी। मैंने दो घोड़े रखे थे और टेंट क्लब के साथ घुड़सवारी करता था। मैंने बुल टेरियर का एक जोड़ा रखा था और मैं शिकार के लिए दीवाना था। इन सब आवश्यकताओं के विरुद्ध मेरे वेतन का कवच अभेद्य नहीं था और मैंने शीघ्र ही समझ लिया कि मुझे यदि दीवालिएपन से बचना है तो कुछ करना ही होगा। इसलिए मैं मुड़कर अपने पुराने जंतर की ओर गया, पूरा जोर लगाकर, और मेरी माँ को आकर मेरे साथ रहने के लिए तैयार कर लिया। इससे मेरी समस्याएँ सुलझ गईं। मैं माह के प्रारंभ में अपना वेतन उसे दे देता था और वह मेरे सभी बिलों का भुगतान करती थी। लेकिन जयरत्नम को मेरे वित्तीय प्रबंधन के बारे में जानकारी नहीं थी। उन्हें इतना ही पता था, और पक्के से, कि मेरी आय के मुकाबले मेरा रहन-सहन बहुत ही ऊँचा था। अगली बार जब मैं संभागीय मुख्यालय जबलपुर में था तब उन्होंने अपनी परिचित सहृदयता के साथ मेरे साथ खाना-पीना किया। भोजन के बाद उन्होंने मुझसे जैसे यूँ ही पूछ लिया, ''वैसे तुम्हें अपना ख़र्च जुटाने में कोई कठिनाई तो नहीं आ रही है?'' मैंने कहा कि नहीं, जो कि पूरी तरह से सच था, व्यय की पूर्ति करने के लिए मेरी माँ जो थी। जयरत्नम सशंकित थे। ''क्या तुम्हें विश्वास है? कोई बता रहा था कि तुम्हारे क्लब के बिल कुछ बड़े ही रहते हैं और तुम्हारे मेस बिल भी।'' मैं चुप रहा, यह सोचते हुए कि अब मैंने कौन-सा नियम तोड़ा है। ''देखो नरोन्हा, ईश्वर के लिए ऋणग्रस्त मत होना। यह एक ऐसी आदत है जिससे तुम कभी बाहर नहीं आ पाओगे। तुम यदि किसी परेशानी में हो तो मुझे राशि बता दो और मैं देखता हूँ कि क्या मदद कर सकता हूँ।'' यह अप्रत्याशित सहृदयता मुझे छू गई और मैंने अपने घाटे के वित्तपोषण की पूरी कहानी सहसा बता ही दी। वे हँसे और मामले का वहीं पटाक्षेप हो गया। अब पीछे देखने पर सोचता हूँ कि आई.ए.एस. के मुकाबले आई.सी.एस. की सबसे अच्छी खूबी यह थी कि उसमें जयरत्नम जैसे लोग थे।

दिखावटी युद्ध

हमने भी दिखावटी युद्ध लड़ा था। इसका प्रारंभ ब्रिटेन के युद्ध के साथ हुआ लेकिन उससे लंबा खिंचा और इसका चरमोत्कर्ष 1942 के आंदोलन में हुआ जो सभी व्यावहारिक प्रयोजनों के लिए डनकिर्क[1] की लड़ाई की तरह शुरू होकर मुश्किल से दस दिन में समाप्त हो गया।

यद्यपि जर्मनी के साथ युद्ध भड़क उठने पर कांग्रेसी मंत्रिमंडलों के द्वारा त्यागपत्र दे दिया गया था, कांग्रेस हाईकमान में कोई सपने में भी हिटलर का समर्थन करने का नहीं सोच सकता था। लौहपुरुष (सरदार), जिन्होंने समझदारी दिखाते हुए अपना मत अपने पास ही रखा, के अलावा लगभग हर शीर्ष नेता ने फ़ासीवादियों और नाज़ियों की और उनकी प्रणाली की भर्त्सना की। महात्माजी ने वेस्टमिंस्टर अबि और हाउस ऑफ पार्लियामेंट के खँडहर हो जाने के विचार से अश्रुपूरित नेत्रों के साथ समर प्रारंभ किया। जवाहरलाल नेहरू स्पेन के गृहयुद्ध के दौरान मुसोलिनी और हिटलर के द्वारा की गई करतूतें देख चुके थे और उसे लेकर उन्होंने अपनी भावनाएँ बेधड़क प्रकट कीं। धुरी शक्तियों के प्रति वैचारिक शत्रुता ने अंग्रेजों के प्रति दबी सहानुभूति उत्पन्न की जो उनका सक्रिय विरोध करने के आड़े आ रही थी; और मैं समझता हूँ कि सभी—संभवतः सुभाष चन्द्र बोस के अलावा—यह समझ गए थे कि यदि धुरी शक्तियाँ विजयी रहीं तो स्वराज्य की प्राप्ति सौ वर्ष आगे तक के लिए टल जाएगी। ऐसी स्थिति का परिणाम एक ही हो सकता था, वह है गतिरोध। एक सांकेतिक सत्याग्रह आंदोलन शुरू किया गया, जिसकी सावधानीपूर्वक ऐसी योजना बनाई गई कि उससे राज को कम-से-कम परेशानी हो। सर्वप्रथम एक सूचना देने की व्यवस्था की गई कि कोई व्यक्ति एक निश्चित दिन गिरफ़्तारी देने आएगा, फिर उसका एक झंडे और उत्साही तमाशबीनों के पुछल्ले के साथ प्रकट होना, उकसाना, गिरफ़्तारी देना और अंत में जेल में छह माह का विश्रामोपचार। मुझे संदेह है कि कोई भी वास्तव में यह जानता होगा कि यह सब किसलिए था—यानी क़ानून का यह प्रतीकात्मक प्रतिरोध क्या सिद्ध करने के लिए था। कोई कहता था कि यह निचले नेतृत्व के लिए अहिंसक विरोध के विज्ञान में प्रशिक्षण था, कोई दूसरा कहता था कि महात्माजी ने

1. Battle of Dunkirk

होशियारी से कुछ करने के लिए कसमसा रहे विक्षोभकारी भूतगणों से पीछा छुड़ा लिया था। यह आंदोलन बुदबुदाकर शांत हो गया और उसका पटाक्षेप बिना गाजे-बाजे के हो गया। आम कांग्रेसीजन यह आशा लगाए थे कि कुछ होने वाला है। केक और एल[1] के उन ठाठदार दिनों को याद करते हुए जब सत्ता में थे, बैठकर शोकगीत गाने लगे। राज लंदन के बॉबी[2] की तरह समय पथ पर चलता रहा। वह क़ानून और व्यवस्था बनाए रखते हुए, भू-राजस्व की उगाही करते हुए उन सारे अनगिनत छोटे-मोटे कामों में निमग्न हो गया जो प्रशासन के दायित्व हैं।

अब तक मैं सागर ज़िले की चार तहसीलों का अनुविभागीय अधिकारी बन गया था और राजनीति के भद्रलोक की गतिविधियों के स्थान पर मुझे अपनी जनता में कहीं अधिक रुचि थी। यहाँ से मध्यप्रांत, जो बाद में मध्यप्रदेश बना, के साथ मेरे प्रेम-संबंध का सिलसिला शुरू हुआ। यह प्रेम-संबंध पैंतीस वर्षों तक चला और जो मेरे जीवन के अस्त तक बना रहेगा। मध्यप्रदेशी दूसरों को जीने देने में अत्यंत सजग रहता है। उसका कारोबार मारवाड़ियों और उत्तरप्रदेश के बनियों, सिंधियों और पंजाबियों के हाथों में है; वह तृप्तभाव से उन्हें पैसा बनाते बेपरवाह देखता रहता है और वह स्वयं जीने की शालीन कला की साधना में लगा रहता है। वास्तव में वह आलसी नहीं है, बात केवल यह है कि उस जैसे असली भूमिपुत्र की दृष्टि में अस्तित्व के लिए छीनाझपटी असभ्य, असंस्कृत और अशोभनीय व्यवहार है। कोई भी जो अपना उद्‌गम कम-से-कम एक हजार वर्ष से अधिक पीछे न खोज सके, वास्तविक मध्यप्रदेशी नहीं है। वास्तविक मध्यप्रदेशी हैं गोंड (उनकी कम-से-कम पंद्रह उपजातियाँ हैं), साँवरा या सौंर; कम्हार, भील और बीस अन्य आदिवासी जनजातियाँ। वास्तविक मध्यप्रदेशी हैं बुंदेला और बघेला राजपूत, लोधी और दाँगी, कुर्मी और रावत, सतनामी और बसोर। इन सबमें एक बात आम है, दो क़दम पीछे हटकर जीवन को विनोदपूर्ण अनासक्ति के साथ देखने की क्षमता, संलिप्त हुए बगैर उसका आनंद उठाने की क्षमता, इसके बावजूद कि अन्य बातों में वे एक दूसरे से उतने ही अलग हैं जितना कि काले से सफ़ेद।

कदाचित यह दृष्टिकोण उम्र के साथ पनपता है...मध्यप्रदेश अत्यंत प्राचीन है, वह उस समय भी प्राचीन था जब हिमालय का निर्माण हो रहा था। संसार के पुराने और अनुभवी लोग प्रवृत्ति से सहनशील और अमुखर रूप से 'सिनिक' होते हैं। वे खुलकर न तो प्रशंसा करते हैं, न ही दोष देते हैं। कारण जो भी हो, भारत में मध्यप्रदेश एकमात्र राज्य है जहाँ मैंने बाहरी लोगों के विरुद्ध केवल उनके बाहरी होने के कारण से ज़रा भी पूर्वग्रह नहीं पाया है; वे आपके अपने गुणदोषों पर आपका स्वीकार अथवा अस्वीकार करते हैं, न कि आपके उद्‌गम पर। कम-से-कम यहाँ अपने पूर्वजों के

---

1. Ale (एक प्रकार की बियर)
2. पुलिस कर्मी

पापों का फल संतानों को नहीं भोगना पड़ता है। बाहरी व्यक्ति के प्रति सहिष्णुता तो बरती ही जाती है, उसे कदापि यह भी महसूस नहीं होने दिया जाता कि वह बाहरी व्यक्ति है। मध्यप्रदेश के सम्माननीय नामों में से कुछ नाम हैं सेन, बॅनर्जी, सरदार सिंह, सेठ और मल, और वे सभी पूरे फलक में समरसता के साथ घुल-मिल गए हैं।

मेरे अनुभाग की दो तहसीलें बुरी तरह से दस्यु ग्रसित थीं। बहुत से किसानों ने अपनी ज़मीनें छोड़कर पास के शहरों में शरण ले ली थी। लेकिन छोटे स्थानीय बनिये ने नहीं। सुदूर क्षेत्र के बीच वह छोटी सी दुकान पर डटा रहकर सभी से थोड़ा बहुत लाभ कमाता रहता था, डाकुओं से भी। जब डाकुओं को लगता था कि उसने बहुत कमा लिया है, तब वे उसे लूट लेते थे, फिर भी अपना धंधा छोड़ने का विचार उसके मन में कभी नहीं आया; वह दुकान के बचे-खुचे माल को जोड़कर नए सिरे से शुरू हो जाता। वह बहुत जीवट और दस्युरोधी था। वह न तो किसी को दोष देता था और न किसी के प्रति असंतुष्ट रहता था। उसने जीने का ऐसा चालू ढर्रा ढूँढ़ निकाला था जिस पर शायद बर्टेंड रसेल भी गर्व करते।

गाँव आनंदप्रद होते थे। प्राय: सभी निर्धन थे लेकिन कोई भी किसी दूसरे की तुलना में अत्यधिक निर्धन नहीं था। सबके पास सामान्यत: खाने के लिए पर्याप्त रहता था। थोड़े संपन्न घर के बरामदे में टँगा हुआ मटका एक आम दृश्य होता था। उसे छाछ भरकर रखा जाता था और पास में लकड़ी का चम्मच लटका रहता था जिसमें लगभग कटोरी भर छाछ भर सकता था। हर आने-जाने वाले को छाछ लेने का अधिकार था। चम्मच से चुल्लू में उँडेलकर प्राशन किया जाता था। यह सुविधा अन्त्यज को भी प्राप्त थी, लेकिन उनके मामले में घर का कोई व्यक्ति छाछ उँडेल देता था और वे मटके या चम्मच को स्पर्श नहीं करते थे। मैं, स्वाभाविक रूप से, ख़ुद को अन्त्यज के समकक्ष मानता था।

कृषि श्रमिक की एक दिन की मज़दूरी चार आना थी जो उस समय तीन सेर गेहूँ के समतुल्य थी। यदि वह अपनी मज़दूरी जिन्स के रूप में लेना चाहे, जो कि उनमें से अधिकांश यही चाहते थे, तो उसे चार सेर गेहूँ प्राप्त होता था जिसका एक हिस्सा वह तत्काल ही मोटे अनाज से बदल लेता था। आज उसे एक दिन में चार रुपए मिलते हैं और यदि वह उस मूल्य पर दो सेर गेहूँ ले पाए तो सौभाग्यशाली है। वह पैसों की कमी किंतु वस्तुओं की विपुलता का समय था, कम-से-कम उन वस्तुओं की जिनकी ग़रीब को आवश्यकता होती थी। सुबह चार बजे अँधेरा रहते हुए ही चक्कियाँ क्रन्दन करती हुई दिनभर के लिए अन्न पीसना शुरू कर देती थीं। एक घंटे के बाद पौ फटते ही पुरुष अपनी झोंपड़ियों से धीरे-धीरे बाहर आने लगते थे। जानवरों को खोलकर बाड़े से बाहर लाया जाता था और खेतों की ओर सामूहिक कूच का प्रारंभ हो जाता था। सूर्योदय के काफ़ी पहले बैलों को उनके जुआ के नीचे झुका दिया जाता, फिर गीत के टुकड़ों को संगत देते हुए बख्खर के फलों से साफ़

मिट्टी फिसलती चली जाती थी। अक्टूबर की मंद धूप जब तक गाँव को गरमा देती, औरतें अपने घरवालों के लिए भोजन पकाकर खेतों में पहुँचा आतीं। फिर, संध्याकाल में घर वापसी, मवेशियों की रंभान, किसी अभागे बच्चे की गंदगी को गुस्से में साफ़ करती कर्कशा औरत, जलते कंडे की गंध, वार्तालाप की मरमराहट और अंत में नि:स्तब्धता। वहाँ ग़रीबी थी, वहाँ तंगी थी, परंतु थी वहाँ शांति और एक प्रशांत प्रसन्नता भी थी।

ग्रामीण अर्थव्यवस्था एक प्रकार के ग्रेशम के नियम का उदाहरण प्रस्तुत करती थी। जहाँ तक भूमि की बात थी, बुरा इंसान भले इंसान को खदेड़ने में भिड़ा रहता था। एक निरक्षर किसान अपनी पुत्री के विवाह के लिए ऋण लेता, और वही उसका अंत साबित होता...वह कभी भी ऋणमुक्त नहीं हो पाता था अथवा उसे चुकता करने के लिए पर्याप्त कमाई नहीं कर पाता था। अंततः उसकी भूमि का एक अंश या पूर्णांश विक्रय के रूप में देनदार को हस्तांतरित हो जाता था। खेतिहरों के संरक्षण के लिए राजस्व विधि ने विभिन्न प्रावधानों के द्वारा प्रयास किया, परंतु उनसे सदैव युक्तिपूर्वक बच लिया जाता था। एक मात्र संरक्षण जो उपलब्ध रह गया, वह था पूर्णतः वैध सरकारी क़र्ज़ों से संरक्षण, जिनकी वसूली करना कठिन हो गया था। मेरा एक तहसीलदार था जिसने सरकारी देयताओं की वसूली के लिए एक अनूठी, और कुल मिलाकर अनापत्तिजनक विधि विकसित की थी। वह गाँव में शिविर लगाया करता था। प्राथमिक शाला उसके उपयोग के लिए खाली कर दी जाती थी, फिर वह किसी बड़े देनदार को बुला भेजता था। आगमन पर उसका स्वागत सौजन्यता के साथ होता था और कुछ मिनट शिष्ट वार्तालाप में गुजरते थे। अचानक उसे बगल के कमरे से किसी की जूते से पिटाई होने की आवाजें, और दया के लिए चीखें सुनाई देने लगती थीं, 'मुझे मत मारो, ओ, मैं मर गया, बस करो, बस करो, मैं भुगतान कर दूँगा!' और फिर, स्तब्धता। कहा जाता है कि बुद्धिमान के लिए एक शब्द पर्याप्त होता है। इस मामले में तो एक शब्द की भी आवश्यकता नहीं पड़ती थी। बाकीदार चिंतालीन होकर घर वापस जाता था और शीघ्र ही उसकी देयता, अथवा उसका अच्छा-ख़ासा भाग तहसीलदार तक पहुँच जाता था। उसे यह कभी पता नहीं चलता था कि बगल के कमरे में केवल तहसीलदार का चपरासी रहता था जो एक जूते से दीवाल को खूब ठोकते हुए बाकीदार के पात्र में अपनी रंगमंचीय प्रतिभा की रसाभिव्यक्ति करता रहता था।

दो

1940 और 1941—दोनों वर्ष राजनीतिक हताशा के वर्ष थे। महात्मा गांधी और लिनलिथगो। लिनलिथगो और महात्मा गांधी। बैठकों, विज्ञप्तियों और निंदाभिप्रेरक पत्रों के प्रकाशन के दो वर्ष। दो निर्विवाद नेता जोरदार क़दमताल करते हुए कहीं भी

जा नहीं रहे थे। विवाद को सुलझाया जा सकता है यदि उसके दोनों पक्ष उसका हल चाहते हों। वह तब भी सुलझाया जा सकता है यदि केवल एक पक्ष उसके हल के लिए पर्याप्त रूप से तत्पर हो। यहाँ कोई भी पक्ष तत्काल या निकट भविष्य में समाधान नहीं चाहता था। राजनीतिक विवशताएँ माँग करती थीं कि वे अपने आप को एक समाधान के लिए अत्यंत आतुर दिखाएँ और उन्होंने ऐसा दिखावा किया भी। उन्होंने संधि वार्ता का पूरा अभिनय किया, परंतु इस बात की सतर्कता बरतते हुए कि जैसे ही उसकी संभावना आसन्न दिखती, वे रुक जाते। तकनीक बहुत आसान थी, लिनलिथगो एक अकाट्य युक्तिसंगत माँग को अस्वीकार करते थे; महात्माजी उसके प्रत्युत्तर में एक अकाट्य हठधर्मी माँग रखते थे। कोई कारण नहीं था कि अँगरेज़ उनकी अपनी इच्छा से अधिक स्वतंत्रता देने के लिए मान जाते। हिंदुस्तान उनके नियंत्रण में रहते युद्ध प्रयासों में शानदार योगदान दे ही रहा था। कांग्रेस का समर्थन प्राप्त करके उसमें और वृद्धि तो होनी थी नहीं। दूसरी ओर, यदि यह समर्थन इच्छुक नहीं रहता तो हो सकता है, योगदान में कमी ला देता। जो पार्टी तीस सालों से अँगरेज़ों का विरोध कर रही थी, जो पार्टी उसकी सहमति के बगैर युद्ध की घोषणा के मुद्दे पर त्यागपत्र दे चुकी थी, उसमें एक चमत्कारिक रातोंरात हृदय परिवर्तन हो जाने और उसके द्वारा युद्ध को असंदिग्ध समर्थन दिये जाने की आशा बिल्कुल नहीं की जा सकती थी। फिर कार्य-दक्षता का प्रश्न भी था। कांग्रेस मुश्किल से एक वर्ष के शासन का अनुभव लेकर—और वह भी प्रांतों में, केंद्र में नहीं—प्रशासन की कला में अभी भी नौसिखिया थी। अँगरेज़ हिंदुस्तान के घरेलू मोर्चे पर बँटाधार नहीं सह सकते थे।

अपनी ओर से महात्माजी को भारतीयों की हिटलर और उसके जैसों के प्रति घृणा और अँगरेज़ों के लिए दबी सहानुभूति, जिसका मैंने पूर्व में उल्लेख किया है, के बारे में पूरी तरह से पता था। जवाहरलाल नेहरू ने दो टूक कह दिया था कि अँगरेज़ों के लिए ऐसे समय कोई अड़चन उत्पन्न करना, जब वे अपने अस्तित्व-रक्षा के लिए लड़ रहे थे, पीठ पर छुरी भोंकने के समान है। पीठ पर प्रहार को लेकर हाईकमान के शेष सदस्यों के विचार ज्ञात नहीं हैं, परंतु वे भी इस स्थिति में किसी भी प्रकार की सीधी कार्यवाही के अनिच्छुक थे। वास्तव में, हो सकता है, अंशत: उनके हल्के उकसावे के कारण ही महात्माजी ने लिनलिथगो के साथ अंतहीन वार्ता जारी रखी हो। लेकिन उनके मन में मुद्दे सुस्पष्ट और निश्चित थे; वे अहिंसा के सिद्धांत से कोई समझौता नहीं करेंगे, और इसलिए उनका किसी युद्ध में पक्षकार होने का प्रश्न ही नहीं हो सकता था। परोक्षत: भी नहीं। इस चीज़ ने युद्ध प्रयास के लिए कांग्रेसी समर्थन की दिशा तय कर दी।

यह एक कुतूहल का विषय था कि यूरोप में, डनकिर्क में भी, हिटलर की प्रारंभिक सफलताओं का भारतीय दृश्य पर विशेष प्रभाव नहीं पड़ा। यह गोरों की

गोरों के साथ लड़ाई थी, अश्वेत नस्लें उसमें शामिल नहीं थीं, हमारा उससे कोई लेना-देना नहीं था। लेकिन 1941 में घटनाक्रम में तेज़ी आई, जिसमें जापान एक धमाके के साथ युद्ध में शामिल हुआ। पर्ल हार्बर में ज्वाला धधक उठी। अमेरिकी प्रशांत बेड़ा पंगु हो गया। बातान और अनेक स्थानों ने, जिनकी झलक हाईस्कूल भूगोल के प्रश्नों में भी कभी नहीं दिखी थी, समाचार-पत्रों की सुर्खियों में जगह बनाईं। आधुनिक इतिहास में पहली बार एक अश्वेत जाति ने गोरे आदमी के बोझ को असहनीय बना दिया था। इससे कोई अंतर नहीं पड़ता था कि जापान एक घोषित साम्राज्यवादी राष्ट्र था; साम्राज्यवाद स्वीकार्य था यदि सम्राट अश्वेत हो। हमने अपना तादात्म्य जापान के साथ स्थापित किया; अपने मुख़्तार के माध्यम से श्वेतों की ठुकाई की। इस बार श्याम ही सुंदर था। ग़ुलामी हड्डियाँ गला देती है। शासक की एक हार हुई नहीं कि ग़ुलाम उस पर ऐसे टूट पड़ते हैं, जैसे भेड़ियों की टोली; जैसे कि वे नेपोलियन पर टूट पड़े थे; जैसे वे हिटलर पर टूट पड़ने वाले थे। लेकिन अभी बदतर या बेहतर, जो इस पर निर्भर करता है कि आप उसे कैसे देखते हैं, आना शेष था।

1942 के शुरुआत के दिनों में जापान ने सिंगापुर, मलाया एवं बर्मा पर कब्जा जमा लिया; अंडमान द्वीप-समूह को अपने नियंत्रण में ले लिया; सिलोन की वायु प्रतिरक्षा को मिटा दिया। अचानक युद्ध की लहरें हमारे तटों से टकराने लगीं। सुभाष चन्द्र बोस, जिन्हें महात्माजी के द्वारा येन-केन-प्रकारेण कांग्रेस से बाहर कर दिया गया था, वे घुड़सवारी के जूतों से लैस फॉरिज कैप में आज़ाद हिन्द फौज़ के नेता बन प्रकट हुए—उस फौज़ के जो हिंदुस्तानी युद्धबंदियों से निर्मित की गई थी और जिसे जापान ने मुक्ति सेना के रूप में मान्यता दी थी। रातोंरात पुनः वे नायक बन गए और उनके द्वारा अंगीकृत किया गया तिरंगा झंडा जनता के हृदय में भारत का झंडा बन गया। महात्माजी चौकन्ने होकर ध्यान देने लगे। यह तथ्य महत्त्वपूर्ण नहीं था कि वे कांग्रेस से बोस के निर्वासन के लिए जिम्मेवार थे, क्योंकि व्यक्तिगत रूप से उनके विरुद्ध उनके पास कुछ नहीं था। महत्त्वपूर्ण केवल कारण था, जिसके लिए उन्होंने उन्हें युक्ति लगाकर बाहर कर दिया था, और वह कारण अभी भी तर्कसंगत था। विश्व के संपूर्ण इतिहास में किसी भी राष्ट्र के द्वारा एक अधिपति के साथ दूसरे का विनिमय कर कभी भी स्वतंत्रता की प्राप्ति नहीं की गई है, अस्थायी रूप से भी नहीं। बोस का कहना यह था कि भारत ऐसा कर सकता है। यदि हम धुरी राष्ट्रों की मदद करेंगे तो वे मित्र राष्ट्रों को पराजित करने के बाद हमें स्वतंत्रता का प्रसाद देंगे। यह इतनी सीधी सी बात थी। पर वह सही नहीं थी, यह एक भोला विश्वास था जिसका नेपोलियन ने महाद्वीपीय युद्धों के दौरान पोषण किया और बाद में निर्मम स्पष्टवादिता के साथ तोड़ दिया। लेकिन बोस इस पर विश्वास रखते थे, और जनता 1939-1940 से ही उनके पीछे कतारबद्ध होने लगी थी। यही मुख्य कारण था

जिसके कारण उन्हें जाना पड़ा था। अब उन्हें पुन: लोकप्रसिद्धि हासिल हो गई थी। फिर से लोगों में उनकी नेत्रदीपक छवि बन गई थी—सफ़ेद घोड़े पर सवार मुक्तिदाता, ज़रा बेतुके जोन ऑफ आर्क की। यदि, जैसा कि उस समय संभव प्रतीत हो रहा था, देश के अंदर आने में जापानी सफल हो जाते तो वे सुभाष चन्द्र बोस को उसका एकमात्र प्रतिनिधि मान्य कर लेते, और बोस सह-समृद्धि परिमंडल तथा उसमें भारत के स्थान के बारे में उनकी धारणाओं को स्वीकार कर लेते। ऐसा नहीं होना चाहिए, किसी भी क़ीमत पर ऐसा नहीं होना चाहिए। जब जापानी आते हैं—यदि वे आते हैं—तो उनका सामना एक सशक्त और सुगठित कांग्रेस से होना चाहिए जिसने पहले अँगरेज़ों का हिंसात्मक न सही, खुला विरोध कर दिया था और अँगरेज़ों के पीछे हटने पर पहले से ही प्रशासन पर अधिकार कर लिया था। अतिसंक्षेप में, यहीं से 1942 के आंदोलन की उत्पत्ति थी।

समय के लट्टू ने महात्माजी के हाथ बाँध दिये। यदि उन पर छोड़ दिया जाता तो वे लिनलिथगो के साथ अपना शानदार दरबारी नृत्य जारी रखते, परंतु समय हाथ से निकला जा रहा था। रातोंरात उनके सुर ही बदल गए। उन्होंने अँगरेज़ों को पूरी तरह से भारत को छोड़ देने के लिए कहा। "हमें भगवान पर या अव्यवस्था पर छोड़ दो", "यह एक खुला विद्रोह है", और अंत में "करो या मरो!" लेकिन उन्होंने सत्याग्रह से आगे जाकर कुछ भी आयोजित नहीं किया। फिर भी, मई, 1942 आते-आते हवा में गर्जना आ गई। हुआ तो कुछ नहीं था परंतु सारे देश को लगा कि कुछ होने वाला है, एक भाव जिसके दबाव से कुछ घटित हो जाता है। लेकिन अँगरेज़ सारे देश के साथ नहीं थे। 1857 की तरह वे वातावरण के प्रति असाधारणत: असंवेदनशील थे। सर एच.ट्वीनम् जो मध्यप्रांत के गवर्नर थे, ने लिनलिथगो को लिखा :

> *मैंने अपने पत्र दिनांक 24 दिसंबर में जो यह अपेक्षा व्यक्त की थी कि राजक्षमा सत्याग्रह आंदोलन का परिसमापन कर देगी, अभी के लिए तो फलीभूत हो चुकी है। यदि पूर्ववर्ती असहयोग तथा नागरिक अवज्ञा आंदोलनों के अनुभवों पर विश्वास किया जाए, तो मुझे आश्चर्य होगा यदि सत्याग्रह का पुनरागमन युद्ध की समाप्ति के पहले होगा जैसा कि गांधी कह रहे हैं, क्योंकि इस प्रकार के आत्मोत्सर्ग के लिए उत्साह विरले ही दीर्घजीवी में रहता है और इस प्रकार के आंदोलन को खड़ा करने के लिए कुछ तैयारियाँ लगती हैं। (दि ट्रांसफर ऑफ पॉवर 1942-47)*

परिस्थितियाँ इतनी प्रसन्न होने के चलते हमने 1942 के आंदोलन से निपटने के लिए आकस्मिक योजनाएँ नहीं बनाईं। हमने ऐसे व्यक्तियों की सूचियाँ अवश्य तैयार कीं, जिन्हें गिरफ़्तार किया जाना था लेकिन सूचियाँ कांग्रेस की अगली पंक्ति के पदाधिकारियों तक ही सीमित थीं, और इन सूचियों में एक भी नाम उन लोगों में से नहीं था जो आंदोलन की वास्तविक रीढ़ की हड्डी सिद्ध हुए; क्योंकि 1857 के

समान 1942 छोटे आदमी का वर्ष होने वाला था, दिल्ली रिज के ब्रिगेडियर के. बटलर के पदचिह्नों पर चलने वाले मदनलाल बागड़ी का।

मेरा स्थानांतरण खामगाव, जो बेरार के बुलढाना ज़िले का एक स्वतंत्र अनुविभाग था, के अनुविभागीय अधिकारी के पद पर किया गया। यहाँ मैं उपायुक्त की सभी शक्तियों का प्रयोग करता था, परंतु उसके दूरस्थ वीक्षण में। खामगाव उग्रवादी हिंदुत्व का गढ़ था जिसका प्रतिनिधित्व हिंदू महासभा करती थी। राष्ट्रीय स्वयंसेवक संघ, जो एक स्वयंसेवी संस्था थी, के बारे में कहा जाता था कि वह हिंदू महासभा की शस्त्रधारी भुजा थी। मुझे ये नौजवान थोड़े पसंद थे जिनमें शारीरिक स्वस्थता और अनुशासन के प्रति धुन थी, जो हमारे देश में लगभग न के बराबर हैं। उनमें अतीत को लेकर एक कट्टरपंथी विचारग्रस्तता थी, जैसे कि वे सदैव अपने कंधों पर से पीछे मुड़कर देख रहे हों। वे एक अत्यंत औपचारिक प्रकार का लाठी संचालन का अभ्यास करते थे, बहुत उछल-कूद और ऊर्जा के अपव्यय के साथ। जब मैंने पूछा कि क्या इस तकनीक को सुधारा नहीं जा सकता तो दल नायक स्तब्ध रह गए। उनकी कला शास्त्रों से ली गई थी और उनमें भला सुधार कैसे हो सकता था! उनमें से एक ने यह दावा कर बैठने की ग़लती कर दी कि एक अच्छे लाठी चालक की प्रतिरक्षा इतनी परिपूर्ण होती है कि उसे एक पत्थर भी मारा नहीं जा सकता। मैंने पूछा कि क्या मैं करके देखूँ, और किंचित हिचकिचाहट के बाद इसकी अनुमति दे दी गई। दल नायक वास्तव में बहुत अच्छा था परंतु इतना भी नहीं कि पत्थर से बच सके। बाद में मैंने उनके साथ तलवारबाज़ी की। मैंने भोथरी तलवार के साथ काफ़ी अभ्यास किया था और पुनः मैंने यह पाया कि किनारे पर आवश्यकता से अधिक अवलम्बन के कारण वे सरलतम कार्त[1] प्रहार नहीं बचा पाते थे।

उस समय भी इस पर विवाद था कि क्या आर.एस.एस. एक राजनीतिक संगठन है। व्यक्तिगत रूप से मुझे लगता था कि वह नहीं है—कम-से-कम आर.एस.एस. के रूप में नहीं। मुझे निश्चित ही ऐसा कोई सक्रिय सदस्य नहीं मिला जो राजनीति में भाग लेता हो, संभवतः इसलिए कि कठोर कवायद व व्यायाम के बाद समय काटने की अन्य गतिविधियों के लिए अधिक ऊर्जा शेष नहीं रह जाती थी। उनकी गाँवों में कोई जड़ें नहीं थीं, उनकी सदस्यता अधिकतर शहरी ब्राह्मणों या बनियाओं में से थी; मजबूत मराठा आर.एस.एस. से अलग रहता था—और आज भी रहता है। आर.एस.एस. के जन्म के लिए दो लोग जिम्मेदार थे—हेडगेवार और गोलवलकर, जो दोनों ही महाराष्ट्रीय ब्राह्मण थे। मैंने देखा है कि तंदुरुस्ती तथा हिंसा के सिद्धांत ठीक ऐसे लोगों की ओर आकर्षित होते हैं जो दोनों में से एक में भी मास्टरी की संभावना नहीं रखते। किसी भी युद्ध में महिलाएँ सबसे अधिक मुखर होती हैं। लेकिन आर.एस.एस. के ये बच्चे कम-से-कम साफ़-सुथरे एवं जागृत थे,

1. *Carte*

वे स्वाभिमान के साथ आचरण करते थे और उन्होंने अपने भय को जीत लिया था। मैं उन्हें पसंद करता था।

खामगाव और पूरे बरार में मराठी बोली जाती थी। यह क्षेत्र मराठा राज्य के विघटन के समय हैदराबाद के निज़ाम के पास आ गया था, परंतु उसके पास अधिक समय नहीं रहा। लॉर्ड कर्ज़न के काल में अँगरेज़ी फौज़ की हैदराबाद क्षेत्र में तैनाती की क़ीमत का भुगतान करने के लिए इसे सभी व्यावहारिक प्रयोजनों के लिए अँगरेज़ों को अर्पित कर दिया गया था। वहाँ के रहवासियों ने स्वयं को कभी भी निज़ाम की प्रजा नहीं माना था, और अँगरेज़ी शासन के पक्ष में पूर्ण परिवर्तन सरलता से हो गया। मराठा किसान से मुझे एक सतत आनंद प्राप्त होता था। मैं घोड़े पर सवार होकर और थोड़े सामान के साथ काफ़ी भ्रमण करता था। मुझे उसे अच्छे से जानने का अवसर मिला और उसने मुझे अपनी मित्रता में स्थान दिया। अनुविभाग में तीन तहसीलें थीं लेकिन आपराधिक कार्य की मात्रा अधिक नहीं थी। पहले मैंने इसका श्रेय जनता की विधि-भीरु प्रवृत्ति को दिया था। मैं ग़लत था। मैंने जल्दी ही यह ढूँढ़ निकाला कि थानों के प्रभारी पुलिस उपनिरीक्षक छोटे अपराधों के विशाल बाहुल्य को अनौपचारिक गाँव की पंचायतों को सौंप देते थे, और उन्हें प्रकरणों को निराकृत करने के लिए बाध्य करते थे। न्याय प्रदान शीघ्र और सस्ते में कर दिया जाता था और अपराध सांख्यिकी सम्मानजनक रहती थी क्योंकि अपराध पंजीबद्ध ही नहीं होते थे।

मेरे एक भ्रमण के दौरान मेरी मुलाकात चीता पारधी नाम के एक व्यक्ति से हुई, जो मुझसे जुड़ गया और कुछ वर्षों के बाद मेरे लिए कुछ असहजता का कारण बना। मैं जलगाँव तहसील के एक गाँव में रुका हुआ था। जब दिन के पहले चाय के कप का आनंद ले रहा था, कुछ शोर हुआ। एक तेंदुआ एक ज्वार के खेत में अधिक देर तक सोता रह गया था और उसने खेत में अलस्सुबह सबसे पहले प्रवेश करने वाले दो लोगों को घायल कर दिया था। मैं उसकी खोज करने के लिए एक दस फीट लंबे सुअर मारने के भाले से लैस होकर निकल पड़ा। जहाँ कुछ भी दिखाई नहीं पड़ता हो, उस घनी आड़ में छिपे तेंदुए के लिए यह सचमुच सर्वोत्तम उपाय है। भाले को व्यवहार में लाने का एक हुनर है। उसका सिरा ज़मीन से टिकाकर रखा जाता है, पिंडली द्वारा स्थिर करके और झपटते हुए तेंदुए की ओर साधकर, जो यदि सब ठीक रहा तो अपने आप को नोक पर घुँपा लेता है। चीता पारधी चुपचाप मेरे साथ ज्वार में घुसा, और यह मेरा अच्छा भाग्य था कि उसने ऐसा किया। तेंदुआ झपटा, मेरी नोक उसके केंद्र से हटकर थी, वह तेंदुए के छाती के स्थान पर उसके पेट में घुसी और मैं बहुत मुश्किल में पड़ जाता यदि पारधी ने उसे भाला नहीं मारा होता। पारधी एक घुमक्कड़ जनजाति है जो अपना जीवन-यापन शिकार कर, फंदा लगाकर और संभवतः लगे हाथ छोटी-मोटी डकैती कर करती है। मैंने उसे अपना स्थायी शिकारी नियुक्त किया और कुछ समय के लिए सब ठीक चलता रहा। वह एक उत्कृष्ट

खोजी था तथा भय का अर्थ नहीं जानता था। दुर्भाग्य से मैं शिकार पर रोज़ नहीं जा सकता था और कुछ महीनों के बाद मेरे पारधी के लिए वक़्त काटना कठिन हो गया। उसने एक छोटा लेकिन बहुत कुशल दस्यु गिरोह बनाया और अंततोगत्वा पकड़ा गया। उस पर मुक़दमा चला और उसे पाँच वर्ष के कठोर कारावास की सज़ा हुई। मेरे मित्रों ने औघड़ और पैनी पूछताछ की कि मैं उससे चोरी की गई वस्तुओं की अभिरक्षा के लिए कितना प्रभार वसूलता था। लेकिन जब उसने पूरी सज़ा काट ली तब उसने मुझे ढूँढ़ निकाला—मैं उस समय नागपुर में पदस्थ था—और अपनी पुरानी नौकरी माँगी जैसे कि इस अनुरोध में कुछ भी असामान्य नहीं था। मैंने उसे वह दी।

और ऐसे समय व्यतीत हुआ। राज का कोई विरोध नहीं था; न ही समर्थन था। हमारी गुप्तचर सूचनाएँ ज़िला स्तर पर राजनीतिक गतिविधियों में स्तब्धता का संकेत कर रही थीं। ज्वार एवं कपास की स्थिति अच्छी थी, किसान उतना ख़ुश था जितने की वह कभी भी चाह रख सकता था। गाँव के देवता आशावाद से द्वेष करते हैं। उन्हीं दिनों मैंने दो शेरों को गोली से मार डाला।

तीन

मार्च—या सही-सही अगस्त, 1942 के मास का मध्य—समीप आता है, और यह समय है समीक्षा करने का, इससे पहले कि नाटक का पर्दा ऊपर हो। मैंने 1942 के आंदोलन का एक असामान्य सिद्धांत प्रतिपादित किया है। पाठक को साक्ष्य माँगने का अधिकार है। पहले साक्षी सुभाष चन्द्र बोस स्वयं हों। आगे आने वाले उद्धरण उनकी पुस्तक 'दि इंडियन स्ट्रगल 1920...1942' (एशिया पब्लिशिंग हाउस, न्यूयॉर्क) से लिये गए हैं। यह पुस्तक बहुत जल्दी में लिखी गई है और ठीक इसी कारण से मूल्यवान है; उसमें प्रथम धारणा है, और प्रथम धारणा प्राय: सच्ची होती है।

> *लेखक और गांधी गुट के बीच दरार अब ज़्यादा चौड़ी थी, यद्यपि वह जनता को दृष्टिगोचर नहीं थी। इसलिए जनवरी, 1939 के अध्यक्षीय चुनाव में गांधी गुट और साथ ही पंडित नेहरू के द्वारा उसका कड़ा विरोध किया गया।*
>
> *फिर भी एक आसान बहुमत के साथ वह विजयी रहा। यह 1923-24 के बाद पहला अवसर था जब महात्मा को सार्वजनिक हार का सामना करना पड़ा, और उनके साप्ताहिक अखबार 'हरिजन' में उन्होंने हार की खुली अभिस्वीकृति दी...। मार्च, 1939 में, कांग्रेस के वार्षिक अधिवेशन में अध्यक्षता करते हुए लेखक ने यह स्पष्ट प्रस्ताव रखा कि भारतीय राष्ट्रीय कांग्रेस को तत्काल अँगरेज़ सरकार को अंतिम चेतावनी भेजकर छह माह के अंदर स्वतंत्रता दिये जाने की माँग करनी चाहिए और साथ-साथ एक राष्ट्रीय संघर्ष की तैयारी करनी चाहिए। इस प्रस्ताव का गांधी गुट और*

नेहरू के द्वारा विरोध किया गया और खारिज़ कर दिया गया। इस प्रकार एक विचित्र स्थिति उत्पन्न हुई। यद्यपि लेखक कांग्रेस का अध्यक्ष था, उसका नेतृत्व उस समूह के द्वारा स्वीकार नहीं किया गया (पृष्ठ 332)।

इतने पहले 1939 से ही वह सुभाष चन्द्र बोस हैं जो एक राष्ट्रीय संघर्ष का आह्वान करते हैं और महात्मा हैं जो उसका विरोध करते हैं। सत्ता के लिए छल-कपट करने के चिह्न दिखने लगे हैं जो समय बीतने के साथ और स्पष्ट हो जाते हैं।

महात्मा गांधी और लेखक के बीच हुई संधि-वार्ताओं से प्रकट हुआ कि एक ओर गांधी गुट लेखक के नेतृत्व को नहीं मानेगा और दूसरी ओर, लेखक एक कठपुतली अध्यक्ष बनने के लिए तैयार नहीं होगा। परिणामस्वरूप अध्यक्षता से त्यागपत्र देने के अलावा और कोई विकल्प नहीं था। यह लेखक ने 29 अप्रैल, 1939 को किया, और वह तत्काल— समस्त वामपंथ को एक झंडे के नीचे एकजुट करने की दृष्टि से— कांग्रेस के अंदर एक क्रांतिकारी और प्रगतिशील दल का गठन करने के लिए अग्रसर हुआ। इस दल को फारवर्ड ब्लाक कहा गया। 1939 के बहुत पहले ही लेखक का विश्वास था कि निकट भविष्य में युद्ध के रूप में एक अंतर्राष्ट्रीय संकट उत्पन्न हो सकता है और भारत को इस संकट का पूर्ण लाभ अपनी स्वतंत्रता जीतने के लिए लेना चाहिए (पृष्ठ 333)।

धोखाधड़ी की प्रक्रिया अपनी तार्किक पूर्णता को प्राप्त कर लेती है और बोस त्यागपत्र दे देते हैं। लेकिन यहाँ त्यागपत्र से बढ़कर कुछ है। युद्ध का उपयोग भारत की स्वतंत्रता प्राप्ति के लिए करने के लिए यह पहला खुला संकेत है, और ब्रिटेन के शत्रुओं के साथ सहयोग करने के पीछे पहला निहितार्थ यही है। हम सुरक्षित रूप से अनुमान कर सकते हैं कि यह निहितार्थ महात्माजी को भी स्पष्ट हो गया था।

सितंबर, 1938 से महात्मा गांधी ने लगातार इस बात पर जोर दिया था कि निकट भविष्य में एक राष्ट्रीय संघर्ष का प्रश्न ही उत्पन्न नहीं होता है, जबकि लेखक और उसके समान अन्य, जो उनसे कम देशभक्त नहीं थे, को उतना ही यक़ीन था कि देश आंतरिक रूप से एक क्रांति के लिए अभूतपूर्व रूप से परिपक्व था, और आने वाली अंतर्राष्ट्रीय संकट की स्थिति भारत को उसकी मुक्ति के लिए एक ऐसा अवसर प्रदान कर रही है, जो मानव इतिहास में अत्यंत दुर्लभ है। जब सभी अन्य प्रयास असफल हो गए, तब केवल यही मार्ग शेष रहा कि फारवर्ड ब्लाक का गठन किया जाए और उसके कारण महात्मा पर परोक्ष दबाव बनाया जाए। यह विधि अंततः प्रभावी सिद्ध हुई। वस्तुतः यदि यह नहीं किया गया होता, गांधी अपनी पूर्व अभिवृत्ति को नहीं बदलते और आज भी वहीं रहते जहाँ वे सितंबर, 1939 में युद्ध के प्रारंभ होने पर थे (पृष्ठ 333)।

महान पुरुष भी आशोन्मुख विचार करने की क्षमता रखते हैं। फारवर्ड ब्लाक के गठन ने कांग्रेस के रुख़ को कड़ा नहीं किया था, जिसने किया था वह फरवरी, 1942 के बाद सुदूर पूर्व में जापानियों की सफलता थी और स्वयं सुभाषचंद्र बोस का भारतीय स्वतंत्रता संघर्ष का नेता के रूप में उभरना था जो जापानियों को स्वीकार्य था। सुभाषचंद्र बोस स्वयं स्वीकारोक्ति देते हैं कि 1940 और 1941 में फारवर्ड ब्लाक के अस्तित्व में आने के बाद सत्याग्रह एक बेमन से की गई गतिविधि थी।

> *1940–41 में अभियान महात्मा के द्वारा उस उत्साह और प्रबलता से संचालित नहीं किया गया था जैसा हमने 1921 में और पुनः 1930–32 में देखा था। स्पष्ट रूप से गांधी अभी भी एक समझौते के लिए दरवाज़ा खुला रखना चाहते थे, जो संभव नहीं होता यदि अभियान के दौरान अँगरेज़ों के विरुद्ध अत्यधिक कटुता भड़काई जाती (पृष्ठ 345 वही)।*

अंत में बोस खुले तौर पर सामने आ जाते हैं और स्वतंत्रता संघर्ष के लिए अपनी भव्य रणनीति प्रकट करते हैं।

> *प्रथम, ब्रिटेन युद्ध हार जाएगा और ब्रिटिश साम्राज्य के टुकड़े हो जाएँगे। दूसरे, असुरक्षित स्थिति में होने के बावजूद भी अँगरेज़ भारतीय लोगों को सत्ता नहीं सौंपेंगे और परवर्तियों को अपनी आज़ादी के लिए लड़ाई लड़नी होगी। तीसरे, भारत अपनी आज़ादी जीत लेगा यदि वह ब्रिटेन के विरुद्ध युद्ध में अपनी भूमिका अदा करेगा तथा उन शक्तियों को सहयोग देगा, जो ब्रिटेन से लड़ रही हैं। (पृष्ठ 345 वही)।*

मेरी यह युक्ति है कि वे ये विचार 1938 में भी रखते थे, यह कि वे महात्मा को ज्ञात थे, और यह कि ये बोस के कांग्रेस की सत्ता से निष्कासन के कारण थे, और यह कि इन कारणों से जैसे ही जापानी सुदूर पूर्व में सफल हो गए, 1942 का आंदोलन अत्यावश्यक हो गया।

अब दूसरे और अंतिम साक्षी को कठघरे में आने दें। महात्मा नहीं; मैं। मैं अत्यंत कनिष्ठ अधिकारी था, ज़रा भी महत्त्वपूर्ण नहीं, परंतु लोग—काफ़ी महत्त्वपूर्ण लोग भी—मुझ से उन्मुक्त बात करते थे। निश्चय ही मैंने सरोजिनी नायडू के मेरी धर्ममाता होने की शान नहीं बघारी, परंतु मैंने इसे रहस्य बनाकर भी नहीं रखा। मैं बहुत आश्वस्त हूँ कि किसी भी महत्त्वपूर्ण कांग्रेसी को तनिक भी आभास नहीं था कि '42 के आंदोलन के समान कोई चीज़ होने वाली है। जब प्रारूप 'भारत छोड़ो' संकल्प प्रेस में आया, किसी ने पावर ऑफ अटार्नी का निष्पादन प्रारंभ नहीं किया जिससे कि उनके जेल जाने पर उनकी संपत्ति की देखभाल हो सके। न ही आपराधिक विधि के अंतर्गत संपत्ति के अधिग्रहण को विफल करने के लिए बेनामी हस्तांतरण हुए, जैसा कि पूर्व के आंदोलनों में हमेशा हुआ करता था। एक राजस्व अधिकारी होने के नाते मेरी दृष्टि में मेरे भू-राजस्व और तक़ाबी लेखा ने मामला तय कर दिया था। यह प्रथा

बन चुकी थी कि महत्त्वपूर्ण कांग्रेस आंदोलन के पूर्व भू-राजस्व और तक़ाबी का समय पर भुगतान करने से बचा जाए ताकि सरकार अपना ध्यान अनन्य रूप से सत्याग्रह पर केंद्रित न कर सके। वर्तमान में ऐसा कोई चलन नहीं था। उल्टे संग्रहण सामान्य से बेहतर ही था।

लेकिन यदि कांग्रेस कोई बड़ा उपद्रव खड़ा करना नहीं चाहती थी तो, हे भगवान, किस कारण ने उपद्रव को जन्म दिया ? तो सबसे पहली बात यह है कि ऐसा नहीं कह सकते कि कोई बड़ा उपद्रव हुआ, जब हम देश के आकार और उसकी आबादी को विचार में लें। उत्तर पश्चिम सीमांत प्रांत, पंजाब, बंगाल, आसाम और उड़ीसा में गठबंधन सरकारें थीं और वहाँ प्राय: न के बराबर घटनाएँ हुईं। दक्षिण भारत में भी अमूमन कुछ ख़ास नहीं हुआ। वास्तविक उपद्रव बिहार, यू.पी., अंशत: बाम्बे प्रेसीडेंसी और अंशत: मध्यप्रांत और बेरार तक सीमित रहा। सुप्रसिद्ध इतिहासकार डॉ. ताराचंद अपनी पुस्तक 'हिस्ट्री ऑफ फ्रीडम मूवमेंट इन इंडिया', जो प्रसंगवश (स्वतंत्र) भारत सरकार के प्रकाशन प्रभाग द्वारा प्रकाशित की गई है, में यह कहते हैं :

> *9 अगस्त को नेताओं के बंदी बना लिये जाने के बाद फैली अशांति के व्यापक स्वरूप के कारण कुछ जगहों पर यह निष्कर्ष निकाला गया कि यह कांग्रेस आंदोलन नहीं था, परंतु लोगों का स्वत:स्फूर्त विद्रोह था। ऐसा बिल्कुल नहीं था; भारत के लोग उसके पीछे नहीं थे; मुस्लिम, अनुसूचित जातियाँ और श्रमिक पूर्णत: तटस्थ खड़े रहे।*

आधिकारिक सांख्यिकी के अनुसार पुलिस के गोलीचालन के कारण 763 लोग मारे गए और 1941 घायल हुए। समीपस्थ अवधि में रूस में जर्मनों का विरोध करते हुए तीस लाख नागरिकों की जान गई थी। '42 के आंदोलन में सरकार को 27,35,225 रुपयों की क्षति पहुँची थी। एयर इंडिया में पाइलटों की हड़ताल, जो अगस्त, 1974 में शुरू हुई थी, के कारण उसके अध्यक्ष के अनुसार सितंबर तक छह करोड़ रुपए से अधिक नुकसान हुआ था। '42 के आंदोलन को नजदीक से देखे हुए एक तृणमूल भारतीय होने के नाते मुझे यह अर्वाचीन भारतीय मत, कि वह एक राष्ट्रीय लहर थी, कसैला लगता है। तत्कालीन अँगरेज़ मत भी मेरे मत से मेल खाता था। मेरे देश में एक राष्ट्रीय लहर एक पिद्दी मंच में नहीं समाती। जो भी उपद्रव हुए, उसका द्वितीय कारण अँगरेज़ थे। सभी कांग्रेस नेता, वे सभी पुरुष और स्त्रियाँ जिनकी संगठन सुनता, एक साथ गिरफ़्तार कर लिये गए। इससे एक शून्य छूट गया और प्रकृति को शून्य नागवार होता है। उत्पन्न राजनीतिक संकट से निपटने के दो तरीक़े होते हैं। पहला, उपद्रव शुरू होने के पहले ही आंदोलन को नेतृत्व से वंचित करना; लेकिन उस स्थिति में वे सभी लोग जो नेता हैं और जो नेता हो सकते हैं, उन्हें पकड़ना ज़रूरी है : नेतृत्व के तीसरे और चौथे स्तर तक गिरफ़्तारियाँ की जानी होती हैं। दूसरा तरीक़ा स्थिति को बढ़ने देने का है, ताकि नेतृत्व की विभाजन रेखाएँ स्पष्ट

हो जाएँ और तब—परंतु अधिक विलंब न करते हुए—आंदोलन को प्रभावी नेतृत्व से वंचित करना ज़रूरी है। यह अवश्य है कि इसके लिए कोई पक्का नियम नहीं हो सकता है, क्योंकि कोई भी दो स्थितियाँ पूर्णत: एक समान नहीं हो सकती हैं। अँगरेज़ों ने पहले मार्ग को चुना परंतु वे ज़्यादा गहराई तक नहीं गए। उन्होंने पंडित डी.पी. मिश्र को बंदी बनाया क्योंकि वह मध्यप्रांत के लौहपुरुष थे और अखिल भारतीय कांग्रेस कमेटी के उच्चपदस्थ नेता थे, परंतु उन्होंने श्यामलाल कश्मीरी को गिरफ़्तार नहीं किया जो कांग्रेस में कोई पद धारण नहीं करता था और जिसने अपने मित्र मगनलाल बागड़ी के साथ मिलकर जितना अधिक कष्ट पहुँचाया उतना पंडित मिश्र कभी भी नहीं दे सकते थे। केवल इसलिए क्योंकि वह पंडित मिश्र के समान महान व्यक्ति नहीं था। महत्त्वपूर्ण व्यक्तियों मात्र को निष्प्रभावी करने की अँगरेज़ों की नीति का परिणाम कांग्रेस के अधिक अतिवादी, अधिक हिंसक और अधिक साहसिक तत्त्वों के लिए मैदान खुला छोड़ना था। जो कुछ भी परेशानी हुई, वह इन्हीं के द्वारा पहुँचाई गई।

गिरफ़्तारियाँ सुपरिचित लोगों तक सीमित रखना एक नीति का विषय था। ज़िला अधिकारियों और प्रांतीय स्तर पर उनके वरिष्ठों को इसमें कोई विकल्प नहीं था। भारत सरकार के एक परम गोपनीय पत्र दिनांक 2 अगस्त में कार्यवाही की दिशा स्थापित की गई थी, जिसका सार ब्रिटिश स्टेशनरी ऑफिस द्वारा प्रकाशित संकलन 'दि ट्रांसफर ऑफ पॉवर' में उद्धृत किया गया है :

> *किसी भी व्यक्ति को केवल एक अवैध संगठन के सदस्य होने से गिरफ़्तार नहीं किया जाएगा, सामान्य उद्देश्य जेलों को भरना न होकर गिरफ़्तारियों की संख्या को उन तक सीमित रखना है जो कांग्रेस संगठन को ठप्प करने के लिए अनिवार्य समझे जाएँ।*

अपने विवेक में भारत सरकार ने सोचा कि प्रमुख पदाधिकारी ही अनिवार्य व्यक्ति थे, जबकि कोई भी सैन्य अधिकारी आपको बताएगा कि एक लड़ाई में जिनका महत्त्व होता है, वे एन.सी.ओ.हैं, न कि अधिकारी। जैसे 1857 में रिज में हमने ब्रिगेडियर को निष्प्रभावी किया परंतु वह उसका ख़ानसामा था जिसने दिक़्क़त दी। मेरे अनुविभाग में बाईस कांग्रेसी नेताओं को गिरफ़्तारी के लिए चुना गया था। जब मैं अगली बार आयुक्त पी.जी. ब्राये से मिला तो मैंने इसका विरोध किया। मैंने कहा कि उनमें से किसी के भी हिंसक हो जाने की संभावना नहीं थी, उल्टे यदि हिंसा भड़की तो उसका विरोध करने के लिए उन पर निर्भर रहा जा सकता था। जिस निश्चितता के साथ मैं बोला, उससे वे मनोरंजित हुए। "मेरा अंदाज़ है कि तुम किसी को भी गिरफ़्तार नहीं करना चाहते क्योंकि वे सब पलस्तर के संत हैं?" मेरा उत्तर था, "श्रीमान, मैं इन बाईस को गिरफ़्तार नहीं करना चाहता, परंतु मेरे पास यह लगभग 700 आदमियों की सूची है जिन्हें मैं उठा लेना ज़रूर चाहूँगा। प्रत्येक नाम के

सामने कारण लिखे हैं। इनमें से कोई भी कांग्रेस का पदाधिकारी नहीं है। उन्होंने सूची पर और प्रत्येक नाम के सामने मेरे द्वारा लिखी गई टिप्पणियों पर नज़र फेरी। उन्होंने धीरे से सिर हिलाया, "यदि यह 1930 होता या फिर 1940 भी तो मैं तुम्हें खुली छूट देता। पर ऐसा नहीं है। यह 1942 है। यह तमाशा भारत सरकार के द्वारा संचालित किया जा रहा है। मेरे बेटे, आदेशों का पालन करो।" एक तीसरा कारण है कि क्यों '42 का आंदोलन किन्हीं-किन्हीं स्थानों और किन्हीं-किन्हीं अवसरों पर अनियंत्रित हो गया। भले ही अँगरेज़ों ने धुरी के सम्मुख बहादुर चेहरा बनाए रखा हो, लेकिन वे अत्यंत संकट में तो थे। उनके दृष्टिकोण से यह अत्यावश्यक था कि '42 के आंदोलन को कुचल दिया जाए, इसके पहले कि वह ऐसे आयाम धारण कर ले कि सेना को बड़े पैमाने पर बुलाने की आवश्यकता पड़े। उन्होंने निर्णय लिया कि ऐसा करने का सर्वोत्तम तरीक़ा होगा उन लोगों का उदाहरण बनाना जो इतने दुस्साहसी होंगे कि राज का विरोध करें। सापेक्षतः निरूपद्रवी जमावों का भी जिन्हें बिना बल प्रयोग के तितर-बितर हो जाने के लिए मनाया जा सकता था। बल का प्रयोग भीड़ के हिंसक हो जाने के बहुत पहले किया गया, आवश्यकता उत्पन्न होने के बहुत पूर्व, और स्वाभाविक था कि इसके कारण क्रिया-प्रतिक्रिया शुरू हुई, क्योंकि हिंसा से हिंसा जन्म लेती है। ऐसे अवसरों पर गोलीचालन किया गया कि जब थोड़े से धैर्य, थोड़े व्यवहार-चातुर्य से स्थिति को आसानी से सँभाला जा सकता था।

एक बार जहाँ कनिष्ठ पुलिस अधिकारियों ने हवा का रुख़ देख लिया, उन्होंने उनके अँगरेज़ प्रभुओं को पीछे छोड़ दिया, राय साहब की पदवी या पदोन्नति की अभिलाषा में। और उन्हें वे प्राप्त भी हुईं।

मैं यह विचार नहीं देना चाहता कि प्रत्येक अँगरेज़ अधिकारी उन अभिप्रायों से लबरेज़ था जो मैंने उन पर सामान्य रूप से थोपे हैं। सम्माननीय अपवाद भी थे। जैसे जबलपुर में पैटरसन; और अमूमन अँगरेज़ कमिश्नरों ने अपने से कम उम्र के अँगरेज़ ज़िला अधिकारियों के उत्साह को नियंत्रित करने का प्रयास किया भी। भारतीय अधिकारियों ने सामान्यतः अच्छा व्यवहार किया। उन्होंने संभाव्य खतरनाक जमावों का मुकाबला करने में और उन्हें विसर्जन के लिए तैयार करने में प्रशांत साहस प्रदर्शित किया। अनावश्यक बल प्रयोग नहीं हुआ तथा अत्याचार नहीं हुए। हमारा तरीक़ा हमारे प्रभुओं को शायद पसंद नहीं था लेकिन उसके कारण किसी को कष्ट नहीं सहना पड़ा। कम-से-कम ऊपर से दिखा तो नहीं।

चार

'भारत छोड़ो' संकल्प 8 अगस्त, 1942 को पारित हुआ और उसके बारे में रोचक बात यह है कि कभी भी उसे स्वयं अपना अभिप्राय स्पष्ट करने का अवसर किसी

ने नहीं दिया है; उसके रचयिताओं के द्वारा भी नहीं। वह गीता होने से कोसों दूर था लेकिन गीता के समान ही उसे स्पष्टीकरणों, टीकाओं और व्याख्याओं की बाढ़ सहनी पड़ी है। यह न्यायोचित ही होगा—कम-से-कम एक बार—उस संकल्प को अपना अभिप्राय स्वयं स्पष्ट करने दिया जाए। वह इस प्रकार है :

अखिल भारतीय कांग्रेस कमेटी ने अत्यंत ध्यान से वर्किंग कमेटी के संकल्प दिनांक 14 जुलाई, 1942 के द्वारा उसे किए गए संदर्भ पर और पश्चातवर्ती घटनाओं, जिनमें युद्ध स्थिति का विकासन, ब्रिटिश सरकार के जिम्मेदार प्रवक्ताओं के उद्गारों और भारत और विदेशों में की गई टिप्पणियाँ और आलोचनाएँ भी शामिल हैं, पर विचार किया है। कमेटी संकल्प को अनुमोदित करती है और उसका समर्थन करती है और उसका यह मत है कि पश्चातवर्ती घटनाओं ने उसे और अधिक औचित्य प्रदान किया है और यह स्पष्ट कर दिया है कि भारत में अँगरेज़ी शासन की अविलंब समाप्ति की तत्काल आवश्यकता है— भारत के लिए भी और संयुक्त राष्ट्र के सिद्धांत की सफलता के लिए भी। उस शासन की निरंतरता भारत की प्रतिष्ठा कम करती है और उसे दुर्बल बनाती है और उसकी अपने आप की रक्षा करने और उसके द्वारा स्वतंत्र विश्व के सिद्धांत में योगदान देने की क्षमता को शनैः शनैः कम करती है।

कमेटी रूस और चीन के मोर्चों पर बिगड़ती स्थिति को देखकर चिंतित है और रूस और चीन के लोगों को अपनी स्वतंत्रता की रक्षा के लिए उनके द्वारा प्रदर्शित की जा रही वीरता के लिए अपनी ओर से उच्च सराहना प्रेषित करती है। इस बढ़ते हुए संकट ने उन सभी पर, जो स्वतंत्रता के लिए प्रयासरत हैं और जो आक्रमण के पीड़ितों के साथ सहानुभूति रखते हैं, यह दायित्व सौंपा है कि वे धुरी राष्ट्रों के द्वारा अब तक अपनाई गई नीति के आधारों का परीक्षण करें जिनके कारण बार-बार और अनर्थकारी असफलताएँ मिली हैं। इन उद्देश्यों और नीतियों और रीतियों से चिपके रहकर असफलता को सफलता में बदला नहीं जा सकता है, क्योंकि पूर्व अनुभव यह बताता है कि उनमें असफलता स्वभावतः है। ये नीतियाँ स्वतंत्रता पर उतनी आधारित नहीं हैं जितनी कि प्रजा और औपनिवेशिक देशों पर आधिपत्य जमाने और साम्राज्यवादी परंपराओं और तरीकों को निरंतर रखने पर हैं। साम्राज्य की प्राप्ति, शासन करने की शक्ति को बढ़ाने के स्थान पर एक बोझ और अभिशाप बन गई है। भारत, जो आधुनिक साम्राज्यवाद का प्रातिनिधिक देश है, इस प्रश्न का महत्त्वपूर्ण अंग बन गया है। भारत की स्वतंत्रता से ब्रिटेन तथा संयुक्त राष्ट्र का मूल्यांकन किया जाएगा और एशिया और अफ्रीका के लोग आशा तथा उत्साह से भर उठेंगे।

इस प्रकार इस देश पर से ब्रिटेन के शासन की समाप्ति एक अतिमहत्त्व का और तात्कालिक मुद्‌दा है जिस पर युद्ध का भविष्य और स्वतंत्रता एवं प्रजातंत्र की सफलता निर्भर करती है। स्वतंत्र होकर भारत अपने सभी विशाल संसाधनों को आज़ादी के संघर्ष में और नाज़ीवाद, फ़ासीवाद और साम्राज्यवाद के आक्रमण के विरुद्ध झोंककर इस सफलता को सुनिश्चित करेगा। यह न केवल युद्ध के भाग्य को अनिवार्यतः प्रभावित करेगा बल्कि संपूर्ण ग़ुलाम और उत्पीड़ित मानवता को संयुक्त राष्ट्र के पक्ष में ले आएगा, और इन राष्ट्रों को जिनका कि भारत मित्र होगा, विश्व का नैतिक और आध्यात्मिक नेतृत्व प्रदान करेगा। दासता में भारत ब्रिटेन के साम्राज्यवाद का प्रतीक बना रहेगा और उस साम्राज्यवाद का दाग़ पूरे संयुक्त राष्ट्र के भाग्य को प्रभावित करेगा।

अतः वर्तमान संकट भारत की स्वतंत्रता को और ब्रिटेन के आधिपत्य के अंत को आवश्यक बनाता है। प्रत्याभूतियों के कोई भी भविष्यकालीन वादे वर्तमान स्थिति को प्रभावित नहीं कर सकते अथवा उस संकट का सामना नहीं कर सकते। वे जनसमुदाय के मन में तत्काल मनोवैज्ञानिक प्रभाव उत्पन्न नहीं कर सकते। अब केवल स्वतंत्रता की प्रभा ही लाखों लोगों की ऊर्जा और उत्साह का उन्मेष कर सकती है जो युद्ध की प्रकृति को तत्काल रूपांतरित कर देगी।

अतः ए.आई.सी.सी. ब्रिटिश सत्ता की भारत से वापसी की माँग पूरे जोर के साथ दोहराती है। भारत की स्वतंत्रता की घोषणा पर एक अस्थायी सरकार का गठन किया जाएगा। स्वतंत्र भारत संयुक्त राष्ट्र का सहयोगी बनेगा और उसके साथ स्वतंत्रता के संघर्ष के संयुक्त उपक्रम में अग्नि-परीक्षा और कष्टों का साझेदार बनेगा। यह अस्थायी सरकार देश के प्रमुख राजनीतिक दलों और समूहों के सहयोग से ही बन पाएगी। वह इस प्रकार एक मिली-जुली सरकार होगी जो भारत के सभी महत्त्वपूर्ण वर्गों का प्रतिनिधित्व करेगी। उसका मूल कार्य उसके अधीन समस्त सशस्त्र और अहिंसक शक्तियों के द्वारा तथा मित्र शक्तियों के साथ मिलकर भारत की रक्षा करना और आक्रमण का मुकाबला करना होगा, और खेतों और कारखानों और अन्यत्र मजदूरों, जिनमें तत्त्वतः सभी सत्ता एवं अधिकार समाविष्ट होने चाहिए, की ख़ुशहाली का संवर्धन करना होगा। अस्थायी सरकार एक संविधान सभा के लिए एक योजना तैयार करेगी जो भारत सरकार के लिए एक सभी वर्गों के लोगों को स्वीकार्य संविधान का निर्माण करेगी। कांग्रेस की दृष्टि में यह संविधान संघीय होना चाहिए जिसमें सम्मिलित होने वाली इकाइयों के लिए अधिक से अधिक मात्रा में स्वायत्तता

हो और अवशिष्ट अधिकार इन इकाइयों में समाविष्ट हों। भारत और मित्र देशों के बीच भविष्य के संबंध अपने आपसी लाभ तथा आक्रमण का मुकाबला करने के समान कार्य के लिए वार्तारत इन सभी मुक्त देशों के प्रतिनिधियों द्वारा समायोजित किए जाएँगे। स्वतंत्रता भारत को लोगों की एकजुट इच्छाशक्ति और ताक़त के साथ आक्रमण का प्रभावी मुकाबला करने के लिए समर्थ बनाएगी।

भारत की स्वतंत्रता अन्य सभी एशियाई देशों, जो विदेशी आधिपत्य के अधीन हैं, की स्वतंत्रता के लिए प्रतीक तथा मंगलाचरण होनी चाहिए। बर्मा, मलाया, इंडो-चाइना, डच-इंडीज़, ईरान तथा इराक को भी उनकी पूर्ण स्वतंत्रता प्राप्त होनी चाहिए। यह पूरी तरह से समझा जाना चाहिए कि इनमें से ऐसे देश, जो अभी जापानी नियंत्रण में हैं, उन्हें बाद में किसी अन्य औपनिवेशिक शक्ति के शासन अथवा नियंत्रण में नहीं रखा जाना चाहिए।

यद्यपि ए.आई.सी.सी. को इस संकट की घड़ी में मुख्य रूप से भारत की स्वतंत्रता तथा रक्षा से सरोकार रखना चाहिए, कमेटी का यह मत है कि भविष्य में विश्व की शांति, सुरक्षा और व्यवस्थित विकास स्वतंत्र राष्ट्रों के महासंघ की माँग करती है। आधुनिक विश्व की समस्याओं को सुलझाने के लिए अन्य कोई आधार नहीं है। इस प्रकार का विश्व महासंघ उसमें समाविष्ट राष्ट्रों की स्वतंत्रता, एक राष्ट्र के द्वारा दूसरे राष्ट्र पर आक्रमण तथा शोषण करने पर रोक, राष्ट्रीय अल्पसंख्यकों का संरक्षण, सभी पिछड़े क्षेत्रों और लोगों की उन्नति तथा सभी के समान हित के लिए विश्व के संसाधनों का एकत्रीकरण सुनिश्चित करेगा। ऐसे विश्व महासंघ की स्थापना हो जाने पर सभी देशों में निरस्त्रीकरण व्यवहार्य होगा, राष्ट्रीय थल सेनाएँ, नौ सेनाएँ और वायु सेनाएँ इसके बाद आवश्यक नहीं रहेंगी; और एक विश्व महासंघ रक्षा सेना विश्व शांति बनाए रखेगी और आक्रमण रोकेगी।

एक स्वतंत्र भारत प्रसन्नतापूर्वक ऐसे विश्व महासंघ में शामिल होगा और अंतर्राष्ट्रीय समस्याओं के समाधान के लिए अन्य देशों के साथ समानता के आधार पर सहयोग करेगा।

ऐसा महासंघ उन सभी देशों के लिए खुला रहना चाहिए जो उसके मूलभूत सिद्धांतों के साथ सहमत हैं। लेकिन युद्ध के परिप्रेक्ष्य में, यह महासंघ अपरिहार्य रूप से, प्रारंभ में संयुक्त राष्ट्र तक सीमित रहना चाहिए। इस समय लिये गए ऐसे क़दम का सर्वाधिक गहरा प्रभाव युद्ध पर, धुरी राष्ट्रों के लोगों पर और आने वाली शांति पर पड़ेगा।

लेकिन कमेटी यह खेदपूर्वक महसूस करती है कि युद्ध के कारुणिक और कठोर सबक तथा संसार पर मँडराते संकटों के बावजूद कुछ ही देशों

की सरकारें अभी विश्व महासंघ की ओर यह अपरिहार्य क़दम उठाने के लिए तैयार हैं। ब्रितानी सरकार की प्रतिक्रियाएँ तथा विदेशी प्रेस की दिग्भ्रमित आलोचनाएँ यह स्पष्ट करती हैं कि भारत की स्वतंत्रता की स्पष्ट माँग का भी विरोध किया जा रहा है, जबकि यह माँग वर्तमान संकट से निपटने और भारत को अपने आप की रक्षा करने तथा चीन और रूस को उनकी आवश्यकता की घड़ी में मदद करने के लिए उठाई गई है। कमेटी चीन अथवा रूस, जिनकी स्वतंत्रता बहुमूल्य है और जिसकी रक्षा की जानी चाहिए, की प्रतिरक्षा को किसी भी प्रकार से कठिनाई में न डालने के लिए अथवा संयुक्त राष्ट्र की रक्षा क्षमता को खतरे में न डालने के लिए व्यग्र है। लेकिन भारत और इन राष्ट्रों के लिए संकट गहराता जा रहा है। इस चरण में कोई कार्यवाही न करना तथा विदेशी प्रशासन के अधीनस्थ रहना भारत के लिए न केवल अवमानकारी है और अपनी रक्षा करने और आक्रमण का मुकाबला करने के लिए उसकी क्षमता कम करता है बल्कि उस गहराते संकट के लिए कोई उत्तर नहीं है और संयुक्त राष्ट्र संघ के लोगों के लिए कोई सेवा नहीं है। वर्किंग कमेटी के द्वारा ग्रेट ब्रिटेन तथा संयुक्त राष्ट्र को की गई मार्मिक अपील पर अब तक कोई प्रतिक्रिया प्राप्त नहीं हुई है और बहुत से विदेशी स्थानों पर हुई आलोचनाएँ भारत की और विश्व की आवश्यकताओं के प्रति अज्ञानता और कभी-कभी भारत की स्वतंत्रता के लिए शत्रुता भी दर्शाती हैं जो कि प्रभुत्व तथा नस्लीय श्रेष्ठता की मानसिकता का लक्षण है, और यह ऐसे स्वाभिमानी लोगों के द्वारा सहन नहीं किया जा सकता है, जो अपनी शक्ति और प्रयोजन के न्याय के प्रति जागरूक हैं।

ए.आई.सी.सी.ई. फिर एक बार, इस अंतिम अवसर पर, विश्व स्वतंत्रता के हित में ब्रिटेन और संयुक्त राष्ट्र से यह अपील दोहराती है। लेकिन कमेटी यह महसूस करती है कि राष्ट्र को एक साम्राज्यवादी और निरंकुश शासन, जिसने उसके ऊपर प्रभुत्व जमा लिया है और जो उसे स्वयं के हित में और मानवता के हित में काम करने से रोकता है, के विरुद्ध अपनी इच्छाशक्ति को प्रभावपूर्वक दिखलाने से रोकना न्यायसंगत नहीं रहेगा। इसलिए कमेटी भारत की स्वतंत्रता और आज़ादी के अहस्तांतरणीय अधिकार का रक्षण करने के लिए यथासंभव व्यापक पैमाने पर अहिंसात्मक रीति से जनसंघर्ष प्रारंभ करने का संकल्प लेती है, ताकि राष्ट्र पिछले बाईस वर्षों के शांतिपूर्ण संघर्ष के दौरान अर्जित की गई अहिंसात्मक ताक़त का उपयोग कर सके। ऐसा संघर्ष अनिवार्य रूप से गांधीजी के नेतृत्व में होगा तथा कमेटी उन्हें नेतृत्व लेने के लिए तथा उठाए जाने वाले कदमों के बारे में राष्ट्र को मार्गदर्शन करने के लिए अनुरोध करती है।

कमेटी भारत की जनता को उन खतरों और कठिनाइयों को जो उनके राह पर आएँगी, साहस तथा धैर्य के साथ सहन करने, और गांधीजी के नेतृत्व में एकता बनाए रखने तथा उनके अनुदेशों को भारतीय स्वतंत्रता के अनुशासित सिपाहियों की तरह निष्पादित करने के लिए अपील करती है। उन्हें यह याद रखना है कि अहिंसा इस आंदोलन का आधार है। एक ऐसा समय आ सकता है जब अनुदेश जारी करना अथवा अनुदेशों का हमारे लोगों तक पहुँचना संभव न हो सके, और जब कोई कांग्रेस कमेटी कार्य न कर सके। जब ऐसा होता है तो हर पुरुष और महिला, जो इस आंदोलन में भाग ले रहे हैं, को जारी किए जा रहे सामान्य अनुदेशों की चतुष्दिशा में रहते हुए कार्य करना होगा। हर भारतीय जो आज़ादी चाहता है और उसके लिए संघर्ष कर रहा है, स्वयं का मार्गदर्शक होगा जो उसे कठिन रास्ते पर ले जाने के लिए आग्रह करेगा और जहाँ कोई विश्रामस्थल नहीं होगा और जो अंततः भारत की स्वतंत्रता की ओर ले जाता है।

अंत में यद्यपि ए.आई.सी.सी. के द्वारा स्वतंत्र भारत के अधीन भविष्य के शासन के बारे में अपने विचार व्यक्त किए गए हैं, ए.आई.सी.सी. सभी संबंधितों को यह अच्छे से स्पष्ट कर देना चाहती है कि जनसंघर्ष का सूत्रपात कर उसका कांग्रेस के लिए सत्ता हासिल करने का उद्देश्य नहीं है। सत्ता, जब वह प्राप्त होगी, भारत के सभी लोगों की होगी।

तो यह है। साफ़ तौर से परस्पर विरोधी दृष्टिकोणों के बीच का एक समझौता, परंतु अहिंसा पर बार-बार जोर के साथ और बहुत स्पष्ट रूप से समझौता वार्ता के लिए दरवाज़ा खुला रखते हुए। 'भारत छोड़ो' का कहीं उल्लेख नहीं है, करो या मरो का कोई उल्लेख नहीं है, और कहीं माँग नहीं है कि अँगरेज़ तत्काल जाएँ। अँगरेज़ों ने संकल्प के द्वारा दिए गए अवसर का लाभ उठाते हुए कांग्रेसी मुठभेड़कारियों के दलों को, जो उनके बाजुओं में बाधा डाल रहे थे और वास्तविक युद्ध पर ध्यान केंद्रित करना कठिन कर रहे थे, बुहारने के लिए काम लाया। हमने उनके आदेशों का पालन किया।

पाँच

दस अगस्त को मध्यप्रांत और बेरार के प्रतिनिधियों ने अपने-अपने प्रदेशों में वापस जाने के लिए बंबई छोड़ा। सभी पूर्व कांग्रेस मंत्री दल में थे और हमें मुख्य नेताओं को मलकापुर में गिरफ़्तार करने के आदेश मिले, जो मेरे अनुविभाग में था। लगभग दो बजे जब मलकापुर में रेलगाड़ी आई तो उन्हें विधिवत गिरफ़्तार किया गया। यह देखना मज़ेदार था कि मध्यप्रांत के पूर्व गृह मंत्री पंडित डी.पी.मिश्र ने गिरफ़्तारी का

पूर्वाभास कर लिया था। अनुमानतः वे जानते थे कि पुलिस का दिमाग़ कैसे काम करता है; उन्होंने उनके सहकर्मियों को, पूर्व मुख्यमंत्री पंडित रविशंकर शुक्ल को शामिल करते हुए, केवल मलकापुर तक टिकट ख़रीदने के लिए मना लिया ताकि उनका पैसा व्यर्थ न हो। पुलिस अधीक्षक कार्टराइट था, एक रूखा आदमी जिसने ब्रिटिश साम्राज्य का पूरा भार ख़ुद अपने ऊपर ओढ़ लिया था। उसने अपने बंदियों का मजाक उड़ाया कि उन्होंने नागपुर तक टिकट खरीदकर अपना पैसा व्यर्थ गँवा दिया जबकि उनकी यात्रा मलकापुर में समाप्त होने वाली थी। उत्तर में पंडित मिश्र ने टिकटों की गड्डी उठाकर दिखाई जो केवल मलकापुर तक के लिए थी। कार्टराइट चकित हो गया। उसने पूछा, ''किसने आपको बताया कि आपको यहाँ गिरफ़्तार किया जाएगा?'' पंडित मिश्र ने मितव्ययता से उत्तर दिया, ''मध्यप्रांत के अंदर का पहला रेलवे स्टेशन।''

इसने कार्टराइट को कुछ समय के लिए ठीक कर दिया, लेकिन केवल अस्थायी तौर पर। बंदियों को विशेष बसों में नागपुर ले जाया गया और कार्टराइट ने रास्ते में हमला पुनः शुरू कर दिया। उसने अत्यंत कुरुचिपूर्णता से कहा, ''यह क्या, सब बकवास है एक खुले विद्रोह की? तुम्हारा विद्रोह शुरू होने के पहले ही समाप्त हो गया है।'' इस तथ्य के बावजूद कि पंडित शुक्ल एक अनुभवी राजनीतिज्ञ थे, उन्होंने अपना आपा खोने की विलासिता में रस लिया और कुछ ऐसा कहा, ''यदि तुम लोगों ने हमें कुछ और दिन दिये होते तो तुम्हें पता चल जाता कि खुला विद्रोह क्या होता है, तुम और तुम्हारे पुलिस थाने!'' यह एक क्रोधित प्रत्युत्तर था जिसका कोई मायने नहीं था लेकिन अंग्रेजों ने टोटेनहैम रिपोर्ट में उसका अच्छा-ख़ासा उपयोग किया (रिपोर्ट ऑन द कांग्रेस रिस्पांसिबिलिटि फार द डिस्टर्बेंसेस, सर रिचर्ड टोटेनहैम, तत्कालीन गृह सचिव, भारत सरकार)। उनका वृत्तांत यह था कि पंडित शुक्ल ने कहा था, ''यदि हमें दस दिन का समय मिलता तो प्रांत का प्रत्येक पुलिस थाना जलाकर राख कर दिया जाता।'' कांग्रेस का वृत्तांत फिर कुछ और ही था: ''यह अँगरेज़ों के लिए भाग्य की बात है कि कांग्रेस अहिंसा से बद्ध है। यदि ऐसा नहीं होता तो ऐसा विद्रोह होता कि देश के सभी पुलिस थाने जला दिए जाते।'' वितंडा में सत्य सबसे पहले हताहत होता है।

यह रोचक बात है कि भारत सरकार के गृह विभाग के द्वारा 'सेकेट्री ऑफ स्टेट फॉर इंडिया' को भेजे गए पहले गुप्त तार, जिसमें उपद्रवों पर पूरा बड़ा प्रतिवेदन था, में सत्य का वर्णन किया था—टोटेनहैम रिपोर्ट के असमान। वह 5 सितंबर, 1942 की तिथि का है और इस प्रकार है : 'हमारे गुप्तचर प्राधिकारी वर्तमान में उपद्रवों के पीछे कोई बड़ा हाथ नहीं देखते हैं और उन्हें मुख्यतः ब्रिटेन विरोधी आंदोलन, जो कांग्रेस नेताओं के द्वारा क्रिप्स मिशन की विफलता के बाद जानबूझकर तेज़ किया गया है, के प्रगामी प्रभाव तथा अंशतः कांग्रेस सोशलिस्ट पार्टी अंशतः फारवर्ड

ब्लाक और अतिवादी क्रांतिकारी पार्टियाँ जो हमेशा स्वार्थवश कठिन समय का लाभ उठाने के लिए हमेशा तैयार रहते हैं, से उत्पन्न होना मानते हैं (दि ट्रांसफर ऑफ पावर 1942–47, खंड–दो, क्रमांक 697, पृष्ठ 904)।'

डॉ. पारसनीस, लगभग 80 वर्ष के वृद्ध सज्जन खामगाव से ए.आई.सी.सी. के सदस्य थे। वह पूर्णत: निरीह थे, और एक बहुत कठिन समय से गुज़र रहे थे। उनके दोनों पुत्र टाइफ़ाइड से पीड़ित थे जो एंटीबायोटिक दवाइयों के आगमन के पूर्व एक नाजुक रोग था। न थकने वाला कार्टराइट भारत के रक्षा नियमों के अंतर्गत उनकी गिरफ़्तारी के लिए वारंट लेकर प्रकट हुआ। मैंने जानबूझकर वृद्ध सज्जन को अपनी सूची से बाहर रख छोड़ा था, लेकिन कार्टराइट उस घृणित प्रकार का था जो हमेशा अपना प्राथमिक कार्य कर चुका होता है। एक ही काम किया जा सकता था। मैंने जयरत्नम को फ़ोन लगाया जो अब मुख्य सचिव थे और उन्हें परिस्थितियाँ समझाईं। मैंने कहा कि मैं डॉ. परासनीस के लिए, यदि उन्हें गिरफ़्तार नहीं किया जाता है, व्यक्तिगत जिम्मेदारी स्वीकार करूँगा। जयरत्नम ने कहा, ''ठीक है, यह तुम्हारी गर्दन है। कार्टराइट की मुझसे बात कराओ।'' वारंट निरस्त किया गया। मेरे लिए कुछ–कुछ आश्चर्य रहा कि इस छोटी सी घटना ने अनपेक्षित लाभ दिया। जनता और साथ–साथ राजनीतिज्ञों ने मुझे एक मानव के रूप में पहचाना।

कुछ दिनों के बाद ज़िला कांग्रेस कमेटी के अध्यक्ष एकबोटे 7 अगस्त के कांग्रेस के संकल्प पर एक जनसभा को संबोधित करने वाले थे। वे एक ऊर्जावान तथा प्रबल पुरुष थे—प्रसंगवश मेरे टेनिस पार्टनर—तथा उस सूची में ऊँचे क्रम पर थे जिन्हें फाँसा जाना था। मैंने यह काम सभा में ही करने का निर्णय लिया। मैं अकेला ही गया, बिना कोई पुलिस अंगरक्षकों के, और इससे कुछ आश्चर्य उत्पन्न हुआ, लेकिन किसी ने कुछ नहीं कहा। जब एकबोटे बोलने के लिए उठ खड़े हुए, मैंने उन्हें वारंट तामील कर दिया। उन्होंने घोषणा कि की उन्हें गिरफ़्तार किया जा चुका है और अब सभा नहीं होगी। भीड़ में लगभग बीस हजार लोग थे, खलबली मचना शुरू हो गया। मैंने उनसे फुसफुसाया, ''क्या आप मेरे साथ आने के पहले जमावड़े को विसर्जित कर सकते हैं? यदि आप नहीं करते हैं, तो ऐसा लगता है कि मुझे आपके साथ जाना होगा—एक मरीज के रूप में!'' वे मेरा अनुरोध अस्वीकार कर एक बहुत कठिन परिस्थिति निर्मित कर सकते थे। उन्होंने नहीं की। वे माइक्रोफोन पर वापस गए और श्रोताओं को शांतिपूर्वक विसर्जित होने के लिए कहा, यह कहते हुए कि वे मेरे साथ नहीं जाएँगे जब तक आप लोग नहीं जाएँगे। कुछ मिनटों में सब कुछ शांत हो गया। भीड़ विसर्जित हो गई और मैं एकबोटे को उनके घर ले गया जहाँ उन्हें मैंने कुछ घंटे का समय दिया ताकि वे जेल जाने के पहले अपने मामले सुलझा लें।

मैं भाग्यशाली था कि मेरे उपायुक्त एस.डब्लू.जी. ओल्फेर्टस्–फारेस्टर थे। वे

एक विनोदबुद्धि रखने वाले सख़्त आदमी थे। उनके अधीनस्थ किसी कठिनाई में आने पर उनके सहारे पर निर्भर कर सकते थे। एक बार उन्होंने यह देख लिया कि मैं अपना ध्यान रख सकता हूँ, उन्होंने मुझे मेरे अनुविभाग में मुक्तहस्त प्रदान किया। यह कारण था जिसकी वजह से मैं दंड प्रक्रिया संहिता की धारा 151 की खोज पर पहुँचा। क़ानून का यह आविष्कार पुलिसकर्मियों, विशेष रूप से सिद्धांतहीनों के लिए किया गया था। यह एक संज्ञेय अपराध के घटित होने के संदेह पर गिरफ़्तार करने के लिए सशक्त करता है। आरोपी को एक दंडाधिकारी के समक्ष 24 घंटे के अंदर प्रस्तुत किया जाता है और न्यायिक अभिरक्षा में भेज दिया जाता है। प्रत्येक सुनवाई पर पुलिस दावा करती है कि जाँच अधूरी है और अगला रिमांड प्राप्त करती है। यह प्रक्रिया तब तक जारी रहती है जब तक कि दंडाधिकारी धैर्य खो बैठने के लिए मजबूर हो जाता है और आरोपी को विमुक्त कर देता है या ख़ुद पुलिस निर्णय करती है कि अब बहुत हो गया। हमने धारा 151 को उन प्रकरणों में उपयोग में तब लाया जहाँ हमें लगा कि भारत की रक्षा नियम अतिवाद का एक रूप होगा। व्यक्ति को तब तक के लिए बंद रखा जब तक गड़बड़ी करने के लिए अवसर जा चुका हो, जो सामान्यत: एक या दो सप्ताह रहता था। चूँकि मैं इन प्रकरणों को देखने वाला दंडाधिकारी था, रिमांड प्राप्त करना कोई समस्या नहीं थी। लेकिन एक बार मैं बहुत बाल-बाल बचा। एक व्यक्ति को, जो धारा 151 में गिरफ़्तार किया गया था, दंडाधिकारी द्वारा बंदीगृह के लिए रिमांड किया गया—और सब लोग उसके बारे में भूल गए जो अक्षम्य था। दो माह के बाद मुझे उच्च न्यायालय से एक बंदी प्रत्यक्षीकरण याचिका का नोटिस मिला। आवेदक वही भुला दिया गया व्यक्ति था। मैंने उसे फौरन मुक्त किया और न्यायमूर्तियों के समक्ष उलटे गिरकर क्षमायाचना की। मुझे थोड़ा आश्चर्य हुआ, मेरी क्षमायाचना स्वीकार कर ली गई और प्रकरण समाप्त कर दिया गया। जस्टिस हैमियॉन, जिन्होंने इस प्रकरण की सुनवाई की थी, ने मुझे बाद में बताया, ''प्रकरण इतना गंभीर था कि हमारे पास केवल दो ही विकल्प थे; तुम्हें लटकाया जाए या तुम्हारी क्षमायाचना को स्वीकार किया जाए। तुम लटकाने के लायक नहीं थे।''

खामगाव अनुविभाग या बुलढाना ज़िले में कुछ नहीं हुआ। कोई तार नहीं काटे गए, कोई लाठी चार्ज नहीं और सरकार के द्वारा गिरफ़्तार किए जाने के लिए आदेशित बाईस व्यक्तियों के विरुद्ध केवल पाँच वास्तव में गिरफ़्तार किए गए। इससे एक विचित्र समस्या निर्मित हुई। लोग मेरे पास आना शुरू हो गए और गिरफ़्तारी की माँग करने लगे। उन्हें पक्के से मालूम था कि जब कांग्रेस सत्ता में लौटेगी, उनके किसी आकर्षक पद को प्राप्त करने की संभावना उस भाग्यनिर्णायक प्रश्न के उत्तर पर निर्भर करेगी, ''और आंदोलन के समय तुमने क्या किया था?'' मैंने भारत के रक्षा नियमों को थोड़ा सा मोड़कर उन्हें अनुगृहीत किया। मैं ईमानदारी से—अथवा बेईमानी से—बाद के वर्षों की बहुत सारे राजनीतिक पदोन्नतियों के लिए श्रेय ले सकता हूँ।

मध्यप्रांत और बेरार में कुल मृतकों की संख्या (पुलिस कार्यवाही के सीधे परिणामस्वरूप) पचास थी। ज़िलेवार विघटन इस प्रकार है : नागपुर सात, वर्धा एक, चांदा छह, भंडारा पाँच, जबलपुर दो, मंडला एक, सागर एक, रायपुर एक, बैतूल सात, होशंगाबाद एक, बिलासपुर एक, दुर्ग एक, अमरावती सोलह। कुल पचास, फिर भी आँकड़े एक अर्थ में गुमराह करने वाले हैं। मौतें अलग-अलग घटनाओं में हुईं, पूरे ज़िले में एक या दो। उदाहरण के लिए अमरावती ज़िले में सब मौतें यावली नाम के एक ग्राम में हुईं। कोई वास्तव में नहीं जानता कि उपद्रव कैसे शुरू हुआ। एक वृत्तांत यह है कि एक अँगरेज़ अधिकारी ने कुछ लोगों के, जिन्हें गिरफ़्तार किया गया था, फ़ोटो लेने का प्रयास किया। भीड़ ने इस पर आपत्ति ली और उसका कैमरा छीन लिया। पुलिस ने अपनी लाठियों का उपयोग किया और वहाँ एक बवाल हो गया जिसमें उपायुक्त ने अपना पैर तुड़वा लिया। फिर बहुत निकट से गोलीचालन हुआ और चौदह लोग मर गए। यह उल्लेखनीय है कि सरकार की तरफ़ से कोई नहीं मरा।

जब मेरे पोता-पोती मुझसे पूछते हैं कि मैंने '42 आंदोलन में क्या किया, मैं कहता हूँ—'मैं उसकी प्रतीक्षा करता रहा।'

अन्न

दिसंबर, 1942। हमारे असंतोष की शीत ऋतु। ज्वार की फसल अच्छी थी, कपास अच्छी थी, प्रांत में अन्यत्र धान की फसल अच्छी थी। फिर भी क़ीमतें बढ़ती गईं, जब तक हमने अपने भोलेपन में सोचा कि वे आगे और नहीं बढ़ेंगी। खाद्यान्न में कोई कमी नहीं थी; कमी थी धन की जिससे उनको क्रय किया जा सके। अचानक बढ़ती हुई क़ीमतों के साथ क़दम मिलाकर मज़दूरी नहीं चल सकी। श्रमिक, चाहे निजी क्षेत्र में हों या सरकार के द्वारा नियोजित, उतनी अच्छी तरह से संगठित नहीं थे, जैसे अब हैं। मेरे पास क़ीमतों के निर्धारण की शक्तियाँ नहीं थीं। सौभाग्य से यह था, अन्यथा मैं वह मूर्खता कर बैठता। व्यापारी तथा सामाजिक रूप से अधिक जागरूक नागरिक एकत्रित हुए, मेरे द्वारा थोड़ा सा कोंचे जाने पर, और हमने दुकान खोल दी, जो मेरी जानकारी में प्रदेश की पहली उचित मूल्य दुकान थी। व्यापारी न लाभ न हानि आधार पर विक्रय के लिए तैयार हो गए और मैं उनके साथ मूल्य-निर्धारण करने के लिए सप्ताह में एक बार बैठता था। इन दुकानों ने हमें क़ीमतों का ग्राफ पकड़कर रखने के लिए समर्थ नहीं किया क्योंकि उनके द्वारा विक्रय मूल्य को खाद्यान्न के वास्तविक मूल्य के साथ जोड़ा गया था। लेकिन उन्होंने लोगों को यह महसूस कराया कि कोई उनकी कठिनाइयों के प्रति सहानुभूति रखता है, यद्यपि वह एक महामूर्ख है। उन दिनों में सहानुभूति भी एक दुर्लभ वस्तु थी।

मैं कह चुका हूँ कि खाद्यान्न की कोई कमी नहीं थी। यह बुलढाना ज़िले तथा विशेष तौर पर मेरे अनुविभाग के लिए, जिन दोनों में ही आधिक्य था, सत्य था। कमी पैसों की थी। लेकिन देश में अन्यत्र पैसों के साथ खाद्यान्न की कमी थी।

यह 1942 में सत्य था, और आज भी सत्य है कि सरकारी नियोजन में मज़दूरी निजी क्षेत्र के स्तर को निर्धारित करती है।

निजी क्षेत्र में मज़दूरी, उस क्षेत्र की लाभप्रदता पर निर्भर करते हुए, समकक्ष कार्य के लिए सरकारी स्तर के या तो ऊपर होती है या नीचे होती है। लेकिन कुल मिलाकर निजी नियोजक अपनी मज़दूरी सरकार के द्वारा अमूमन उसी प्रकार के कार्य के लिए भुगतान किए जाने वाली मज़दूरी के आधार पर निर्धारित करता है। अँगरेज़ों ने दृढ़ता से मज़दूरी दबाकर रखी। इसका एक कारण उनकी युद्ध सेवाओं के लिए भारत की

देयताएँ थीं; वे देयक को बहुत अधिक नहीं होने देना चाहते थे और मज़दूरी में वृद्धि से निश्चित ही उसमें वृद्धि होती। दूसरा कारण अधिक क्रूर था। युद्ध के पूर्व के कई वर्षों में भारत में खाद्यान्न की कमी थी और आयात बड़े पैमाने पर होता था। 1915-16 से 19-20 के पाँच वर्षों में हमारा सकल निर्यात चार हजार टन था, 1935-36 से 1939-40 के पाँच वर्षों में हमारा सकल आयात तेरह हजार टन था (हिस्ट्री ऑफ द फ्रीडम मूवमेंट एंड इंडिया, डॉ. ताराचंद, भाग-तीन, पृष्ठ 55)। लड़ाई शुरू होने पर आयात रुक गया। विदेशी मुद्रा की कमी थी; और भी अधिक महत्त्वपूर्ण यह है कि नौपरिवहन के लिए उपलब्ध प्रत्येक टन की वाहक-क्षमता सैन्य प्रयोजनों के लिए बुरी तरह से आवश्यक थी। इन परिस्थितियों में अँगरेज़ों ने संभवत: सोचा कि कम मज़दूरी राशनिंग की तरह काम करेगी। मूल्य सूचकांक के मुकाबले कम मज़दूरी तथा ऊँचे अन्न के दामों से लोग कम ख़रीदने के लिए बाध्य होंगे। इस तथ्य से कि ऐसा करने से वे भूखे मरेंगे, इससे कोई मतलब नहीं था। आगे कोई आयात नहीं हुआ। इसके स्थान पर बंगाल का अकाल हुआ।

हमें बताया गया था कि कोई वास्तविक कमी नहीं है। कठिनाई बनिया के द्वारा जमाखोरी के कारण है। यह समस्या थोड़े से मामूली समायोजन के द्वारा आसानी से सुलझाई जा सकती है। संपन्न लोग कम खाद्यान खाएँ। ग़रीब उनके खाद्यान्न को ग्रहण करने की मात्रा का कुछ हिस्सा ग़ैर खाद्यान्न अन्न से बदलें। मैंने लॉर्ड रॉबिन्स, केट्सकिल तथा हॉल से अर्थशास्त्र पढ़ा था और सबसे महत्त्वपूर्ण चीज़ जो उन्होंने मुझे सिखाई, वह थी कुछ भी विश्वास पर न मानना। मैंने नज़ाकत के साथ सुझाया कि भारत में संपन्न लोग इतनी रत्तीभर थे कि वे क्या करते हैं, यह किसी भी तरह से खाद्य के मोर्चे पर महत्त्वपूर्ण नहीं था। यदि वे खाद्यान्न न भी खाएँ तो भी कुल बचत मुश्किल से श्रमिक वर्ग के लिए एक चपाती के दशांश के बराबर होगी। मैंने यह भी कहा कि जमाखोरी अभाव का चिह्न है न कि उसका कारण। जब वस्तुएँ उपलब्ध न हों तब लोग जमाखोरी करते हैं। यहाँ इस शंका के लिए कोई स्थान नहीं था कि पहले कौन आया—चूज़ा या अंडा। जहाँ तक ग़रीबों के द्वारा अपने खाद्यान्न ग्रहण करने के अंश को ग़ैर-खाद्यान्न खाद्य से बदलने का प्रश्न था, उन्हें पहले से ही खाद्यान्न की अपनी न्यूनतम आवश्यकता के लिए पैसों का प्रबंध करने में कठिनाई हो रही थी, भला वे एक अधिक महँगे एवज़ी के लिए कैसे पैसे जुटा पाते? (आज यह सही नहीं है। जब मैं लिख रहा हूँ, आलू एक रुपया किलो है और गेहूँ दो रुपए!) मैंने जो कहा, वह सही था और इसलिए हमारे अँगरेज़ प्रभुओं के बीच अलोकप्रिय था। आज भी वह अधिकांशत: सही है और अभी भी अलोकप्रिय है।

भारत का एक अतिरिक्त मूल्य के देश से घाटे में जाने वाले देश में रूपांतरण को अधिक निकट से देखना होगा। सबसे पहले तथ्य। यदि हम 1893 से 1946 के बीच के चार अलग-अलग समय खंडों को देखें, हम पाते हैं कि खाद्यान्न उत्पादन लगातार

गिर रहा था। 1893 से 1896 (तीन वर्ष) की अवधि में खाद्य उत्पादन 7.09 करोड़ टन प्रतिवर्ष था। 1906 से 1916 (दस वर्ष) में उसका औसत 7.4 करोड़ टन था। 1916 से 1926 के दस वर्षों में वह 6.06 करोड़ टन था। और 1926 से 1936 दस वर्षों में वह थोड़ा गिरकर 6.03 करोड़ टन हुआ (स्रोत: आधिकारिक सांख्यिकी)। यदि हम इन आँकड़ों को प्रति व्यक्ति खाद्य उत्पादन में परिवर्तित करें, और जनसंख्या वृद्धि को केंद्र में लाएँ तो यह गिरावट चौंकाने वाली है। 1897 से 1906 के दशक में प्रति व्यक्ति वार्षिक खाद्यान्न उत्पादन 560 पौंड था। यह आँकड़ा 1937 से 1946 के दशक में तीस प्रतिशत गिरकर 394 पौंड तक पहुँचा। (कुज़नेट्स, मूल एवं स्पेंसगलर, इकनामिक ग्रोथ: ब्राजील, इंडिया, जापान)। इस तथ्य के बावजूद कि खाद्य फसलों के अंतर्गत कुल बोया गया क्षेत्रफल 1901 से 1905 के बीच 22.1 करोड़ एकड़ से बढ़कर 1940 से 1945 के बीच 25.8 करोड़ एकड़ हो गया। प्रति व्यक्ति उत्पादन में गिरावट पूर्णतः जनसंख्या में वृद्धि के कारण नहीं है। जैसे रक़बा बढ़ा, निम्नतर से निम्नतर गुणवत्ता की भूमि खेती के अंतर्गत आती गई। उनका प्रति एकड़ उत्पादन कम था जिसने बोए गए संपूर्ण क्षेत्रफल का औसत नीचे खींचा। लेकिन यह स्पष्ट नहीं करता कि खेती के अंतर्गत क्षेत्र बढ़ने के बावजूद सकल या कुल उत्पादन क्यों गिरा। स्पष्टीकरण यह है कि ग़ैर सीमांत भूमि का प्रति एकड़ उत्पादन भी कम हुआ। 1900 से 1945 की अवधि में, जब कुल खेती का क्षेत्रफल 21 प्रतिशत से बढ़ा, कुल कृषि उत्पादन केवल 14 प्रतिशत बढ़ा। उत्पादकता में वास्तविक गिरावट 7 प्रतिशत थी।

आँकड़े बहुत हो गए, मुद्दे की बात यह है कि अँगरेज़ों की दृष्टि में भारतीय खेती उन्हें लगने वाले कच्चे माल की आपूर्ति के लिए प्रसंगानुकूल थी; नील, और बाद में, कपास, पटसन, तथा शक्कर के लिए। ऐसी वाणिज्यिक फसलों के लिए रेलवे ने अनुकूल भाड़ा दरों की पेशकश की। अँगरेज़ बागान मालिक बने और वे सरकार की सही दिशा में थे ही। ऐसी फसलों के लिए उपलब्ध तकनीकी ज्ञान निःशुल्क उपलब्ध कराया जाता था। खाद्यान्नों अथवा ऐसी फसलों जिनमें राज्य को आर्थिक रुचि नहीं थी के लिए कुछ नहीं। 1921 से 1922 तक यूनाइटेड किंगडम कृषि विकास के लिए रुपए 1380 प्रति हजार एकड़ ख़र्च कर रहा था—पंजाब सिर्फ़ 56 रुपए व्यय कर रहा था। समय बहुत नहीं बदला है। आज भारत के सकल राष्ट्रीय उत्पाद का 49.6 प्रतिशत अंशदान कृषि से आता है। तीसरी पंचवर्षीय योजना के दौरान उत्पादक सेक्टर पर व्यय (कुल व्यय का नहीं) केवल 32 प्रतिशत उसके लिए आरक्षित रखा गया था। किपलिंग ने कहा है :

यह टॉमी, वह टॉमी दुत्कार पड़े जिस क्रूर पर
बनता वही राष्ट्र का रक्षक गरजें तोपें सीमा पर[1]

---

1. मूल पाठ : 'It's Tommy this and Tommy that, and chuck 'im out, the brute!
But it's saviour of 'is country when the guns begin to shoot.

हमारे यहाँ वह जय जवान जय किसान है लेकिन तभी जब पानी नाक तक आ जाए। आज तक हम लोग यह तय नहीं कर पाए हैं कि राष्ट्र को प्रत्येक फसल में कितने क्षेत्रफल की आवश्यकता है, न हम इन क्षेत्रफलों को प्राप्त करने के लिए अनुदानों की कोई प्रणाली विकसित कर पाए हैं। सभी विकसित देश ऐसा कर चुके हैं। मेरी सेवा के अंतिम दस वर्षों के दौरान मैंने अपने राज्य के लिए दो बातें करने का प्रयास किया—फसल बीमा और नियोजित फसल क्षेत्रफल। फसल बीमा विधेयक विधानसभा के द्वारा पारित किया गया परंतु निधि के अभाव ने उसका क्रियान्वयन नहीं होने दिया। नियोजित फसल क्षेत्रफल का गर्भपात हो गया। दुर्भाग्य यह है कि कोई भी सार्थक वस्तु वोट पैदा नहीं करती।

मेरे एस.डी.ओ. खामगाव होने के बाईस वर्षों के बाद जब मैं मध्यप्रदेश का मुख्य सचिव था, मैं अक्सर यह कामना करता था कि मैं उन दिनों के साहस और अज्ञानता पुन: अपने अधिकार में कर लेता और उसकी गाँठ बाद के अनुभव और ज्ञान से बाँध सकता। आयु की ट्रैजिडी यह है कि वह बहुत कुछ जानती है, और ज्ञान भय को जन्म देता है। मैं कुछ नहीं जानता था और अज्ञान में सुख था, इसलिए मैं वह करता था जो मुझे सही लगता था। आश्चर्य से, मैं ऐसा करके बच निकला। फारेस्टर अब नागपुर के उपायुक्त थे जो कठिन समय से गुज़र रहा था, अनाज के लिए दंगों की तलवार की धार पर लड़खड़ाता हुआ। उसने अपने सबसे सक्षम लेकिन दुर्भाग्य से उसके सबसे बेईमान एक्स्ट्रा असिस्टेंट कमिश्नर (वर्तमान उपजिलाध्यक्ष) को ज्वार ख़रीदने के लिए खामगाव भेजा। यह सज्जन पुरुष सावधानीपूर्वक मुझसे दूर ही रहा परंतु दो दिन व्यापारियों के साथ बतियाता रहा और अचानक क़ीमतें दस रुपए प्रति क्विंटल बढ़ गईं। मैं चौंक उठा और ध्यान देने लगा। व्यापारी भारी भंडार रोके हुए थे। यह सीजन का समय नहीं था और आवक कम थी। नागपुर के ख़रीददार ने जो किया वह बाजार में कृत्रिम रूप से भाव बढ़ाना था। उसे निर्देश प्रचलित मूल्यों पर ख़रीदी के थे। उसने व्यापारियों को इस बात के लिए तैयार किया कि वे प्रतिदिन आने वाले थोड़े से बोरों के लिए दस रुपए अधिक मूल्य दें, इसलिए स्वाभाविक तौर पर प्रचलित मूल्य पुराना मूल्य धन दस रुपए हुआ जिसने व्यापारियों को उनके पुराने भारी भंडार के लिए अप्रत्याशित लाभ दिया। फिर उसने अपना सौदा पटाया; नागपुर के लिए क्रय नए बाजार मूल्य पर होगा और दस रुपए का अनर्जित आधिक्य उसके और व्यापारी के बीच आधा-आधा बँटेगा। मैंने तीनों प्रमुख व्यापारियों को बुलाया और उन्हें उनके नाम के तीन निरुद्ध आदेश दिखाए। मैंने वादा किया कि इन आदेशों को तामील किया जाएगा यदि पुरानी क़ीमतें अगले दिन चार बजे तक पुनर्स्थापित नहीं की जातीं। उन्होंने गिरफ़्तारी वारंट की समय सीमा के कई घंटों पूर्व कार्यवाही कर ली और ज्वार की क़ीमतें विधिवत ठीक दस रुपए से गिर गईं। लेकिन नागपुर का अधिकारी फारेस्टर के कंधों पर रोया और फारेस्टर ने कामथ के साथ मुद्दा उठाया जो खाद्य सचिव थे

और कामथ ने मेरी चमड़ी उधेड़ दी बगैर निश्चेतक का लाभ दिए। लेकिन जब मैंने तथ्य समझाए और नागपुर की आवश्यकताओं को आधिकारिक अभिकर्ता द्वारा दिए गए दर से दस रुपए कम पर ख़रीदने की पेशकश की, वह शांत हुए और मेरी बात स्वीकार की। मैंने संव्यवहार पूर्ण किया, और वह संतुष्ट हुए होंगे क्योंकि उन्होंने मुझे कुछ माह के बाद खाद्य विभाग में खींच लिया। मैंने उनके नीचे कई वर्षों तक और कई हैसियत में काम किया और उनकी दयाशीलता तथा समर्थन और मुझे कार्य सिखाने के लिए मैं उनके ऋण से कभी मुक्त नहीं हो सकता।

1943 का मध्य आया और उसके साथ आया मेरा नागपुर ज़िले के खाद्य नियंत्रक पद पर स्थानांतरण का आदेश। सामान बाँधने और पशुधन के अलावा कोई समस्या नहीं थी। हमारे पास बाँधने के लिए बहुत कम था। हमने पशुधन के बारे में भी व्यवस्था कर ली; चार बुलटेरियर, दो पिल्ले, एक भालू का बच्चा, एक नौजवान तेंदुआ, दो घोड़े और आख़िरी लेकिन ज़रूरी सामान—एक अज्ञात वंशावली का बड़ा मुर्गा, जिससे मेरी नौ माह की बेटी दूर नहीं रह सकती थी। मैंने बिदाई समारोह के लिए मना कर दिया लेकिन खामगाव का एक उपहार था जो मुझे स्वीकार करना पड़ा। वहाँ एक मज़दूर संघ था जो सभी प्रकार के शारीरिक श्रमिकों का प्रतिनिधित्व करता है। जब मैंने उन्हें अपने सामान को उठाने-चढ़ाने के लिए भुगतान करना चाहा, तब मुख्य हम्माल ने एक छोटी सी मुस्कान के साथ कहा, ''यह हमारी आपको बिदाई की भेंट है। हमारे पास देने के लिए यही है। हमें कभी-कभी याद कर लेना जैसे आपने हमें यहाँ याद किया।'' तो शायद मेरे उचित मूल्य दुकानों ने कुछ भला कर ही दिया।

दो

हम कई चीज़ों के लिए अँगरेज़ों के प्रति कृतज्ञता के लिए विवश हैं। उदाहरण के लिए पश्चिमी शैली का कमोड जो लोगों को सुबह का अखबार सबसे पहले अवसर पर और बिना रुकावट के पढ़ने के लिए समर्थ बनाता है। और अंग्रेज़ी नाश्ता जो हमें संसार को जीतने के लिए समर्थ बनाता यदि हम उसे अपनाते, और यदि महात्मा जी हमें अनुमति देते। लेकिन उन्होंने हमें कुछ ऐसी चीज़ें सिखाईं जिसके लिए मैं उन्हें क्षमा नहीं कर पाता हूँ। पेशेवर पर संदेह अँगरेज़ी चरित्र का एक विचित्र पहलू है। वे सचमुच यह विश्वास करते हैं—या कभी विश्वास करते थे—कि वाटरलू का युद्ध ईटन के खेल के मैदानों पर जीता गया था, जो वेलिंगटन के प्रति एक अन्याय है जो एक मजबूत कॅरियर सैनिक था और जिसने अपना काम कठिनाई के साथ मराठों से लड़ते हुए सीखा था। अँगरेज़ एक अत्यंत व्यक्तिवादी प्रजाति है जो व्यक्ति की स्वतंत्रता के घेरे को नियंत्रित करने में विश्वास नहीं रखता। इन दो विशेषताओं को मिला दें और उनमें एक तीसरी जोड़ दें—कुछ भी नए के प्रति भारतीय नापसंद—तो

1943 में क्या हुआ यह समझ में आ जाता है। खाद्यान्न तथा अन्य आवश्यक वस्तुओं की कुल मिलाकर कमी थी। क़ीमतें आसमान छू रही थीं, मज़दूरी स्थिर थी और लोग बहुत कष्ट में थे। ऐसी स्थिति में विशेषज्ञों के नेतृत्व में एकीकृत नियंत्रण की आवश्यकता थी। कठिनाई यह थी कि उत्पादन अथवा विशेषज्ञता बढ़ाने के लिए कोई समय ही नहीं था। हमें आपातस्थिति का अभी सामना करना था। मेरे लिए नियंत्रण उत्पादन का विरोधक है, परंतु कभी-कभी और अल्पकाल में उसका कोई विकल्प नहीं है। इसके बजाय अँगरेज़ों ने मामले को इस तरह से निपटाने की शुरुआत की जैसे कि वह 'आवश्यक' अंकित की गई एक नस्ती है जिसका वास्तव में मतलब है कि 'आप अपने हिसाब से कर लो'। उचित मूल्य दुकानें कुछ स्थानों पर खोली गई थीं, उनके लिए आपूर्ति खुले बाजार में क्रय से प्राप्त की जाती थी। जब क़ीमतें बढ़ती थीं, उन्हें वैधानिक रीति से निर्धारित किया जाता था और भंडार जल्दी ही गायब हो जाता था। हममें से सभी अनाड़ी थे जो व्यापार के पेशेवरों का सामना कर रहे थे। यह मूल सत्य नहीं सीखा गया था कि कुल प्रभावी आपूर्ति के मुख्य भाग का नियंत्रण के बिना कोई मूल्य नियंत्रण संभव नहीं है। राज समस्या के समाधान के लिए अंधा होकर हाथ चला रहा था; सर्वोच्च अँगरेज़ी परंपराओं में गोलमाल समाधान पर टिके रहने का।

खाद्य आपूर्ति के नियंत्रक के रूप में मैं ज़िला प्रशासन का अंग था जिसका अर्थ यह था कि मेरे सीधे वरिष्ठ उपायुक्त नागपुर थे। वही फारेस्टर थे जिनके नीचे मैंने खामगाव में काम किया था। मैं यहाँ आकर उनसे मिला और उन्होंने मेरा काम शानदार तरीक़े से बहुत कम शब्दों में समझाया—"नागपुर को उसके वाज़िब हिस्से से अधिक गोलीचालन का सामना करना पड़ा है लेकिन मुझे डर है कि उसे और भी करना पड़ सकता है—बेचारे शैतान! खाद्यान्न लगभग है ही नहीं, उचित मूल्य दुकानों पर भीड़ हर रोज़ बढ़ती जा रही है, और हवा में वह घृणित दबी हुई गुनगुनाहट है, जो किसी गंभीर मुसीबत का हमेशा संकेत देती है। सबसे ख़राब बात तो यह है कि हक़ीक़त में ऐसा कुछ नहीं है जो ज़िला स्तर पर किया जा सकता है। अब तुम आ गए हो। मैं खाद्य का विषय तुम पर छोड़ रहा हूँ। तुम मुझसे पूरी शक्ति से समर्थन पाने के लिए और जो भी मुझसे बन सकता है, के लिए निर्भर कर सकते हो।" अगले कुछ दिनों तक मैंने उनके आदेशों का पालन किया। मैंने एक नट यहाँ कसा और एक बोल्ट वहाँ। मैंने दक्षता में सुधार किया। सबसे महत्त्वपूर्ण समस्या मुझे समझ में आ गई। लेकिन मैं उसे हल करने से बहुत दूर था। फारेस्टर सही थे; हल ज़िला प्राधिकारियों के हाथों में नहीं था। मैंने खाद्य विभाग के सचिव कामथ के पास जाने के लिए पर्याप्त साहस जुटाया और उन्हें सत्य बताया, जैसा मैं देखता था। उचित मूल्य दुकान प्रणाली एक रोगनाशक होने से बहुत दूर थी, वह एक दर्दनाशक भी नहीं थी। उसकी केवल यही उपलब्धि रही कि पेशेवर ख़रीददारों की नई जाति का निर्माण हुआ जो ख़रीद करती और विक्रय करती और पुनः ख़रीद करती, और

जिसने वास्तविक ग्राहक को उसकी सेवाओं पर निर्भर होने के लिए विवश कर दिया था क्योंकि उसने एक सामान्य आदमी को क़तार से गुज़रना असंभव बना दिया था। उसने लोगों के भरोसे को कम कर दिया था क्योंकि किसी को यह निश्चितता नहीं थी कि जब वह क़तार के शीर्ष पर पहुँचेगा तब ख़रीदने के लिए कुछ बचा होगा या नहीं। समाधान था एक राशन कार्ड प्रणाली परंतु उसके लिए सुनिश्चित प्रदाय आवश्यक था, भले ही वह उपलब्धता की सीमा तक हो और आवश्यकता की सीमा तक नहीं। जो मैंने कहा वह चिढ़ाने जैसी चीज़ थी जो ऐसे लोग, जो किसी काम के सबसे कठिन भाग के लिए जिम्मेदार नहीं होते हैं, आसानी से कह देते हैं। सुनिश्चित प्रदाय समस्या की जड़ थी, और मैं उसे उदारतापूर्वक उनकी गोद में डाल रहा था। मुझे थोड़ा आश्चर्य हुआ, वे नाराज़ नहीं हुए; जैसा मैं उनके स्थान पर हो जाता। उन्होंने कहा कि कमोबेश यही विचार उनके मन में आए थे और वे एक प्रक्रिया तय करने का प्रयास कर रहे थे जिसके द्वारा सरकार एक निश्चित मूल्य पर कम-से-कम प्रमुख नगरीय क्षेत्रों की आवश्यकताओं का उपार्जन कर सके। वह, प्रसंगवश, एकाधिकार उपार्जन का जन्म था।

यह उतनी ही सही जगह है जितनी कोई और जगह जहाँ हम खाद्य प्रशासन के पुरातन विचारों में से एक पर गौर कर सकते हैं। इनमें से सबसे महत्त्वपूर्ण यह है कि ग्रामीण क्षेत्र अपने आप का ध्यान रख सकते हैं, क्योंकि वे ही हैं जो खाद्यान्न उत्पन्न करते हैं; जबकि नगरीय क्षेत्र नहीं। कहीं कुछ ग़लत हो रहा है। बंगाल के अकाल के दौरान मैंने कभी किसी नगरवासी को भूख से मरते नहीं सुना। दूसरी ओर शब्दश: लाखों भूखे ग्रामीण कलकत्ता और किसी अन्य शहर, जहाँ वे पहुँच सके, में घुस पड़े, इस दयनीय आशा के साथ कि किसी भी तरह शहर में उन्हें भोजन मिलेगा। कुछ को मिला, लेकिन ज़्यादा को केवल मृत्यु ही मिली। यही बात होती है, एक छोटे पैमाने पर, जब भी फसलें बरबाद हो जाती हैं, और इस ओर ध्यान नहीं जाता क्योंकि कोई नहीं मरता। तथ्य अरुचिकर हो सकते हैं लेकिन उनका सामना करना होगा। भारत की 85 प्रतिशत जनसंख्या गाँवों में रहती है। इन लोगों की विशाल बहुसंख्या अपने खाने के लिए पर्याप्त उत्पादन नहीं करती है; उनके पास पर्याप्त भूमि नहीं है। मध्यप्रदेश में विभिन्न प्राधिकारियों द्वारा, और विभिन्न समय पर एक व्यवहार्य जोत कितनी हो, इस पर अध्ययन कराए गए हैं। परिणाम आश्चर्यजनक रूप से निर्विवाद हैं—7.5 एकड़ (एक व्यवहार्य जोत वह है जो उसके स्वामी और उसके परिवार को जीवन-यापन रेखा के थोड़ा—लेकिन बिल्कुल थोड़ा—ऊपर रखे)। मध्यप्रदेश में 66.5 प्रतिशत जोत 7.5 एकड़ से कम धारण करने वाले लोगों के पास है। अत: एक मोटे आधार पर, 66.5 प्रतिशत ग्रामीण जनसंख्या कमी में होनी चाहिए। वस्तुत: प्रतिशत कहीं ज़्यादा है क्योंकि यह कुख्यात है कि जितना ग़रीब किसान है उतना ही बड़ा परिवार उसका है।

यह काफ़ी सत्य है कि शहरी आदमी खाद्यान्न बिल्कुल नहीं उगाता। लेकिन अर्थशास्त्र के नियम उसके पास अकाल में जो कुछ भी उपलब्ध है उसका बड़ा हिस्सा ले आते हैं, ठीक इसलिए क्योंकि उसके पास उसका भुगतान करने के लिए धन है। ऐसे समय में अधिक्य वाला किसान भी अपने गाँव में अनाज नहीं बेचेगा क्योंकि गाँव वाले उसे उतना भुगतान नहीं कर पाते हैं जितना कि उसे शहर में प्राप्त होगा, और मुख्यत: लूट के भय से भी वे ऐसा करते हैं। क्या आपने कभी किसी शहरी निवासी को अकाल के दौरान अपने बच्चे बेचते हुए देखा है? नहीं, मैंने भी नहीं।

ऐसे तीन पूरी तरह से उचित कारण हैं कि क्यों शहरी क्षेत्रों का ध्यान रखा जाना चाहिए। पहला यह कि वे गाँव से कहीं ज़्यादा परेशानियाँ देते हैं। भीड़ अधिक आसानी से एकत्रित हो जाती है, अधिक आसानी से उत्तेजित हो जाती है, अधिक आसानी से दंगा करती है, और यदि गोलीचालन हुआ तो ज़्यादा आसानी से एक न्यायिक जाँच खड़ी होती है। दूसरा यह कि समाचारपत्र उन्हें अत्यधिक प्रचार देते हैं। एक मेट्रो में दीवाली पर अतिरिक्त शक्कर देने से चूकने पर सुर्खियाँ बनती हैं, जबकि एक गाँव में कुछ अकाल से मौतें बमुश्किल पिछले पन्ने के निचले आधे हिस्से के तीसरे कॉलम में जगह बनाती हैं। सरकारें प्रचार के प्रति संवेदनशील होती हैं। तीसरे, यदि अभाव के समय शहरी क्षेत्रों को न खिलाया जाए (और उसकी घेराबंदी न की जाए) तो उनकी श्रेष्ठतर क्रय शक्ति ग्रामीण क्षेत्रों से वहाँ के लिए आवश्यक अनाज को खींच लेगी। लेकिन इन कारणों का महत्त्व उस क्रम में नहीं है जिसमें उन्हें वर्णित किया गया है।

अपने दिल का गुबार निकालकर मन हल्का कर मैं कामथ के पास से वापस आया। उसके बाद घटनाएँ तेज़ी से होती गईं। उन्होंने अपनी योजना तैयार की और उसका क्रियान्वयन करने के लिए एक मशीनरी स्थापित की। दस दिन पश्चात मुझे उनसे बुलावा आया। उन्होंने पूछा कि नागपुर में एक राशन कार्ड प्रणाली प्रारंभ करने के लिए कितना समय लगेगा। मैंने पहले से ही अधिकांश ब्योरे सोच लिए थे और मैंने उतावला होकर कहा कि मुझे पंद्रह दिन लगेंगे। वह चकित थे परंतु कुछ नहीं बोले। उन्होंने मुझे सिर्फ़ इतना बताया कि पंद्रह दिन के अंदर मेरे पास तीन माह के लिए पर्याप्त भंडार होगा और मुझे शुरुआत कर देनी चाहिए, और बस हो गया। जैसे ही मैं उनके पास से निकला, मुझे समझ में आया कि मैंने अपने आप को किस मुसीबत में डाल दिया है। उन दिनों नागपुर की जनसंख्या तीन लाख थी, और राशनिंग प्रारंभ करने के लिए हमें प्रत्येक घर को सूचीबद्ध करना, तीन से चार लाख राशन कार्ड छपाना, उन्हें भरना, आवश्यक संख्या में दुकानों को खोलना और उन्हें कार्ड वितरित करना था। दूसरी समस्याएँ भी थीं जो आज भी मुझे दु:स्वप्न देती हैं।

एक लंबी कहानी को संक्षिप्त करें। हमने यह कार्य दस दिन में पूरा कर लिया। जनता ने मुझे बड़ी तादाद में नि:शुल्क श्रम काफ़ी स्वयं स्फूर्ती से दिया और म्यूनिसिपल

कमेटी ने दीर्घकालीन उपयोगी सेवा दी। हम लोग गवर्नर के शासन में थे और खाद्य के प्रभार में सलाहकार सर जाफरी बर्टन थे। उन्होंने यह व्यक्त किया कि कुछ दिनों के बाद वे दौरा करना चाहेंगे और राशन दुकानों को देखना चाहेंगे। मैंने बॉस से पूछा—जैसा हम कामथ को उसकी पीठ पीछे कहते थे, कि क्या वे भी जाना चाहेंगे, और उन्होंने कुछ ऐसा कहा जो मैं कभी नहीं भूला हूँ, "क्यों? यदि तुम संतुष्ट हो तो मैं स्वयं जाकर देखने का कोई कारण नहीं देखता।" यह इस प्रकार का विश्वास और भरोसा है जो अधीनस्थ में सर्वोत्तम उभार देता है। सर जॉफरी ने यथासमय दौरा किया और मैं उनके साथ गया। मैं कल्पना करता हूँ कि वे संतुष्ट थे क्योंकि मैं फटकार से बच गया। इसके बाद गवर्नर सर हैनरी ट्वीनैन ने भी राशन दुकानों का निरीक्षण किया, जो प्रचार कार्यक्रम का हिस्सा था, बजाय किसी और बात के।

मैं एक दुकानदार की ज़िंदगी में स्थापित हो गया। निगरानी करने के लिए दो सौ दस राशन दुकानें थीं। मैं शब्द का इस्तेमाल बहुत सोच-विचारकर कर रहा हूँ। यदि आप उन पर एक बाज की तरह निगरानी न रखें, वे तत्काल सरकार को और जनता को बेबाकी के साथ ठग लेते हैं। लगभग तीस हजार टन के भंडारगृहों का प्रबंधन किया जाना था। बहुत कम सूचना पर अनाज की बड़ी मात्रा का परिवहन किया जाना पड़ता था, और अनाज को उसके नियत स्थान पर रखना होता था, जिसे राशनिंग स्थापना से जितना हो सके दूर रखा जाता था। लेकिन असली मुश्किल ग्राहक थे। ग़रीब नहीं और न ही मध्यवर्गीय ग्राहक क्योंकि वे ग़रीब शैतान बहुत थोड़े से संतुष्ट हो जाते थे। ये थे वी.आई.पी. और पहले दस श्रेणी के; वे ही मेरे बाल सफ़ेद करते थे। कोई भी दुकानदार, जो सच में यह विश्वास करता है कि ग्राहक ही हमेशा सही है, को अपने दिमाग़ की जाँच करा लेनी चाहिए। एक अत्यंत वरिष्ठ आई.सी.एस. अधिकारी की पत्नी को हमारे सरकारी राशन दुकानों में से एक के द्वारा ग़लती से कम रेज़गारी वापस की गई। इसमें शामिल राशि दो रुपए से कम थी और, इसके पहले कि उनकी अपमान की पहली चीख़ आसमान से टकराए, हमने उसे लौटा दिया था परंतु अभागे किशोर दुकान सहायक के बरख़ास्तगी से कुछ कम उन्हें संतुष्ट नहीं कर सकता था। मैंने तत्काल बरख़ास्तगी का आदेश लिखा, उसे उन्हें दिखाया और जैसे ही मैंने अपने आप को उनकी उपस्थिति से दूर किया उसे फाड़ डाला। मैंने लेकिन उस लड़के को एक शहर के बीच की दुकान में स्थानांतरित कर दिया जहाँ वे कभी नहीं जाने वाली थीं।

मैं किसी औरत से नहीं मिला हूँ जो बादशाह भोग और चिन्नौर (दोनों चावल की अच्छी किस्में) के बीच अंतर बता सकती हो। लेकिन औरतों को एक दुकान के अंदर जाने दें वे विशेषज्ञ बन जाती हैं। चावल, गेहूँ, कपड़ा और दुकान के अंदर हर चीज़ की विशेषज्ञ। इससे उन्हें धोखा देना आसान हो जाता है, लेकिन बॉस ने धोखाधड़ी के लिए कड़ाई से मना किया था, एक दंड के रूप में भी नहीं। मेरी पत्नी

एक ठेठ औरत है और वह नहीं समझ सकती कि जब उसे धोखा दिया जाता है तो मुझे सहानुभूति क्यों नहीं होती। वह समझेगी, यदि वह यह पुस्तक पढ़ती है।

हमारी एक समस्या ग्राहकों, अथवा औरतों से भी काफ़ी अधिक गंभीर थी। नागपुर दो प्रमुख गिरोहों की गिरफ्त में फँसा हुआ था, जो एक दूसरे के प्रति कट्टर दुश्मनी रखते थे। कई ख़ून हो चुके थे और मृतक एक गिरोह अथवा दूसरे गिरोह का सदस्य और कभी-कभी बीच में आ जाने वाला निरीह तमाशबीन होता था। एक अवसर पर मैं सिटी मजिस्ट्रेट के समक्ष एक खाद्य प्रकरण में अपनी गवाही देने के लिए अपनी बारी का इंतज़ार कर रहा था। एक उद्विग्न व्यक्ति उसके समक्ष उपस्थित हुआ और उसने माँग की कि उसकी गवाही तत्काल ले ली जाए क्योंकि उसे विश्वास था कि अगले घंटे के अंदर उसकी हत्या कर दी जाएगी। वह एक गिरोह के सदस्यों के विरुद्ध चल रहे हत्या के प्रकरण में प्रमुख अभियोजन गवाह था। सिटी मजिस्ट्रेट पर काम का अत्यधिक बोझ था और वह लोगों पर चिड़चिड़ा जाता था; उसे डपटकर चुप रहने के लिए कह दिया गया। शीघ्र इसके बाद मुझे ज्ञात हुआ कि मेरी गवाही उस दिन नहीं ली जानी है, और मैं न्यायालय के बाहर आ गया। सिटी मजिस्ट्रेट का न्यायालय ज़िला कार्यालय भवन की दूसरी मंजिल पर था और जब मैं सीढ़ियाँ उतर रहा था तब मैंने उस आदमी को, जो तत्काल मृत्यु की दहशत में था, अपने सामने चलते हुए देखा। पहचान स्थापित हो ही पाई थी कि तभी एक दूसरा आदमी मेरे पीछे से आया और उसके कंधों के बीच दक्षता के साथ चाकू घोंपा, और उड़ती छलांग के साथ शेष सीढ़ियाँ उतरकर अदृश्य हो गया। मैं उसे ज़रा सा देख पाया, मैं निश्चय ही उसे पुनः नहीं पहचान सकता था। हमने घायल आदमी की मदद करने का प्रयास किया परंतु हम उसे उलझे हुए ढेर, जिसमें वह गिर पड़ा था, से उठा पाते इसके पहले ही वह मर गया।

इनमें से एक गिरोह का नेतृत्व एक आदमी द्वारा किया जा रहा था जिसका नाम—जिसे इस पुस्तक का प्रयोजन पूरा करने के लिए लिखा जा रहा है—धनराज पटेल है। उसकी विशेषज्ञता थी दुकानदारों से लूट-खसोट करना। पुरातन शिकागो वाला संरक्षण का गैरकानूनी धंधा। यदि दुकानदार उसके लिए निर्धारित किया गया मासिक बीमा प्रीमियम की राशि का भुगतान कर देता तो सब कुछ ठीक। यदि वह नहीं करता, कुछ अप्रिय उसे और / या उसकी दुकान के साथ आवश्यक रूप से घटित हो जाता। जब राशनिंग प्रारंभ हुई, मेरी दुकानों से सामान्य संरक्षण निधि की माँग की गई। वे बहुत बारीक लाभ की गुंजाइश पर काम कर रहे थे और भुगतान नहीं कर सकते थे। अत्यंत अनिच्छापूर्वक दुकानदारों में से कुछ ने अपना संकट मुझे अत्यधिक विश्वास में लेकर बताया। मैं इस निष्कर्ष पर पहुँचा कि हिंदी मुहावरा 'काँटे से काँटा निकालना' बहुत सार्थक है और उसे लागू करने का प्रयास किया। भंडारगृह चौकीदारों की नियुक्ति करने के बहाने मैंने ऐसे सबसे ताक़तवर गुंडों, जिन्हें मैं नागपुर में ढूँढ़ सका, में से चालीस को भर्ती किया, और चौबीसों घंटे एक

ट्रक खड़ा रखा ताकि उन्हें तत्काल जहाँ भी आवश्यकता हो ले जाया जा सके। यह तब किया गया जब गिरोह ने एक नौजवान राशन दुकानदार के चेहरे पर तेजाब फेंककर उसे स्थाई रूप से अंधा कर दिया था। पुलिस के हाथ क़ानून से बँधे हुए थे, और धनराज के इलाके में स्थित प्रत्येक पुलिस स्टेशन को नियमित रूप से किए जाने वाले अच्छे ख़ासे भुगतान से भी।

अगली बार उसके आदमियों ने मेरे एक दुकानदार का जीवन अप्रिय करने की कोशिश की, मेरे आदमी मौके पर पहुँच गए और एक संक्षिप्त परंतु प्रभावी उन्मुक्त बवाल मचा जिसका अंत उसके आदमियों में से तीन के लंबी अवधियों में अस्पताल में भर्ती रहने में हुआ। यह घटना चार या पाँच बार दोहराई जाने के बाद मेरे दुकानदारों से माँग रुक गई। इसके स्थान पर, मुझे धनराज से घुमावदार माध्यमों से एक शिष्ट संदेश प्राप्त हुआ। उसमें कहा गया था कि मैं नौजवान हूँ और सामान्य परिस्थितियों में कोई कारण नहीं है कि क्यों न मैं एक दीर्घायु और स्वस्थ जीवन जीऊँ। जोर 'सामान्य' पर था। मैंने उन्हीं माध्यमों के द्वारा उत्तर भिजवाया कि यदि वह मेरे दुकानदारों को हाथ न लगाए तो हरेक के दीर्घायु और स्वस्थ जीवन जीने की संभावनाएँ बढ़ जाएँगी। मेरे मुक्केबाज़ी कॅरियर के दौरान मैं हमेशा रिंग के चारों ओर नाचना तथा होशियार बनने की कोशिश करना सख़्त नापसंद करता था। मेरे दुकानदारों पर हमले रुक गए और मैंने सोचा कि प्रकरण समाप्त हो गया है। मैं ग़लत था।

वह मेरी पहली भूल थी। मैंने एक और भूल की, जो अधिक गंभीर थी। प्रारंभ में राशन की दुकानें कार्यालयीन समय के अनुसार थीं, ऐसे समय खुलती थीं जब अधिकांश लोग उनमें नहीं जा सकते थे। मैंने उनका खुलने का समय जल्दी सुबह और देर रात कर दिया, लगभग उतने ही घंटे जितनी कि सामान्य दुकानें रहती हैं। लेकिन इसने सरकारी राशन दुकानों के लिए एक कठिनाई निर्मित की। जिस समय वे बंद होतीं, कोषालय भी बंद हो जाता और उनके पास दिनभर की आमदनी शेष रह जाती। कुल मिलाकर साठ से सत्तर हजार रुपए अगली सुबह तक रखने के लिए होते थे। उपयुक्त उपाय पैसों को निकटतम पुलिस थाने में जमा करना था, लेकिन नागपुर के पुलिस थानों में स्थापित की हुई तिजोरियाँ नहीं थीं और नियमानुसार शासकीय धन ऐसी तिजोरियों में रखा जाना अनिवार्य था। उन्हें स्थापित करने के लिए आदेश जारी किए गए। इस बीच अविश्वसनीय मूर्खता से, मैंने निर्देश दिए कि सीलबंद नक़द पेटियाँ हर रात मेरे घर लाकर छोड़ दी जाएँ। सौभाग्यवश कुछ ही दिनों में तिजोरियाँ स्थापित हो गईं और नक़द पेटियाँ मेरे घर आना बंद हो गईं, लेकिन तब तक नागपुर के पूरे आपराधिक जगत को यह पता चल गया था कि मैं रात में विशाल धनराशि रखता था।

उस समय हमारी एक ही संतान थी, एक अपने मत पर अडिग नौ माह की नवयुवती जो अपना पहला दूध प्रातः ठीक पाँच बजे लेने का आग्रह करती थी। दूध हमारे शयनकक्ष से सटे हुए ड्रेसिंग कक्ष में रखा जाता था और उसे उसके लिए गर्म

करना मेरा काम था। एक भ्रमणशील बिल्ली कई मौकों पर मेरी पुत्री के पूर्व दूध तक पहुँच चुकी थी, इसलिए मैंने अपने बिस्तर के नीचे एक छड़ी रखकर सोने की आदत डाल ली थी। इस विशिष्ट रात्रि को, धनराज के संदेश के कुछ दिन बाद, हमने बाहर खाना खाया, और लगभग ग्यारह बजे लौटकर आए। सुबह दो बजे मैं बिना किसी प्रकट कारण के जग गया। मैं सामान्यत: गहरी नींद लेता हूँ, परंतु शेरों के शिकार पर सोने के लंबे अभ्यास ने मुझे किसी भी गुपचुप हलचल पर जागने का अभ्यस्त कर दिया है। मैंने दो और दो जोड़े और योग लगाया पाँच का—यह फिर वह अभिशप्त बिल्ली होगी। मैंने छड़ी उठाई और जितना मुझसे हो सका चुपचाप ड्रेसिंग रूम की ओर चला।

ड्रेसिंग रूम में धनराज के दो आदमी थे। उन्हें आदेश मिले थे, जैसा मैंने बाद में खोज की, कि सबसे पहले नक़द पेटियाँ प्राप्त की जाएँ और इसके बाद मुझे यह सिखाया जाए कि उसके मामले में पड़ना कितना अविवेकी है। नक़द पेटियाँ नहीं थीं इसलिए वे मुझे ढूँढ़ते हुए आए। शयनकक्ष के अंदर मैं आसान शिकार था, लेकिन मेरी पत्नी वहाँ थी जो निश्चित रूप से हस्तक्षेप करती। मराठा गुंडा औरतों पर बलप्रयोग करने से निश्चित भय खाता है। यही कारण था कि वे ड्रेसिंग कक्ष में गए और मुझे वहाँ लाने के लिए हल्की सी आहट की। दरवाज़े के पीछे के आदमी ने एक भारी लाठी लहराई, सहजत: मैं झुका और मेरे भारी सर को छूकर जाते हुए वार के साथ बच गया, जिसने केवल मुझे केवल अपने घुटनों पर ला दिया मुझे गहरी बेहोशी में ले जाने के बजाय। मेरी पत्नी की अलमारी, खुले दरवाज़ों के साथ, ठीक मेरे सामने थी। मैंने उसके लिए छलाँग लगाई, यह आशा करते हुए कि उसने मेरे द्वारा उसे अपना भरा हुआ रिवॉल्वर सुरक्षित रूप से ताले-चाबी के अंदर रखने के लिए बार-बार किए गए अनुनय-विनय को फिर से नज़रअंदाज़ कर दिया हो। उसने नज़रअंदाज़ कर दिया था। रिवाल्वर साड़ियों के ढेर के नीचे था। मैंने उसे खींचकर निकाला और मुझ पर हमला करने वाले आदमी पर गोली चलाई। अठारह इंच की साफ़ चूक, लेकिन इसने उन्हें हतोत्साहित कर दिया। दोनों आदमी ड्रेसिंग रूम के बाहरी दरवाज़े से निकलकर, जिसे उन्होंने विचारपूर्वक पहले से ही खुला रखा हुआ था, प्रांगण में भागे। मैंने आवाज़ की दिशा में पुन: गोली चलाई। एक तीक्ष्ण गड़गड़ करती चीख़ निकली, जैसे एक जानवर की आवाज़ जब उसके फेफड़ों से गोली निकलती है। फिर शांति। एक रोषपूर्ण आवाज़ मुझ पर फूट पड़ी, ''यह सब शोर तुम क्यों कर रहे हो?'' वह मेरी पत्नी थी, बच्ची को अपनी गोद में लिये खड़ी, जो मेरी धारणा की पुष्टि करती है कि एक औरत उसके बच्चे का पहले सोचती है, उसके पति का बाद में, और उसके बाद उसके मस्तिष्क में विचार के लिए कोई जगह नहीं रहती है। मैंने कुछ सतर्कता से चुने हुए शब्द कहे और उसे शयनकक्ष में खींचा जहाँ वह उड़ते हुए डंडों या इससे भी ख़राब चीज़ों से सुरक्षित रहे।

पुलिस ने बहुत फुर्ती के साथ अन्वेषण किया। न केवल उन्होंने मेरे पत्नी के ड्रेसिंग सेट के दर्पण को उसके तामचीनी फ्रेम के कारण बहुत महत्त्व दिया (संभाव्यत: अँगुलियों के निशानों को ढूँढ़ने के लिए), उन्होंने वे सभी प्रेम पत्र पढ़े जो मैंने उसे तब लिखे थे जब हमारी सगाई हो गई थी (अपने मस्तिष्क को सुधारने के लिए)। इन सबके बावजूद अपराधियों का कोई पता नहीं चल पाया और यह अपराध एक ख़ात्मा लगाकर बंद कर दिया गया। लेकिन मेरे पास दो सौ दस राशन दुकानें थीं और जिस आदमी के पास वे हों वह दुनिया के सर्वश्रेष्ठ गुप्तचर स्थापना के नियंत्रण में रहता है। जनता को राशन दुकानों में जाना ही होता है, उन्हें वहाँ प्रतीक्षा करनी ही होती है, और जब वे वहाँ प्रतीक्षा कर रहे होते हैं तब उन्हें बातचीत करनी ही होती है। आवश्यकता केवल इस बात की रहती है कि उनकी बातचीत को सकारात्मक दिशा की ओर मोड़ा जाए। मेरे दुकानदारों ने खोजकर पूरी कहानी पता लगा ली। धनराज ने एक प्रसिद्ध व्यापारी की कार प्रयोग में लाई थी—मेरे पास उसकी कारें प्राप्त करने की क्षमता के बारे में कहने के लिए इस अध्याय में आगे कुछ है—और वह आदमी जिसे मैंने घायल कर दिया गया था, को अमरावती ले जाया गया था, जहाँ उसकी मृत्यु हो गई। जब मैंने यह सुना तो मैं चिंतित हो गया। मेरी एक गिरोह के झगड़े में उलझने की कोई मंशा नहीं थी, और ऐसा लगा कि ठीक यही था जो मैंने कर दिया था। मुझे ऐसा लगा कि स्थिति से निपटने का एक मात्र उपाय निडरता से कठिनाइयों का सामना करना था। मैंने धनराज को एक संदेश भेजा, एक मुलाकात के लिए समय माँगते हुए और उसे आश्वस्त करते हुए कि मैं उसकी सभी शर्तों का पालन करूँगा। उसने मुझे मिलने का समय दिया, और यथासमय हमारी भेंट हुई। मैं विस्तार में नहीं जाऊँगा लेकिन हम एक चालू समझौते पर पहुँचे। मेरा मुख्य तर्क यह था कि यदि वह मुझसे और मेरे काम से दूर नहीं रहा, मैं उसकी ज़िंदगी उसके लिए इतनी कष्टप्रद बनाता रहूँगा कि वह मुझे ख़त्म करने के लिए विवश हो जाएगा। और यदि उसने ऐसा किया तो आग में घी डल जाएगा। एक आई.सी.एस. अधिकारी को उड़ा देना ऐसी बात नहीं थी जो राज सहज भाव से स्वीकार कर लेगा, इसकी अत्यंत हिंसक प्रकृति की प्रतिक्रियाएँ होंगी और स्थानीय पुलिस भी उसे बचाने में शक्तिहीन होगी। मुझसे पीछा छुड़ाने की उसकी योग्यता के बारे में कोई संदेह नहीं था, परंतु क्या उसकी क़ीमत देने लायक थी? उसकी उम्र का ठीक-ठीक पता करना मुश्किल था। ऊँचा, अत्यधिक प्रभावपूर्ण, सफाचट दाढ़ी-मूँछ वाला, गंजा और गिद्ध के समान बड़ी मुँदी आँखों वाला आदमी था। उसने मेरी ओर देखा, "क्या तुम्हारा आशय है कि तुम मरना चाहते हो?" मैंने चिड़चिड़ेपन से कहा, "मैं इस प्रकार का कुछ करना नहीं चाहता हूँ—मेरी एक पत्नी और एक बच्ची है, और मैं युवा हूँ। पर तुम मेरे लिए क्या विकल्प छोड़ रहे हो?"

उसने धीरे से सिर हिलाया। "नहीं, तुम उस प्रकार के आदमी नहीं हो जो अपने दुकानदारों को कहेगा कि वे अपना ध्यान स्वयं रखें।" अचानक वह खड़ा हो गया

और अपना हाथ बढ़ाया। "ठीक है मैं मानता हूँ।" हमने करार पर हाथ मिलाया, और वह अपने वचन से कभी नहीं पलटा।

अब तक कामथ ने खाद्य विभाग को व्यवस्थित कर एक मशीन बना दिया जो सच में चलती थी। एक उपार्जन तथा भंडारण का पक्ष था, एक वितरण का पक्ष था, और एक लेखा पक्ष था जिसके ऊपर अंकेक्षण और लेखा विभाग के महालेखापाल स्तर के अधिकारी पदस्थ थे। उसने सभी क्षेत्र से उत्कृष्टों को चुना, आई.सी.एस. से, शिक्षा विभाग से, राजस्व शाखा से, कृषि से—सभी जगह से; सभी लोग जिन्होंने आगे चलकर जीवन में अपनी छाप छोड़ी, केवल एक अपवाद अर्थात मुझे छोड़कर। और मैंने भी एकमात्र आई.सी.एस. अफसर होने की प्राविण्यता अंततः प्राप्त कर ली थी जिसने सौ से ज़्यादा शेरों का ज़मीन से शिकार किया—अभिशप्त हत्यारा। एक शब्द में कहें तो कामथ ने खाद्य में व्यावसायिकता लाई और भाड़ में जाए ईटन या लोयोला कालेज या और कोई; हमें खेलने के लिए वेतन नहीं मिलता था। सच्चे पेशेवर की तरह हम उपयोगितावादी थे। चावल का उपार्जन एकाधिकार क्रय पर आधारित था—एक निश्चित सीमा के ऊपर की मात्रा का विक्रय केवल सरकार को ही किया जा सकता था—क्योंकि चावल मिलें एक सुविधाजनक मार्गावरोध उपलब्ध कराती थी जहाँ हम वस्तु को जैसे ही वह मशीन से कूटी जाती थी पकड़ लेते। परंतु ज्वार और गेहूँ के प्रकरण में आधिक्य ज़रा सा था और उपभोक्ता या फुटकर विक्रेता को सीधा बेचकर एकाधिकार क्रय से आसानी से बचा जा सकता था। हमने इन दो खाद्यान्नों के संबंध में एकाधिकार क्रय को समाप्त किया और सरकने वाले पैमाने पर उत्पादक की लेवी शुरू की, जिसके अंतर्गत खेतिहर को प्रति एकड़ एक निश्चित मात्रा देनी पड़ती थी जो बड़े खेतिहरों के मामले में उसके सकल उत्पादन के एक तिहाई तक बढ़ जाती थी। यह कारगर रही।

मैं खाद्य विभाग में युद्ध की शेष पूरी अवधि के दौरान, स्वतंत्रता के पहले वर्ष के दौरान और जनवरी, 1949 तक नियंत्रक खाद्य आपूर्ति रहा, फिर उप सचिव और उप संचालक वितरण रहा, और अंत में जब कामथ आयुक्त बरार बन गए तब सचिव एवं संचालक, खाद्य रहा। 1949 तक खाद्य स्थिति काफ़ी आसान हो गई थी, विनियंत्रण के कुछ क़दम शुरू कर दिए गए थे, और मुझे लगा कि अब मेरे लिए ज़िलों और गाँवों के साथ, जहाँ भारत आज भी रहता है अपना परिचय बढ़ाने का समय आ गया है। मैंने अपने दोनों हाथों में साहस बटोरा और सीधे मुख्यमंत्री पंडित रविशंकर शुक्ल के पास पहुँचा और एक ज़िले के लिए माँग की। उन्होंने मेरी बात समझी कि मैं खाद्य विभाग में बासी हो रहा था, परंतु मेरी बस्तर जाने की आवश्यकता को नहीं, जो एक दूरस्थ और आदिवासी ज़िला था। "बस्तर क्यों?" उन्होंने पूछा। मैंने स्पष्ट किया कि मेरी हमेशा ही आदिवासियों में रुचि रही है, और बस्तर में बहुत करने के लिए है, "और हाँ, शिकार भी है...।" वे ठहाका मारकर हँसे, "और हाँ, शिकार भी है! तुम्हें उसे

पहले रखना चाहिए था। नागपुर में भी शिकार है, अच्छा होगा कि तुम उसे लो।'' नागपुर, सभी व्यावहारिक प्रयोजनों के लिए, केवल एक साधारण से मंत्रालयीन काम के लिए ठीक था। मैंने अप्रतिबद्ध होकर उत्तर दिया और अपने को उनकी उपस्थिति से धीरे से बाहर कर लिया। वे बहुत अधिक विरोध को पसंद नहीं करते थे। मैंने पंडित डी.पी. मिश्र को बस्तर के बारे में सिफ़ारिश करने के लिए कहा क्योंकि वे मेरे प्रति हमेशा सहृदय थे। उन्होंने की। इस प्रकार अंत में मुझे बस्तर मिला।

दो वर्ष के बाद मैं उपायुक्त बस्तर के रूप में नागपुर एक संगोष्ठी के लिए आया। मुझे गाड़ी की आवश्यकता थी लेकिन मेरे सभी मित्र या तो शहर के बाहर थे या वे स्वयं बहुत व्यस्त थे। एक के बाद एक सभी से मुझे निराशा मिली। तब मुझे धनराज पटेल का ध्यान आया और मैंने उसके द्वारा दिए गए नंबर पर फ़ोन किया। उसने मेरा अनुरोध सुना और पूछा कि मैं कहाँ से फ़ोन कर रहा हूँ। मैंने कहा, ''रेलवे स्टेशन।''

''कृपया टिकट घर के पास रहें। पन्द्रह मिनट के बाद एक कार आएगी और मेरा आदमी आपको ढूँढ़ लेगा, कार और ड्राइवर आपके पास तब तक रहेगी जब तक आप नागपुर में हैं।'' मैंने उसे धन्यवाद देकर फ़ोन रख दिया। ठीक पन्द्रह मिनट बाद कार आई, ड्राइवर के साथ, और मैंने अपने दो दिन के प्रवास के दौरान उसका सचमुच आनंद लिया। वह एक मंत्री की सरकारी कार थी।

तीन

क्या किसी अध्याय का उपसंहार हो सकता है? मैं नहीं देखता कि क्यों नहीं। वैसे भी वह यहाँ है, थोड़ा खुलकर कहें तो ख़ुद की श्रेष्ठता को साबित करने का उपक्रम। 1950 में भारत सरकार ने खाद्यान्नों के उपार्जन तथा इससे जुड़ी समस्याओं के प्रश्न पर विचार करने के लिए एक समिति नियुक्त की। अध्यक्ष थिरूमलाराव, एक वरिष्ठ संसद सदस्य, और सभी अधिकारी सदस्य—सी.पी.के. मेनन, तत्कालीन महानिदेशक, खाद्य आपूर्ति, भारत सरकार, ई.एन. मंगतराय, आई.सी.एस. और मैं। हमने अपना प्रतिवेदन छह माह में प्रस्तुत किया, जो समितियों के लिए एक प्रकार का कीर्तिमान होगा, और मेरा योगदान असहमति की टीप था। मैं उसे यहाँ दो कारणों से उद्धरित कर रहा हूँ। प्रथम इसलिए कि मैं वही विचार अब भी रखता हूँ जैसे मेरे उस समय थे; और दूसरे वह असहमति की टीप थी जिस पर भारत सरकार तथा तत्कालीन खाद्य मंत्री रफी अहमद किदवई ने कार्यवाही की।

(1) *खाद्यान्न उपार्जन समिति के सदस्यों को उनकी व्यक्तिगत क्षमता में नियुक्त किया गया था न कि उनकी सरकारों के प्रतिनिधि के रूप में। अत: यह असहमति की टीप पूर्णत: निजी विचार का प्रतिनिधित्व करती है।*

(2) *समिति को सौंपा गया मुख्य विचारणीय विषय है 'ऐसे परिवर्तनों की सिफ़ारिश करना जो वर्तमान उपार्जन एवं वितरण प्रणाली में कमी वाले*

राज्यों में आयात न्यूनतम करने तथा आधिक्य वाले राज्यों के मामले में निर्यात अधिकतम करने के लिए तथा बाजार एवं विहित नियंत्रित मूल्यों के अंतर को कम करने के लिए आवश्यक हों।' उपार्जन तथा वितरण में सुधार लाने की विधियों की योजना बनाने पर बल है ताकि आपूर्ति की समस्या हल की जा सके, क़ीमतों पर जोर द्वितीयक है।

(3) खाद्य समस्या के दो प्रमुख कारक हैं। दोनों दुर्भाग्यवश दूसरे के विरोधी हैं— आपूर्ति कारक और मूल्य कारक। लोगों की न्यूनतम आवश्यकता के लिए पर्याप्त खाद्य होना चाहिए और वह उनकी आय के अंतर्गत आने वाली क़ीमतों पर उपलब्ध होना चाहिए। यदि मूल्य कारक का अस्तित्व नहीं होता, आपूर्ति कारक कोई कठिनाई उत्पन्न नहीं करता, क्योंकि, अंतिम विश्लेषण में, पर्याप्त रूप से ऊँचा मूल्य, आबादी के ग़रीब तबक़ों की माँग को अलग कर आपूर्ति को पर्याप्त बना देगी। लेकिन ऐसा हल दुर्भिक्ष तथा भुखमरी से ग्रस्त है, और यह सोचने योग्य नहीं है।

(4) अतः अनिवार्यतः, हमें एक मध्यमार्गी हल पर पहुँचना होगा, और ऐसा करने के लिए यह निर्णय किया जाना आवश्यक है कि आपूर्ति के पक्ष को अधिक महत्त्व दिया जाना है अथवा क़ीमतों के पक्ष को। मैंने पहले ही संदर्भित विषयों के बारे में मेरी स्वयं की व्याख्या में संकेत किया है। और मेरा विश्वास है कि यह व्याख्या तथ्यों के तर्क के अनुरूप है। नियंत्रित क़ीमतें उत्पादन की लागत पर आधारित नहीं हैं; वे हर दृष्टि से मनमानी हैं। उदाहरण के लिए पंजाब के लिए गेहूँ की क़ीमत 13 रुपए और उत्तरप्रदेश के समीपवर्ती आधिक्य क्षेत्रों के लिए 16 रुपए के बीच कोई संबंध नहीं है। ऐसी क़ीमतों के बारे में कुछ भी पावन नहीं है और हमारे हल में उन्हें महत्त्व देने का कोई भी यत्न माँग और आपूर्ति में अंतर को चौड़ा करने की ओर अग्रसर होगा। एक कमी की परिस्थिति में नियंत्रित मूल्यों को प्रचलित मूल्य बनाने का एकमात्र प्रभावी तरीक़ा यह सुनिश्चित करना है कि नियंत्रित संव्यवहारों के अलावा अन्य संव्यवहार न हो। इसका अर्थ है संपूर्ण आधिक्य का उपार्जन तथा संपूर्ण राशनिंग। संपूर्ण राशनिंग पूर्णतः साध्य है यदि हम लागत का ध्यान न रखें, परंतु संपूर्ण आधिक्य का उपार्जन नहीं। भंडार भूमिगत हो जाते हैं; एक कालाबाजार फलता-फूलता है; अंतिम विवेचना में खेतिहर केवल अधिक खाता है और अभी तक बनाई गई कोई भी प्रणाली उसे रोक नहीं सकी। उपार्जन मूल्य क्या है, इससे फ़र्क़ नहीं पड़ता जब तक एक वैकल्पिक बाजार ऊँचे मूल्य पर उपलब्ध है, जिसका अस्तित्व मात्र अपने आप नियंत्रित मूल्य को अन्यायपूर्ण बना देता है। मद्रास जैसे एक अत्यंत दक्ष प्रशासनिक मशीनरी वाले राज्य ने ऐसी प्रणाली का प्रयास किया और परिणाम स्वयं

बोल रहे हैं। सामान्यत: बाजार में आने वाले 65 प्रतिशत चावल उत्पादन के विरुद्ध सरकार केवल 32.5 प्रतिशत उपार्जित करने में सफल रही। मोटे अनाज के आँकड़े और ख़राब हैं— सामान्यत: बाजार में आने वाले 18.5 प्रतिशत के विरुद्ध 5.6 प्रतिशत उपार्जन। दूसरी ओर उन्हें 540 लाख जनसंख्या में से 350 लाख को वैधानिक राशन उपलब्ध कराना पड़ा।

(5) यदि हम सहमत हों— और मैं नहीं देखता कि हम कैसे सहमत नहीं हो सकते; इस घोषणा के दृष्टिगत कि 1951 के बाद कोई आयात नहीं होगा— कि समस्या का आपूर्ति पक्ष अधिक महत्त्वपूर्ण है, कतिपय निष्कर्ष निकलते हैं :

(i) हमारा उद्देश्य वितरण की प्रतिबद्धताएँ उस बिन्दु तक कम करने की होनी चाहिए जहाँ (क) कमी वाले क्षेत्रों में उपार्जन और वितरण के बीच अंतर न्यूनतम हो, तथा (ख) कुल प्रभावी माँग के पर्याप्त अनुपात का प्रदाय नियंत्रित मूल्यों पर हो जो खुले या मुक्त बाजार में मूल्य-वृद्धि पर लगाम लगा सके, ताकि खाद्य मूल्यों का सामान्य स्तर नियंत्रित दरों से अत्यधिक उच्च न हो। दूसरे शब्दों में, हमें एक आदर्श बिन्दु को ढूँढ़ने का प्रयत्न करना चाहिए जिस पर विकल उपलब्धता, (कमी वाले क्षेत्रों के मामले में राज्यों के अंदर खपत के लिए तथा आधिक्य वाले क्षेत्रों के मामले में निर्यात के लिए) अधिकतम बनाई जा रखी जा सके। और यह मूल्यों के एक युक्तियुक्त स्तर के साथ संगत रखते किया जाए; नियंत्रित दर को मापदंड मानकर, परंतु उसे सार्वत्रिक मूल्य मानने पर जोर दिए बगैर।

(ii) उपार्जन के पक्ष से देखें तो इसमें यह मान्यता शामिल है कि घनीकरण एक निश्चित चरण के बाद घटता हुआ लाभ देता है। क्योंकि उसके कारण उपार्जन में सुसंगत वृद्धि के बिना वितरण प्रतिबद्धताओं में अनुपातहीन वृद्धि की प्रवृत्ति होती है।

(iii) प्रणालियों में कोई एकरूपता नहीं हो सकती क्योंकि मद (i) में हमारे द्वारा उल्लेखित इष्टतम बिन्दु विभिन्न क्षेत्रों में, विभिन्न स्तरों पर होगा। एक सघन प्रणाली जो एक कमी वाले क्षेत्र में संतोषप्रद कार्य कर रही है एक आधिक्य वाले क्षेत्र में असफल रहेगी क्योंकि वह ऊपर निर्दिष्ट घटते लाभ उत्पन्न करेगी। सघन उपार्जन की मद्रास प्रणाली को उत्तरप्रदेश में लागू किए जाने से वितरण प्रतिबद्धताओं में पचास प्रतिशत वृद्धि और उपार्जन में केवल पच्चीस प्रतिशत वद्धि होगी। यद्यपि सिद्धांतत: एक उत्पादक से संपूर्ण आधिक्य लिया जा सकता है, व्यवहार में नहीं है; और एक आधिक्य वाले क्षेत्र में जितना अनुपात लिया जा सकता है वह एक कमी वाले क्षेत्र से कम होता है।

(6) प्रत्येक क्षेत्र में उपार्जन और वितरण की आदर्श प्रणाली, उपरोक्त के प्रकाश में, ऐसी होगी जो जानबूझकर आधिक्य वाले उत्पादक से केवल एक अंश ही लेने के लिए और कमी वाली जनसंख्या के एक हिस्से को आपूर्ति करने के लिए अग्रसर होकर शेष उत्पादन को मुक्त व्यापार के लिए छोड़ देगी। यह प्रणाली उपलब्धताओं को अधिकतम करेगी क्योंकि एक मुक्त बाजार में आवक, उसके मुकाबले जब वह नियंत्रणाधीन रहती है, हमेशा अधिक रहती है। वह उत्पादन को अधिकतम करेगी क्योंकि उत्पादक द्वारा अपनी उपज के उस भाग से, जो अनियंत्रित दरों पर विक्रय किया जाता है, प्राप्त उच्च मूल्य उसे अधिक उत्पादन के लिए प्रेरित करेगा। वह माँग की एक भाग की पूर्ति नियंत्रित दर से कर मूल्यों के सामान्य स्तर को बेलगाम नहीं बढ़ने देगी।

(7) इस प्रणाली के विवरण विभिन्न राज्यों के लिए पृथक होंगे जो हरेक राज्य की स्थितियों पर, और उत्पादक से जो निश्चित अनुपात लिया जाना वांछनीय है इस पर भी निर्भर करेंगे। मूलतः यह एक आंशिक लेवी होगी, या तो उत्पादक पर या, जहाँ विपणन सुसंगठित है, व्यापारी पर और राज्य पर निर्यात प्रतिबंध के साथ तथा इस परंतुक के साथ कि लेवी माँग से अतिरिक्त मात्राएँ स्वेच्छा से सरकार को बेची जा सकेंगी।

(8) यदि उन सिद्धांतों पर विचार किया जाए जिन पर यह योजना आधारित है, यह ज्ञात होगा कि यह एक छोर पर सघन उपार्जन तो दूसरी ओर पूर्ण नियंत्रणमुक्तता के बीच बदलती रहेगी, क्योंकि उसका ध्येय ऐसी स्थितियों से निपटना है जिनमें बहुत भिन्नताएँ हैं। उदाहरण के लिए, मलाबार में ऐसी कोई योजना, जो उपार्जन और वितरण दोनों ही दृष्टिकोणों से सघन न हो, का मूल्यों पर कोई विशेष प्रभाव नहीं पड़ेगा क्योंकि कमी इतनी विशाल है। जितनी अधिक कमी होगी, उतने ही कड़े क़दम स्थानीय या वैयक्तिक आधिक्य को युक्तियुक्त मूल्यों पर लाने के लिए आवश्यक होंगे। जब एक आधिक्य बड़ा होता है, विशेषतः जब वह एक छोटे क्षेत्र में घनीभूत है, उसे ग्रहण करने के लिए विशेष श्रम आवश्यक नहीं होता है— वह स्वयं ही निकल आता है। लेकिन जहाँ— जैसे मलाबार अथवा कोचीन, त्रावणकोर— वह लालची बाजारों से घिरा है उसे कठोर कदमों के सिवाय नहीं बचाया जा सकता। इसके अलावा आयातों को न्यायपूर्ण तरीक़े से वितरित करना पड़ता है, विशेषतः जब वे खपत की आवश्यकताओं का एक बड़ा अनुपात गठित करते हैं, जैसे मलाबार में। अन्यथा उनका मूल्यों पर बहुत कम प्रभाव पड़ता है, जब तक बाजार संतृप्त न हो। हम संतृप्तता के लिए पर्याप्त भंडार नहीं ढूँढ़ सकते हैं; सार्वत्रिक राशनिंग इसलिए एक

आवश्यकता बन जाती है। यह बगैर सार्वत्रिक उपार्जन के संभव नहीं है क्योंकि प्रतिबद्धताओं की पूर्ति करने के लिए स्थानीय भंडार की भी आवश्यकता होती है। कुछ कमी वाले क्षेत्रों में, यद्यपि बिल्कुल नियंत्रणमुक्तता के बिन्दु तक छूट देना तार्किक परिणाम होगा। बिहार के उत्तरी अंचल में, समृद्धि का सामान्य मापदंड ऊँचा है क्योंकि लाभकारी नक़द फसलें उगाई जाती हैं। उसकी आपूर्ति आवश्यकताएँ नेपाल के धान से पूरी हो जाती हैं। ऐसे क्षेत्र में स्थानीय ऊपार्जन अनुपयुक्त है क्योंकि वह कोई फल नहीं देगा और प्रतिबद्धताओं को बढ़ाएगा। वह क्षेत्र सुरक्षित रूप से घेर लिया जा सकता है और उसे अपने हाल पर छोड़ा जा सकता है, आबादी के कुछ निश्चित अनिवार्य वर्गों के अपवाद के साथ जिन्हें आयात के द्वारा आपूर्ति दी जाएगी।

सभी आत्मनिर्भर, और आधिक्य क्षेत्रों जहाँ एक पर्याप्त रूप से दक्ष भू-अभिलेख प्रणाली कार्यरत है, यह प्रणाली अपनी पूर्णता के साथ कार्य करेगी।

एक क्षेत्र से दूसरे क्षेत्र के बीच इन अंतरों पर इस आधार पर आपत्ति उठाई जा सकती है कि वे त्याग की समता के सिद्धांत को भंग करते हैं। उत्तर यह है कि ऐसा कोई सिद्धांत न तो पूर्व में रहा है, न ही संभवतः भविष्य में प्रवर्तित किया जा सकता है। मद्रास जैसे राज्य में भी उत्पादक को एक पौंड प्रतिदिन खाने की अनुमति है (वास्तव में वह काफ़ी अधिक खाता है) जबकि दूसरों के लिए राशन 12 ओंस है। मैं समझता हूँ कि अब समय आ गया है कि हम ऊँचे सिद्धांतों से दूर हटें जिनका अस्तित्व केवल कागज पर है और ऐसे हल ढूँढ़ें जो व्यावहारिक हों और यथार्थ में काम करें।

(9) किसी ऐसी योजना, जो दो मूल्यों के साथ-साथ संचालन की कल्पना करती है— एक खुला बाजार मूल्य और एक नियंत्रित मूल्य— के विरुद्ध अन्य आपत्ति, जो समिति के द्वारा अध्याय दो में उठाई गई है, यह है कि खुला बाजार मूल्य काफ़ी अधिक होने से खेतिहर अपनी उपज का भाग कम मूल्य पर समर्पित करने में नाराज़ होता है और इसलिए उपार्जन असफल हो जाता है। यह आपत्ति वास्तव में तथ्य पर आधारित नहीं है। हमेशा ही एक खुला बाजार या कालाबाजार मूल्य होता है जो नियंत्रित मूल्य से उच्च होता है, मद्रास जैसे सघन उपार्जन योजना के अंतर्गत भी। खेतिहर की नाराज़ी तभी खतरनाक होती है जब उसके आधिक्य का अयुक्तियुक्त रूप से अधिक अंश लिया जाता है। आधिक्य के एक अल्प अंश को लिए जाने को एक कर के समान देखा जाता है जो अधिक विरोध उत्पन्न नहीं करता है। और स्पष्टतः, पूरे आधिक्य को निम्न मूल्य पर अधिग्रहण का विरोध अधिक होने की संभावना है बजाय कि उसके केवल एक अंश के अधिग्रहण के।

हरेक मामले में जहाँ एक आंशिक लेवी असफल रही है उसका कारण एक खुला बाजार मूल्य के अस्तित्व से इतर है। उत्तरप्रदेश में वह ऐसे अनाज की माँग करने के कारण रही है जो कि खाते में उत्पन्न ही नहीं हो रहे थे और बिहार में यह एक निर्मित आंदोलन के कारण थी जो और भी ख़राब होता यदि उपज का और अधिक अनुपात अधिग्रहित किया जाता।

(10) बहरहाल समिति ने, यह दृष्टिकोण अपनाया है कि मूल्य पक्ष आपूर्ति पक्ष से अधिक महत्त्वपूर्ण है और उसकी अनुशंसाएँ इस रुख़ से काफ़ी सही और तार्किक हैं। स्पष्टत: यदि मूल्य पक्ष को अधिक महत्त्व दिया जाना हो तो सर्वोत्कृष्ट योजना वह होगी जो उत्पादन के अधिकतम भाग पर नियंत्रण स्थापित करे। समिति ने मान्य किया है कि कुछ राज्यों में भिन्न स्थानीय स्थितियों के कारण परिवर्तन आवश्यक हैं, लेकिन अनिवार्यत: उनके द्वारा सुझाया गया हल एक सघन एकाधिकार के साथ व्यापक राशनिंग है। कुछ क्षेत्रों में विद्यमान विशिष्ट परिस्थितियों के कारण एकाधिकार की सघनता कम होगी (जैसे उड़ीसा), जबकि अन्य क्षेत्रों में उसका विस्तार, वहाँ तक होगा जिसे मैं संपूर्ण उपार्जन तथा वितरण कह सकता हूँ, जैसे मद्रास में।

(11) इस महत्त्वपूर्ण सैद्धांतिक निर्णय के परिणामस्वरूप, समिति की अनुशंसाओं का प्रभाव यह होगा कि कमी वाले या थोड़े से आधिक्य वाले राज्यों को आयात के लिए सहायता की आवश्यकता में तुरंत वृद्धि होगी। उत्तरप्रदेश के लिए 3.6 लाख टन के कोटे की अनुशंसा की गई है; बिहार के लिए प्रस्तावित परिवर्तनों के कारण न्यूनतम 1 लाख टन आयात आवश्यक होगा; हैदराबाद को और 1 से 1.5 लाख टन की आवश्यकता होगी; तथा मैसूर, कोचीन-त्रावणकोर, पश्चिम बंगाल-मद्रास को अधिक आयात की आवश्यकता होगी। आधिक्य वाले क्षेत्रों में तात्कालिक परिणाम निर्यात के लिए उपलब्धता में गिरावट होगी, विशेषकर मध्यप्रदेश, मध्यभारत और उड़ीसा में।

निश्चय ही यह आशा है कि लंबी अवधि में, उपार्जन तथा वितरण को सघन करने की नीति लाभांश का भुगतान करेगी, लेकिन ये परिणाम दो वर्ष से कम में अपेक्षित नहीं किए जा सकते, और मुझे विश्वास नहीं है कि वे मूर्तरूप होंगे भी।

(12) समिति के द्वारा एक रास्ता चुना गया है जिसमें नियंत्रणों का घनीकरण शामिल है, उस बिन्दु के भी आगे जहाँ, मेरे मत में, लाभ घटना शुरू हो जाता है। ऐसा घनीकरण और नहीं तो केवल इसी कारण से, कि उसकी प्राप्ति में समय लगता है, व्यावहारिक नहीं है, जब तक कि यह दृढ़ निर्णय न कर लिया जाए कि नियंत्रण वर्षों की अवधि तक चलते रहेंगे। खाद्य नीति में किसी क्रांतिकारी परिवर्तन के परिणामों के युक्तियुक्त मूल्यांकन करने के लिए कम-से-कम

तीन वर्षों की आवश्यकता होती है। मैं नहीं मानता कि तीन और वर्ष नियंत्रण के लिए भारत सरकार प्रतिबद्ध है और वास्तव में पूर्व खाद्य मंत्री के द्वारा संसद में यह कहा गया था कि क्रमिक नियंत्रण मुक्तता का ध्येय है। इसके लिए उपार्जन तथा वितरण में कसावट लाना निश्चय ही एक विचित्र विधि होगी।

(13) मैं पूर्व में ही उल्लेख कर चुका हूँ कि एक आदर्श चरण के बाद नियंत्रणों का घनीकरण घटते हुए लाभ देने लगता है। मैं इस बिन्दु को और विस्तार से बताना चाहूँगा। प्रथम स्थान पर यह बात है कि, सबसे सघन उपार्जन प्रणाली, उत्पादन का उतना अनुपात नहीं उपार्जित कर सकती जितना सामान्य तौर पर विपणन किया जाता था। यह तथ्य पूर्व में मद्रास के लिए उद्धरित किए गए आँकड़ों के द्वारा पुष्ट होता है और इसका कारण यह है कि नियंत्रणों के अस्तित्व मात्र से उत्पन्न होने वाली मनोवैज्ञानिक परिस्थितियाँ हैं। द्वितीय स्थान पर यह है कि नियंत्रणों का घनीकरण का अर्थ है राशनिंग का विस्तार। राशनिंग का विस्तार तीन प्रकार से प्रतिबद्धताओं को बढ़ा देता है :

(क) निरपेक्ष अर्थ में अधिक लोगों को पूर्ति करनी पड़ती है,

(ख) कुछ ऐसे लोगों को, जो सामान्य रूप से अपने भोजन में नियंत्रण मुक्त खाद्यान्न के उच्च अनुपात से संतुष्ट रहते, को नियंत्रित खाद्यान्न की पूर्ति करनी पड़ती है, और

(ग) कुछ ऐसे लोगों को, जो सामान्य रूप से उपार्जित न हो सकने वाले आधिक्य से अपनी पूर्ति स्वयं करते, पूर्ति करनी पड़ती है।

मुझे मद (क) तथा (ख) पर विस्तार डालने की आवश्यकता नहीं है जो स्वयं स्पष्ट हैं परंतु (ग) के लिए छोटा स्पष्टीकरण आवश्यक है। किसी भी शहर की खाद्यान्नों की आवश्यकताओं के एक काफ़ी महत्त्वपूर्ण अंश की पूर्ति कमी वाले उत्पादकों के द्वारा की जाती है जो, स्वयं को स-स्ते खाद्यों का उपभोग करते हुए, अपने भंडारों का विपणन शहर में करते हैं। कोई भी उपार्जन प्रणाली न्यायोचित रूप से इन अपर्याप्त उत्पादकों को छू नहीं सकती है इसलिए जो कालाबाजार को संरक्षण देने के लिए खुले छोड़ दिए जाते हैं। सामान्य काल में, एक छोटा किसान जो थोड़ा बहुत चावल या गेहूँ उत्पादित करता है, सदैव उसे विक्रय कर देता है और मोटे अनाज और (देश के कुछ भागों में) कंदमूल आदि पर जीवित रहता है। जैसे ही एक शहर में राशन प्रणाली लागू की जाती है ये आपूर्तियाँ घेराबंदी के बाहर रह जाती हैं और बस लुप्त हो जाती हैं। मैंने बार-बार इस प्रकार के प्रसंगों को अपने स्वयं के अनुभवों में पाया है।

(14) नियंत्रणों का घनीकरण, सभी क्षेत्रों में, लेकिन विशेषकर आत्मनिर्भर अथवा आधिक्य वाले क्षेत्रों में, विरोध को उत्तरोत्तर कड़ा बनाने की ओर अग्रसर

होता है। यह कहना बड़ा अच्छा है कि राजनीति को खाद्य से दूर रखना चाहिए, लेकिन एक प्रजातंत्र में राजनीति को किसी ऐसे विषय से दूर नहीं रखा जा सकता जो लोगों के हितों को प्रभावित करता है। यदि लोग एक विशिष्ट कार्यवाही की दिशा का विरोध करते हैं तो वह दिशा अंततः विफल होगी। मैं महसूस करता हूँ कि समिति इस कारक के सही महत्त्व का मूल्यांकन करने में पर्याप्त रूप से यथार्थवादी नहीं रही है। प्रजातंत्र अनिवार्यतः सहमति से शासन है और कठोर उपायों के लिए सहमति केवल कठिनाइयों के समय और अस्थाई अवधि के लिए प्राप्त की जा सकती है। वह अनिश्चितकाल के लिए कभी भी प्राप्त नहीं की जा सकती। फिर बल प्रयोग का विकल्प बचता है, परंतु बल प्रयोग भी असफल हो जाता है, जैसे सल्फानिलामाईड्स[1], यदि बार-बार प्रयोग किया जाए।

(15) समिति द्वारा मूल्य कारक को दिए गए महत्त्व में, जैसा हमने देखा है, नियंत्रणों का घनीकरण निहित है। परिणामस्वरूप इसका अर्थ है (क) कर्मचारियों पर अधिक व्यय तथा (ख) विदेशी आयात पर अधिक व्यय। कोई राज्य ऐसी स्थिति को स्थितप्रज्ञता के साथ देखता नहीं रह सकता जिसमें उसके अनुभवी कर्मचारी-वर्ग का एक बड़ा अनुपात अनिश्चितकाल के लिए खाद्य के कार्यों में लगाना पड़े जो राष्ट्र निर्माण की गतिविधियों के लिए हानिकारक है। आज भारत का लगभग हर राज्य अनुभवी कर्मचारियों की भारी कमी को सहन कर रहा है। नियंत्रणों का घनीकरण इस स्थिति को शाश्वत करने की ओर अग्रसर होगा। जहाँ तक विदेशी आयात का प्रश्न है, उन पर दिया जाने वाला अनुदान अंततः करदाताओं की जेबों से आता है और मूल्यों में कोई कमी जो ऐसी विधियों से प्राप्त की जाती है, भ्रामक है, और वह लंबी अवधि में विनाशकारी सिद्ध होगी।

(16) एक और कारण है, और वह सबसे कम महत्त्वपूर्ण नहीं है, कि क्यों मैं समिति की सिफारिशों से, जो नियंत्रणों का घनीकरण करने का प्रयास करती हैं, सहमत नहीं हो पा रहा हूँ। हर क्षेत्र में जहाँ इस प्रयोग का परीक्षण किया गया है, बम्बई के संभावित अपवाद के साथ, वहाँ नियंत्रित खाद्यान्न के अंतर्गत, चावल छोड़कर, रक़बा खतरनाक रूप से नीचे चला गया है, विशेषकर मोटे अनाज का। मैं मानता हूँ कि यह कमी संभवतः दूसरी फसलों के द्वारा स्थानापन्न होने के कारण है, लेकिन, विपरीत प्रमाण के अभाव में मुझे प्रतीत होता है कि ऐसा स्थानापन्न इसलिए हुआ क्योंकि नियंत्रण बहुत अधिक सघन थे। बंबई में यह प्रवृत्ति संभवतः इस तथ्य के कारण दिखाई नहीं देती कि फसलों के अंतर्गत क्षेत्रफल इस वर्ष तक

1. Sulfanilamides.

विधि के द्वारा नियंत्रित था और प्रचलित लेवी प्रणाली मनमाने रूप से क्षेत्र का एक निश्चित अनुपात खाद्य के अंतर्गत मान लेती है।

चार प्रमुख क्षेत्रों के लिए जहाँ नियंत्रण कड़े और कठोर थे, के आँकड़े नीचे दिए गए हैं—

तालिका

('000 एकड़)

अधिकतम क्षेत्र एवं वर्ष 1939–40 और 1948–49 के बीच				1948–49 क्षेत्र व वर्ष		
राज्य	**चावल**	**गेहूँ**	**मोटा अनाज**	**चावल**	**गेहूँ**	**मोटा अनाज**
मद्रास	11014 1944–45	–	जुआर 5052 1939–40	10280	–	जुआर 4334
मैसूर	844 1944–45	–	रागी 2218 1943–44 जुआर 864 1942–43	767	–	रागी 1916 जुआर 333
मध्यप्रदेश	6304 1948–49	3229 1940–41	जुआर 5648 1943–44	6304	1853	जुआर 4962
हैदराबाद	1419 1945–46	1125 1941–42	जुआर 9605 1942–43	1032	263	जुआर 5935

चावल के औसतों की स्थिरता इस कारण से है क्योंकि अधिकांश क्षेत्रों में यह फसल स्थानापन्न योग्य नहीं है। दूसरी ओर उन क्षेत्रों में जहाँ नियंत्रणों पर थोड़ी ढिलाई थी काफ़ी क्षेत्रवृद्धि हुई है जैसा कि उत्तर प्रदेश पर अध्याय में देखा जा सकता है। जब तक सभी कृषि उत्पादों पर नियंत्रण नहीं लगाया जाता, रक़बे का विचलन अखाद्य उपजों के लिए यथासंभव या कम-से-कम नियंत्रण मुक्त खाद्यान्न फसलों के लिए किया जाना निश्चित है। इस हद तक विचलन के कारण अधिक अन्न उपजाओ योजना के अंतर्गत अब तक अर्जित संभावित लाभ से भी ज़्यादा गिरावट आई है।

(17) समिति के साथ मेरी मतभिन्नता उन मूल सिद्धांतों पर है जिनका मैं पहले ही वर्णन कर चुका हूँ। इस अंतर में स्वाभाविक रूप से प्रत्येक राज्य के लिए की गई अनुशंसाओं में अंतर शामिल है। हरेक राज्य के बारे में विस्तार से प्रतिपादन करने का अर्थ एक पृथक रिपोर्ट लिखना होगा जिसे पढ़े जाने की आशा सामान्यतः इस असहमति टीप से भी कम होगी, और इसलिए मैं अपने आप को प्रत्येक अध्याय के उन महत्त्वपूर्ण बिन्दुओं को, जिनसे मैं सहमत नहीं हूँ, सीमित रखूँगा।

वृंद-प्रस्थान

कब एक भाग संपूर्ण से अधिक होता है? जब वह आई.सी.एस. का होता है। मैं इस अध्याय में ढोल पीटने के लिए कोई क्षमा नहीं माँग रहा हूँ। न क्षमा की आवश्यकता है और न ही औचित्य बताने की। जो भी मैं कहने जा रहा हूँ वह उससे बहुत कम है जो मैं कहता यदि मुझे उस सेवा से जुड़ने का सम्मान प्राप्त नहीं हुआ होता।

1939 के अंत में भारत में आई.सी.एस. का कुल संख्याबल 1299 था जिसमें से 759 अँगरेज़ थे और शेष भारतीय। मध्यप्रांत के लिए सुसंगत आँकड़े थे 72 और 37। कुछ मुट्ठी भर अधिकारियों की नियुक्तियाँ 1940, 41 और 1943 में हुई थीं लेकिन उसकी संख्या इतनी छोटी है कि वह समग्र परिदृश्य में कोई अंतर नहीं लाती। उसके बाद युद्ध की समाप्ति तक कोई भर्ती नहीं हुई। अत: 1939 के आँकड़े सभी व्यावहारिक प्रयोजनों के लिए उस स्थिति का प्रतिनिधित्व करते हुए माने जा सकते हैं जो अगस्त 1947 में स्वतंत्रता की पूर्वबेला पर विद्यमान थी।

अँगरेज़ अधिकारी न केवल संवर्ग के आधे से अधिक संख्या में थे, वे वरिष्ठ हिस्सा थे और महत्त्वपूर्ण पद धारण करते थे। और उन सभी ने, आधे दर्जन से कम अपवादों को छोड़ दें तो, विलंब से महात्माजी की आज्ञा का पालन 16 अगस्त, 1947 को किया; उन्होंने भारत छोड़ा। किसी भी कार्यालय—शासकीय या निजी—के संख्याबल में अचानक अर्धांश से अधिक कटौती करके देखो, और वह अर्धांश जो वरिष्ठ अर्धांश है, और देखो क्या होता है। अव्यवस्थता है जो होगी। परंतु वह नहीं हुई जब आई.सी.एस. (तथा आई.पी.) कटकर आधे से कम रह गई। अब इस अध्याय के पहले दो वाक्यों को फिर से पढ़िए और आप उन्हें समझेंगे। रातोंरात, हमने अपनी संख्याबल का आधे से अधिक भाग खो दिया। रातोंरात प्रशासन को चलाने की जिम्मेदारी संवर्ग के अवशेष पर लाद दी गई, भारतीय भाग, कनिष्ठ भाग। यह देश को निर्णय करना है कि क्या हम उस जिम्मेदारी के बराबरी में खड़े हो सके जो हम पर रखी गई थी। कम-से-कम मैं निर्णय के प्रति आश्वस्त हूँ। सरदार वल्लभ भाई पटेल, जो जानने की स्थिति में थे, ने हमें सर्वोच्च सम्मान दिया। ''शाबास, तुम अच्छे और विश्वस्त सेवक!'' दूसरे, विशेषकर राजनीतिज्ञ, जो उन नाजुक वर्षों में सत्ता के पदों पर नहीं थे उतने न्यायपूर्ण नहीं रहे हैं। उनके लिए हम न

भारतीय थे न सभ्य और न एक सेवा। ठीक है, उन्हें अपने मत रखने का अधिकार है पर आई.सी.एस. और आई.पी. के बारे में यह औचित्य के साथ कहा जा सकता है :

ईश्वर ने जिन्हें त्यागा, उन्होंने बचाया
और रक्षा की कुल जमा चीज़ों की, मजूरी ख़ातिर[1]

याद करें, बँटवारे पश्चात हुए दंगों के समय के भारत को, हम अपने अंतिम दिनों में कैसे थे, हम आई.सी.एस. के लोग? हम एक महाकाय प्रतिमा के समान विश्व पर टाँग फैलाकर नहीं खड़े थे—हमारे पैर बहुत छोटे थे। हम प्रशासन की फौलादी चौखट नहीं थे। जो लार्ड जार्ज ने 1922 में कहा वह वास्तव में यह था, ''मैं ऐसा कोई समय नहीं देखता जब वे (भारतीय) ब्रिटिश सिविल सेवा की छोटी संख्या के मार्गदर्शन और मदद के बिना रह सकते हैं। वे पूरे ढाँचे की फौलादी चौखट हैं।'' (पार्लियामेंटरी डिबेट, हाउस आफ कॉमंस, पाँचवीं सीरिज, अंक 157 कॉलम 1513)। फौलादी चौखट ब्रिटिश थी। वह हमारे, भारतीय सदस्यों के बारे में क्या सोचता था, यह पहले वाक्य में बताया गया है। और फिर भी जब से मैं याद कर सकता हूँ, इस ख़ास छड़ी से हमारी पिटाई होती चली आ रही है।

समग्र रूप से सेवा में—ब्रिटिश तथा भारतीय—काफ़ी साधारण पुरुष थे, जो दूसरों से तीन बातों में भिन्न थे; कर्तव्य के प्रति समर्पित निष्ठा जिसका जन्म परंपरा तथा प्रशिक्षण से हुआ था; एक स्वतंत्र दृष्टिकोण; और जहाँ भी हमें सेवा करने के लिए भेजा जाता वहाँ के लोगों के हितों के साथ पूर्ण तादात्म्यीकरण। बाद में हममें खराबियाँ आईं। लेकिन ऐसे थे हम 1947 में। परमानंद, जो उधार के समय पर जीवित था और जिसे उसके अंतिम दिनों को आसान करने के लिए एक हल्के ज़िले में भेजा गया था, ने अपने अंत की शीघ्रता की, स्वयं के 'बंदोबस्त अभियानों' में एक शानदार विस्तार कर। यह वाक्य कभी सुनने में नहीं आता था—''वह बहुत अधिक नहीं कर सकता, जानते हो वह बीमार है।'' यदि कोई आई.सी.एस. अधिकारी बीमार था, तो वह अस्पताल में और छुट्टी पर होता था, अपनी अस्वस्थता को सरकारी समय पर खींचते हुए नहीं। यदि वह कर्तव्य पर था, तो वह अपना कर्तव्य कर रहा होता था, उसके बारे में बात नहीं कर रहा होता था।

दृष्टिकोण की स्वतंत्रता से किसी भी सरकार के लिए परेशानी होती है, और विशेषकर एक राजनीतिक रूप से प्रेरित सरकार के लिए। अँगरेज़ उसे सुलझा लेते थे; वे अपराधी की बात को उसके भारी विरोध के बावजूद खारिज़ कर देते थे। बाद में सरकारें इतनी दयालु नहीं थीं। खारिज़ करने के साहस की कमी के चलते, वे कभी दंडित करती थीं। उससे कोई अंतर नहीं पड़ता था। आई.सी.एस. स्वतंत्र बनी रही। एस.एन. मेहता ने सागर में भू-राजस्व की वसूली करने से इंकार कर दिया

1. मूल पाठ : 'What God abandoned, they defended and saved the sum of things for pay'–from 'Epitaph of an Army of Mercenaries' by A.E. Houseman.

क्योंकि फसलें ख़राब हो गई थीं। उसे झाड़ पड़ी फिर भी उसने मना कर दिया। अंत में आयुक्त को स्वयं देखना पड़ा और वे मेहता से सहमत हुए। यह ऐसा था। मैं अपने स्वयं के कॅरियर से कोई उदाहरण नहीं दे रहा हूँ, मेरे मित्र जोर देकर कहते हैं कि मेरे मामले में यह केवल अड़ियलपन था न कि दृष्टिकोण का स्वातंत्र्य।

अपने लोगों से तादात्म्य—इस प्रकार की हमेशा सोच थी हमारी अपने ज़िलों को लेकर, अपने ज़िले अपने लोग—परिपूर्ण था। हम उनके हितों को लेकर पूरी शक्ति से लड़ाई करते थे और इससे ज़रा भी फ़र्क़ नहीं पड़ता था यदि हमें स्वयं इस प्रक्रिया में हानि उठानी पड़ती थी। मेरे सरकारी जीवन में मुझे जो एकमात्र भर्त्सना मिली वह मेरे द्वारा सरकार को मेरे ज़िले बस्तर के लोगों के प्रति दुर्भावना रखने का आरोप करते हुए लिखे गए एक अत्यंत अशिष्ट पत्र के लिए सरकार के एक पत्र द्वारा संसूचित अप्रसन्नता थी (जिसका मैं सही हकदार था)। लेकिन मुझे वह मिला जो मैं चाहता था। फिर एक कहानी है—संभवत: कपोलकल्पित—उस उपायुक्त की जिसने सामूहिक दंड लगाने के आदेशों, जिनसे वह प्रचंड रूप से असहमत था, का उत्तर दिया, ''आपका अमुक दिनांक का पत्र जो अभी मेरे समक्ष है, कुछ ही देर बाद मेरे पीछे अन्य हैसियत से रहेगा। मैं हूँ श्रीमान आपका सबसे आज्ञाकारी सेवक।''

यह हुआ सरकारी पक्ष। पर कैसे लोग हुआ करते थे हम? बहुत सामान्य, मुझे लगता है न तो मिट्टी के संत और न ही पूरे दुर्जन। एक बहुत वरिष्ठ अधिकारी थे जो काफ़ी खुले तौर पर किसी अन्य की पत्नी के साथ रहते थे। जब उन पर खुल्लमखुल्ला दूषण लगाए गए, तो उनका उत्तर था, ''मेरी उम्र में इसमें बड़ा कष्ट है कि मैं हर बार उसके घर जाऊँ, जब भी मैं उसके हाथ अपने हाथों में लेना चाहूँ।'' दूसरों ने अधिक अहानिकर चीजों में विशेषज्ञता प्राप्त की थी। राजन सेवाकाल के दौरान हुई मृत्यु तक ब्रिटिश तथा फ्रेंच गणितज्ञों की समितियों या वे अपने आपको जो भी कहती हों, का पत्राचारी सदस्य था और अपने-आप में एक प्रसिद्ध गणितज्ञ था। हममें तितलियाँ एकत्रित करने वाले, भौतिकशास्त्री और कवि भी थे। अपने स्वयं के दायरे में आई.सी.एस. आदमी अत्यंत मानवीय था यद्यपि बाहर के लोगों के समक्ष वह ठंडी उपेक्षा का अभेद्य मुखौटा प्रस्तुत करता था। यहाँ तक कि बॉस (एच.एस. कामथ) जिनके बारे में मैंने पहले कहा है कभी-कभी नरम हो जाते थे। मैंने एक बार एक सप्ताह की आकस्मिक छुट्टी ली और उसे बैतूल में एक शेर के पीछे भागते हुए व्यतीत की। जंगल में भटकने के दौरान मैं आदिमजातियों के भोजन में विविधता पर आश्चर्यचकित रह गया और जब मैं लौटा तो मैंने उसके बारे में एक टीप लिखी जो उन्हें प्रस्तुत की गई। उनकी टिप्पणी थी ''बहुत रुचिकर'' और फिर एक पुनश्च: ''मैं आशा करता हूँ कि उप सचिव ने उसका शेर पा लिया!''

सेवा की एक सर्वाधिक सामान्य आलोचना यह थी कि हम वर्ग-दंभी थे। मैं नहीं सोचता कि हम थे। इस विषय में तथ्य यह था कि अलगाव अथवा एकाकीपन

उसके लिए एक आवश्यक बीमा है जो आई.सी.एस. अथवा आई.ए.एस. के सदस्य के समान अधिकारों का प्रयोग करता है। यही कारण था कि हमने अपने क्लबों में अशासकीय लोगों पर रोक लगाई थी। हम चाहते थे कि हम उन अभयारण्यों में तनावमुक्त हो सकें। यदि अशासकीय लोग सदस्य होते, एक असावधानी से बोला गया शब्द बहुत नुकसान कर सकता था। और 'अवांछनीय प्रभाव' के बारे में क्या सोचा? क्या किसी व्यक्ति को जिसके साथ आपने कल शराब पी थी, 'नहीं' कहना ज़्यादा कठिन नहीं है, बजाय एक अपरिचित को? और भ्रष्टाचार? उच्च समाज में कुटिलता सदैव सामाजिक संबंधों से प्रारंभ होती है क्योंकि कोई भी इतना मूर्ख नहीं होता कि ऐसे व्यक्ति को घूस की पेशकश करे जिसे वह नहीं जानता। मैं एक क्षण के लिए भी यह नहीं कह रहा हूँ कि सभी, या बहुत से भी अशासकीय लोग सेवाकर्मियों से संदिग्ध अभिप्राय से मित्रता करना चाहते होंगे। लेकिन फ़र्क़ करना कठिन और लज्जादेह है। एक और कारण है अपने ही आँगन में बने रहने का—हम मित्र-पड़ोसियों की बराबरी कर ही नहीं सकते थे, जब मित्र-पड़ोसी धनी व्यापारी हों। हम इतने पुरातनपंथी थे कि यह मान्यता रखते थे कि किसी को आतिथ्य स्वीकार नहीं करना चाहिए यदि वह उसे लौटा न सके। यह उस समय की एक मान्यता थी जो अब समाप्त हो गई है। एकाकीपन की परंपरा को इतना बढ़ाया गया था कि न्यायपालिका के आई.सी.एस. अधिकारी सेवा के दूसरे सदस्यों के साथ बहुत कम सरोकार रखते थे। मैं समझता हूँ कि अपने पदेन कर्तव्यों में त्रुटिवश प्रभावित हो जाने के प्रति सावधानी के बतौर वे ऐसा करते थे। आप कह सकते हैं कि यह व्यवहार इस उक्ति को कि 'न्याय किया जाना दिखना चाहिए' को हास्यास्पद छोर तक ले जाना था। लेकिन क्या आप वह दृश्य जो आज सामान्य हो गया है देखना पसंद करेंगे—उच्च न्यायालय के न्यायाधीशों की बार के वरिष्ठ सदस्यों के साथ घनिष्ठ और प्रत्यक्ष मित्रता को? मुझे इसमें कोई संदेह नहीं है कि उनकी मित्रता का ज़रा सा भी प्रभाव उनके निर्णयों पर नहीं पड़ता है, परंतु रास्ते पर खड़े आदमी से पूछो वह क्या सोचता है। एकाकीपन के पक्ष में एक अंतिम तर्क। हममें से कोई भी भ्रष्टाचार के लिए जेल नहीं गया, हममें से किसी पर भ्रष्टाचार का आरोप भी नहीं लगा, जब तक हम घुलन-मिलनशील नहीं हुए। ठीक है, मैं हूँ एक साहब।

स्वतंत्रता के बाद दस वर्षों से कम समय में लगभग 1955 तक दृश्य पूरी तरह से बदल गया था। आई.सी.एस. उत्तरदायित्वरहित सत्ता के वशीभूत हो गई। केंद्र के साथ-साथ राज्यों में मंत्रियों की उन पर निर्भरता बढ़ती गई, और उनका शब्द शासकीय नीति का आदि प्रवर्तक बन गया। एक स्थाई सिविल सेवा के द्वारा नीति निर्धारण किया जाना कदापि स्वस्थ परंपरा नहीं है, इसीलिए क्योंकि एक सिविल सेवक प्रशिक्षण और स्वभाव से लोगों की आकांक्षाओं, अथवा उनकी पूर्ति के लिए सर्वोत्तम तरीकों को समझने के लिए अयोग्य होता है। हम लोग ट्रक चालक हैं, ट्रक

मालिक नहीं। हम सर्वाधिक कठिन रास्तों पर चल सकते हैं, पर हम सबसे लाभप्रद रास्तों को चुनने की योग्यता नहीं रखते। दुर्भाग्य से लगभग इस समय हमने अपने आप को ट्रक मालिक के रूप में देखना शुरू कर दिया था।

मुझे एक मिनट के लिए विषयांतर करने दें। जब गोविंद नारायण सिंह मध्यप्रदेश के मुख्यमंत्री थे, और मैं उनका मुख्य सचिव था, मैंने उन्हें एक भरी कैबिनेट की बैठक में कहा कि नीतियों को सुझाना मेरे कर्तव्यों का कोई भी अंग नहीं है। कुछ सेकंडों के लिए अविश्वसनीय चुप्पी छा गई। मैनें जोड़ा, ''ऐसी दो बातें हैं जो मैं कर सकता हूँ, और एक जो मैं करने के लिए सक्षम नहीं हूँ। मैं आपको बता सकता हूँ कि क्या एक नीति सेवा मापदंडों के अनुसार व्यावहारिक है। मैं आपको एक नीति के परिणाम बता सकता हूँ। लेकिन मैं यह बताने के लिए सक्षम नहीं हूँ कि कौन सी नीति अपनाई जाए, क्योंकि यह आप हैं, और मैं नहीं जिन्हें लोगों को जवाब देना है। आपके नीतिगत निर्णयों को मेरी स्वयं की सुरक्षित स्थिति से प्रभावित करना अनुचित होगा।''

उन्होंने कहा, ''पर यदि तुम हमें बताओ कि हमारे सभी नीतिगत निर्णय अव्यावहारिक हैं तो ?'' मैंने उत्तर दिया, ''तब एक नया मुख्य सचिव लाएँ।''

मुख्यमंत्री के उनके पूरे कार्यकाल में उन्होंने मुझसे कभी नीतिगत विषयों पर परामर्श नहीं किया; उनकी व्यवहार्यता या संभावित परिणामों को छोड़कर।

लेकिन आई.सी.एस. ने अपने आपको ट्रक मालिक समझना शुरू कर दिया। इस बात ने सिविल सेवक का अस्वस्थ तादात्म्य वास्तविक स्वामी, मंत्री के साथ जोड़ने की राह दिखाई, जो आगे जाकर वस्तुनिष्ठता खो देने की ओर ले गई जो कि उसकी सबसे मूल्यवान संपत्ति थी। जब पिता मुड़े, हम सब मुड़ गए। जब पिता को धोखा दिया गया, हमने उसे सबसे पहले धोखा दिया। यदि हमने 1947 से 1950 तक देश की सेवा की, तो हमने अगले दस वर्षों में उसका विनाश करने के लिए अपना सर्वोच्च प्रयास किया, इसलिए नहीं कि हम देशप्रेमी नहीं थे परंतु इसलिए कि हमने अपने आप को बढ़ा-चढ़ाकर मूल्यांकित किया। यह कोई दुर्घटना नहीं है कि प्रत्येक सिविल सेवक जो मंत्री बना राजनीति में पिट गया। हम लोग उस भूमिका के लिए बने ही नहीं थे जो हम निभाना चाह रहे थे, लेकिन उसे निभाने की हमारी आकांक्षा ऐसी बहुत सी चीजों की ओर ले गई जिनके लिए कम-से-कम मैं तो, शर्मिंदा हूँ— पद के लिए खटपट करना, षड्यंत्र रचना, वे ओछी हरकतें जो छोटे लोग करते हैं। और ट्रेजिडी यह है कि हम छोटे लोग नहीं थे, वास्तव में नहीं।

कुल मिलाकर हमने जो किया वह था पीटर का सिद्धांत के क्रियान्वयन, हममें से प्रत्येक अपनी अक्षमता के स्तर तक पहुँचने के लिए संघर्षरत रहा। हम सभी ने अच्छा किया होता, यहाँ तक कि शानदार, यदि हम उस स्तर से एक श्रेणी नीचे रहते जहाँ तक हम वास्तव में चढ़े। यदि सरकार ने मुझे आयुक्त के रूप में रहने दिया होता, मुख्य सचिव के पद पर पदोन्नति के स्थान पर—तो आप कुछ देखते।

मैंने आई.सी.एस. की एक विशेषता समर्पित कर्तव्य भावना होना बताई है। ऐसी कर्तव्य भावना का परिणाम तार्किकत: कोई काम करने से मुख्यत: इसलिए मना करने में होना चाहिए कि उससे स्वयं के हित का संवर्धन होता है। ऐसा पूर्व में होता था। किसी पद का उन्नयन करना क्योंकि वह तुम्हें या तुम्हारी पत्नी के कज़िन को मिलेगा अकल्पनीय था। उदाहरण के लिए मध्यप्रदेश में मुख्य सचिव का पद उसी वेतनमान में था जो आयुक्त का था, और मुख्य सचिव शब्दश: और आर्थिक दृष्टि से समकक्षों में प्रथम था। यह व्यवस्था काफ़ी समझदारी की थी। एक बात तो यह कि सरकार कटुता को जन्म दिए बिना एक अपेक्षाकृत कनिष्ठ अधिकारी को मुख्य सचिव चयनित कर सकती थी। दूसरे यह कि एक चयनित आयुक्त से अधिक कुछ नहीं होने, और कभी-कभी उनमें से कइयों से कनिष्ठ होने के नाते मुख्य सचिव के लिए यह लाज़िमी रहता था कि वह आयुक्तों को अपने साथ रखे, बजाय उन पर सवारी करने के। उसे ख़ुद के अंदर नस्तियों पर टीप लिखने की योग्यता से ऊपर के गुण ढूँढ़ना आवश्यक हो जाता था। उस समय यह पद भारत सरकार के संयुक्त सचिव के समकक्ष था तथा रुपए 3000 प्रतिमाह के निश्चित वेतन का था। राज्यों के पुनर्गठन के बाद इस पद को अपर सचिव (रुपए 3500) पर उन्नयन करने का प्रयास किया गया। बॉस जो उस समय मुख्य सचिव थे ने विरोध किया लेकिन अंतत: उन्नयन कर दिया गया। फिर 1969 या 1970 में, मुख्य सचिव को एक और बढ़ोत्तरी मिली। कारण—चूँकि मुख्य सचिव को केवल रुपए 3500 मिलते थे जबकि भारत सरकार के सचिवों को रुपए 4000 मिलते थे, मुख्य सचिवों का पलायन केंद्र की ओर होने लगा। राज्य में सेवारत कोई भी अधिकारी उसके पैतृक सरकार की सहमति के बिना केंद्र में नहीं जा सकता इसलिए इस तर्क की वैधता मुझे समझ में नहीं आती।

इस प्रकार की उन्नति ख़राब थी ही। इससे बुरा जो था वह वरिष्ठ श्रेणी और सुपर टाइम वेतनमान के पदों का तेज़ी से बढ़ना। इसके प्रस्ताव बाढ़ के पानी की तरह उनके विरुद्ध निर्मित बाँधों में से रिस गए या उसके बगल से निकल गए। राज्यों और केंद्र में वरिष्ठ श्रेणी और सुपरटाइम श्रेणी के पदों की वर्षवार तुलनात्मक सूची बनाएँ, और आप एक ऐसी वृद्धि दर देखेंगे जो किसी योजना आयोग की साख को बढ़ा देगी। पार्किंसन ने केवल अपने प्रसिद्ध नियम की खोज की—ये तो सेवाएँ थीं जिन्होंने उसे मूर्त रूप दिया। यह करते समय उन्होंने असावधानीवश एक सहायक नियम स्थापित किया जिसे मिस्टर पार्किंसन के ध्यान में लाया जाना चाहिए। जितना ऊँचा कर्मचारियों के आधिक्य का स्तर, उतना ही कम कार्यसंपादन। हमें कोई अन्य प्रशासकीय सुधार आयोगों की ज़रूरत नहीं है; आवश्यकता केवल इस बात की है कि देश में वरिष्ठ पदों की संख्या को आधा कर दिया जाए, और फिर शेष बचे आधों को काम करने दिया जाए। वे उसे ज़्यादा दक्षता से संपादित करेंगे।

मुझे एक अत्यंत वैध प्रश्न का पूर्वानुमान लगाने दें। जिन बुराइयों का मैंने वर्णन किया है उन्हें रोकने के लिए मैंने क्या किया? सही बताऊँ, मैंने प्रयास किया और मैं असफल रहा। जैसे मंत्रीगण।

जब स्वतंत्रता आई, सेवा के सदस्यों को—अँगरेज़ और भारतीय को—या तो उन्हीं शर्तों और निबंधनों के साथ सेवा करते रहने अथवा छोड़ने का विकल्प दिया गया था। जिन्होंने छोड़ने का विकल्प दिया वे क्षतिपूर्ति के रूप में भिन्न-भिन्न धनराशियों के लिए पात्र थे। क्षतिपूर्ति का पैमाना सेवा के वरिष्ठ सदस्यों के द्वारा प्रगणित किया गया था, और जिस तरीक़े से उन्होंने ऐसा किया वह उस वस्तुनिष्ठता का स्तुतिगान करता है जिसकी मैंने पूर्व में ही प्रशंसा की है और जिसे खोने का मैंने विलाप किया है। वरिष्ठतम अधिकारियों को सबसे कम क्षतिपूर्ति की पात्रता थी, इस आधार पर कि उन्होंने अपनी अधिकांश सेवा पूर्ण कर ली थी और उनके पास संगत रूप से कम बचा था जिसकी क्षतिपूर्ति की जाए। और ये लोग वे ही थी जिन्होंने योजना का प्रारूप तैयार किया! परंतु वह 1947 की आई.सी.एस. थी। मुझे आश्चर्य होगा यदि यही उच्च सिद्धांत देखने को मिलते यदि क्षतिपूर्ति योजना 1955 में तैयार की गई होती।

कुछ वर्ष पूर्व मुझे आई.ए.एस के कुछ सदस्यों, जिन्होंने अभी-अभी मध्यप्रदेश संवर्ग में प्रवेश किया था, को संबोधित करने का अवसर मिला। मैं उस संबोधन की टेप रिकार्डिंग का पुनरुत्पादन कर रहा हूँ। इसलिए नहीं कि इसके लिए मैं कोई श्रेय का दावा करता हूँ, परंतु इसलिए कि वह उस पर आधारित है जो सेवा के वरिष्ठ सदस्यों ने मुझे सिखाया था, जब मैं एक चूज़ा था। मैंने अपने उत्तराधिकारियों को जो कहा वह ठीक आई.सी.एस. अपने स्वर्णिम काल में होने तथा करने का यत्न करती थी।

एक सिविल सेवक के जीवन के तीन मुख्य पक्ष हैं :

1. कार्यपद्धति
2. जनता के प्रति रुख़
3. मंत्रियों तथा राजनीतिज्ञों के साथ संबंध

ये रहे मेरे प्रत्येक के संबंध में—क्या करें और क्या न करें :

कार्यपद्धति

न करें कार्यालयीन समय में अपने बंगले में पड़े रहने का काम। मुख्य कार्यालय में प्रतिदिन समय से रहें और अपनी सभी मुलाकातें वहीं करें। यही एक मात्र तरीक़ा है आपके सहायकों के द्वारा समय के पालन को सुनिश्चित करने का। यह उस मानसिक अनुशासन के लिए भी उपयोगी है जो एक अच्छे सिविल सेवक के लिए बहुत अनिवार्य है। आपका बंगला कार्यालय केवल गृह कार्य और आपातकालीन स्थितियों के लिए है।

न करें यह सोच धारण कि आप किसी भी विषय के बारे में सब कुछ जानते हैं। हर बार जब आपको किसी समस्या से निपटना है, क़ानून और नियमों को पढ़ें, यदि आपका विचार ऐसा नहीं है कि आप अपने ख़ुद के क़ानून बना सकते हैं। यदि आपका ऐसा विचार है तो आप अभी भी प्राथमिक शाला में हो, और कोई आपकी मदद नहीं कर सकता है।

न करें गुणवत्ता के साथ समझौता। आप जो भी करें वह आपका सर्वश्रेष्ठ प्रयास हो।

न करें गुटबाज़ी और षड्यंत्र में सहभागिता। वे मुँह का स्वाद ख़राब कर देती हैं।

न करें अपने सहकर्मियों से ऐसा बर्ताव जैसे कि वे मशीनें हों। जब तक वे आपको पसंद नहीं करते और आपका आदर नहीं करते तब तक वे अपना सर्वोत्तम नहीं देंगे और उनके सर्वोत्तम के बगैर आपका स्वयं का निष्पादन मध्यम रहेगा। सबसे प्रमुख बात—उन्हें दूसरों के सामने अपमानित न करें।

न करें निर्णय लेने में भय। जब आपको वे लेना हो तब उन्हें जितना शीघ्र हो सके लें। यह आपको कभी-कभी कठिनाई में ला सकता है, लेकिन ऐसा सिविल सेवक जो कठिनाई में नहीं आया है वह अपने दाम लायक नहीं है।

और अंत में **न बनें** आलसी। याद रखें प्रतिभा एक भाग प्रेरणा और नौ भाग पसीना है।

अवश्य करें कम-से-कम कुछ राजस्व अपीलों की सुनवाई। यह आपके सहायकों के कार्य को जानने का निश्चित तरीक़ा है।

अवश्य रखें धैर्य और हर व्यक्ति की समुचित सुनवाई करें। एक सिविल सेवक जो अपना आपा खो बैठता है और लोगों पर धौंस जमाता है, वह ईश्वर के समक्ष निर्घृण वस्तु है।

अवश्य लें अपने अधीनस्थों के कार्य की पूर्ण जानकारी। यदि आप ऐसा नहीं करते, तो आप एक शुद्ध अंतरात्मा के साथ उसका निरीक्षण नहीं कर सकते।

अवश्य याद रखें कि ऐसा कोई अच्छा कार्य नहीं होता जिसका निरीक्षण न किया गया हो। ख़ुद भी निरीक्षण करें और यह सुनिश्चित करें कि आपके अधीनस्थ भी करते हैं।

अवश्य आदत डालें अपने हर अधीनस्थ की मेज पर अनौपचारिक रूप से जाने की। कनिष्ठतम लिपिक से शुरू कर ऊपर की ओर जाएँ यह देखने के लिए कि वह कैसे काम कर रहा है। अच्छा होगा यदि यह पहले घंटे में करें।

अवश्य कष्ट करें ग़लतियाँ सुधारने का और समझाने का बजाय सिर्फ़ निंदा और आलोचना करने का।

अवश्य करें ज़िले के दूसरे कार्यालय प्रमुखों के साथ एक संयुक्त उपक्रम में समान भागीदार जैसा बर्ताव। और यदि आप वास्तव में इतने अच्छे हो जितना अपने

को समझते हों कि आप हैं, सुनिश्चित करें कि आपकी पत्नी उनकी पत्नियों के साथ उसी तरीक़े से पेश आती है।

जनता के प्रति रुख़

न करें जनता के सेवक होने की बात जब तक आप उस वाक्य के अर्थ के बारे में अच्छे से आश्वस्त न हों। आप जनता के सेवक हैं क्योंकि आपको लोक निधि से वेतन मिलता है। आप उनकी सेवा उन पर सरकार की ओर से शासन करते हैं। प्रत्येक लोक सेवक पटवारी से प्रारंभ कर ऊपर तक एक शासक है। एम.एल.ए. लोगों के द्वारा चुना जाता है लेकिन विधानसभा के एक सदस्य के रूप में वह उन क़ानूनों को बनाता है जो उन पर शासन करते हैं। आप वह कार्यपालिक औजार हैं जो उन क़ानूनों का क्रियान्वयन करता है और तब तक कोई क़ानून का राज नहीं हो सकता जब तक कि आप शासन न करें। मंत्री, एम.एल.ए. और आप सभी शासक हैं—परंतु ऐसे शासक जो सेवा करने के लिए शासन करते हैं, शासक जो लोकहित में शासन करते हैं और निजी लाभ के लिए नहीं। मंत्री, एम.एल.ए. और आप लोगों के सेवक हैं क्योंकि आप सभी लोगों की इच्छाओं का पालन करते हैं—परंतु केवल जैसी लोगों के चुने हुए प्रतिनिधियों के द्वारा बनाए गए क़ानून के द्वारा निर्मित होती हैं, न कि भीड़ के नारों और दंगों के द्वारा निर्मित होती हैं। इस आधारभूत सिद्धांत को समझने में विफलता प्रशासन में गिरावट का मूल कारण है। एक सिविल सेवक के लिए सर्वोत्तम नीतिवाक्य हाउसमैन के एपिटाफ ऑन एन आर्मी आफ मर्सीनरीज में है :

ईश्वर ने जिन्हें त्यागा, उन्होंने बचाया
और रक्षा की कुल जमा चीज़ों की, मजूरी ख़ातिर[1]

संकट की घड़ी में तनाव के बीच जनता के समझदार तत्त्व आपकी ओर दो चीजों के लिए देखते हैं—एक सकारात्मक नेतृत्व और असामाजिक तत्त्वों से रक्षा। उन्हें निराश न करें। सेवा करने के लिए शासन करने से न डरें।

न करें अपने विश्वास को गँवाने का काम। कोई संकट हमेशा के लिए बना नहीं रह सकता और यदि आप दिमाग़ ठंडा बनाए रखें तो संभावना आपके पक्ष में आ जाएगी क्योंकि जनमत आपके पक्ष में अवश्य आएगा। सबसे ख़राब घड़ी में अपनी एड़ियाँ ज़मीन में गाड़ दें और रस्से को पकड़ लें, आप रस्साकशी जीत में जीत हासिल करेंगे।

न करें ग़लत होने का भय। परंतु यदि आप भयभीत हों तो उसे शालीनतापूर्वक स्वीकार करें और आप पाएँगे कि लोग उसका दोष आप पर नहीं मढ़ेंगे। केवल वही आदमी कभी ग़लती नहीं करता जो किसी भी तरह की कार्यवाही से पूरी तरह से बचता है।

1. मूल पाठ : 'What God abandoned, they defended and saved the sum of things for pay' –from 'Epitaph of an Army of Mercenaries' by A.E. Houseman.

न करें दया भाव प्रदर्शन की नीचता। सभी को अपने बराबरी का मानें, वही सौजन्य तथा लिहाज़ दर्शाते हुए जो आप एक क्लब के दूसरे सदस्यों को दिखाएँगे।

न करें जनता को झूठी आशाएँ देना। यदि आपको 'नहीं' कहना पड़े उसे नम्रता के साथ और बिना हकलाए कहें—उस औरत के जो हकलाती थी ग्यारह बच्चे हुए थे।

न करें सरकार अथवा एक वरिष्ठ अधिकारी के सिर पर किसी अलोकप्रिय निर्णय के लिए दोषारोपण कर ठीकरा फोड़ना। सक्षम अधिकारी से प्राप्त आदेशों का समर्थन तथा पालन करना आपका कर्तव्य है। यदि आप उनकी आलोचना करते हैं आप कायर हैं, क्योंकि आप अपने दल को धोखा दे रहे हैं।

अवश्य बनाएँ अपना तादात्म्य उन लोगों की आशाओं और आकांक्षाओं के साथ जिनकी आप सेवा कर रहे हों। हमेशा स्मरण रखें कि जनता महत्त्वपूर्ण है, प्रतिवेदन और नस्तियाँ नहीं। आपको इससे याद किया जाएगा कि आपने लोगों के लिए क्या प्राप्त किया—सदैव उन्हें अपने लोग के रूप में स्मरण रखें—और न कि आपने क्या लिखा।

अवश्य सीखें जो कुछ भी आप 'अपने' लोगों के बारे में सीख सकते हों, क्योंकि इस जानकारी के अभाव में आप उन्हें प्रभावी मदद नहीं कर सकेंगे।

अवश्य रहें लोगों से बिना पूर्व अनुमति या बाधा के लोगों से मिलने के लिए तैयार क्योंकि यह भ्रष्टाचार तथा शोषण पर सबसे बड़ा एकल नियंत्रण है।

अवश्य लें रुचि अन्य विभागों द्वारा आपके ज़िले में जो किया जा रहा है उसमें और उन्हें भरसक मदद करें। एक जलरोधी डिब्बे में कार्य करना कभी भी सफल नहीं होता (जब तक कि वह एक पनडुब्बी न हो)।

अवश्य करें चुगलखोरों, अफ़वाहें फैलाने वालों और चमचागिरी करने वालों की अनसुनी। यह करने का एक सफल उपाय यह है कि वार्तालाप का विषयांतर कर उन्हें अपनी कोई कथित मज़ेदार कहानी सुनाएँ—जितनी अरोचक हो उतना ही अच्छा।

अवश्य बनाए रखें अपनी विनोदबुद्धि। वह सबसे ख़राब स्थितियों को भी सहनीय बनाएगी।

मंत्रियों और राजनीतिज्ञों के साथ रिश्ते

न करने दें स्वयं को किसी व्यक्ति या दल के साथ जुड़ना। किन्हीं परिस्थितियों में इससे आपको आंशिक असुविधा हो सकती है लेकिन कम-से-कम यह आपको जेल से बाहर रखेगा।

न आने दें स्वयं को किसी कार्यवाही को करने के दबाव में जो आप ग़लत समझते हों। कठिनाई की स्थिति में केवल एक ही बलि का बकरा होगा। बूझो कौन?

न करें अनुग्रह की माँग, यथा, एक विशिष्ट पदस्थापना या कार्य। ऐसे मामलों में हमेशा किसी प्रकार की क़ीमत चुकानी पड़ती है, आपके लिए वह बहुत ऊँची हो सकती है।

न करें ज़्यादा बातें। एक अनुभवी मंत्री या राजनीतिज्ञ प्रभावित नहीं होगा और दूसरे गिनती में नहीं आते।

अवश्य करें क्रियान्वयन सभी शासकीय नीतियों का समर्पण और अपनी सर्वोत्कृष्ट क्षमता के साथ, भले ही आप उनसे असहमत हों। यही है जिसके लिए आपको वेतन मिलता है और कुछ और करना निश्चित ही बेईमानी है।

अवश्य करें व्यक्त अपने विचारों को ईमानदारी से परंतु अतिशयोक्ति के बगैर और लोकलुभावन होने के आकर्षण से दृढ़तापूर्वक बचें। यह भी है जिसके लिए आपको वेतन मिलता है।

और याद रखें सबसे अधिक महत्त्व की बात, वाक्य 'क्रेता सावधान' और कुछ भी विश्वास पर मत स्वीकार करें। अंतिम विश्लेषण में, आप जो करते हैं उसके लिए आप और केवल अकेले आप जिम्मेदार हैं।

दो

आई.सी.एस. के ब्रिटिश सदस्य 1947 में चले गए। भारतीय सदस्य समय बीतने के साथ परिसमाप्त हो गए। सेवा में कोई नई भर्ती नहीं हुई और उसे आई.ए.एस. के द्वारा प्रतिस्थापित किया गया। हमारे लिए स्वतंत्रता के पहले फल थे देश के नए शासकों का अविश्वास, संदेह तथा नापसंदगी। हमने उनका उत्पीड़न किया था इस कारण से इतना नहीं, जितना इसलिए कि उन्होंने बीस वर्ष तक लगातार हमारी आलोचना की थी और वे सोचते थे कि अब जबकि उन्हें हम पर इतना अधिक निर्भर होना पड़ रहा था तो कहीं हम अपना थोड़ा सा बदला तो नहीं निकालेंगे। कुछ मज़ेदार घटनाएँ हुईं—पीछे देखने पर मज़ेदार हैं ही। मंत्रियों में से एक ने मुझे उनके साथ नागपुर की सीमा के बाहर के एक ग्राम में चलने के लिए आदेश दिया, क्योंकि वे वहाँ पर खाद्य वितरण व्यवस्थाओं को देखना चाहते थे। उन्होंने शिकायतों की पूछताछ करते हुए अपनी बैठक प्रारंभ की। कुछ चतुराई भरे उकसावे के बाद एक व्यक्ति खड़ा हुआ और उसने कहा कि स्थानीय राशन दुकान के द्वारा दी जा रही ज्वार पुरानी तथा कीड़े लगी हुई है। मंत्री विजयी मुद्रा में मेरी ओर मुड़े और पूछा, ''आपको इस पर क्या कहना है?'' मैंने कहा, ''यह राशन दुकान राजनीतिक दबाव के कारण खोली गई थी जबकि इसकी कोई आवश्यकता नहीं थी। प्रारंभ में हमने दस बोरी ज्वार की आपूर्ति की और छह माह की अवधि में केवल एक बोरी बिकी है। इसलिए खाद्यान्न में कीड़े लग गए हैं।''

भारतीय ग्रामीण मूलतः न्यायप्रिय होता है। वहाँ सहमतिदर्शक बड़बड़ाहट हुई और मंत्री ने इस विषय को आगे नहीं बढ़ाया लेकिन बाद में अपने भाषण में उन्होंने फिर हमला प्रारंभ किया। उन्होंने कहा, "तुम्हारे सामने बैठा यह आदमी आई.सी.एस. का सदस्य है। कल यह तुम्हारा स्वामी था आज यह तुम्हारा सेवक है। वह तुम्हारा कुत्ता है, तुम उसके साथ जो चाहे वैसा कर सकते हो, आज जनता का दिन है।" भारतीय ग्रामीण का अन्य गुण प्रकृत शिष्ट आचरण है और इसके बाद छाई निःस्तब्धता में घुली नापसंदगी महसूस की जा सकती थी, मंत्री के द्वारा भी। जब भाषण समाप्त हुआ मैंने खाद्य विभाग के दृष्टिकोण को स्पष्ट करने की अनुमति चाही, यद्यपि मेरा इरादा अपने स्वयं के अलावा किसी और के दृष्टिकोण को व्यक्त करना नहीं था। मैंने एक अत्यंत संक्षिप्त भाषण दिया, परंतु उसमें मंत्री जी के भाषण से ज़्यादा तालियाँ पिटीं। मैंने कहा, "यह एकदम सही है कि हम, शासकीय सेवक, अब आपके सेवक हैं। लेकिन यह भी सही है कि हम हमेशा आपके सेवक रहे हैं, और आप साक्षी हैं कि हमने आपको अपनी सर्वोत्तम क्षमता के साथ सेवा देने का प्रयास किया है। कुत्तों के विषय में यह है कि मैं स्वयं उन्हें अत्यधिक पसंद करता हूँ, और यदि आप हमारे साथ वैसा व्यवहार करें जैसा कि मैं अपने कुत्तों के साथ करता हूँ, तो मुझे विश्वास है कि शिकायतों की कोई गुंजाइश नहीं होगी।" बाद में उन मंत्री को मुख्यमंत्री पंडित रविशंकर शंकर शुक्ल से झाड़ पड़ी।

मैंने इस घटना का वर्णन किया है, इसलिए नहीं कि वह अपने आप में कोई महत्त्व रखती है, लेकिन यह कम-से-कम कुछ राजनीतिज्ञों के आई.सी.एस. की ओर रुख़ पर प्रकाश डालती है। स्वभावतः जब आई.ए.एस. का गठन हुआ उन्हें बार-बार सुनाया गया कि उन्हें अपने पूर्वाधिकारियों से पूरी तरह से और बिल्कुल अलग होना है। उन्हें प्रजातांत्रिक, जन-हितैषी, समर्पित और देशभक्त होने के लिए कहा गया, आशय यह था कि हम नहीं थे। यदि किसी ने मुझ से पूछा होता—बुद्धिमानीपूर्वक किसी ने नहीं पूछा—तो मैं उन्हें बताता कि उनके हाथ निराशा ही लगने वाली है, बताए गए गुणों के बारे में राजनीतिज्ञ की समझ ठीक वैसी ही नहीं है जैसी कि प्रशासक की। जब वह प्रजातंत्र की बात करता है तो उसके मन में सर्वाधिक संख्या का सर्वाधिक हित रहता है—उसके समर्थकों का।

जन-हितैषिता से आशय जनता के उस वर्ग पर ध्यान देना है जिसने उसके पक्ष में वोट दिया है। समर्पण का अर्थ उसके लिए समर्थन से है और देशभक्ति—ओह! आपका अनुमान उतना ही अच्छा है जितना मेरा। आई.ए.एस. में प्रवेश लेने वाले अभाग्यशाली युवाओं को यह पाकर आश्चर्य हुआ कि हम बहुत कुछ उनके समान थे। हम उन्हीं मूल्यों और उन्हीं व्याख्याओं को साझा करते थे और हममें अपने देश के लिए एक छिपी हुई पसंद थी जिसे देशभक्ति कहा जा सकता है, और सबसे अधिक महत्त्वपूर्ण , हम उन्हें कल का नवाब नहीं मानते थे। संक्षेप में कहें तो उन्होंने

मौक़ा खो दिया। वे राजनीतिज्ञ द्वारा परिभाषित किए अनुसार प्रजातांत्रिक, जनहितैषी, समर्पित तथा देशभक्त हो सकते थे। इसके स्थान पर वे अपने आप के साथ और अपनी सेवा के साथ निष्ठावान रहे। मुझे इसने सदा अचंभित किया है कि किसी ने हम पर उन्हें प्रदूषित करने का आक्षेप नहीं लगाया। बाद के वर्षों में राजनीतिज्ञों ने आई.सी.एस. का जिरह करते हुए उसकी आई.ए.एस. के साथ अनुचित रूप से तुलना करना प्रारंभ किया। वे अक्षम थे, वे सुस्त थे, उनमें कोई सेवा भावना नहीं थी वगैरह-वगैरह। यदि आई.सी.एस. एक सेवा के रूप में अस्तित्व में रहती, ठीक यही बातें हमारे बारे में कही जातीं।

मैं सही स्थिति रखना चाहूँगा। मेरे साथ काम किए उत्कृष्टतम लोगों में से कुछ आई.ए.एस. के सदस्य रहे हैं। वे हर तरह से किसी भी ऐसे आई.सी.एस. अधिकारी जिसे मैं जानता था, जितने अच्छे थे। परंतु दो कारक आई.ए.एस. के विरुद्ध पासा पलटाते हैं। जो चीज़ किसी अधिकारी को बनाती या बिगाड़ती है वह है पहले कुछ वर्षों का प्रशिक्षण, शैक्षिक प्रशिक्षण नहीं जो वह सेवा में प्रवेश के बाद पाता है, बल्कि व्यावहारिक प्रशिक्षण जो वह ज़िला स्तर पर पाता है, जिसमें मुख्य है लोगों को और उनकी आवश्यकताओं को जानना, समस्याओं तथा उनके समाधानों को जानना। आज की परिस्थितियों में कलेक्टर के पास उसके ज़िले में संलग्न किए गए युवा अधिकारियों के प्रशिक्षण देने के लिए पर्याप्त समय ही नहीं है। ऐसा नहीं है कि कलेक्टर का शासकीय कार्य बढ़ गया है और उस पर बोझ बना है। मुख्य कठिनाई है वी.आई.पी. आगमन जिसके कारण वह नाचता रहता है, जैसे गर्म ईंटों पर एक बिल्ली। मेरे एक मित्र जो तब कलेक्टर रायपुर थे, ने अभिलेख संधारित किया और पाया कि वर्ष में 194 दिन प्रवास पर आए मंत्रियों की देखभाल में चले गए थे। यह कहने का कोई महत्त्व नहीं है कि ये सौजन्यताएँ मुख्यालय सहायक के द्वारा निपटी जा सकती हैं : मंत्रीगण सर्वोत्कृष्ट चाहते हैं और उनके लिए कलेक्टर का कोई स्थानापन्न नहीं है। इसके कारण सहायक कलेक्टर को प्रशिक्षण देने के लिए बहुत कम समय रह जाता है। दूसरा कारक और भी अधिक हानिकारक है। मैंने आई.सी.एस. के प्रति राजनीतिज्ञों के अविश्वास का उल्लेख किया है। आज राजनीतिज्ञ आई.ए.एस. व्यक्ति पर दुगना अविश्वास करता है, यद्यपि यह अविश्वास एक दूसरी जड़ से प्रस्फुटित होता है। वह उस पर अविश्वास करता है क्योंकि वह एक अखिल भारतीय सेवा का है, जिसकी स्वामिभक्ति राज्य की अपेक्षा केंद्र के लिए अधिक होनी चाहिए। यह पूर्ण बकवास है, परंतु राजनीतिज्ञ उसे मानता है और वह जो मानता है वही महत्त्वपूर्ण चीज़ है, सच नहीं। कोई भी राजनीतिज्ञ आपको बताएगा कि वह कलेक्टर पद के लिए एक राज्य सिविल सेवा के अधिकारी को आई.ए.एस. से अधिक वरीयता देता है। एक मुख्य सचिव के सिरदर्दों में से एक है अपनी सरकार को आई.ए.एस. परिवीक्षाधीन अधिकारियों का वार्षिक कोटा स्वीकार

करने के लिए मनाना। इसलिए राज्य स्तर पर आई.ए.एस. परित्यक्त शिशु है। केंद्र उसे गोद लेने के लिए रख छोड़ा गया मानकर उससे पल्ला झाड़ लेता है। राज्य उसे चाहे जितनी ठोकरें मार सकता है और केंद्र हस्तक्षेप नहीं करेगा, अनौपचारिक रूप से भी नहीं। केवल जब राज्य उसे सेवाच्युत करना प्रस्तावित करता है तब केंद्र से परामर्श किया जाता है जो जिम्मेवारी लोक सेवा आयोग की ओर ढकेल कर आराम से बैठा रहता है। निरपराध आदमियों के ख़ून से हाथ झटक लेना गृह मंत्रालय का एक लोकप्रिय शगल रहा है। यह सब आई.ए.एस. को एक ऐसी स्थिति में ले आता है जहाँ उसे राज्यों के द्वारा नापसंद किया जाता है और केंद्र के द्वारा अपनाने से इंकार किया जाता है। इस स्थिति पर कौन ईर्ष्या करेगा। मेरे लिए यह एक अनंत आश्चर्य का स्रोत था कि वे काम कर भी पाते थे।

अखिल भारतीय सेवाओं के भर्ती नियमों में क्रांतिकारी परिवर्तन करने के लिए सबल आधार है। जब मैं 1968 में पंजाब के राज्यपाल का सलाहकार था तब मैंने इस बारे में कुछ प्रस्ताव किए थे, लेकिन गृह मंत्रालय ने उन्हें ठंडे बस्ते में डाल दिया। संक्षेप में, विचार यह है कि सीधी भर्ती को राज्य सिविल सेवा के कनिष्ठतम स्तर के लिए सीमित कर दिया जाए। तीन वर्षों तक इस स्तर पर काम करने के बाद यशस्वी उम्मीदवारों को राज्य सिविल सेवा के वरिष्ठ स्तर, उप जिलाध्यक्ष का स्तर, के लिए सीमित प्रतियोगी परीक्षा में बैठने के लिए दो अवसर होंगे। आठ वर्ष के बाद पूरे देश के उप जिलाध्यक्ष आई.ए.एस. के वरिष्ठ वेतनमान में प्रवेश के लिए प्रतियोगिता करेंगे, कनिष्ठ स्तर पर कोई भर्ती नहीं होगी। यशस्वी उम्मीदवार आई.ए.एस. का गठन करेंगे तथा खुले बाजार से भर्ती समाप्त की जाएगी। आई.ए.एस. अधिकारियों को उनके पैतृक राज्यों में पदस्थ किया जाएगा जब तक कि किसी राज्य को उसके राज्य से सफल उम्मीदवारों से अधिक अधिकारियों की आवश्यकता न हो।

जब मैं इस विशिष्ट कठघोड़े पर सवारी कर रहा हूँ, मैं एक घिसे-पिटे किस्से का भी निपटारा कर दूँ—कि दूसरे राज्यों से अधिकारियों का होना एक अधिक निष्पक्ष प्रशासन बनाता है; एक प्रशासन जो स्थानीय राजनीतिक दबावों से कम प्रभावित होता है। बकवास। एक अधिकारी राजनीतिक दबाव का विरोध इसलिए करता है या तो क्योंकि उसका वैसा स्वभाव है, या क्योंकि वह जानता है कि यदि वह सही काम करता है तो उसका संरक्षण होगा। एक आई.ए.एस. अधिकारी केवल उसके गुणों तथा गृह मंत्रालय के गलियारों में कुछ प्रशंसापूर्ण टिप्पणियों के द्वारा संरक्षित रहता है। यदि आप समझते हैं कि यह पर्याप्त संरक्षण है, तो आपका मत आपको मुबारक।

हरेक आदमी के जीवन में एक समय आता है जब उसके अंदर सच्चाई का साक्षी बन पाने के लिए पर्याप्त साहस होना चाहिए। वरीयत: उसके जीवन के अंतिम छोर पर, जब उसके साथ ज़्यादा कुछ नहीं घटित हो सकता। तो सच्चाई यह है;

विभिन्न अखिल भारतीय सेवाओं के लिए पृथक-पृथक वेतनमान पूरी तरह से अनौचित्यपूर्ण हैं। अर्हताएँ समान हैं। यदि आई.ए.एस. के उच्चतर वेतनमान अधिक प्रतियोगिता आकर्षित नहीं करें तब भी उसे पाना उतना ही अधिक कठिन होगा, और जिम्मेदारियाँ उतनी ही भारी हैं। एक दो सौ करोड़ रुपए के बाँध का निर्माण ठीक उतनी ही—या और अधिक—रातों की नींद उड़ा देता है जितना कि एक दंगे से निपटना। आई.ए.एस. को उच्चतर वेतनमान देने का एकमात्र कारण यह है कि कलेक्टर सोचता है कि वह पुलिस अधीक्षक अथवा इंजीनियर से अधिक श्रेष्ठ है यदि वह उच्चतर वेतन आहरित करता है। वह यह भूल रहा है कि एक कनिष्ठ कलेक्टर आहरित नहीं करेगा। इस भेदभाव का सबसे ख़राब परिणाम है अनेक तकनीकी लोग—इंजीनियर और यहाँ तक कि डॉक्टर—जो आई.ए.एस. में बरबाद होते हैं, 'गोल सुराख़ों में चौकोर खूंटियाँ', जो केवल वित्तीय प्राप्तियों के कारण आकर्षित होते हैं। मैं सोचता हूँ कि इस स्पष्ट अन्याय का निवारण करने में सरकार की असफलता इस तथ्य के कारण है कि वे आई.ए.एस. अधिकारी जिन्होंने संबंधित नस्ती अब तक निपटाई है सभी विवाहित रहे हैं; प्रजातियों की मादा नर की अपेक्षा हैसियत के प्रति कुख्यात रूप से अधिक सजग रहती है। इस मामले का पुनः परीक्षण ऐसे अधिकारियों के द्वारा किया जाना चाहिए जो ब्रह्मचारी हैं।

जनजातियाँ

आशा और भय से मुक्ति दे...[1]

जनजातियों के साथ, जो मध्यप्रदेश की जनसंख्या का एक पंचमांश भाग बनाती हैं, मेरा परिचय 1940 में प्रारंभ हुआ जब मैंने ग्रिगसन के अधीन छह माह तक 'आदिम जनजातियाँ' जाँच पर कार्य किया। मैंने उनका प्रत्यक्ष अध्ययन किया। मैं उनके साथ रहा। मैंने उन्हें समझने का प्रयास किया, सागर, मंडला, रायपुर तथा बिलासपुर में। यह जुड़ाव तीस वर्ष तक निरंतर बना रहा। मेरे अंदर वे एक गहन अपराधबोध को जन्म देते हैं। सबसे ख़राब बात जो एक नस्ल दूसरे नस्ल के साथ कर सकती है वह है उनका रहने का स्थान ले लेना। यह है जो हमने आदिवासियों के साथ किया—हमने से मेरा तात्पर्य है हमारे पूर्वजों ने। यायावर से कृषक में विकसित होते आर्यों ने उन्हें उपजाऊ भूमियों से धकेल दिया, और उन्होंने पर्वतों और जंगलों में शरण ली। अँगरेज़ों ने जंगल ले लिये क्योंकि इमारती लकड़ी मूल्यवान थी और शिकार का आकर्षण था। खनिज पहाड़ों पर पाए गए, और स्वतंत्र भारत ने पहाड़ ले लिये। अब मैं समझता हूँ कि हम उनके लिए रहने की जगह तालाब के तल पर ढूँढ़ेंगे। जब पूर्व बंगाल के शरणार्थी दंडकारण्य प्रोजेक्ट में बसना शुरू हो गए, जिसका काफ़ी भाग बस्तर ज़िले में हैं, मैंने एच.एम. पटेल से पूछा कि आदिवासियों का क्या होने जा रहा है। वे इलाके के खुल जाने, रास्तों, स्कूलों, डिस्पेंसरियों और सभ्यता के सभी चिह्नों के माध्यम से उनके लाभान्वित होने के प्रति आशावादी थे। मैंने शंकापूर्वक पूछा, "लेकिन उनकी ज़मीन का क्या होगा? वे किसे जोतेंगे, अभी नहीं, परंतु जब उनकी जनसंख्या बढ़ेगी?" कोई उत्तर नहीं था। एक मूलभूत प्रश्न का कभी भी उत्तर नहीं होता है। आदिवासी की जन्म-दर कम है क्योंकि वह भुखमरी के कगार पर जीता है। क्योंकि कोई वास्तव में चिंता नहीं करता कि वह जीता है या मरता है। उसकी मृत्यु-दर ऊँची है। स्वभावत: जो थोड़े बहुत जंगल और नंगी पहाड़ियाँ उसके पास रह गई हैं, उनमें आबादी विरल है। लेकिन पिछले पचीस वर्षों के दौरान एक सामाजिक अंतरात्मा के जागृत होने के साथ उनकी

1. From hope and fear set free ... Algernon Charles Swinburne, *The Garden of Proserpine*

संख्या में वृद्धि हो रही है और जब उन्हें भूमि की ज़रूरत होगी, उनके लिए कोई भूमि शेष नहीं रहेगी।

एक ग़ैर-आदिवासी के लिए यह समझना लगभग असंभव है, मेरे लिए भी, कि आदिवासी के लिए उसकी भूमि का क्या अर्थ है। भूमि की अपनी स्वयं की एक ज़िंदगी है जिसके साथ आदिवासी का जीवन अभिन्न रूप से जुड़ा हुआ है। भूमि देवी माँ है जो सभी लोगों को जन्म देती है; पर क्योंकि यह उसकी भूमि है, यह उसकी माँ है, जो एक नाभि-रज्जु से जुड़ी हुई है जो पृथक नहीं जा सकती। यदि भूमि की उर्वरा शक्ति कम हो जाती है और फसल असफल हो जाती है, तो वह इसलिए क्योंकि देवता उससे क्रुद्ध हैं, और यदि इसके लिए उसे लटकना पड़े—ठीक है उसे लटकना होगा। जब इस प्रकार का एक आदमी अपनी भूमि से वंचित हो जाता है, उसके अंदर का कुछ मर जाता है, वह कुछ जो उसे एक आदमी बनाता है। और यह भूमि है जो पहली बली चढ़ती है जब सभ्यता आदिवासी को बहा ले जाती है। जब वह पैसा लेकर एक विक्रयपत्र निष्पादित कर देता है, वह मानता है कि वह अपनी भूमि से केवल अस्थाई तौर पर अलग हो रहा है, तब तक के लिए जब तक कि उससे नए स्वामी के लिए इतनी पैदावार न हो जाए जो कि भुगतान किए गए धन की पूर्ति करने के लिए पर्याप्त और अधिक हो। मैंने रहेली तहसील में एक गोंड को जिस बनिये ने उसकी भूमि क्रय की थी, उसके मुनीम के सामने पथरीली आँखों के साथ खड़े देखा है, और यह पूछते हुए कि "क्या तुम्हें भूमि से पर्याप्त मिल गया है मेरे द्वारा लिए गए सौ रुपए चुकता करने के लिए?" उसने अपनी भूमि बीस वर्ष पहले बेच दी थी। मुनीम, जो ऐसे दृश्य के लिए अभ्यस्त था, ने इतना ही कहा, "अभी नहीं।" और वापस अपने काम में लग गया। दुबले-पतले वृद्ध गोंड ने अपनी पथराई आँखें चुपचाप दूसरी तरफ़ कर लीं। उसे उन दिनों इतनी आपत्ति नहीं होती जब वैकल्पिक भूमि आसानी से मिल जाती थी, या कुल्हाड़ी चलाने के लिए उपलब्ध थी। उन अच्छे दिनों में, सौ वर्ष पहले, जब सारा जंगल उसके लिए था। पर आज जो पैसा उसे मिलता है वह उसके हाथ आते ही क़र्ज़ा चुकाने में चला जाता है, और जंगल भी संरक्षित हो गए हैं। आज आदिवासी की भूमि की चाह व्यक्ति को इतनी नहीं है, (केवल अल्प गुणवत्ता की बची है) जितनी राज्य को है। सिंचाई परियोजनाओं के बाँध और नहरों के लिए ज़मीन की आवश्यकता होती है। समोच्च रेखाओं की आवश्यकता है कि वह आदिवासी की ज़मीन हो। लोहा और कोयले का पता चलता है और देश की ज़रूरतें उनके दोहन की माँग करती हैं। भूमि आदिवासी की है। नई रेलवे लाइनें अछूते क्षेत्र—और आदिवासी की ज़मीन—के बीच से जाती हैं। जो शताब्दियाँ नहीं कर सकीं, सभ्यता ने कर दिया; उसने आदिवासी और उसके भूमि के बीच की नाभि-रज्जु को काट दिया। मेरे पास कोई समाधान नहीं है। मैं मात्र एक ट्रैजिडी प्रतिवेदित कर रहा हूँ, वह ट्रैजिड़ी जो मैंने गोंड की पथराई हुई आँखों में चित्रित होते देखी, 'आशा और भय से मुक्ति दे'।

जब राष्ट्रपति डॉ. राजेन्द्र प्रसाद बस्तर आए, उन्होंने मुझसे ज़िले की विकास योजनाओं के बारे में बात की। मैं बोल गया कि मेरे केवल तीन उद्देश्य थे—मेरे लोगों के लिए प्रतिदिन दो समय का भोजन, उनके भूमि के लिए संरक्षण, और एक स्तर की शिक्षा जो उन्हें शोषित होने के स्थान पर शोषक बना दे। उन्होंने कहा, ''वे कुपोषित नहीं दिखते।'' मैंने कहा, ''श्रीमान, आपको उन्हें मानसून के प्रारंभ में देखना चाहिए, जब उनका चावल समाप्त हो जाता है और जंगल में कंदमूल तब तक तैयार नहीं होते हैं। पिछले वर्ष बारिश के दौरान मुझे एक बाढ़ आई हुई नदी को एक डोंगी से पार करना पड़ा था जिसे एक मुड़िया के द्वारा खेया जा रहा था। बहाव बहुत तेज़ था, इस तथ्य के बावजूद कि मैंने एक पतवार से मदद की, वह डोंगी को पानी के बहाव के विरुद्ध तिरछा नहीं रख सका, जिसका परिणाम यह हुआ कि हमें उसी तट पर वापस आना पड़ा जहाँ से हमने प्रारंभ किया था। जब मैंने उसे भला-बुरा कहा, उसने कहा, बहुत सरलता से, कि उसने तीन दिन से खाना नहीं खाया है। मैंने उसे भोजन दिया, और परिणाम चमत्कारिक थे—दो घंटों के बाद हमने नदी को अत्यंत आसानी से पार कर लिया।'' राष्ट्रपति जी स्पष्टतः मेरे उद्देश्यों में से दो के प्रति सहानुभूतिपूर्ण थे। कुछ दिनों में विकास निधि की मेरी माँग स्वीकार कर ली गई और उतने ही कम समय में आदिवासी की ज़मीन को संरक्षित करने के लिए वह क़ानून जिसके लिए मैं जोर दे रहा था, पारित किया गया। अफ़सोस, वह उसे सरकारी अधिग्रहण से संरक्षित नहीं करता था।

मैंने इतनी लंबी ज़िंदगी पाई है कि मेरे तृतीय उद्देश्य को सिद्धि के मार्ग पर जाते हुए देख पा रहा हूँ। सन 1958 में मैं आयुक्त जबलपुर संभाग था तब कुछ गोंड मुँह लटकाए मुझसे मिलने के लिए आए। वे सिवनी ज़िले के एक छोटे वन ग्राम में से थे और उनकी शिकायत गंभीर थी। पटवारी उनके पास वर्ष में एक बार रसद भ्रमण—वार्षिक राशन की वसूली करने के लिए भ्रमण—पर पहुँचने के स्थान पर लगभग प्रतिमाह रसद भ्रमण पर पहुँचने लगा था। वह उनके द्वारा उत्पादित घी के प्रेम में अटक गया था। यह एक ऐसा बोझ था जिसे वे उठा नहीं पा रहे थे। वे कोई आधिकारिक कार्यवाही नहीं चाह रहे थे। वे समस्या से ख़ुद ही निपट लेंगे, लेकिन क्या मैं कृपा कर उन्हें सँभाल लूँगा यदि कोई परेशानी खड़ी हो? मैंने कहा मैं सँभाल लूँगा। एक पश्चातवर्ती विचार के रूप में मैंने यह इच्छा जोड़ी कि अच्छा होगा कि पटवारी मारा न जाए। एक ठहाका लगा। निश्चित रूप से वह नहीं मरेगा, वे उस पर एक उँगली भी नहीं उठाएँगे, वे बस यही करने वाले थे कि उसे घी देंगे। और वे फिर से हँसे। कुछ महीनों के बाद उस पटवारी ने एक अप्रत्याशित क़दम उठाते हुए ज़िले के बाहर स्थानांतरण का अनुरोध किया, और उसका आवेदन मेरे पास कलेक्टर से अग्रप्रेषित पृष्ठांकन के साथ आया। उसने लिखा कि पटवारी को विश्वास हो चला था कि उस पर जादू-टोना किया जा रहा है, निश्चित रूप से उसकी मानसिक स्थिति

ठीक नहीं थी, और स्थानांतरण की अनुशंसा की जाती है। मैंने उसे स्थानांतरित किया और अगली बार जब मैं सिवनी ज़िले के प्रवास पर गया तो मैं अपने गोंडों से मिलने गया। वे इस विषय में काफ़ी स्पष्टवादी थे। "हमने घी में शेर का मांस मिला दिया था, और आप जानते हो वह आदमी को क्या कर देता है।" वह कर यह देता है कि आदमी कासानोवा[1] की तरह बर्ताव करने लगता है। "और फिर हमने भागदेवरी के ब्राह्मण पुजारी को उसके पास यह बता देने के लिए भेजा।" पटवारी स्वयं भी ब्राह्मण था। यह अपने आप में बहुत ख़राब था कि उसने शेर का मांस खाया था और उसके कारण कष्ट उठाया था, अब दूसरे ब्राह्मण को पता चल गया था कि उसने क्या किया है। कोई अचरज नहीं कि वह ज़िले के बाहर जाना चाहता था।

इस अध्याय का आदिमजातियों के ऊपर एक शोधप्रबंध होना उद्देश्य नहीं है। इसका एकमात्र उद्देश्य आपको आदिवासी से परिचय कराना है जैसा मैं उसे जानता हूँ, इस आशा में कि आप उसे एक मानव के रूप में देखेंगे न कि एक संग्रहालय की प्रदर्शनीय वस्तु के रूप में।

अबूझमाड़ डायरी

6 जनवरी, 1950। कार से अबूझमाड़ में स्थित ओकोमेटा के लिए रवाना हुआ, जहाँ हमारी कपड़े और नमक की दुकानों में से एक दुकान पिछले जून से बहुत सफलतापूर्वक चल रही है। लगभग तीन बजे आगमन और मुकद्दम के द्वारा स्वागत। ज़रा मज़ेदार सा पुराना पापी जो मेरा मित्र होने का दावा करता है। उसे करना भी चाहिए, क्योंकि अबूझमाड़ में एकमात्र शस्त्र अनुज्ञप्ति उसे मैंने दी है और निशानेबाज़ी के मूल सिद्धांत सिखाए हैं। दुखभरी लंबी कहानी। पशुचारक अपने मवेशी गाँव के पास लाए हैं और जंगली भैंसा उनमें शामिल हो गया है। जंगली भैंसा मवेशियों का दूध निकालने नहीं देता है, जिससे पशुचारकों को नुकसान होता है। और फिर भैंसा अपना खाली समय अबूझमाड़ियों की सरसों की फसलों को खाने में व्यतीत करता है, जिससे अबूझमाड़ियों को नुकसान होता है। बड़ा संदेह है कि यह मेरे लिए गढ़ा गया है ताकि मैं भैंसे को शूट करूँ। फिर भी कर्तव्यनिष्ठा से जाँच करने के लिए अग्रसर होता हूँ और किंचित आश्चर्य के साथ कहानी सही पाता हूँ। पशुचारक तथा मुकद्दम एकमत हैं कि भैंसे को मारना चाहिए।

अपने लिए एक सुविधाजनक मचान बनाता हूँ, अपना कैमरा स्थापित करता हूँ और जंगली भैंसे के मवेशियों के झुंड के साथ वापसी का इंतज़ार कर रहा हूँ। वह यथासमय आता है और उसकी फ़ोटो खींची जाती है। गोली चलने के इंतज़ार में उत्कंठ अपार जनसमुदाय मेरी भीरुता के बारे में कंटीली टिप्पणियाँ करता है। जंगली

1. Casanova

भैंसा उन्हें दौड़ाता है और मेरी कृतज्ञता अर्जित करता है। मैं मचान से उतरता हूँ और बहुत युक्तिसंगत बात रखता हूँ कि भारी भीड़, पालतू भैंसे, और जंगली भैंसा इतने घुल-मिल गए हैं कि निशानों की अत्यधिक संख्या ने गोलीचालन असंभव बना दिया है। स्पष्टीकरण का स्वागत एक ठंडी और अविश्वासभरी चुप्पी से किया जाता है।

जंगली भैंसा पालतू झुंड के बीच बैठ जाता है। मैं सुझाव देता हूँ कि कोई जाए और उसे खड़ा कराए। टिप्पणी अनसुनी की जाती है। मैं मिट्टी का एक ढेला बेमन से जंगली भैंसे की ओर फेंकता हूँ और इसके पश्चात पेड़ के पास पहुँचने के लिए हुई दौड़ में उसे घोड़े के सिर की लंबाई से भी कम अंतर से हराता हूँ। अपनी साख़ जमाकर जंगली भैंसा टहलते हुए चालीस गज दूर चला जाता है। एक मत से उसे शूट करने के लिए मुझे आग्रह किया जाता है। प्रत्युत्तर में, राइफ़ल की ओर इशारा करता हूँ जो मैं रेस के दौरान अन्यायपूर्ण बाधा मानकर गिरा चुका हूँ। मुकद्दम राइफ़ल लाता है, जंगली भैंसे से ख़ुद को कुछ ही इंचों से बचाते हुए। अब मैं मानसिक फुर्ती के प्रयास के साथ इस पेड़ से गोली मारने में असमर्थता व्यक्त करता हूँ, क्योंकि मुझे उस पर बने रहने के लिए दो पैर और कम-से-कम एक हाथ चाहिए। मुकद्दम (जिससे मैं अब तक ख़ुशी-ख़ुशी नफ़रत करने लगा हूँ) कहता है, ''नीचे आओ और उसे गोली मारो।'' उसके द्वारा की गई तकलीफ़ के लिए भैंसा उसे झुंड के चारों ओर दौड़ाता है। मैं अवसर देखकर पेड़ से नीचे उतरता हूँ और जितना जल्दी हो सके मचान बँधे हुए वृक्ष पर चढ़ता हूँ। इस बार राइफ़ल मेरे साथ बनी रहती है।

मुकद्दम (इतनी नफ़रत हो गई है इस आदमी से!) दो और अबूझमाड़ियाओं की मदद लेता है और तीनों भैंसे को अंशतः लुभाते और अंशतः हाँकते हैं जब तक वह मेरे वृक्ष के सामने नहीं आ जाता है। गोली चलाने का दबावपूर्ण निमंत्रण दोहराया जाता है। भैंसा मुझे देखता है और यह सूचित करने के लिए आगे बढ़ता है कि मैं पेड़ पर ही अच्छा लगूँगा। रोशनी कम होती जा रही है और जमा देने वाली ठंडी रात काटने का मेरा कोई इरादा नहीं है। मैं भैंसे के कान के पीछे ठोस 423 ठोक देता हूँ और तत्क्षण उसका जंगल की स्टाक बुक से अपलेखन हो जाता है। पशुचारक अब कहते हैं कि वे खेमे के सामने भैंसा पड़े रहते रात्रि भोजन नहीं कर सकते हैं इसलिए क्या मैं कृपया उसे कहीं और ले जाऊँगा। और माड़ियाओं के लिए पिक-अप भेजता हूँ। बीस आते हैं और काम हो जाता है।

सभी मेरे साथ पिक-अप में लौटते हैं जो स्पेस का एक लघु चमत्कार है और बहुउद्देशीय वाहन है। मैं इतना ज़्यादा थका हूँ कि भोजन नहीं लेता और ज़्यादा गहरी नींद नहीं सो पाता हूँ।

7 जनवरी। टूटती-फूटती निद्रा से उठता हूँ, टूट-फूट का पहला कारण मध्य रात्रि में एक औरत की चीखें हैं और दूसरा कारण है ठंड जिसकी वजह से मुझे बिस्तर से बाहर आना पड़ता है और सभी उपलब्ध कपड़े पहनने पड़ते हैं। तंबू के

बिना प्रवास कर रहा हूँ इसलिए पत्तों की झोपड़ियों में सोना पड़ रहा है। निश्चय हो जाता है कि ठंड में पर्णशाला नर्क का प्रकार है जिसे वाल्मीकि भी ठीक से नहीं समझ सके थे। सुबह अरुचि का बढ़िया स्वाँग रचते हुए पता करता हूँ कि क्या औरत की चीखें हत्या की साक्ष्य थीं या मात्र पति के अनुशासन का परिणाम। बताया जाता है कि उसने रात्रि के शुरू के प्रहर में एक स्वस्थ बच्चे को जन्म दिया था और परंपरा के अनुसार उसकी पिटाई की गई थी। मुझे इस परंपरा पर बहुत उत्सुकता होती है और अनुमान लगाता हूँ कि यह कैसे शुरू हुई होगी। शायद दर्दनिवारण का नया तरीक़ा होगा। यह महत्त्वपूर्ण सिद्धांत भूल जाता हूँ कि कोई भी अबूझमाड़िया आपको कुछ नहीं बताएगा यदि आप रुचि लेते प्रतीत होते हैं, परिणामस्वरूप वे सब चुप्पी साध लेते हैं।

समाचारों तथा शिकायतों के लिए खुला न्यायालय लगाता हूँ। बताया जाता है कि खेतों में लगी फसल अच्छी है लेकिन मानसून जल्दी प्रारंभ होने के कारण पेंडा नहीं जलाए जा सके। पेंडा अबूझमाड़ में प्रचलित कुल्हाड़ी कृषि का एक प्रकार है। क्षेत्र से पेड़ों और झाड़ियों को कुल्हाड़ी से काटकर साफ़ कर दिया जाता है, फिर जला दिया जाता है और मोटा अनाज बोया जाता है। मैदानों से चावल भेजने की पेशकश करता हूँ लेकिन मुझसे कहा जाता है कि उसकी आवश्यकता नहीं है।

वनरक्षक के विरुद्ध आक्षेप किए जाते हैं जिसने रास्ते के काम पर लगी माड़िया औरतों को पीटा था। प्रकरण देख लेने के लिए आश्वासन देता हूँ और टीप कर लेता हूँ। गंडा (ग़ैर–आदिवासी), जिसने कुछ माड़िया लड़कों से एक बैल ठग लिया, के बारे में बताया जाता है। जाँच करने पर पाता हूँ कि प्रकरण पुलिस के द्वारा पंजीबद्ध किया गया है। वे आवश्यक कार्यवाही कर रहे हैं। एक बार पुनः स्पष्ट अनुभव करता हूँ कि माड़िया के लिए शिकायत 'मेरे माली की चाची का पेन'[1] के समान है जो हरेक को दी या दोहराई जाती है। उनमें चोट की भावना बहुत प्रबल है और समय का बोध बिल्कुल नहीं है, आयरिश लोगों जैसे, बस उनसे अधिक।

कच्छापाल के लिए तीन बजे प्रस्थान करता हूँ (दस मील)। मुकद्दम तथा परगना माँझी (परगना का आदिवासी नेता) साथ चलते हैं। पता चलता है कि अबूझमाड़ आम सहमति और परंपरा के द्वारा गाँवों के बीच बँटा हुआ है। उसने सरकार के लिए कुछ नहीं छोड़ रखा है। गाँव लगभग पचास एकड़ स्थाई या छिटपुट खेती वाला है और पाँच से पचास वर्ग मील में फैले वन से बना है। समझ में आता है कि क्यों छिटपुट खेती के कारण अबूझमाड़ में ज़्यादा हानि दिखाई नहीं देती है। काफ़ी अधिक वन है और उसे गंभीरता से प्रभावित करने के लिए पर्याप्त खेती नहीं है। माँझी मुझे बताता है कि यहाँ पेंडा चक्र लगभग पंद्रह से बीस वर्ष है। समतल,

1. प्राथमिक फ्रेंच भाषा सिखाने के लिए इस्तेमाल किए जाने वाले वाक्य जिनका व्यावहारिक उपयोग सीमित होता है।

उपजाऊ अस्पर्श भूमि की विपुलता मुझे चमत्कृत कर देती है और मैं कई बार सोचता हूँ कि माड़िया में इतना बचपना क्यों है। वह उसके ठीक पास की भूमि को अनदेखी कर देगा और तीन मील दूर जाकर एक खेत प्रयोग में लाएगा जो संभवत: बेहतर नहीं है।

लगभग पंद्रह सौ फीट चढ़कर (आकलन करते हुए और हाँफ-हाँफ करके) ईरमभट्टी की सीमा में प्रवेश करता हूँ। माँझी कोटामेटा तथा ईरमभट्टी ग्रामों के बीच दो खेतों (लगभग तीन एकड़, मैंने उन्हें देखा) को लेकर विवाद के बारे में बताता है जिनका दोनों दावा करते हैं। निर्णय देता हूँ कि सबसे अच्छा समाधान यह है कि दोनों में से कोई भी इन खेतों को न बोए। मेरी जय-जय ऐसे होती है जैसे कि मैं सोलोमन हूँ। फिर पता चलता है कि वे खेत अडासुर की सीमा में हैं जो वीरान ग्राम है, परंतु जिसके कुछ खेतिहर कोकोमेटा में बस गए हैं। फिर भी अपने मूल निर्णय पर टिका रहता हूँ, क्योंकि दो खेत दो समुदायों की हत्याओं से अधिक मूल्यवान हैं। वैसे भी इस मामले से भू-राजस्व प्रभावित नहीं होता है। अबूझमाड़ में कोई भू-राजस्व प्रणाली नहीं है। परगना माँझी सोलह वर्ष के ऊपर के प्रत्येक पुरुष से एक रुपए छह आना वार्षिक व्यक्ति कर संग्रहित करता है और उसे तहसील कोषालय में जमा करता है। इस प्रयोजन के लिए माँझी के द्वारा ही जनगणना प्रति पाँच वर्ष में की जाती है। यह प्रणाली ग्रिगसन के द्वारा 1929 में प्रारंभ की गई थी और संभवत: यही सबसे महत्त्वपूर्ण कारण है कि क्यों माड़ अभी भी शेष बस्तर से कटा हुआ है। लेकिन यह इतनी स्थापित हो गई है कि उसे यकायक छेड़ा नहीं जा सकता। बहरहाल। और आगे किंचित कम गति से बढ़ता हूँ। इस कारण से कि मैं एक अनुपात दो की अंतहीन चढ़ाई चढ़ रहा हूँ (ऐसा लगता है!)। निर्णय लेता हूँ कि मुझे रुकना चाहिए, नहीं तो मेरे फेफड़े फट जाएँगे। माँझी से यह पूछकर अपना आत्मसम्मान बचाता हूँ कि क्या ग्राम उनके जंगलों पर सभी अधिकारों के प्रति चौकस हैं या केवल पेंडा अधिकारों के प्रति। चालाकी से उत्तर सुनने के लिए रुकता हूँ, सिगरेट बेलता हूँ और एक चर्चा में प्रवेश करता हूँ जो दस मिनट का बहुत आवश्यक अल्प विश्राम प्रदान करता है। माँझी से पता करता हूँ कि अबूझमाड़ के ये वनग्राम आरक्षित वन के समान हैं, इस अर्थ में कि उनके अंदर कोई भी कार्यवाही एक अपराध है, जब तक कि उसकी विशिष्ट अनुज्ञा न हो। (मैंने इसे एक अत्यंत प्रतिष्ठित वन अधिकारी द्वारा की गई आरक्षित और संरक्षित वनों के बीच के अंतर की परिभाषा से लिया है)।

व्यवहार-चातुर्य के साथ पता लगाता हूँ कि क्या मैं ऊँची घास, जिसने बड़े झाड़ के जंगल से अनावृत्त पूरे क्षेत्र को आच्छादित-सा कर लिया है, में से धुँधले दृश्यमान मोर को निशाना बना सकता हूँ। अनुमति इतने उत्साह के साथ दी जाती है कि मोर अपना जीवन बचा लेता है। कोई मूल्यवान जंगल देखने में नहीं आया, दूरबीन से भी नहीं। सब कुछ सत-कटा है, विविध।

लगभग छह बजे कच्छापाल आगमन होता है, एक अंतिम संस्कार में सम्मिलित होने के लिए सही समय पर। यह क्षेत्र सोनपुर परगना में है। माँझी निश्चय ही पुराना पंछी है परंतु उसे इस तथ्य को ध्यान में रखना है कि मृतका उसकी भाभी थी।

वर्णित लक्षणों से पता चलता है कि उसकी मृत्यु अपेंडिसाइटिस से हुई। रोग में जादू-टोने, विरेचक, और अंतिम उपाय के रूप में पीठ पर दागने से उल्लेखनीय सुधार नहीं हुआ था। शव को बाँस की चटाई और लाल कपड़े में लपेटा जाता है और एक बल्ली से जकड़कर ले जाया जाता है। दफन का काम लेटी हुई अवस्था में कपड़ा हटाकर किया जाता है। मुझे बताया गया कि कुछ दिनों बाद पत्थर खड़ा किया जाएगा, जब भोज और अन्य औपचारिकताओं की पूर्ति हो जाएगी। भरपूर और विलापी क्रंदन होता है जो वास्तविक के बजाय औपचारिक अधिक प्रतीत होता है, रिश्तेदारों को छोड़कर जो गहराई से प्रभावित हैं और इसलिए अधिक शोर नहीं मचाते हैं। कोकोमेटा का परगना माँझी यहाँ से लौटता है परंतु मेरा पुराना मित्र मुकद्दम मेरे साथ भ्रमण पूरा करने और जगदलपुर से वापसी का संकेत देता है।

8 जनवरी। पिछली से बेहतर रात गुजारता हूँ क्योंकि मैं सावधानी को धता बताता हूँ और पर्णकुटी में एक धधकती आग जलाकर रखता हूँ। मध्य रात्रि तक नगाड़ों की आवाज़ सुनता हूँ और अचानक समझ में आता है कि वे संदेश भेज रहे हैं। बहुत स्पष्ट कूट का प्रकार, कुछ-कुछ मोर्स जैसा। मुझमें रुचि उत्पन्न होती है क्योंकि मुझे हमेशा यह संदेह था कि इन लोगों के बीच नगाड़े की संकेत-भाषा विद्यमान है। सिद्धांत की पुष्टि सुबह माँझी से यह पूछकर करता हूँ कि नगाड़े क्या संदेश भेज रहे थे। वह कहता है, "कि आप पधारे हैं और आज कुटुल जा रहे हैं।" शर्तिया इससे अधिक बहुत कुछ था लेकिन वह नहीं बताएगा। संदेश भेजने की दूसरी रीति संकेतों के माध्यम से है। जामुन की डंडी और मांस का टुकड़ा आपकी दहलीज पर रात में रखने का मतलब है, "तुम्हारा आदमी शिकार में मारा गया।" मिर्चियों का गुच्छा, तीर का फलक और गाँव का नाम प्रदर्शित करने वाले चिह्न का अर्थ है, "अमुक-अमुक गाँव में इतने दिनों में एकत्रित हो, (मिर्चियों की संख्या अनुसार) युद्ध की तैयारी सहित।" और भी ढेर सारे हैं। देखता हूँ कि गाँव के बहुत से लोग हाइड्रोसिलिस से प्रभावित हैं और स्केवीज़ का उच्च अनुपात है। मानव जीवन के प्रति अबूझमाड़िया का दृष्टिकोण यथार्थवादी है। वह बच्चों के साथ अच्छा है क्योंकि वे उनकी संपत्ति हैं। वह वृद्धों की उपेक्षा करता है क्योंकि वे वैसे भी दायित्व हैं, और वह उनका जीवनकाल बढ़ाने का कोई कारण नहीं देखता; उसे कम करने के लिए उसके द्वारा कोई सकारात्मक कार्यवाही न करना उसकी सोच में पर्याप्त से अधिक है। यह दृष्टिकोण अबूझमाड़ियों तक सीमित नहीं है। मैंने उसे उन सभी आदिम मानवों में पाया है जिनके साथ मैंने काम किया है। आश्चर्य करता हूँ कि क्यों ठक्कर बापा से एल्विन तक सभी सामाजिक कार्यकर्ता आदिवासी की

शिष्टोक्ति करने में रत रहते हैं। निश्चय ही उनके गुणों को रूमानी रंग चढ़ाए बिना भी उन्हें प्यार करना और समझना संभव है। आग्रहपूर्वक याद करता हूँ पत्नी का छोटे पुत्र के प्रति दृष्टिकोण—असाधारण प्रतिभाशाली शिशु देवदूत, बजाय (जो वह है) आकर्षक नन्हा शैतान। सांख्यिकीय दृष्टि से बस्तर के लगभग 70 प्रतिशत हत्याओं (जो कि लगभग मध्यप्रदेश के एक संभाग जितनी ही हैं) में पिता और पुत्र, पति और पत्नी, भाई और भाई की लिप्तता रहती है।

कुटुल के लिए नौ बजे प्रस्थान करता हूँ। वर्ष के इस समय में जल्दी आरंभ करना अव्यावहारिक है क्योंकि धुंध आठ बजे तक छँट पाती है, और घास जिसमें से पगडंड़ी जाती है अगले एक घंटे तक गीली रहती है। धुंध ऐसी कि जब तक देख न लें विश्वास न हो—दृश्यता कई स्थानों पर बीस फीट है।

रास्ते में एक वृक्ष-गृह देखता हूँ और उसका फ़ोटो खींचता हूँ। फसल के उगने के दौरान अबूझमाड़िया अपने खेत में शिविर लगाता है और सामान्यतः पेड़ पर निर्मित झोपड़ी में इस अवधि में रहता है, और फसल कटाई के बाद गाँव लौटता है। इस अवधि में वह सेक्स से विरत रहता है।

सर्वे ऑफ इंडिया के मानचित्र को वास्तविक भूदृश्य के अनुसार जमाने का प्रयास करो, कम्पास की मदद से और असफल हो जाओगे। पूर्व में ही खोज कर चुका हूँ कि जहाँ तक अबूझमाड़ का संबंध है मानचित्र बिल्कुल बोगस है। यहाँ तक कि गाँव के नाम भी मेल नहीं खाते हैं और नक्शे में गाँवों की स्थिति केवल अटकलपच्चू अनुमान हैं। ये गाँव हर पाँच वर्ष के बाद स्थान और नाम बदल लेते हैं इसलिए मानचित्र निर्माता का कार्य अनहोनी नहीं है। जिस रास्ते पर मैं जा रहा हूँ वह अंकगणित और त्रिकोणमिति की परिगणना अनुसार माड़ के लगभग केंद्र में है, उत्तर-दक्षिण दिशा में जाता हुआ जितना मेरे लिए संभव है। प्रतिदिन कितनी यात्रा की जानी है यह गाँव वालों से परामर्श के बाद तय किया जाता है और दिशा ठीक दक्षिण की ओर रखी जाती है। तकनीकी रूप से मैं पूरी तरह से और सचमुच में खो गया हूँ परंतु अपने आप को इस विचार से ढाँढ़स बँधाता हूँ कि मेरे पास अभी भी सात दिन का खाद्यान्न है और एक मोर का शिकार कभी भी कर सकता हूँ—उम्मीद तो है।

कुटुल दोपहर को पहुँचता हूँ। स्थानीय निवासियों से लंबी बातचीत होती है। कोई शिकायतें नहीं। आदिवासी सदैव विनोदप्रिय होता है और सामान्यतः एक सुस्वभावी व्यक्ति होता है। गाँव में एक घोटुल भवन देखता हूँ और मुझे पता चलता है कि वे माड़ में सर्वत्र विद्यमान हैं परंतु उनमें केवल लड़के (चेलिक) रात में सोते हैं। सप्ताह में एक बार नृत्य होता है और तब लड़कियाँ भी जाती हैं। किसी लड़की से मिलनोत्सुक लड़का उसे पारंपरिक पेय की पेशकश करता है। यदि वह स्वीकार करती है—हाँ, तो वह प्रातः घर लौटती है। मेरा मुकद्दम (कोकोमेटा वाला) संरक्षकबोध के साथ कहता है कि अबूझमाड़िया ज़मीनी मुड़िया के समान नहीं है

जिसमें कोई नैतिकता नहीं है। मुड़िया घोटुल में लड़कियाँ हर रात सोने जाती हैं— यहाँ पर यह साप्ताहिक मौज है। मैं तुझे हे ईश्वर धन्यवाद देता हूँ कि मैं दूसरे इंसानों के समान नहीं हूँ। मैं पूछता हूँ कि यदि गर्भ-धारण हो जाए तो क्या होता है। लड़के पर अर्थदंड आरोपित किया जाता है और लड़की का विवाह उसके पालकों के द्वारा पूर्व से चयनित पति से कर दिया जाता है जो संतान को अपनी मानकर स्वीकार करता है। लेकिन मुझे आश्वस्त किया जाता है कि ऐसे प्रकरण व्यवहार में कभी नहीं होते क्योंकि यह एक साप्ताहिक मामला मात्र होता है। मेरी स्टोप्स की विविध छटाएँ!

प्रसंगवश पाता हूँ कि अबूझमाड़ियों में प्रजनन-शक्ति बहुत कम है, आदिवासियों के मानदंड से भी (जिनमें वह अन्यों की अपेक्षा कम है)। नि:संतान विवाह बहुतायत में पाए जाते हैं और जहाँ बच्चे हैं वे प्रति परिवार दो या तीन से अधिक नहीं हैं। अवश्य ही यह संतति निरोध के कारण नहीं है क्योंकि बच्चों की चाहत तीव्र है। सोचता हूँ कि क्या यह लगभग वसाहीन आहार के कारण है या फाईलेरिया की विद्यमानता के कारण। वह निश्चित रूप से गुप्त रोग या यॉज[1] के कारण नहीं है। मैंने अब तक कोई मामला नहीं देखा है।

एक आदमी से मिलता हूँ जिसके अभिभावक पनाबारस के गोंड़ थे और माड़ में आए और बस गए। उनकी मृत्यु के बाद अबूझमाड़ियों ने उस आदमी को अपने में से एक मान लिया और उसका विवाह एक माड़िया लड़की से कर दिया। उसका जन्म माड़ में हुआ था। दो अन्य प्रकरणों में देखा कि माड़िया लड़कों ने, जो मैदानों में काम करने के लिए गए मुड़िया लड़कियों से विवाह किया और उन्हें घर ले आए। माड़िया-मुड़िया अथवा माड़िया-मध्यप्रदेशी गोंड़ और यहाँ तक कि माड़िया-गोंड़ेत्तर विवाहों के प्रति ज़रा भी विरोधी भावना नहीं है। यद्यपि यह बात अधिक देखने में नहीं आती है क्योंकि अवसरों की कमी है। हमेशा सोचता था, ग्रिगसन के साथ, कि माड़िया जाति अथवा जनजाति के साथ मजबूती से आबद्ध है—निस्संदेह ऐसा नहीं है।

कुटुल जन (उनमें से चार) अलापल्ली तक जा चुके हैं (ज़िला चांदा, अस्सी मील) और उनमें से अधिकांश नारायणपुर हो आए हैं। परंतु एक ने भी अबूझमाड़ के नारायणपुर क्षेत्र को कुटरू क्षेत्र से विभाजित करने वाली पर्वत श्रेणियों को पार नहीं किया है। वे ठीक ही बताते हैं कि ऐसा करने के लिए कोई कारण नहीं है।

वन रक्षक द्वारा महिलाओं से मारपीट किए जाने की शिकायत किए जाने के संबंध में पूछताछ करता हूँ। एकमत से खंडन किया जाता है। कोकामेटा में शिकायतकर्ता के द्वारा, जिस माँझी वांजा का साक्षी के रूप में उल्लेख किया था, वह कहता है कि इस प्रकार का कुछ भी किसी के साथ उसके परगना में नहीं हुआ। कोकामेटा छोड़ने के बाद से लगभग लगातार चढ़ाई पर जा रहा हूँ और अब तक तीन हजार फिट से अधिक चढ़ गया हूँगा।

1. एक चर्म रोग

आगे के मार्ग के विषय में सयाने बुजुर्ग आदमियों से चर्चा करता हूँ और बहुत न के बराबर मदद पाता हूँ। वे कहते हैं कि गोमंगल ठीक दक्षिण में एक माड़िया के लिए एक दिन के प्रवास की दूरी पर है—बीस से तीस मील। धुरबेड़ा रास्ते पर है। नौ तारीख को धुरबेड़ा के माध्यम से गोमंगल की ओर प्रस्थान करने का निर्णय लेता हूँ।

9 जनवरी। जल्दी शुरुआत। आठ बजे। दो मील अनवरत चढ़ाई चढ़ता हूँ और पहाड़ी की चोटी से मनोहारी दृश्य देखने को मिलता है।

फ़ोटोग्राफी और साँस लेने के लिए रुकता हूँ। पेंडा के विभिन्न टुकड़े देखता हूँ और मुझे बताया जाता है कि यहाँ पर फेरा दस वर्ष का है क्योंकि वन तेज़ी से उगता है। नंगी पहाड़ियों के टुकड़े देखता हूँ लेकिन मुझे आश्वस्त किया जाता है कि पेंडा कभी नहीं किया गया था। वांजा माँझी (जो मेरे साथ गोमंगल तक रहेगा) कहता है कि कोई भी तब तक पेंडा नहीं करता जब तक वन वास्तव में घना न हो "क्योंकि कौन एक गंजी औरत से शादी करेगा?" कुछ टुकड़ों का पास से परीक्षण करता हूँ और पाता हूँ कि उसका कथन सही है। यहाँ कभी भी कटाई नहीं हुई है, फिर भी वृक्ष विरल हैं और क्षेत्र अनावृत्त दिखता है। अगले चार मील तक अबतक दिखी खेती का मन ही मन विश्लेषण करता हूँ और पाता हूँ कि (क) पहाड़ की ढलानों पर पेंडा फेरा पड़ने या छिटपुट प्रकार का है (ख) समतल भूमि पर कभी-कभी किया जाने वाला पेंडा स्थाई कृषि की पूर्व तैयारी है, अर्थात, पहले वर्ष जलाने के बाद भूमि बोई जाती है और उसके बाद नियमित रूप से कृषि की जाती है (ग) पेंडा केवल ख़राब मिट्टी में किया जाता है जहाँ कोसरा (मोटा अनाज) पैदा होगा और अच्छी मिट्टी में नहीं (घ) थोड़ी धान अच्छी मिट्टी में पैदा की जा रही है और मुझे बताया गया है कि उसकी खेती का विस्तार हो रहा है परंतु ऐसे क्षेत्र अल्प संख्या में हैं। मुख्य उपज अब भी पेंडा द्वारा पैदा की गई कोसरा है और (च) वांजा माँझी कहता है कि पाँच वर्ष पूर्व धान की खेती नहीं होती थी परंतु अलापल्ली (ज़िला चांदा—अस्सी मील) काम पर जाने वाले लोगों ने उसे देखा और वापस आने पर ऐसी खेती प्रारंभ की है।

निष्कर्ष निकालता हूँ कि कम-से-कम नारायणपुर तहसील में अबूझमाड़ त्वरित प्रगति कर रहा है।

वन अभी भी सत-कटा है, विविध प्रकार का और मूल्यवान नहीं है, कुछ पतले बाँसों को छोड़कर। रीछ के अनेक और सांभर के कुछ चिह्न देखता हूँ।

धुरबेड़ा ग्यारह बजे पहुँचता हूँ (दस मील) और रुकता हूँ ताकि उपकरण भी पहुँच जाए। पाता हूँ कि मेरा स्वागत करने के लिए जनसमुदाय एकत्रित हुआ है और मुखिया के द्वारा गाँव की स्वतंत्रता प्राप्ति के प्रतीक के रूप में मुझे एक विशाल कंद भेंट किया जाता है। उसे बदले में सिगरेट देता हूँ और उसका फ़ोटो लेता हूँ—अलग से, माँझी के साथ और मेरे साथ। बिल्कुल आस्ट्रेलियाई आदिवासी के समान दिखता है। अबूझमाड़ियों के रूप में भारी विविधता है। रक्त-कांस्य लगभग काकेसियन

किस्म से लेकर गहरे काले समरूप द्रविड़ियन किस्म से होते हुए एकदम आदि बुशमैन किस्म तक के हैं। धुरबेड़ा के ठीक निकट एक अपूर्व दृश्य देखता हूँ। उसका फ़ोटो नहीं ले पाता हूँ। इस बात का अभी भी खेद कर रहा हूँ। गिनी-चुनी सूर्य किरणों से प्रकाशित घने अँधेरे जंगल (1/100 सेकंड एफ 4 सुपर एक्स एक्स—यह फ़ोटोग्राफरों को दृश्य से अवगत कराता है) में एक माड़िया लड़की अपनी बहन के साथ कटु विवाद में ग्रस्त होकर मानवीय कठोरता की कड़वाहट में इतनी तल्लीन थी कि वह भागना भूल गई जब मैं और मेरा दल मोड़ से प्रकट हुआ। एक क्षण के लिए वह जम गई। बहन की पीठ हमारी ओर थी। क्या खूब चित्र! और फिर वे दोनों जा चुकी थीं, हिरणी के समान दौड़ते हुए। द्रविड़ों के किस्म की जैसे सुनील रॉय द्वारा चित्रित, उस प्रकाश में देवियाँ।

वनरक्षक के विरुद्ध शिकायत के संबंध में पुनः पूछताछ करता हूँ—फिर बताया जाता है कि वह पूर्णतः झूठी है। वनरक्षक दोष-मुक्त किया जाता है।

धुरबेड़ा से दो मील पहले क्रमशः उत्तर पूर्व तथा उत्तर पश्चिम दिशा की ओर जाती हुई दो लंबी पर्वत श्रेणियों के मध्य स्थित समतल भूमि से गुजरा हूँ। लगभग 3400 फीट ऊँचाई होनी चाहिए। कंपास के अनुसार, क्योंकि कल से, सूर्य उत्तर पश्चिम में उग रहा है। अब दिशा के लिए कलाई घड़ी तथा सूर्य पर निर्भर कर रहा हूँ।

धुरबेड़ा अबूझमाड़ के ठीक केंद्र के आसपास कहीं स्थित है। कच्छापाल और यहाँ तक कि कुटल से अधिक उपजाऊ मृदा। वास्तव में कच्छापाल से पूरे रास्ते टुकड़ों में अच्छी कृषि भूमि है।

गोमंगल क़रीब तीन बजे पहुँचता हूँ। काफ़ी थका हुआ हूँ परंतु अभी भी और सात से आठ मील चल सकता हूँ। शाम को हमेशा की तरह बैठक लेता हूँ और कुछ प्रकरणों में इलाज करता हूँ। आशा करता हूँ कि चिकित्सा संघ कार्यवाही नहीं करेगा। कुनैन, मेपाक्रिन, अरंडी तेल, खुजली का मलहम और पेचिश का मिश्रण के अलावा बाकी सब के लिए मैं एस्प्रो का उपयोग करता हूँ, इसलिए अधिक नुकसान नहीं कर रहा हूँगा। पाता हूँ कि यहाँ से भी लोग वन विभाग के लिए काम करने के लिए अलापल्ली जाते हैं। व्यवहारकुशलता से पूछता हूँ कि वे इस ज़िले में लोक निर्माण विभाग या वन विभाग के मार्ग निर्माण के कार्यों पर क्यों नहीं आते और काफ़ी धैर्यपूर्वक पूछताछ के बाद उत्तर पाता हूँ। यहाँ पर भुगतान उजरती काम के अनुसार है और सच में हास्यास्पद रूप से अपर्याप्त है। वन विभाग रुपए 30 से 40 का भुगतान प्रति मील (कच्चा मार्ग-सुधार) के लिए करता है परंतु इसमें अस्थाई पुल भी शामिल है। एक आदमी के पंद्रह दिन के काम का औसत अंश आठ आने होता है। उसे बेगार कहना तथा मुफ़्त करवाना अधिक ईमानदारी होगी। रहा प्रश्न लोक निर्माण विभाग का, वास्तविक आपत्ति यह है कि श्रम अनभ्यस्त तथा कमर-तोड़ किस्म का है और भुगतान बहुत विलंब से किया जाता है (गीदम-बीजापुर अनुभाग

में माह में अथवा यहाँ तक कि दो माह में एक बार)। मैं जानता हूँ कि कार्यपालन मंत्री भुगतान की समस्या हल करने के लिए भरसक प्रयास कर रहा है लेकिन एक अनुभागीय अधिकारी के लिए वित्तीय नियमों का पालन करना और अधिक बार भुगतान करना लगभग असंभव है। मैं आश्वस्त हूँ कि अबूझमाड़िया पर्याप्त संख्या में आएँगे यदि उन्हें प्रतिदिन युक्तियुक्त मज़दूरी मिले। मुझे पाँच आना प्रतिदिन पर वाहक ढूँढ़ने में कोई कठिनाई नहीं हुई है (बारह मील से अधिक नहीं—यदि यात्रा इससे लंबी है, तो दो दलों का प्रयोग करना पड़ता है) और मैं समझता हूँ कि मैं उदार हूँ। गाँव में या उसके क़रीब सामान्य प्रतिदिन मज़दूरी केवल चार आना है।

बैठक के बाद मुझे पशुचिकित्सा विज्ञान का एक मामला देखने के लिए अनुरोध किया जाता है। सूजे हुए कान वाली गाय। स्थानीय गैता (ओझा) ठंडे शत्रुभाव से देख रहा है। चूँकि मैं उसकी नाराज़गी मोल नहीं लेना चाहता, मैं उसे पहले प्रयास करने के लिए आमंत्रित करता हूँ। काफ़ी मिर्गी के झटके, क्रंदन तथा मुँह में झाग और उसके बाद वह भाँति-भाँति के सूखे पत्तों की ढेरियों को निकाल कर गाय के नाक के नीचे जलाता है जो दुर्गंध निकालती है। गाय का स्वामी कहता है कि यह पहले दो बार किया जा चुका है और गाय में सुधार नहीं हुआ है, फिर गैता प्रत्येक इलाज के लिए एक बोतल दारू लेता है। मैं उसे कड़ाई से बताता हूँ कि हम चिकित्सक अपनी फीस के लायक हैं और काम शुरू करता हूँ। समझाता हूँ कि प्रेतात्मा गाय के कान में प्रतीत होती है लेकिन सबसे पहले जादू के द्वारा इसकी पुष्टि करना आवश्यक है। भीड़ की रुचि में अचानक वृद्धि होती है। मैं एक रुपए का सिक्का निकालता हूँ और घोषणा करता हूँ कि मैं उसे यह खोज करने के लिए भेजूँगा कि प्रेतात्मा कहाँ वास कर रही है। फिर मैं रुपया गायब कर देता हूँ और उससे उच्च आवाज़ में मुझे बताने के लिए कहता हूँ कि प्रेतात्मा कहाँ पर है, उत्तरों को ग़ैर-अतीन्द्रिय श्रोताओं के लाभ के लिए दोहराते हुए। अंततः गाय तक चल के जाता हूँ और रुपए से पूछता हूँ कि वह कहाँ है और आख़िर में उसे गाय के कान से निकालता हूँ। इस प्रकार मुसीबत की जड़ का पता लगा लेने के बाद (तनावपूर्ण मौन के बीच जिसे केवल एक छोटे बालक के द्वारा भंग किया जाता है जो अचानक रुदन शुरू कर देता है और अपमानित कर दूर ले जाया जाता है), मैं इलाज शुरू करता हूँ। बहुत आसान, मिल्टन का अच्छा ख़ासा लोंदा, दस प्रतिशत तनुकृत करके कान में डालता हूँ, गाय की छटपटाहट के बीच। फिर मैं सामान्य प्रशंसा के बीच वापस लौटता हूँ और आशा करता हूँ कि मेरे जाने के पहले गाय नहीं मरेगी।

10 जनवरी। हमेशा की तरह नमक बाँटता हूँ। यही एक मात्र समय है जब मैंने आदिवासी को सामान्य सभ्य उदासीनता को त्यागते हुए देखा है। वह निश्चय ही अपना नमक प्राप्त करने के लिए उत्सुक है। अगली बार कुछ गुड़ का प्रयास करना चाहिए।

पिछली रात के रोगी से मिलता हूँ और पाता हूँ कि मिल्टन ने सचमुच जादुई काम किया है। सूजन लगभग चली गई है और दर्द समाप्त हो जाना प्रतीत होता है। इलाज दोहराता हूँ और गाँव को एक हीरो के समान छोड़ता हूँ।

अब मार्ग समतल है। चार सौ या पाँच सौ फीट की छोटी पहाड़ियों को छोड़कर जिन्हें मैं तिरस्कार के साथ मज़े में पार कर जाता हूँ। कुटुल के बाद रास्ते में मिलने वाले माड़ियों की शारीरिक विशेषताएँ निरंतर बदलती प्रतीत होती हैं। कुटुल तक लाल भूरे किस्म का बहुमत है, गोमंगल के बाद वह लगभग गुप्त हो गया है और बुशमैन प्रकार की प्रधानता आ गई है। विशेषकर कोकोपार में जहाँ हम क़रीब ग्यारह बजे प्रवेश करते हैं।

परिदृश्य भी परिवर्तित हो रहा है। उपजाऊ भूमि कम और काली चट्टानें अधिक हैं। खेती, जूम (छिटपुट किस्म की) और स्थाई दोनों ही, धुरबेड़ा के आगे (गोमंगल के पहले) अधिक सघन है। गोमंगल में धान के खेतों के मेड़ें और कोकापार में सिंचाई देखी है।

मैं कोकामेटा मुकद्दम के प्रति ख़ासा स्नेह अर्जित कर रहा हूँ, उसके एक कमबख़्त लुच्चा होने के बावजूद। ज़्यादा इसलिए, मैं सोचता हूँ, क्योंकि वह हमेशा ख़ुश और अपराजेय बना रहता है। और फिर वह अपनी चालाकी पर भोलेपन के साथ इतना मुग्ध रहता है कि उसका पाजीपन सदैव दिखाई पड़ता है। कोकोपार में उसने एक भूमि विवाद निर्णय के लिए प्रस्तुत किया। दोनों पक्षकार गोमंगल के हैं। मैं प्रकरण को कुछ विस्तार से दोहराऊँगा क्योंकि वह आदिवासी मनोविज्ञान में अंतर्दृष्टि उपलब्ध कराता है। चमरू माड़िया अवयस्क था जब उसके माता-पिता की मृत्यु हुई और अपनी सारी भूमि की देखभाल नहीं कर सकता था। इसलिए उसमें से कुछ मासू को उधार दी थी। अब चमरू अपने खेत, जो उसने मासू को लगभग आठ वर्ष पूर्व उधार दिए थे, वापस चाहता है और उसकी माँग बार-बार कर रहा है पर उसकी बात बेकार जा रही है। सर्वप्रथम मैं मासू से पूछता हूँ जो कहता है कि उसने भूमि पर कई वर्षों तक खेती की है और वह उसकी स्वयं की है। उसने असत्य भाषण नहीं किया है। उसने वर्षों तक उस पर खेती की है और वह सोचता है कि वह उसके स्वामित्व की होनी चाहिए। आदिवासी मानस में अंतर्दृष्टि क्रमांक-1 वह शायद ही कभी झूठ बोलेगा पर वह 'अश्वत्थामा हतो नरो वा कुंजरो वा' का विशेषज्ञ है।

इसके उपरांत चमरू से पूछता हूँ जो पूर्ववर्णित तथ्यों को बताता है। गाँव के बड़े-बूढ़ों से पुष्टि करता हूँ और चमरू के पक्ष में जय पत्र देता हूँ। अपने निर्णय की पुष्टि करने के लिए अँगरेज़ी में दस्तावेज़ बनाता हूँ उन सभी लेटिन वाक्यांशों के साथ जो मैं याद कर सकता हूँ और उसे शेर और एक गैड़ी पर खड़े आदमी के अनगढ़ चित्र के साथ सजाता हूँ, जो मात्र दो वस्तुएँ हैं जिनका मैं चित्र बना सकता हूँ। हस्ताक्षर करता हूँ और आदिवासी के द्वारा दिए गए लाख से मोहर लगाता हूँ,

तीन मुद्राओं के द्वारा—पहली मेरी मुद्रिका से, दूसरी 256 कारतूस के खोखे की और तीसरी मेरी कलाई घड़ी पट्टे के बकल की। अंतिम सर्वाधिक प्रभावशाली दिखती है। चमरू को दस्तावेज़ देता हूँ और मासू को अच्छे से निर्णय समझाता हूँ, जो उसे शालीनता के साथ स्वीकार कर लेता है, जितनी मैं सोचता था उससे अधिक।

थोड़ी ही देर बाद, मेरे मुकद्दम और छोटे डोंगर के माँझी (जिसके परगना में मैं अभी हूँ), को चमरू से दो रुपए प्राप्त करते हुए पकड़ता हूँ। पूछने पर मेरा मुकद्दम कहता है कि यह वही शुल्क है जो पंचायत के द्वारा लिया गया होता और यह खेद की बात होगी यदि माँझी उसके हिस्से से वंचित रहे क्योंकि प्रकरण मैंने निर्णित किया। आगे पूछताछ में धीरे से स्वीकार करता है कि वह एक रुपया अपने लिए रखेगा क्योंकि माँझी में शुल्क माँगने की हिम्मत नहीं थी। मामले में वाद-विवाद करने का नैतिक साहस नहीं था और वैसे भी माँझी को नीचा नहीं दिखा सकता, इसलिए विषय बदल देता हूँ परंतु आदिवासी मानस में अंतर्दृष्टि क्रमांक-2 प्राप्त करता हूँ।

बाद में मुकद्दम से पूछता हूँ कि क्यों वे प्रकरण को पंचायत में निर्णित नहीं करते और अपने दो रुपए ईमानदारी से प्राप्त कर लेते। वह बताता है, मेरी अज्ञानता पर तरस खाते हुए, कि दोनों पक्षों में से एक निर्णय से नाराज़ होने वाला था तो क्यों नाराज़गी अर्जित की जाए जब मैं उसे लेने के लिए उपलब्ध था। अंतर्दृष्टि क्रमांक-3।

देखता हूँ कि युवा आदिवासी अपेक्षाकृत स्वच्छ हैं, पर बड़े (पैंतालीस के ऊपर), गंदे हैं और ठंड से बचाव के लिए राख का लेपन करते हैं। बहुत छोटे बच्चे भी राख लगाते हैं।

लगभग एक बजे अड़ार में प्रवेश करता हूँ (बारह से पंद्रह मील)। ग्राम मेरा स्वागत करने के लिए एकत्रित होता है। मुखिया के हाथ में भेंट के रतालू के साथ। हाइड्रोसिल के पाँच और कुष्ठ रोग का एक सुस्पष्ट रोगी देखता हूँ।

इधर-उधर की बातचीत होती है। ये लोग मेरे देखने में आए सर्वाधिक वनवासी माड़िया हैं। घोटुल के बारे में पूछता हूँ और पाता हूँ कि वह कोकोमेटा और ओरछा की तरह का है। उसमें लड़के केवल इसलिए सोते हैं क्योंकि घर में जगह नहीं है। कोई नृत्य नहीं और इतर लिंग के साथ समागम नहीं। आदिवासियों के पैमाने से, वे वाक़ई में एक अरोचक ज़िंदगी बसर कर रहे हैं।

मुझे बताया जाता है कि समकालीन स्मृति में एक चपरासी भी कोकोपुर या अड़ार नहीं आया है, जो मुझे एक किस्म का प्रथम बनाता है।

नृत्य के बारे में जानकारी कुटुल के एक लड़के के द्वारा दी गई थी जो यहाँ घूमने आया हुआ है। स्थानीय चेलिक रोषपूर्ण हैं और यह बताने के लिए अभी आए हैं कि न केवल वे नृत्य करते हैं बल्कि मेरे लिए आज रात में प्रस्तुति करेंगे। अनिच्छापूर्वक टेंट के लिए दस रुपए निकालता हूँ और प्रसन्न दिखने का प्रयास करता हूँ।

नृत्य छह बजे प्रस्तुत किया जाता है जब लगभग अँधेरा हो चला है। गाँव के बुजुर्ग आग के चारों ओर बैठते हैं जबकि नौजवान और नवयुवतियाँ हमेशा की तरह अबूझमाड़ के नितंब घंटी नृत्य का प्रदर्शन करते हैं। पहला गीत, जहाँ तक मैं अनुमान लगा सकता हूँ, पृथ्वी माँ का आह्वान है, भूमि को फलदायी बनाने के लिए। फिर स्तवन—अच्छे मत्स्याखेट, अच्छे आखेट और यहाँ तक कि अच्छे सल्फी (ताड़ मदिरा) काल के लिए। सब कुछ काव्यात्मकतारहित और नारायणपुर मुड़ियाओं (विशेषकर अलानार के आसपास के) के गीतों से बिल्कुल अलग, जिनमें वास्तविक काव्य होता है। एक लड़के के द्वारा पहने गए धातु पंख से मुग्ध हो जाता हूँ और पूछता हूँ कि उसने कितने में ख़रीदा है। वह कहता है दो रुपए और मैं उसे पाँच रुपए की पेशकश करता हूँ। वह उसे फौरन स्वीकार कर लेता है।

फ़्लैश की सहायता से कुछ फ़ोटो खींचता हूँ किंतु युवतियों के नहीं, केवल एक के अपवाद से जो पीछे से लेता हूँ क्योंकि वे पहले से ही भयभीत हैं।

मेरा कोकोमेटा मुकद्दम बहुत हुकुमचलाऊ है और कार्यक्रम का संचालक बनने की कोशिश करता है जिसे गाँव के बुजुर्गों के द्वारा नापसंद किया जाता है। इसलिए मैं उसे बैठ जाने के लिए कहता हूँ। अब तक यह समझ चुका हूँ कि उसकी भावनाओं का ध्यान रखना आवश्यक नहीं है।

जितना बन सके दूरियों की गणना करता आ रहा हूँ, और सोचता हूँ कि मैं अब कोकोमेटा से अस्सी मील हूँ यानी हम माड़ पहाड़ियों से उतरना कल प्रारंभ कर देंगे। पूछताछ से जान पाता हूँ कि मैं भैरमगढ़ तीसरे दिन अपराह्न तक पहुँच सकता हूँ। यह अच्छे से मालूम है यदि स्थानीय लोग मेरे विरुद्ध हो जाते हैं तो मैं पहुँचूँगा ही नहीं और मेरे ज़िला पुलिस अधीक्षक को मुझे खोजने के लिए एक माह लग जाएगा। नशे की खुमारी उतार देने वाले इस विचार के साथ सोने जाता हूँ।

11 जनवरी। कुटुल के लिए जल्दी (8.30) निकलता हूँ। ज़मीन और झोंपड़ियों पर तुषार बिछा है। एक पूर्ण माड़िया परिवार का, विवाहित महिलाएँ छोड़कर, उनकी झोपड़ी के सामने फ़ोटो लेता हूँ। विवाहित महिलाएँ फ़ोटो के लिए खड़े होने से इंकार करती हैं और दो अविवाहित लड़कियाँ गंभीर मुख मुद्रा में कंधों के चारों ओर कपड़े के टुकड़े को पकड़े रहती हैं। अन्यथा दोनों ही लिंग केवल अधोवस्त्र पहनते हैं। तीन ज्ञानी वृद्ध पुरुषों के पास से फ़ोटो भी खींचता हूँ।

अब रास्ता आसान पाता हूँ। हम घाटी का अनुसरण करते हुए दो पर्वत श्रेणियों के बीच से नीचे उतर रहे हैं। पहाड़ियों पर नंगे भूखंडों की बहुतायत, जो पेंडा के कारण नहीं हैं, से पुनः आश्चर्यचकित हो जाता हूँ, और एक का फ़ोटो खींचता हूँ। अटकल लगाता हूँ कि क्या यह लोहे के कारण है। यहाँ पर निश्चित ही अयस्क है क्योंकि अबूझमाड़िया अपनी समस्त आवश्यकताओं के लिए लोहा गलाकर तैयार करते हैं। और रोघाट भंडार अबूझमाड़ के अंदर जाने वाली पर्वतमाला पर हैं।

कल्पना करो केवल दो ज्ञेय भंडारों में एक हजार वर्षों के लिए पूरे विश्व हेतु पर्याप्त लोहा होना। (यह एक तथ्य है—रोघाट और बैलाडीला, दोनों बस्तर में, ऐसे अयस्क के साथ जिसका औसत सत्तर प्रतिशत है)। अबूझमाड़ का भूगर्भशास्त्रीय सर्वेक्षण उपयोगी होगा। शायद सोना या तेल?

स्थाई कृषि नहीं देखी। भूमि अत्यंत घटिया है और अधिकांश नाले ऐसे दिखते हैं जैसे कि वे ग्रीष्मकाल तक सूख जाएँगे। आगे देखता हूँ कि बुशमैन का प्रकार, जो गोमंगल में वर्णित किया है, अब पुनः विलुप्त होता जा रहा है और अब लाल-भूरे आर्य तथा संतुलित द्रविड़ प्रकार की बहुसंख्या है।

कोरोवाही 11.30 बजे पहुँचता हूँ और पाता हूँ कि इतुल गायब हो गया है। लोग उसे पिछले वर्ष छोड़ चुके हैं और अड़ार में, सिर्फ़ दस से बारह मील दूर, इस तथ्य की जानकारी नहीं थी। कोरोवाही नया ग्राम है जो भूतपूर्व इतुल के स्थल से एक मील दूर है। गुमे हुए ग्राम का मामला।

लेकिन कोरोवाही के लोग जानते थे कि मुझे इतुल नहीं मिलेगा इसलिए उन्होंने बिना कहे मेरे लिए एक पर्णकुटी निर्मित की। अब आप जानते हैं उन कारणों में से एक कि आदिवासी मुझे क्यों प्यारे हैं।

अबूझमाड़ के कुटरू भाग में हूँ, दक्षिण में, और बुशमैन आदिवासी की बाहुल्यता की मुझे अपेक्षा होनी चाहिए। अस्थाई रूप से, जो मैंने देखा है उसके हिसाब से, अबूझमाड़ की जनसंख्या तीन भिन्न तत्त्वों से बनी है :लालिमायुक्त भूरे कॉकेसियन या आर्य किस्म के; साँवले संतुलित द्रविड किस्म के; और आस्ट्रेलियाई बुशमैन किस्म के। मूल रहे होंगे बुशमैन जो अन्य दो किस्मों के बाहरी लोगों के एक के बाद एक आने वाली धाराओं के द्वारा माड़ के केंद्र में ठूँसे गए होंगे। वर्तमान में मैं कहूँगा बुशमैन किस्म के बीस प्रतिशत हैं और शेष अन्य दो सम-विभाजित हैं। स्वभावतः बहुत मिश्रण है पर उसके बाद भी ये तीन किस्में दृष्टिगोचर होती हैं। संभवतः कज़िनों के बीच परस्पर विवाह संबंध की विद्यमान प्रथा के कारण, जो नस्लों के प्रकारों को अपरिवर्तित रखती है। बहुत से फ़ोटो लिये हैं। उदाहरणार्थ, विशेष रूप से कोरोवाही में अभी लिया हुआ एक। बाहरी विश्व की पहली खबर मुझे एडका माँझी (भैरमगढ़ परगना) से मिलती है जो अभी कुटरू से लौटा है। कहता है कि महाराजा वहाँ शिकार पर आए हैं।

एकत्रित जनसमुदाय से बात करता हूँ और पाता हूँ कि इस परगना में व्यावहारिक रूप से कोई स्थाई खेती नहीं है। इसलिए नहीं कि वे उसे करना नहीं चाहते, इसलिए कि कोई उपयुक्त भूमि नहीं है। निश्चित रूप से इन मरियल पहाड़ियों पर स्थाई खेती करने से पेंडा की अपेक्षा अधिक कटाव होगा। जोतने पर बिल्कुल भी आपत्ति नहीं है। एकत्रित जनसमुदाय बहुत मित्रवत है और गहन रुचि के साथ देख रहा है जब मैं यह लिख रहा हूँ। इसलिए मैं उनके लिए एक शेर और आदमी को गैड़ी पर खड़े होने

का चित्र बनाता हूँ। पहली बार मेरे कला-प्रयास को सराहना मिलती है। शो दूरबीन के साथ अपने आप जारी रहता है जो एक से दूसरे हाथ या बल्कि एक से दूसरी आँख तक गुजरती है, और विस्मयजन्य उसाँसें पैदा करता है। फिर जादू के खेल जिसका समापन मेरी ख़ास बाजीगरी, माचिस की डिबिया को निगलकर उसे (बंद वाले) जूते से निकालना जो मेरे पैर में है, से होता है। मैं सोचता हूँ कि क्या प्रतिक्रिया होती यदि वे औरत को दो टुकड़ों में कटता हुआ देखते।

प्रशंसकों की उत्साही भीड़ मेरी देखभाल कर रही है जब तक मैं स्नान कर रहा हूँ और दाढ़ी बना रहा हूँ। और चूँकि अभी वे मेरे साथ हैं यह एकमात्र कारण है मैं अब तक अपनी दोपहर की नींद नहीं ले सका हूँ।

सायंकाल। वे बिना कहे नृत्य शुरू कर देते हैं और अपना प्रदर्शन दिखाने के लिए इतने लालायित हैं कि उन्हें मना करने के लिए मेरा दिल नहीं करता है। पर यह प्रदर्शन उस लायक है। उत्कृष्ट भाग गायन, अच्छी संगति और आलाप के साथ। काश मेरे पास ध्वनि रिकार्डर होता। पता चलता है कि अबूझमाड़ियों को नृत्य के स्थान पर गायन का शौक़ अधिक है जो उन्हें अन्य आदिवासियों से, जिन्हें मैं जानता हूँ, पृथक करता है। और उनके सभी गीत संगीत के टुकड़ों के अंतराल से युक्त रहते हैं और वे क्रमशः आरोही होते जाते हैं, काफ़ी कुछ आलाप के समान। पर्वतीय क्षेत्रों के गायन आलापक क्यों होते हैं जैसे स्विस और हिमालयीन लोकगीत? खुले-खुले विस्तार में भी, उदाहरणार्थ चरवाहे गीत। एक विशेष रूप से आकर्षक गाना था जिसकी टेक थी, 'हे मामा, हे दादा, कोकोरे को किकोरे।' एक लड़की के बारे में जिसका ब्याह एक लड़के के साथ होता है जिससे वह प्रेम करती है पर विवाह के समय नारी सुलभ बेचैनी दिखाती है। बहुत विनोदी।

अबूझमाड़िया सभी आदिवासियों के समान आसानी से हँस देते हैं। जीवंतता का विशाल भंडार लिये यह एक आल्हादित समुदाय है। बिस्तर पर जाने की तैयारी करते हुए मैं उन्हें सुन सकता हूँ।

12 जनवरी। पुनः जल्दी शुरुआत (8.30) क्योंकि कुटरू से आया हुआ तहसील जमादार कहता है कि अगला पड़ाव (खालसा में बोगड़ा, माड़ के बाहर) पंद्रह मील है और यदि मैं समय पर पहुँच जाऊँ तो मैं एक शेर के शिकार की तैयारी कर सकता हूँ। कोकोमेटा मुकद्दम आधे घंटे से बहुत विचारमग्न है। मैं उससे पूछता हूँ कि क्या बात है। वह मुझे बहुत गोपनीय रूप से बताता है ताकि कोई और सुन न सके, ''इस प्रवास में मैंने उत्तर से दक्षिण पूरे माड़ को और हम जिन परगनाओं से गुजरे हैं उनके माँझियों को देखा है। अब क्या आप नहीं समझते कि मेरे मुकाबले में वे मूर्ख उल्लुओं का झुंड हैं? क्यों न मुझे एक माँझी होना चाहिए?''

कैमरे में रील भरने के बहाने बैठ जाता हूँ और पाँच मिनट मन ही मन हँसता हूँ। बूढ़े मूसरा मुकद्दम के बारे में महान बातों की भविष्यवाणी करता हूँ।

सात मील तक लगातार नीचे उतरता हूँ और तलहटी पर पहुँचता हूँ जो आगे तीन मील तक फैली है। पेंडा पहाड़ियों पर ख़ासा सघन है परंतु मैदानी क्षेत्र अनछुआ है और उसमें लगभग पचास हजार एकड़ अच्छी कृषि योग्य भूमि है जो साधारण वन के अंतर्गत है, जिसमें केवल बाँस ही मूल्यवान है।

अबूझमाड़ के भैरमगढ़ परगना (कोरोवाही से लेकर) में कोई स्थाई खेती नहीं है और कोई पशु नहीं है। माँझी कहता है कि ''पशु नहीं, खेत नहीं; परंतु कोई शेर भी नहीं।'' वह इस बात पर जोर देता है कि लोग पशु नहीं रखते क्योंकि वे शेर को आकर्षित करते हैं।

ऊपर वर्णित तलहटी के अपवाद को छोड़कर ज़मीन स्थाई खेती के लिए उपयुक्त नहीं है और मैं समझता हूँ कि यह सही कारण है। अबूझमाड़िया अवश्य ही तलहटी पर आ सकता है, पर वह मूलतः पहाड़ी है और इसे पसंद नहीं करेगा— अभी तो।

पूरे माड़ को उत्तर से दक्षिण तक पार करते हुए देखे गए आठ में से यही एकमात्र परगना है, जिसमें बिल्कुल भी पशु नहीं हैं।

स्थाई खेती में एक बाधा पशुओं का यह अभाव होगी। और स्थाई खेती अबूझमाड़ के अनउपजाऊ कुटरू हिस्से में संभव नहीं है। देखता हूँ कि गहन पेंडा के बाद भी (पाँच वर्ष चक्र) पहाड़ियों की निचली ढलानें कभी भी वनरहित नहीं हुई हैं। यह या तो आश्चर्यजनक संयोग है या आदिवासी को कटाव के खतरे का धुँधला आभास है। माँझी से पूछता हूँ और बताया जाता है कि यह इसलिए है, ''क्योंकि पहाड़ी गिर पड़ेगी।''

यह कटाव का उतना ही सटीक वर्णन है जितना कि मैंने सुना हुआ है। और लोग कहते हैं कि आदिवासी पिछड़ा हुआ है। काश हमारे कुछ 'अग्रगामी' किसान 'पहाड़ियों के गिर पड़ने' के खतरे को समझ पाते।

नदी पर पहुँचता हूँ जिसे माड़िया में कोकोमांडा कहते हैं। पाता हूँ कि वह अबूझमाड़ की सीमा है। विदाई फ़ोटो तथा आख़िरी दृष्टिक्षेप के बाद अपनी वैतरणी पार करता हूँ।

मलेरिया तथा पोयामी मासा (1954)

यदि अज्ञान में सुख है, तो यह लेख निश्चय ही आनंद से चीखेगा। इसे लिखने के लिए मेरी अर्हताएँ वही हैं जो मेरे मित्र पोयामी मासा की हैं। हम दोनों को वे सभी तरह के मलेरिया हो चुके हैं जो अब तक खोजे जा सके हैं, पर वह निरक्षर है और लेखन कार्य मुझे ही करना है। यह ख़राब बात है क्योंकि निश्चय ही मेरी शैली से उसकी श्रेष्ठतर है। बस्तर में एक मलेरिया निरोधी इकाई ने 1949 से कार्य करना

प्रारंभ किया। उन्होंने जगदलपुर और कांकेर शहरों और उसके चारों ओर के गाँव की एक पट्टी में अभियान की शुरुआत की और चिकित्सा किए गए प्रकरणों की संख्या में आई कमी तात्कालिक और शानदार थी। इस लेख के अंत में मैंने वह सांख्यिकी दी है जिस पर यह कथन आधारित है। लेकिन मैं यह जोड़ना चाहूँगा कि मेरे जैसा सांख्यिकी में पक्का अविश्वासी भी बहुत प्रभावित हुआ, आँकड़ों से नहीं, बल्कि लोगों के स्वास्थ्य में हुए सुस्पष्ट सुधार से। यह ऐसा था जो हर कोई देख सकता था। ऐसे गाँव जो पहले उनके पेट-फूले बच्चों के लिए कुख्यात थे, कुछ ही माह में यथोचित स्वस्थ अवस्था में परिवर्तित हो गए। यहाँ तक कि बचे हुए मच्छर भी मलेरिया वाहक नहीं रहे।

पंद्रह हजार वर्ग मील का पर्वत और वन—और, कुछ वर्ष पूर्व तक, मलेरिया है बस्तर। जनसंख्या नौ लाख है, पचहत्तर प्रतिशत आदिवासी। और सबसे सामान्य दृश्य एक बूढ़े आदमी का है, जो उसके संपूर्ण वस्त्रसंग्रह (जो एक मध्य-विक्टोरियाकालीन स्नान वस्त्रों से कम है) को ओढ़कर धूप में लेटा हुआ, ज्वर अनुमति दे उससे अधिक कुनकुना होने का प्रयास कर रहा है।

कम-से-कम यह सबसे सामान्य दृश्य हुआ करता था। अब वह नहीं है, जबसे मच्छर मार वालों ने काम शुरू किया है। द्वितीय क्रम पर सबसे सामान्य दृश्य एक शिशु का था, एक ऐसे पेट के साथ था जो उसकी माता के लिए उसके पेट में पलने के समय ठीक होता। जब मैंने पहले उन पेटों को देखा, मुझे उन दुर्भिक्ष के प्रकरणों का स्मरण हुआ जो मैंने बंगाल में देखे थे। यह विचित्र है कि भूख और अत्याहार ऐसे समान परिणाम उत्पन्न करते हैं... और मलेरिया...। फिर आता है मलेरिया निरोधी दल और एक प्रशासकीय अधिकारी के लिए और अधिक सिरदर्द। आदिवासी रक्त के नमूने लेने, या घर का छिड़काव करने के इन धंधों को नहीं समझ सकते थे। निश्चय ही यह सर्वज्ञात था कि रक्त केवल एक बलि चढ़ाने के लिए लिया जाता है (और यदि आपको लगता है कि यह वाक्य मज़ाकिया है, कृपया याद रखें कि पिछले तीन वर्षों में हमने दो लोगों को नरबलि के लिए फाँसी दी है) और घरों पर सफ़ेद वस्तु का छिड़काव साफ़-साफ़ जादू-टोना का एक प्रकार है। फिर भी उन्हें यथासमय शांत कर लिया गया और काम जारी रहा। शुरू के कुछ माहों के बाद हमें तथाकथित 'सभ्य' लोगों से आदिवासियों की अपेक्षा अधिक परेशानियाँ हुईं जो यह समझते थे कि वे मलेरिया निरोधी कार्यकर्ताओं से अधिक जानते थे और निरंतर दीवारों से डी.डी.टी. पोंछ देते थे। लेकिन कुल जमा जो एकमात्र वास्तविक असफलता हमें मिली वह विशेषज्ञों के कारण थी। सर्वोच्च प्रशंसनीय वैज्ञानिक प्रेरणा के साथ उन्होंने परेड मैदान के उस हवलदार के पदचिह्नों का अनुसरण किया जिसने दो आसान आज्ञाओं के द्वारा उत्तोलन की प्राप्त की : 'दाहिना पैर ज़मीन से ऊपर उठा; दोनों पैर ज़मीन से ऊपर उठा।' सबसे पहले उन्होंने छिड़काव की संख्या कम कर

दी, उसके बाद उन्होंने छिड़काव की सांद्रता कम की, और अंत में उन्होंने डी.डी.टी. को पूरी तरह से छोड़ दिया, एक सस्ते विकल्प का प्रयोग कर। जोर से करतल ध्वनि हुई, पर केवल मच्छरों के द्वारा।

1953 में, जगदलपुर और कांकेर क्षेत्रों में प्राप्त किए गए परिणामों के सूक्ष्म विश्लेषण के बाद (हम अवश्य ही तब तक पुरानी प्रथा की ओर लौट चुके थे और डी.डी.टी. के विकल्प को त्याग चुके थे) इस योजना का विस्तार कर ज़िले के छह लाख से ऊपर की जनसंख्या को आच्छादित करने का निर्णय लिया गया, और इसका क्रियान्वयन किया गया। कठिनाइयाँ थीं और मैं निश्चित नहीं हूँ कि हम उन्हें अब तक पूरी तरह से काबू में कर सके हैं। आवागमन के साधन व्यावहारिक रूप से अविद्यमान हैं और प्रदाय किए गए भारी भरकम ट्रक खुश्क मौसमी सड़क के लिए पूर्णतः अनुपयुक्त हैं। गाँव बहुत दूर-दूर स्थित हैं, पारे या बसाहटें एक दूसरे से मीलों दूर बिखरी हैं। वस्तुतः एक अकेला राजस्व ग्राम दस या बारह वर्ग मील में फैला हो सकता है। और आवासगृह भी एक दूसरे से काफ़ी दूरियों पर स्थित हैं। एकमात्र निदान है आकस्मिक निरीक्षण।

आदिवासियों ने विस्तारित कार्यक्रम को उत्साह के साथ स्वीकार किया है। इसके पीछे उनके तर्कों पर कुछ विस्तार से विचार करना रोचक होगा। वे मलेरिया से इसलिए भयभीत नहीं हैं क्योंकि वह उन्हें मारता है—वह नहीं मारता—इसलिए कि वह जीवन का रस ले जाता है। वह उनके शिकार और नृत्य और सुखद भाव में बाधा डालता है। वह उनके काम में भी बाधा डालता है, पर यह इतना महत्त्वपूर्ण नहीं है। 'एक छोटी और एक आल्हादपूर्ण ज़िंदगी' यह पोयामी मासा का दर्शनशास्त्र है, और मलेरिया पर आपत्ति केवल आनंद के शत्रु होने के कारण उठाई जाती है। इस रोग के कारण लोगों की मृत्यु अवश्य होती है, लेकिन वे सामान्यतः बहुत कम या बहुत अधिक उम्र के होते हैं...। एक जनसंख्याबहुल देश के लिए यह अलाभदायक है या नहीं, पता नहीं। कम-से-कम पोयामी इसे अलाभदायक नहीं मानता। पर यदि आप जीवित हैं, आपको महसूस होना चाहिए कि आप जीवित हैं, ज्वर आपको महसूस कराता है कि आप मृत हैं (मैं उसे उद्धरित कर रहा हूँ)। संक्षेप में, यह रवैया कारण है आदिवासी के सहयोग का जब एक बार वह काम प्रभावी होने के बारे में संतुष्ट हो जाता है। सौभाग्य से परिणाम इतने अधिक स्वयं-स्पष्ट हैं कि अन्य कोई प्रचार आवश्यक नहीं है।

भविष्य का क्या? पोयामी के अज्ञान के साथ कहूँ—पर उसकी बुद्धिमत्ता के साथ नहीं—तो मैं सोचता हूँ कि अगले दस या बारह वर्ष नई समस्याएँ लाएँगे और अच्छा होगा यदि हम उनके लिए अभी से तैयार रहें। उपयोग किए जा रहे कीटनाशकों के प्रति मच्छर प्रतिरोध अर्जित कर लेंगे (वस्तुतः मुझे आख़िरी काटने वाले ने डी.डी.टी. प्रविष्ट की, मलेरिया नहीं) और हमें मलेरिया नियंत्रण की वर्तमान पद्धतियों

के साथ लार्वानिरोधी कार्य भी जोड़ना पड़ेगा। मुझे बताया गया है कि ऐसा प्रतिरोध अर्जित करने में मच्छरों को दस वर्ष से अधिक लगेंगे। यह अमरीकी या यूरोपीय मच्छरों के लिए सच हो सकता है जो कि सभ्य हैं, पर यह हमारे आदिवासी मच्छरों के लिए सच होगा इस पर मुझे शंका है। वे कुल मिलाकर अधिक अनुकूलन-क्षम हैं, विपरीत परिस्थितियों में जीवित रहने के लिए अधिक उपयुक्त हैं, और निर्मूलनकर्ताओं से निपटने में अधिक बुद्धिमान। पोयामी ने इसका उदाहरण देने के लिए मुझे एक कहानी सुनाई। एक कहानी जिसके लिए वह क़सम खाता है, उसके ग्राम में मच्छरों को पता चल गया है कि डी.डी.टी. सिंचित दीवार पर बैठने का अर्थ मौत है। उसने एक मच्छर को उसकी पत्नी को काटते देखा है। काम ख़त्म करने के बाद निकटतम दीवार पर बैठने के बजाय वह बाहर उड़ गया, एक तृण के बारीक पर्ण के साथ लौटा, तृण को दरवाज़े के शीर्ष पर रखा और उस पर बैठ गया। मानो या न मानो।

जैसे-जैसे मलेरिया का प्रकोप कम होता है, स्थानीय लोगों के द्वारा उसके प्रति अर्जित प्रतिरोध में भी कमी होती जाएगी। एक नियंत्रित क्षेत्र में पले-बढ़े बच्चे विशेषकर इस रोग के प्रति ग्रहणशील होंगे यदि वे एक ऐसे स्थान पर जाएँ जहाँ पर कोई नियंत्रण का उपाय प्रभावशील नहीं है। इसका उत्तर इन उपायों को पूरे देश में लागू करना है, पर मैं नहीं जानता कि क्या वित्तीय स्थिति इसकी अनुमति देगी। मैं आशा करता हूँ कि वह करेगी; लेकिन यदि वह करती है, तो हमें फिर भी सबसे बड़े संकट का सामना करना पड़ेगा। एक बार मलेरिया नगण्य स्तर तक कम हो जाए, लोग असावधान हो जाएँगे। वे प्राथमिक सावधानियाँ लेना बंद कर देंगे। वे मलेरिया निरोधी दस्तों से सहयोग करना बंद कर देंगे। प्रशासकीय पक्ष की बात करें, तो हम जो हमेशा मितव्ययिता की खोज में रहते हैं, डॉक्टरों से पूछना शुरू कर देंगे कि अब जब एनोफ़िलिस का व्यावहारिक रूप से उन्मूलन हो गया है तो कार्य की परिधि क्यों घटाई नहीं जा सकती। मैंने यह प्रश्न अपने आप से पूछा है। और मैं मूर्ख हूँ कि उत्तर के संबंध में तर्क करता रहा, जो यह था कि भले ही बीस मलेरिया वाहक ही जीवित बचें हों, यदि उन्हें शरणस्थल नहीं देना हो तो सभी गृहों में छिड़काव फिर भी करना ही होगा। मैंने पोयामी के उत्तर के बारे में तर्क नहीं किया। उसने कहा, ''यदि तुम नगाड़े बजाने वालों की पंक्ति में अंतराल छोड़ दोगे, तुम समझते हो कि शेर उसको भेदकर वापस नहीं चला जाएगा?'' दुर्भाग्य की बात है कि पोयामी उन सभी स्थानों पर उपलब्ध नहीं रहेगा जहाँ पर यह प्रश्न भविष्य में पूछा जाना अवश्यंभावी है।

तीन नाम

हमारा क्लब भारत के उन गिने-चुने क्लबों में से है जहाँ लोग एक दूसरे से मिलने के लिए आते हैं बजाय ब्रिज खेलने के। इसके कारणों में से एक राव हो सकता है,

एक दुबला और व्यंगपूर्ण सदस्य, जिसके पास एक कहानी को जीवंत करने का ईर्ष्य गुण है। राव कह रहा है :

मैंने इस कहानी में सर्वप्रथम तब प्रवेश किया जब सिंघनपुर के कुछ खेतिहर मुझसे इस अनुरोध के साथ मिलने आए कि मैं एक जंगली भैंसे का शिकार करूँ जो उनकी फसलों को नष्ट कर रहा था। भैंसे को मारने का मेरा कोई इरादा नहीं था पर मैं उसी दिशा में भ्रमण कर रहा था इसलिए मैंने मामला देखने का आश्वासन दिया। पंद्रह दिन बाद मैं सिंघनपुर पहुँचा और वे मुझे खेतों पर ले गए ताकि मैं स्वयं देख सकूँ कि भैंसे ने क्या कर दिया था। वह दु:खद था। एक छोटे आदिवासी समुदाय के दृष्टिकोण से, जो केवल एक फसल धान की उगाता था। फसल के मौसम में भैंसे खेतों में अनधिकृत प्रवेश करते ही हैं, पर इन भाई साहब ने तो दुर्भावनापूर्ण पूर्वविचार के साथ आचरण किया था। उसने न केवल भक्षण किया बल्कि वह जिसका भक्षण नहीं कर सका उस पर लेटा और कूदा भी। खेत ऐसे दिख रहे थे जैसे कि एक हाथियों का झुंड उनमें छोड़ दिया गया हो। गाँव का मुखिया (माँझी) बोला : ''हमारा चावल तो गया। यदि हम कुल्थी की एक फसल ले सके, तो हम जीवित रह सकेंगे। लेकिन यह भैंसा ऐसा नहीं करने देगा, वह फिर आएगा जब बालियों में कुल्थी आ जाएगी।''

वह सितंबर का प्रारंभ था और अभी भी मानसून के अंतिम छोर की बारिश हो रही थी इसलिए मुझे वह करने में कोई आनंद नहीं आया जो मुझे करना पड़ा। रात में खेतों में शिकार का छिपे-छिपे पीछा करना और एक बारह बोर कारतूस में नमक का बारूद भरकर भैंसे में घुसा देना। लेकिन यह तो करना ही था। मारने के सिवाय, यह नमक की युक्ति ही एकमात्र बात है जो एक फसल हमलावर को हतोत्साहित करेगी, और वह बहुत निरापद भी नहीं है। मैं उस रात बाहर गया और नमक की एक खेप उसके पुट्ठे में घुसा दी, इसके बाद भैंसे तथा मैंने दोनों ही ने तेज़ी से दौड़ लगा दी—सौभाग्य से विपरीत दिशाओं में। मैं एक आत्मसंतुष्ट भाव के साथ अपने बिस्तर पर वापिस गया।

अगली रात वह भैंसा वापस आ गया, और इस बार उसने न केवल खेतों को नष्ट किया, वह एक दूरस्थ खेतिहर की बाड़ी—सब्जी का भूखंड—में भी घुस गया और उसका विनाश कर दिया। वे प्रात: इस समाचार के साथ मेरे पास आए और उनके मुख पर 'मैंने आपसे कहा था' का भाव था। माँझी ने कहा, ''इसका कोई फायदा नहीं है, तुम्हें उसे मारना ही होगा या हमें भूख से मरने दो।'' यह बात थोड़ी अतिशयोक्ति थी पर अधिक नहीं। सिंघनपुर की जनसंख्या चालीस है और केवल चालीस एकड़ में खेती होती है। मैं उनके साथ निकल पड़ा, अपनी नमक से भरी बारह बोर को लेकर, और—ज़रूरत पड़ जाए तो—मेरी 465 भी। हमने बाड़ी से निशान खोजे और एक काफ़ी घने झाड़ी के जंगल में पीछा किया। मेरे मित्र सुन्दरन

ने उसे सबसे पहले देखा और संकेत किया और हम सब जम गए। वह आड़ा खड़ा था, एक झाड़ियों के एक झुरमुट से आधा ढँका हुआ, कठिनाई से तीस यार्ड की दूरी पर। उसके पुट्ठे में नमक की खेप घुसाना तो आसान होता, परंतु इसके अवश्यंभावी परिणामों से बच पाना उतना नहीं। पीछे एक खाई थी और हम, इसके पहले कि वह हम तक पहुँचे, उसे पार नहीं कर सकते थे। जब तक मैं स्थिति को भाँप रहा था, मेरे बाईं ओर कुछ यार्ड दूरी पर एक मूर्ख मुड़िया ने भैंसे की तरफ़ हाथ किया, यह सोचते हुए कि मैंने उसे नहीं देखा था, और जल्दी मचाते हुए बोला, "वह रहा...मारो!" भैंसा उसकी तरफ़ मुड़ा। मैंने बारह बोर को छोड़ा और मेरे बंदूक वाहक से मेरी 465 खींच ली, जो मेरे एकदम पीछे और दाहिनी ओर पर था और वहाँ से एक इंच भी नहीं हिला था। वही पुराना मदकामी। मैंने गोली चलाई रीढ़ को तोड़ने के प्रयास में और निशाना कंधे की हड्डी के छह इंच पिछवाड़े रीढ़ के ठीक नीचे लगा। भैंसे ने गर्दन को आगे की ओर झटका दिया, फिर गोल घूमा और इसके पहले कि मैं उसके अंदर बायाँ बैरल ठोकता, भाग लिया।

हम माकूल अंतराल के बाद उसके पीछे गए और यद्यपि हमने उसे अगले आठ मील में दो बार देखा, उसने न तो हल्ला बोला न ही उसने मुझे गोली मारने का मौक़ा दिया। यह मेरे जीवन में पहली बार था कि मैं एक घायल भैंसे से टकराया था जो लड़ने के लिए उत्सुक नहीं था। दूसरी बात जो मुझे विचित्र लगी वह यह तथ्य था कि मुड़ियाओं ने बिल्कुल भी भय नहीं दिखाया, और यदि किसी बात से वे डरते हैं तो वह जंगली भैंसा है। जब शाम को हम विश्राम के लिए रुके, मैंने इस पर टिप्पणी की, और उन्होंने मुझे एक कहानी सुनाई जो हमारे जंगलों के बाहर अजीबोग़रीब होती।

बोगामी हिरमा सोनाबाल परगना का ओझा था—और जहाँ तक मुझे पता है—अब भी है, और किसी भी पैमाने पर दुर्जेय पात्र है। याद है कुछ वर्ष पहले किसी के द्वारा प्रेत को अपने ख़ुद के लिए उठाने पर मचा हल्ला-गुल्ला? ठीक, उस पूरी बात के पीछे वह था यद्यपि हम उसे सिद्ध नहीं कर सके। एक दिन सुबह उठकर उसने पाया कि एक भैंसे ने उसकी उड़द का नुकसान किया है। इससे उसे ज़्यादा फ़िक्र नहीं हुई पर गाँव के नौजवानों ने आपस में उसका मजाक उड़ाया; उन्होंने कहा "हाँ तुम्हारे लिए प्रेत काम करेगा! और तुम काम करो जानवरों के लिए।" इसने उसके अहम को चोट पहुँचाई। स्थिति और बिगड़ी जब भैंसा उसके खेतों में फिर से आया। बोगामी कुछ दिनों के लिए ग़ायब हो गया। जब वह गाँव लौटा तो वह अपने साथ विचित्र वस्तुओं का मिश्रण लाया, और मध्य रात्रि को उसने तीन नामों की पूजा की। यह उन कर्मकांडों में से एक है जिनमें मैं कभी उपस्थित नहीं रह सका हूँ। सच तो यह है कि मुड़िया उसके बारे में बात नहीं करेंगे, नाम अनुच्चारणीय हैं। समारोह के दौरान भी। वह एक खतरनाक सी पूजा है। बताते हैं, यदि उसमें गड़बड़ी हुई तो उसे

करने वाला आदमी मर जाता है। जैसे इराम्नेर का पोयामी मासा जिसे हमने एक खेत में मरा पड़ा पाया—वह तीन नामों की पूजा कर रहा था, केवल कुछ गड़बड़ हो गई। लेकिन बोगामी अधिक भाग्यशाली था। उसने बिना दुर्घटना के कर्मकांड पूरा किया और उसने भैंसे को नामों के शापों से अभिशप्त किया; हर नाम के लिए एक। "तुम हमेशा फसलों को नष्ट करोगे, और फिर भी तुम हमेशा भूखे रहोगे। आदमी तुम्हें हमेशा घायल करेंगे, और फिर भी तुम उन्हें घायल नहीं कर सकोगे। कोई शस्त्र तुम्हें नहीं मारेगा, और फिर भी तुम अपने आप को मार दोगे।" फिर अतिरिक्त रूप से उसने अपने खेतों के चारों ओर कछुए का संरक्षण डाला, और घर सोने चला गया, बूढ़ा बदमाश! तीन दिन बाद वह भैंसा सिंघनपुर में प्रकट हुआ।

मैं, अपन इन बातों के बारे में खुला दिमाग़ रखते हैं। हँसो नहीं, मैं जानता हूँ कि मैं आदिवासी देवताओं के लिए बलि चढ़ाता हूँ लेकिन वह साधारण सौजन्यता है, और वह सामान्यत: काम कर जाती है या उससे काम चल जाता है। क्या मैंने तुम्हें कभी कंकाली और नरभक्षी शेर, जिसे मैंने कजार में मारा था, के बारे में बताया है? ओह, ठीक है मैं पहले यह कहानी ख़त्म करूँगा। भैंसे ने सिंघनपुर के लोगों का जीवन दयनीय कर दिया था और अपनी ओर से वे भी उसकी भावनाओं के प्रति अतिसंवेदनशील नहीं थे। मेरे पास आने के पूर्व वे उसके अंदर कुछ तीर घोंप चुके थे और हतोत्साहित करने के विभिन्न दूसरे तरीक़े आज़मा चुके थे। वे उसे नहीं मार पाए, और दूसरी तरफ़ उसने उन्हें मारने के लुभावने अवसर छोड़ दिए थे। तब वे मेरे पास आए और मैं भी उसे नहीं मार सका। इसलिए निस्सन्देह वह एक देव भैंसा था, एक टोटकाकृत भैंसा, या शायद...एक भैंसा देवता?

हम उसे दो दिन तक ढूँढ़ते रहे और असफल रहे। मैं गाँव वालों को यह भरोसा देकर कि भैंसा या तो मर चुका था या प्रभावी रूप से हतोत्साहित हो चुका था, अपने सामान्य कामकाज में जुट गया। सभी लोग प्रसन्न थे—जब तक कि कुल्थी फसल बालियों में नहीं आ गई। उसके साथ आया भैंसा, और चूँकि धान के मुकाबले वह फसल कम थी, जब तक मुड़िया मुझ तक पहुँच सकें, उसने उसे लगभग नष्ट कर दिया था। मैं तुरंत गया, और इस बार मैं मारने के लिए गया। जैसे ही मैं गाँव पहुँचा सुन्द्रन मुझसे मिला। वह आशावादी नहीं था। "वह एक देव भैंसा है। तीन नामों का अभिशाप उसके ऊपर है, और आपकी गोलियाँ तीन नामों के सामने क्या हैं?" फिर भी उस रात मैंने एक खेत में भैंसे के लिए प्रतीक्षा की, और वह इतना भला था कि उसने मुझे अधिक देर तक इंतज़ार नहीं कराया। आठ बजे से अधिक समय नहीं हुआ होगा जब उसका पदार्पण हुआ। मैंने आराम से और ध्यान से उसकी गर्दन को निशाना बनाया और 465 से एक ठोस गोली चलाई। वह लगभग पूरे चाँद की रात थी और मुझे टार्च की आवश्यकता नहीं पड़ी। रात्रि-दृश्य स्पष्टता से दिखाई दे रहा था। प्रकाश की कौंध या विस्फोट ने मुझे एक सेकंड के लिए चौंधिया दिया। जब

मेरे नेत्र सामान्य हुए, वहाँ कोई भैंसा नहीं था। मैं उस रात जागते पड़ा रहा, यह सोचते हुए...हाँ आप हँस सकते हैं, परंतु मेरा निशाना ख़राब नहीं है और 465 एक ख़राब राइफ़ल नहीं है। (राव संभवत: भारत के सर्वोत्तम निशानेबाजों में से एक है)।

हम सुबह खेत में गए और निशान बता रहे थे कि निशाना लगा था, और उसमें भी गर्दन पर निशाना। झाड़ियों में ख़ून के धब्बों की ऊँचाई निर्णयात्मक प्रमाण थी। मैं आपको अनुवर्तन के वर्णन से नहीं उबाऊँगा। वह लंबा था...और पहली बार जैसा ही फलहीन। मुड़ियाओं ने दुस्साहसी रूप से सावधानी को ताक पर रख दिया और कुछ देर बाद मैं भी अनुप्रेरित हो गया। मैं सोचता हूँ कि उन्होंने तीन नामों के शापों पर विश्वास करना प्रारंभ कर दिया था, और दूसरा शाप हमारा बचाव था। खैर, भैंसे ने हम पर घात नहीं लगाई। ऊँची घास में से हम अपने आप को ठेलते रहे। हमारे पास तो वह आशा भी नहीं थी जो शिकार के कठोर श्रम को सहनीय बनाए रखती है। देर शाम जब हम घेराबंदी कर गाँव वापिस लौटे, हम बहुत थक गए थे।

एक विचित्र बात यह दिखी कि, चाहे खेत हो या नालों की तलहटी जहाँ नर्म घास उगती है, भैंसा चरने के प्रति कभी भी गंभीर नहीं दिखा। मेरा मतलब है, उसने एक कौर यहाँ से उठाया और एक कौर वहाँ से, जो उसका पेट भरने के लिए कभी भी पर्याप्त नहीं था। हमने यही बात देखी जब हम उसके निशानों का पीछा कर रहे थे...हर वक़्त सरसरी चराई। उस रात हमने पूरे मामले पर विस्तार से चर्चा की, कुछ-कुछ शिकार का पोस्टमार्टम, और पुन: सुन्द्रन ने उसका निचोड़ रखा। ''हमने तीन शापों में से पहले को लगते हुए देखा है और दूसरे को भी। वह अपने आप को भूखा रखता है, और वह हमें नुकसान नहीं पहुँचा सकता है। अब केवल तीसरे शाप का इंतज़ार करना शेष है। अपनी राइफ़ल अलग रख दो।'' कुंठा की एक अजीब भावना के साथ मैंने सिंघनपुर छोड़ा, एक भावना जो हमारे अपयश के कारण ही नहीं थी। खेद है, मैं अपने आप को अच्छे से व्यक्त नहीं कर पा रहा हूँ...। वह एक भावना थी कि पूरी घटना पहले से ही आयोजित थी, हम नाटक के पुनर्लेखन के प्रयास में सिर्फ़ अपना समय बरबाद कर रहे थे। हम कुछ भी करते वही होना था जो पूर्व निर्धारित था।

सिंघनपुर बुरी तरह से बरबाद हो गया था, परंतु लेकिन वहाँ के लोग भूखे नहीं रहे—बहुत नहीं। सौभाग्य से एक नए मार्ग का निर्माण किया जा रहा था और उन्हें उस पर काम मिल गया। और इसके पश्चात मालेगाँव कूप की नीलामी हुई, और उन्हें वहाँ भी रोज़गार मिला। इस बीच मुझे अकस्मात बोगामी, वही ओझा मिल गया, और मैंने उससे भैंसे के बारे में पूछा। वह शुरू में सीधे मुँह बात नहीं कर रहा था पर मैंने जल्दी ही उसे उसकी जगह दिखा दी और तब उसने माना कि उसने भैंसे को तीन नामों के शापों से अभिशप्त कर दिया था। जब मैंने उन्हें वापस लेने का सुझाव दिया तो वह क़रीब-क़रीब गिर ही पड़ा। ''आप ऐसा कहते हैं!'' उसने

उलाहनात्मक स्वर में कहा। ''आप और हम जानते हैं कि एक बार तीन नामों को अभिमंत्रित कर दिया गया है, तो शाप को केवल अपने ऊपर लेकर वापिस लिया जा सकता है।'' वैसे मुझे उसमें कोई नुकसान नहीं दिखा। बूढ़े बोगामी को खोकर किसी को दु:ख नहीं होता पर मुझसे सहमत होने की अपेक्षा मैं उससे शायद ही कर सकता था। और वह हुआ भी नहीं।

इस वर्ष शीतकालीन वर्षा नहीं हुई है, और बहुत से तालाब और कुएँ सूख गए हैं। लोगों को पानी के लिए दो या तीन मील जाना पड़ता है। सिंघनपुर के मुड़ियाओं को चिपवांड जाना पड़ता था, जो केवल दो मील दूर था, और उनके मापदंड से यह बहुत अधिक असुविधाजनक नहीं होता, यदि एक बात नहीं हुई होती। उस भैंसे ने पानी के मार्ग पर पड़ने वाले वन की एक पट्टी में अपना निवास बना लिया था और उस पट्टी से बचकर नहीं निकला जा सकता था क्योंकि मार्ग के पहाड़ी हिस्से से होकर जाने की वही एकमात्र राह थी। दोनों तरफ़ खड़ी चट्टानें थीं। औरतें भैंसे से बचने के लिए वन के टुकड़े के बीचोबीच से गुजरीं, पर वह भी बीचोबीच में रहा। फिर वे उससे बचने के लिए किनारों से सटकर निकलीं और वह किनारे पर भी आ गया। सबसे ख़राब बात यह थी कि हर बार उन्हें देखते ही वह उन्हें खदेड़ता था। यदपि वे शाप पर विश्वास करती थीं, फिर भी वे भागती थीं, जिसका मतलब होता था बहुमूल्य पानी का नुकसान और दूसरा चक्कर। उसने वास्तव में किसी को कभी नहीं पकड़ा। सूखा बढ़ा, और उसके साथ बढ़ी भैंसे की परेशान करने की क्षमता, जब तक कि लाचार होकर सुन्द्रन मेरे पास मदद के लिए नहीं आया। ''यदि यह ऐसा ही चलता रहा,'' उसने रोष में आकर कहा, ''आदमियों को पानी लाना पड़ेगा!'' इसलिए मैं सिंघनपुर वापस गया और खोज फिर प्रारंभ की।

हमने भैंसे को ढूँढ़ निकालने में दो दिन और बहुत मात्रा में ऊर्जा व्यय की। वह जैसे ग़ायब हो गया था। मैं आशान्वित था कि उसने अपना ठिकाना बदल दिया है, लेकिन सुन्द्रन ने मेरा भ्रम दूर कर दिया। ''वह जानता है कि आप आ गए हो, और हर बार जब आप आए , वह जख़्मी हुआ है। वह छिपा बैठा है। कल उसे आप विश्राम दो और फिर औरतों के पीछे जाओ और देखो जो आपको दिखेगा।'' मैंने उसकी सलाह मान ली, इसलिए नहीं कि मैं उस पर विश्वास करता था किंतु इसलिए कि मैं थका हुआ था और वैसे भी मुझे आराम की आवश्यकता थी।

प्रात: औरतें पानी के लिए निकल पड़ीं और मैं उनका पिछलग्गू बना हुआ था और वे खिलखिला रही थीं। उन्होंने अशिष्ट टिप्पणियाँ भी कीं। ''तुम्हारी उम्र में! क्या तुम्हारी पत्नी जानती है कि तुम इतनी निर्लज्जता से हमारे पीछे लगे हुए हो? तुम्हें घर पर मेरी माँ के साथ रुक जाना चाहिए!'' मैंने बहरे होने का दिखावा किया, और जैसे ही हम भैंसा क्षेत्र में पहुँचे, टिप्पणियाँ अपने आप रुक गईं। वे जंगल की पट्टी को घेरने वाली दो ढलानों में से एक के किनारे-किनारे चल रही थीं। कोई

पाँच औरतें—और मैं पीछे एक सौ गज पर। वह भैंसा उसी तरह से दबे पाँव बाहर निकला जैसा कि वे आक्रमण करते समय निकलते हैं...और वह आख़िरी औरत के पीछे से निकला। मैंने अपनी मूर्खता के लिए ख़ुद को कोसा...मेरे हाथ बँध गए थे क्योंकि बिना किसी महिला को लगे गोलीचालन असंभव था। वे चीख़ीं, मटके इधर-उधर फिंका गए और तितर-बितर होकर वे भागीं। और तब, सहसा, औरतें अदृश्य हो गई थीं लेकिन वह भैंसा उसी सीध में बढ़ता गया, सीधे कगार की ओर। मैं इतना भौंचक्का हो गया था कि मैंने गोली ही नहीं चलाई। उसने अपनी दिशा नहीं बदली। वह किनारे के ऊपर से होकर ज़रा भी हिचकिचाहट के बगैर चला गया, जैसे कोई गोताखोर। नीचे गहराई में एक गड़गड़ाहट के साथ टकराहट हुई और कुछ चट्टानें पर्वत-स्कंध से उछल गईं।

जब हम घाटी से ऊपर चढ़कर उस तक पहुँचे (जहाँ हम थे वहाँ से नीचे जाने की कोई राह नहीं थी) वह भैंसा मर चुका था। वह एक बहुत बूढ़ा जानवर था, जिसके मुँह में केवल एक दाँत रह गया था, जो उसका सीमित चरने का कारण स्पष्ट कर सकता है। वह उसके द्वारा अपनी मृत्यु के लिए लगाई गई आख़िरी सहेतुक दौड़ को भी स्पष्ट कर सकता है। पर जब हमने उसका परीक्षण किया, तब हमने पाया कि मेरी पहली गोली ने उसकी पीठ तोड़ दी थी, और दूसरी—जो मैंने चाँदनी रात में चलाई थी—उसकी दोनों ग्रीवा धमनियों में से गुज़र गई थी। मैंने कभी नहीं देखा है कि 465 गोलियाँ ऐसी जगह चलाए जाने पर भी मारने में असफल रही हों।

जब राव ने अपनी कहानी ख़त्म की, हमारा डॉक्टर उबल पड़ा। हमारा डॉक्टर एक भला आदमी है, लेकिन वह जंगलों की बातें नहीं जानता है। ''यह बकवास है! तुम गोलियाँ कहाँ पर लगीं यह ठीक से नहीं जानते होगे। भैंसा संभवत: बच ही नहीं सकता था यदि उसे वैसे मारा गया होता जैसा तुम वर्णन कर रहे हो। या तुम हमसे यह अपेक्षा करते हो कि हम इस तीन नामों के धंधे पर विश्वास करें? लानत है, क्या तुम ख़ुद इस पर विश्वास कर सकते हो?'' उत्तर देने के पहले राव ने एक सिगरेट को लपेटा और उसे जलाया। ''क्या मैं उस पर स्वयं विश्वास कर सकता हूँ?'' उसने कहा। ''क्या मैं उस पर स्वयं विश्वास कर सकता हूँ?'' उसने दोहराया। ''मैं सोचता हूँ...'' और बात वहीं समाप्त होती है।

आदिवासियों के संसार में

(आकाशवाणी से प्रसारण वर्ष 1974 में)

सौभाग्य से हममें से अधिकांश के लिए मानव अंतरात्मा एक लचीली वस्तु है। यदि वह ऐसी नहीं होती तो हम ग़ैर-आदिवासियों को एक स्थाई अपराधबोध रहता। तथ्यों को देखें। पहले हमने उनकी ज़मीन ली और उन्हें पहाड़ों और जंगलों में ढकेल

दिया फिर हमने उन्हें पहाड़ों और जंगलों से बाहर ढकेला क्योंकि हमने उनमें बहुमूल्य खनिज खोजे। सब प्रगति के नाम पर, राष्ट्रहित और विकास के नाम पर। लेकिन केवल स्वतंत्रता के बाद हमने यह खोज की कि राष्ट्रीय अंतरात्मा जैसी एक वस्तु है, शायद हमने यह महसूस करना प्रारंभ कर दिया कि हम आदिवासी के प्रति बहुत न्यायपूर्ण नहीं थे। हमने उसके लिए संविधान में बचाव स्थापित किए और उसकी उन्नति के लिए विशेष प्रावधान किए। पिछले पच्चीस वर्षों से हम उसे भाषण पिलाते और उसका उत्थान करते आ रहे हैं, और राजनीतिज्ञ के साथ-साथ वह विचित्र प्राणी भी—यानी सामाजिक कार्यकर्ता—उसे भरोसा दिला रहे हैं, मैं सोचता हूँ कुछ-कुछ अरुचिकर रीति से, कि वह उनका भाई है। हाँ तो श्रोताओं, मेरे पास आपके लिए एक अच्छा समाचार है। हमारे सभी प्रयासों के बावजूद, आदिवासी आपसे या मुझसे बेहतर आदमी हैं।

मध्यप्रदेश में कुल मिलाकर उसकी जनसंख्या 20.63 प्रतिशत है और मुख्य घनत्व झाबुआ, बस्तर, सरगुजा, मंडला, रायगढ़, शहडोल, खरगौन, सिवनी और सीधी ज़िलों में है। मुख्य जनजातियाँ हैं गोंड—उनकी कम-से-कम पंद्रह उप जातियाँ हैं—और भील। सभी आदिवासियों में दो गुण सामान्य हैं—विनोदबुद्धि और अनासक्त बुद्धि। मैं समझता हूँ कि ये वे गुण हैं जिन्होंने उसे हमारे द्वारा उसके साथ किए गए निकृष्टतम व्यवहार, विशेषकर हमारे उन्नति के प्रयासों, के बावजूद बचे रहने में समर्थ किया है। जब हम उन्हें मिलावटी शकर बेचने तथा उनसे इमारती लकड़ी चुराने के मध्य के अंतरालों में, शास्त्रों द्वारा निर्धारित मनुष्य के सद्गुणों का वर्णन करते हैं, तब वे अलिप्त होकर नम्रता के साथ हमें सुनते हैं। इसमें निहित विनोद उनकी समझ में आता है। उनकी अनासक्ति ही उन्हें यह भाँपने के लिए समर्थ करती है कि हमारी चालाकियाँ हमारी जीवनपद्धति का अंग हैं, और यह ऐसी बात नहीं है जिसके लिए हमें दोषी ठहराना चाहिए। क्योंकि, जैसा एक मुड़िया मित्र कहता है, ''लकड़बग्घे के भी पट्टे होते हैं, लेकिन तुम उससे एक शेर के समान बर्ताव करने की अपेक्षा नहीं कर सकते, क्या कर सकते हो?'' कोई असंतोष नहीं, कोई लांछन नहीं। मुझे आपको कुछ और बताने दें।

समय है तीन बजे अपराह्न। स्थान है मंडला ज़िले का बैगाचक। माह है मई का, और कमबख़्त बहुत गर्मी है। प्रसंग है एक नरभक्षी शेर। डोमाबैगा जिसके साथ मैंने तीस वर्ष पहले अपना पहला अरने का शिकार किया था, कह रहा है, या, फुसफुसा रहा है। ''वहाँ—करोंदे के पीछे—गीली रेत का भूखंड है। वहीं है वह, मैं उसे सूँघ सकता हूँ।'' मैं भी सूँघ सकता हूँ, डोमा और मेरी गंध के बावजूद। हम—या कहें तो डोमा, मैं पीछा करने के मामले में केवल उसका सहायक था—इस शेर का पीछा छह दिन से कर रहे हैं, जहाँ शाम हो जाए वहीं सोते हुए। और स्नान के लिए कोई समय नहीं मिला था। मैंने धीमी आवाज़ में कहा, ''पत्थर?'' उसने सिर हिलाया, ''उसके

पास भागने का कोई रास्ता नहीं है, केवल हमारी ओर छोड़कर। और वह जानता है कि हम यहाँ हैं, वह भयभीत है, और इसी कारण से हम उसे सूँघ सकते हैं।'' मैंने सोचा—भय की गंध, वह भी हमें सूँघने में समर्थ है! हम एक बहुत ढलवाँ नाले के किनारे के अधबीच एक चट्टान के पीछे उकड़ूँ हैं। करोंदा हमारे पचास गज आगे है, और उसके आश्रय के पीछे है शेर। डोमा ने अपने आप को एक हल्का झटका दिया, जैसे कि उसने अपना मन बना लिया हो। ''केवल एक ही रास्ता है। मैं नीचे जाऊँगा और उसकी ओर चलूँगा, सामने के किनारे की दिशा बनाए रखते हुए, वह मेरे लिए आएगा। तुम्हारा निशाना अच्छा है।'' वह पचास वर्ष से अधिक उम्र का था, उसका एकमात्र शस्त्र छोटी बैगा कुल्हाड़ी था, और वह शेर के हमले को आमंत्रित करने जा रहा था। मैंने कहा, ''नहीं, मैं यह नहीं कर सकता, यदि मैं चूक जाऊँ तो?'' उसने मेरी ओर देखा, उसकी आँखों में, और मैं शपथ लेता हूँ, एक सूक्ष्म चमक थी। ''तब तुम्हें दूसरा अवसर मिलेगा जब वह मुझे गिरा देगा। उसने मेरे बहुत सारे लोगों को लील लिया है। और कोई रास्ता नहीं है।'' इसके पहले कि मैं उसे रोक सकता वह चुपचाप नाले की ओर चला गया। पाँच सेकंड, दस सेकंड, फिर एक खाँसती हुई दहाड़ और करोंदे से एक लालिमायुक्त पीत विस्फोट का धब्बा। डोमा ने अपनी कुल्हाड़ी घुमाई और चिल्लाया, और उस तरजना में शेर की दहाड़ जैसा कुछ था। एक सेकंड के लिए शेर रुक गया, भारी बंदूक ने मेरे कंधे को जोरदार धक्का दिया, इसके बाद मैं अपने हथेलियों पर से पसीना पोंछ रहा था और सब कुछ समाप्त हो गया। मुझे संदेह है यदि मैं मेरे लोगों के लिए, किन्हीं लोगों के लिए, वह कर सकूँगा जो डोमा ने अपनों के लिए अभी-अभी कर दिखाया था। मैंने संदेह करना बंद कर दिया, मैं जानता था मैं नहीं करूँगा। आदिवासियों के बीच एक पहचान का बोध है—एक सबके लिए, सब एक के लिए, जो मैंने तथाकथित सभ्य नस्लों में नहीं पाया है।

अपने समुदाय के साथ इस सीमा तक पहचान कि उसके लिए आत्मोत्सर्ग करने की तत्परता हो इसके लिए आवश्यक है अपने आत्म से कुछ-कुछ अनासक्ति, जिसे अर्जित कर पाना कठिन है। लेकिन आदिवासी उसे प्राप्त कर चुका है, उसकी जो अभिवृत्ति—मुझे खेद है, मैं एक बेहतर शब्द नहीं खोज पा रहा हूँ—धर्म के प्रति है, वह इस तथ्य को रेखांकित करती है। उसके लिए दो बिल्कुल अलग-अलग प्रकार के दुष्कर्म हैं। कुछ ऐसे दुष्कर्म हैं जो केवल व्यक्ति अथवा व्यक्तियों को प्रभावित करते हैं, और कुछ ऐसे दुष्कर्म हैं जो पूरे समुदाय को प्रभावित करते हैं। प्रथम प्रकार के दुष्कर्म के परिणाम केवल कर्ता को प्रभावित करते हैं। तुम एक हत्या करते हो—ठीक है, तुम उसे एक या दूसरे रूप में भुगतोगे और बात वहाँ समाप्त हो जाती है। लेकिन तुम एक ऐसी लड़की के साथ शादी करने का अक्षम्य पाप करते हो जो निषिद्ध रिश्तों के अंतर्गत है—वह एक पूर्णत: भिन्न मामला है। जो तुमने किया वह

है 'पालो', वर्जित कृत्य, तुमने समुदाय के विरुद्ध अपराध किया है। इसका दंड बीस वर्ष पूर्व तक ज़िंदा गाड़ने का था। अब दंड उस आदमी और उसके पूरे परिवार का पूर्ण और चरम बहिष्कार है। उसकी झोंपड़ी समारोहपूर्वक जला दी जाती है, उसका गाँव में प्रवेश निषिद्ध रहता है। माँझी या कुनबा का मुखिया उसे कड़ाई से बताता है, ''अब तुम मर चुके हो, अब तुम्हारा कोई कुनबा नहीं है, जाओ और वापस मत लौटना।'' यह एक जिज्ञासापूर्ण तथ्य है कि इस प्रकार के अपराधों के लिए जिन लोगों को बहिष्कृत किया गया है वे शायद ही कुछ माह तक जीवित रह पाते हैं।

कुनबे के साथ इस संपूर्ण पहचान के परिणाम हमेशा दुःखद नहीं होते हैं। मुक्की के निकट के, जो बालाघाट ज़िले में है, एक गोंड परिवार में एक लड़का था। उसे मिर्गी के फिट आते थे, और उनमें से एक में उसे एक दर्शन हुआ जिसे उसने अज्ञात देव कहा। यह देव अदृश्य और अमूर्त था, लेकिन उसे अच्छी तरह से पता था कि लोगों को क्या करना चाहिए। और उसके लड़के को दिए गए निर्देश स्पष्ट और सटीक थे। दुर्भाग्यवश वे हमेशा समझदारीपूर्ण नहीं थे, लेकिन पूरा कुनबा उन्हें गंभीरता से लेता था। एक बार मैंने गाँव के बाहर एकत्रित औरतों का एक उदास जमावड़ा देखा—अज्ञात देव ने आदेश दिया था कि कोई गर्भवती स्त्री आबादी में नहीं रहनी चाहिए, यह स्त्रियों के लिए कठिन था क्योंकि तेज़ बारिश हो रही थी। अन्य अवसर पर उसका ध्यान सुअरों की तरफ़ आकर्षित हुआ। किसी सुअर की रीढ़ की हड्डी के उभार पर कोई बाल नहीं होने चाहिए। वह दूसरा दृश्य था जो मैंने देखा। पूरा गाँव उद्दंड सुअरों का पीछा कर रहा था जो सभी अपने बाल नोचे जाने के लिए मुखरता के साथ अनिच्छुक थे। लेकिन अंत में समस्या अपने आप आदिवासी की सामान्य बुद्धि से हल हो गई। मेरा मिर्गी प्रभावित मित्र अपनी नींद में मर गया और किसी को भी, दस मील दूर उत्साही थानेदार को भी, यह शंका करने का कोई कारण नहीं था कि वह एक सामान्य मृत्यु से हटकर कुछ थी। एक मिर्गी-ग्रस्त रहता है, या मरता है, शायद आवश्यकता से थोड़ा पहले—उससे क्या फ़र्क़ पड़ता है? महत्त्वपूर्ण बात यह है कि कुनबा जीवित रहना चाहिए।

अज्ञात देव मर चुका है जैसे दूसरे देवता। आदिवासी वैसे ही जीता है, मैं आशा करता हूँ—पर अधिक नहीं, जैसे हम जीएँगे। क्योंकि उसका अपने में विश्वास है, क्योंकि वह जीवित रहने के लिए पर्याप्त जीवंत है। जैसा उस समय हुआ जब एक पूर्णतः मद्यत्यागी अति महत्त्वपूर्ण व्यक्ति ने अपने आप को मेरे ज़िले पर थोपा। उसके पेट में दर्द था, या वह कैंसर रहा हो। एक अति महत्त्वपूर्ण व्यक्ति के लिए पेट दर्द बहुत तुच्छ है। इसलिए उसके जमाई और उसकी लड़की—या हो सकता है कि इससे उलट हो—ने उसके स्थान पर एक तहसील मुख्यालय में आयोजित आदिवासी त्यौहार में भाग लिया। वहाँ नृत्य हुआ और यदि आप यह सोचते हैं कि वहाँ मद्यपान नहीं हुआ, तो आप ज़रूरत से ज़्यादा बुद्धू हैं। यह सुझाव दिया गया कि मुझे

आदिवासियों में शामिल हो जाना चाहिए, और एक अति महत्त्वपूर्ण व्यक्ति की पुत्री—या पुत्र—की इच्छा एक निर्देश है। मैं हुआ, और मैं अपने आप को इस बात से आत्ममुग्ध करता हूँ कि मेरा निष्पादन कम-से-कम मानक के नीचे तो नहीं रहा। मेरी प्रशंसा ज़रा अनिच्छुक शब्दों में की गई—कोई सोच सकता है कि ये निष्पाप लोग पूरी रात नृत्य कर सकते हैं, बिना थके, और बिना मद्य के...और आप भी! जैसा पता चला 'आप भी' समस्या की जड़ नहीं था, वह थी सल्फी। सागो-ताड़ को, यदि चीरा लगाया जाए—और आदिवासी इतने मूर्ख नहीं हैं कि उसे बिना चीरा लगाए छोड़ दें—एक रंगहीन द्रव निकलता है जो थोड़ा नीरा के समान है, लेकिन उसके जितना मिचली पैदा करने वाला मीठा नहीं होता है। वह नीरा के जैसा ही व्यवहार करता है, कुछ अधिक ही। यदि उसमें कुछ घंटों के लिए खमीर उठने दिया जाए तो वह परिवर्तित हो जाता है एक बहुत सशक्त शैम्पेन में, गैस से भरी, चमकदार, किंचित अम्लीय और पूरी तरह से बहकाने वाली। नर्तक—और मैं अधिक सशक्त वस्तु पी रहे थे, लेकिन हमने अतिथियों के लिए बिना खमीर के रस के कुछ मटके रखे हुए थे। लेकिन दुर्भाग्य से, मटके आपस में मिल गए और अब हमारे सम्माननीय अतिथियों को ग़लत मटके मिले। इसके तत्काल और अनुमान्य परिणाम हुए। मेरी इतने लंबे समय तक और इतने उत्साह में नृत्य करने की क्षमता के प्रति अचरज न करते हुए उन्होंने वैसा ही किया लेकिन बिना किसी उल्लेखनीय स्नायु समन्वय के। मेरे गोंड मित्रों के द्वारा उन्हें एक या दो बार उठाकर खड़ा करने के पश्चात, उन्होंने—गोंडों ने—मुझे इस बात के लिए उलाहना दिया कि मैंने उन्हें सावधानी के साथ उनके साथ व्यवहार करने के लिए सचेत किया था। ''तुमने हमें सावधान रहने के लिए क्यों कहा, ये तो अच्छे लोग हैं, तुम्हारे जैसे ही!'' मेरे जैसे हैं—वाक़ई। उन्हें अगली सुबह उनके पैरों पर खड़ा करने के लिए एक साथ तीन एस्प्रो देने पड़े।

पहचान, अनासक्ति और विनोदबुद्धि यह है हमारा आदिवासी। जहाँ तक मानवीय मूल्यों का संबंध है इससे अधिक क्या चाह सकता है? और फिर भी स्पष्टतः हम चाहते हैं। हम चाहते हैं ऊपर ही ऊपर बात करना उन सिद्धांतों की जिन्हें हम कहते हैं किंतु आचरण में नहीं लाते। हम चाहते हैं अनुरूपता, हम चाहते हैं हमारे संरक्षत्व की स्वीकृति। मुझे नहीं लगता है कि हम उसे कभी आदिवासी से प्राप्त करेंगे, और यदि हम करते हैं, तो यह उसके लिए और ख़राब होगा। मेरे अनुसार सच्ची संस्कृति अपने से भिन्न मूल्यों को समझने और उनका सम्मान करने की योग्यता है। आदिवासी के पास यह गुण है। क्या हमारे पास है?

अंत का आरंभ

मैं बस्तर में 1949 से 1955 तक लगभग छह वर्ष रहा। इसने मेरे मन में जो छाप छोड़ी उसका सारांश नीचे उद्धृत किए गए मेरे एक रेडियो साक्षात्कार में है। यह मेरी सेवानिवृत्ति के कुछ ही दिनों बाद आकाशवाणी पर प्रसारित हुआ था।

प्रश्न : आपको अपने सेवा कॅरियर में सर्वाधिक प्रसन्नता तथा कार्य-संतुष्टि कब प्राप्त हुई?

उत्तर : जब मैं बस्तर ज़िले का उपायुक्त था, 1949 से 1954 तक। उस समय बस्तर ज़िले के उपायुक्त का जवाब नहीं था, जैसे ऑपेरा में पूह बाह[1] का होता है। हर चीज़ थोड़ी-थोड़ी होती है। उपायुक्त, अर्थात् कलेक्टर, के सामान्य अधिकारों के अलावा वह वनसंरक्षक, सिविल जज, आयकर अपीलीय प्राधिकारी के अधिकारों को और मुख्य अभियंता लोक निर्माण विभाग के प्रशासकीय अधिकारों को और अपनी इच्छानुसार किसी भी प्रकार के दूसरे अधिकारों का प्रयोग कर सकता था। इसलिए वह वास्तव में काम करा सकता था। जैसे यदि एक सिंचाई तालाब का निर्माण होना हो तो एक बार तकनीकी रूप से अनुमोदित होने पर मैं उसकी प्रशासकीय स्वीकृति देता था। राज्य मुख्यालय में बैठे किसी बुद्धिमान युवा अधिकारी को इस प्रस्ताव पर अपना सिर खपाने का अवसर नहीं मिलता था। किसी प्रस्ताव का परीक्षण यानी मुख्यत: उसमें कमियाँ ढूँढ़ निकालना। इसलिए नहीं क्योंकि उसमें कमियाँ हैं, बल्कि इसलिए क्योंकि परीक्षणकर्ता अधिकारी को अपने अस्तित्व का औचित्य दिखाना होता है। मैं जानता हूँ क्योंकि मैं स्वयं यही कर चुका हूँ। लेकिन बस्तर में यह नहीं होता था, और इसलिए विचार वास्तव में ज़मीन पर ठोस आकार लेते थे। ऐसी बातें अत्यधिक संतुष्टि देती हैं।

मैंने बस्तर में रहने के लिए अपने पदोन्नति के अवसर ख़ुशी-ख़ुशी छोड़ दिए। आख़िरकार, फ्रेडी मिल्स ने नागा पहाड़ियों में तीस वर्ष सेवा दी थी! लेकिन मेरी पत्नी गंभीर रूप से बीमार पड़ी और एक ऐसी स्थिति बनी कि डॉक्टरों ने वहाँ पर उपलब्ध सीमित सुविधाओं के द्वारा उसे बचा पाने में अपने हाथ खड़े कर दिए। उन दिनों, ज़िला मुख्यालय से रेलवे स्टेशन पहुँचने के लिए एक सौ अस्सी मील की

1. Pooh Bah

सड़क यात्रा करनी पड़ती थी और रास्ता अच्छा नहीं था। उसे कार से लेकर जाना निषिद्ध था। इस कठिनाई भरे क्षणों में मैंने कुछ ऐसा किया जो मैंने पहले या बाद में कभी नहीं किया। मैंने मुख्यमंत्री पंडित रविशंकर शुक्ल को टेलीफ़ोन लगाया और मदद माँगी। मैंने सारी परिस्थितियाँ बताकर मेरी पत्नी को ले जाने के लिए राजकीय विमान भेजने का अनुरोध किया। मैंने आगे कहा कि सरकार के द्वारा जो भी राशि निर्धारित की जाएगी उसका मैं किश्तों में भुगतान कर दूँगा क्योंकि नक़द रकम मेरे पास तत्काल उपलब्ध नहीं थी। उन्होंने मेरी बात रूखेपन से काट दी, ''भुगतान के बारे में बाद में हम सोचेंगे। वायुयान को जगदलपुर पहुँचने में कितना समय लगता है?''

''लगभग डेढ़ घंटा।''

''दो घंटे के अंदर हवाई पट्टी पर अपनी पत्नी को तैयार रखो।'' उन्होंने फ़ोन रख दिया। स्ट्रेचर पर पत्नी को लेकर जब मैं सिविल सर्जन के साथ हवाई पट्टी पर पहुँचा, वायुयान उतरने के लिए चक्कर काट रहा था। जैसे ही वह नीचे उतरा, थोड़े भौंचक्के से दिख रहे वित्त सचिव श्री मोने उसमें से बाहर निकले।

''यह कौन सा महत्त्वपूर्ण वित्तीय मसला है जिस पर मुख्यमंत्री चाहते हैं कि मैं तुमसे बात करूँ?''

मैंने मोने के अधीन रायपुर ज़िले में काम किया था और उनसे यह कहने की धृष्टता कर ली, ''सर, हम वित्तीय मामलों पर बाद में चर्चा कर सकते हैं। मेरी पत्नी मर रही है और मैं अत्यंत अनुगृहीत रहूँगा यदि आप उसे फौरन नागपुर ले जाएँ।''

मेरी पत्नी को तत्काल नागपुर ले जाया गया। एरोड्रम पर पंडित शुक्ल और नामी डॉक्टरों के एक दल ने उसकी अगवानी की और उसे तत्काल चिकित्सा महाविद्यालय अस्पताल में ले जाया गया। मैं उस समय बस्तर नहीं छोड़ सका। लेकिन पंड़ित शुक्ल ने उसकी ऐसी देखभाल की जैसी वह उनकी ही पुत्री हो, और आज वह उनके कारण ही जीवित है।

थोड़े समय बाद मैं नागपुर में राजस्व मंडल के सदस्य के पद पर स्थानांतरित किया गया। 1956 में जब राज्यों को पुनर्गठित किया जा रहा था, मुझे आयुक्त, जबलपुर के रूप में पदस्थ किया गया जहाँ मैंने 1961 तक सेवा दी। यह अध्याय 1956 से 1961 के वर्षों का वर्णन करता है, जब मुझे ईश्वर के मायाजाल सदृश सरकार की कार्यप्रणाली को देखने का अवसर मिला। न तो बहुत निकट (सचिवालय) से, न बहुत दूर (राजस्व मंडल) से। बड़े परिवर्तन हो रहे थे और इन परिवर्तनों का यथासंभव वस्तुपरक ज़मीनी दृश्यावलोकन आगे की पीढ़ियों के लिए उपयोगी होगा।

हम लोग अर्थशास्त्र की मिकॉबर परंपरा में बड़े हुए होने से यह विश्वास करते थे कि लोक प्रशासन को अपने ख़र्चे अपनी आमदनी के अंदर या कम-से-कम

अपनी संभावित आमदनी के अंदर रखने चाहिए। पैसे जोड़ना सीखो तो रुपए अपना ध्यान रखेंगे। अब हम सीख रहे थे कि लोक प्रशासन की बुनियाद लोक ऋण के सिद्धांत पर थी। वह जितना बड़ा हो उतना ही बढ़िया। परियोजना के लिए धन जुटाना अब कोई समस्या नहीं थी। यदि धन का व्यय कर लिया गया है, तो वह जुटा लिया जाएगा। परियोजना की जीवन क्षमता और उससे लोगों को प्राप्त होने वाले लाभ कोई अर्थ नहीं रखते थे। चाहिए थी तो एक शोभा की वस्तु, कुछ वैसा ही जैसे एक पुरानी पद्धति का सिनेमा, गचकारी[1] और एक ईंट की दीवारों वाला। एक नई उक्ति हमारे काम पर सवार हो गई थी, 'वित्तीय लक्ष्य'। आपने क्या उपलब्धि की इसका महत्त्व नहीं था, आपने कितना व्यय किया उसका महत्त्व था। इसका भी कि कितनी जल्दी आपने व्यय किया। एक उदाहरण है ग़ैर-बारहमासी नदियों या नालों पर जल-ग्रहण-बंधान का। 'जल्दी करो, धीरे से' के वातावरण में प्रशिक्षित मुझे अर्वाचीन 'जल्दी करो, झट से' के वातावरण ने प्रभावित कर दिया और इस विचार को मैं उत्साह से आगे ले गया। सिद्धांत सरल और आकर्षक है। जलधारा की चौड़ान में एक स्थाई बंधान बिछा दो, और उससे एक या दो मील का जलभराव निर्माण करो, और अपस्ट्रीम में दोनों ओर पंप से सिंचाई करो। औसत लागत बीस हजार रुपए मात्र आती है। दुर्भाग्य से, इसमें दो रोड़े हैं। बीस हजार रुपए तक के कार्यों की तकनीकी स्वीकृति अपेक्षाकृत कनिष्ठ अभियंता दे सकते हैं। किंतु अपेक्षाकृत कनिष्ठ अभियंता बंधान सामान्यत: ग़लत स्थान पर बनाते हैं। इसका परिणाम यह होता है कि जलधारा पहले मानसून में बंधान को दंभ में आकर बहा देती है। दूसरा रोड़ा यह है कि जलधारा यदि बंधान को तोड़ नहीं सकती, तो एक नया मार्ग बनाकर निकल जाती है। यदि लोग मेरे प्रति इतने दयालु न होते, तो मेरे द्वारा जबलपुर संभाग में छितराए गए दर्जनों असफल बंधानों को सामूहिक रूप से नरोन्हा की मूर्खता नाम रख दिया जाता। हर कोई जान गया था कि वे पूरी तरह से विफल थे, लेकिन यह देखकर मुझे अचरज हुआ कि मेरे द्वारा इस योजना का त्याग कर दिए जाने के बाद वह अन्य संभागों में बहुत लोकप्रिय हुई क्योंकि ये कमबख़्त चीजें एक शोभा की वस्तु थीं, क्योंकि वे जल्दी बनाई जा सकती थीं और इससे बढ़कर यह कि लघु-सिंचाई निधियों के व्यपगत हो जाने के बजाय उनका उपयोग करना संभव हो जाता था। न तो कोई सावधानी से किया हुआ सर्वेक्षण आवश्यक था, न कोई दक्ष मिस्त्री, न कोई श्रमसाध्य प्रायोगिक खनन। आप बंधान का निर्माण कराते, एक मंत्री उसका उद्घाटन करता, और उसके बह जाने तक सभी उसे भूल चुके होते। मैं यह नहीं कहता कि स्थाई बंधान, अपने आप में ही, एक हारी हुई बाज़ी है। ऐसा नहीं है। लेकिन इस राज्य के पहाड़ी भूभाग में उसके निर्माण के लिए तकनीकी उत्कृष्टता का जो मानक चाहिए वह निर्माणकर्ता के स्तर पर सामान्यत: नहीं मिलता है। मेरे बंधानों

1. Stucco

में से कम-से-कम एक सफल था। हमने उस पर बीस हजार रुपए से कम व्यय किया था और आज भी वह चार हजार एकड़ धान की खेती को मानसून के ठीक बाद दो बार पानी देता है। उसके मुख्य वास्तुविद थे काशीप्रसाद पांडे जो एक किसान थे, और बाद में कई वर्षों तक मध्यप्रदेश विधानसभा के अध्यक्ष थे। उन्होंने मेरे सभी कनिष्ठ अभियंताओं की व्यवस्था उलट दी थी।

मेरे पिता यह कहते थे कि आप एक बाँध के अंदर चूहे का बिल बनने नहीं दे सकते जब तक कि आप बाँध को खोने के लिए तैयार न हों। लोक वित्त के मैकॉबर सिद्धांत में किसी भी ढील की परिणति वित्तीय शुचिता में सामान्य ढिलाई में हो जाती है। इसके बाद शुरुआत होती है नैतिक दबाव में कमी आने की, सामूहिक बेईमानी की और भ्रष्टाचार की। और देखो! चूहे का बिल बाँध को भंग कर देता है। कुछ देर के लिए हम स्थाई बंधानों को भूल जाएँ और बड़ी परियोजनाओं को देखें। उन पर ऐसी गति से काम हुआ कि उनका कोई समालोचनात्मक परीक्षण असंभव था। प्रति एकड़ सिचिंत क्षेत्र की लागत कम दिखाने के लिए सिंचित क्षेत्र को बढ़ा-चढ़ाकर दिखाया गया। परियोजना की अवधि अतिरंजित रूप से बढ़ाई गई। निर्माण के प्रत्येक वर्ष में निधियों का नियमित प्रवाह सुनिश्चित करने का कोई प्रयास नहीं किया गया, और व्यय का नियंत्रण मात्र अधिकतम ख़र्च करने की क्षमता के आधार पर किया गया। जोर था तेज़ी, तेज़ी, और ज़्यादा तेज़ी पर। जोर था शोभा की वस्तुओं पर। सिंचित क्षेत्र में सिंचाई पर वास्तविक लागत के बारे में किसी ने चिंता नहीं की। बाद में जब यह पता चला कि वास्तविक लागत प्रचलित सिंचाई शुल्क से अत्यधिक है तब सुधार शुल्क अधिरोपित करने का निर्णय लिया गया। यह शुल्क किश्तों में देय था और सिंचित भूमि के मूल्य में अनुमानित वृद्धि पर आधारित था। कहना आवश्यक नहीं है कि अधिकांश मामलों में इसे कभी अधिरोपित नहीं किया गया और जहाँ अधिरोपित किया भी गया उन्हें लोक आंदोलन के कारण वापस लेना पड़ा। 1973 में तत्कालीन मूल्यों पर आधारित गणना के अनुसार मैंने योजना आयोग को बताया कि किसी नई परियोजना से सिंचाई की वास्तविक आवर्ती लागत रुपए 210 प्रति एकड़ थी। इसमें पूँजी पर ब्याज और संधारण व्यय भी सम्मिलित था, लेकिन पूँजीगत व्यय की प्रतिपूर्ति नहीं। कोई किसान, विशेषकर एक छोटा किसान, इस दर से भुगतान कर सकेगा यह अकल्पनीय था। उसकी भुगतान क्षमता औसतन लगभग 30 रुपए प्रति एकड़ थी, जिसे हिसाब में लेने पर हम 180 रुपए प्रति एकड़ की हानि में रहते थे। वह भी कागज पर। किसान के हाथ में पैसा कभी बना नहीं रह पाता। यदि सिंचाई के कारण उसकी अतिरिक्त आमदनी पाँच सौ रुपए प्रति एकड़ प्रतिवर्ष मान लें जो एक अनुदार आकलन है, तो उसमें से अधिकांश ख़र्च हो जाती है और यहीं पर सरकार कमाई कर लेती है। कपड़े, शराब, सोना-चाँदी, लोहा, साइकिल, ट्रांज़िस्टर रेडियो। हर चीज़ पर कर लगा हुआ है। वस्तुओं पर क्रय के

ऊपर कर। फिर उन्हें बेचने वाले दुकानदार के द्वारा अर्जित लाभ पर आयकर। और अंततः राज्य को परोक्ष लाभ मिलता ही है, व्यय के कारण संपत्ति के निर्माण के रूप में। बढ़ी हुई माँग के कारण कपड़ा, साइकिलों और ट्रांज़िस्टरों का अतिरिक्त उत्पादन होता है और सभी कर के दायरे में आते हैं। मेरी गणना है कि किसान को अतिरिक्त तौर पर मिले पाँच सौ रुपए के बराबर रकम दीर्घकाल में सरकार को प्रत्यक्ष और अप्रत्यक्ष करों के माध्यम से मिल जाती है। यह रकम प्रारंभ में हुई हानि की पूर्ति करने के लिए आवश्यकता से अधिक है। बहुत से रजवाड़ों में, जिनकी आलोचना करना अब फैशन बन गया है, सिंचाई के लिए कोई पृथक शुल्क नहीं लिया जाता था। सिंचित भूमि पर कुछ अतिरिक्त भू-राजस्व की उगाही की जाती थी। शायद राजाओं की प्रारंभिक अर्थशास्त्र की समझ हमसे अधिक थी। यह सब मैंने योजना आयोग को बताया और मैंने सुझाया कि सिंचाई के प्रति हमारा दृष्टिकोण देश और सरकार के दीर्घकालीन लाभ पर आधारित होना चाहिए न कि अपना पूरा ख़र्च येन-केन-प्रकारेण वसूल कर लेने पर के आधार पर। लेकिन कुछ नहीं हुआ। आशावादी चिन्तन चलता रहा; कागजी सिंचित क्षेत्र, काल्पनिक सुधार शुल्क, ख़ुद को बेवक़ूफ़ बनाने की पुरजोर कोशिश। इस प्रकार की बात बेईमानी है और बेईमानी दूसरे स्तरों पर बेईमानी को पैदा करती है। वह प्रशासक या अभियंता जो लागत और लाभों के बारे में झूठ बोल रहे थे, बड़े जल्दी ही अधिक तात्कालिक रूप से लाभप्रद बातों के बारे में झूठ बोलने लगे। यह थी शुरुआत भ्रष्टाचारी मानसिकता की, जिसे आगे चलकर जीवन की एक शैली बनना था। चूहे के बिल ने बाँध को तोड़ दिया था।

वे दिन थे भाखड़ा बाँध के, जो वास्तव में भारत की शोभा की वस्तु थी। उसके बारे में जो दावे किए गए थे, सिंचित क्षेत्र, बिजली पैदावार, दीर्घायुता के, वे सही थे, लेकिन एक तिहाई किए जाने पर। हमें अब जाकर इसका पता लग रहा है!

इस अवधि के दौरान कांग्रेस का पतन भी प्रारंभ हुआ। अंत का आरंभ, जैसे 1940 उसके उदय के आरंभ का अंत था। इस पतन के दो कारण थे। यह भाग्य की विडंबना है कि उनमें से एक कारण वही था जिसने ग्रामीण क्षेत्र को अँगरेज़ों का विरोधी बना दिया था। मैंने पहले अध्याय में बताया है कि कैसे 1938 के पूर्व दशक के दौरान अँगरेज़ गाँव के मध्यस्थों को, जो उनके सबसे स्वामिभक्त समर्थक थे, उनके क़र्ज़ों में डूबते हुए देखते खड़े रहे। कांग्रेस ने अब वह किया जो इससे भी अधिक मूर्खतापूर्ण था। उन्होंने नए मध्यस्थों का उन्मूलन कर दिया जो उनके साथ दृढ़ता से खड़े हुए थे और जिन्होंने 1942 के आंदोलन के दौरान उन पर राज के द्वारा थोपी गई सब विपत्तियों को धैर्यपूर्वक सहन किया था। कम-से-कम मध्यप्रदेश में ऐसा करने के लिए कोई लौकिक कारण नहीं था। भूमि स्वामित्व की रक्षा के उपाय इस सीमा तक थे कि मालगुज़ार राज्य की सहमति के बिना किसी को बेदख़ल नहीं

कर सकता था। गाँव में से उगाही गई प्रत्येक सौ रुपए की आय में से सरकार और स्थानीय निकाय, जनपद, सत्तानबे रुपए ले लेते थे। मालगुज़ार के पास केवल तीन रुपए रह जाते थे, गाँव और उसकी सार्वजनिक भूमि की देखभाल करने के लिए पारिश्रमिक के रूप में। उसके अधिकार विधि के द्वारा और एक दक्ष राजस्व प्रशासन के द्वारा घेर दिए गए थे। यदि ज़मींदार (मालगुज़ार) के द्वारा अत्याचार किए जाने के कोई प्रकरण थे तो वे अपवाद थे न कि नियम। इस व्यवस्था का सकारात्मक पक्ष यह था कि मालगुज़ार के रूप में शासन का एक हैसियतदार प्रतिनिधि ग्रामस्तर पर उपलब्ध रहता था जिस पर ग्रामीणों को विश्वास था। वे आपदा या संकट के समय में उसके पास इस निश्चिंतता के साथ जा सकते थे कि वह उनके लिए अपना सर्वोत्तम करेगा, भले ही इस कारण से कि ऐसा करना उसके स्वयं के हित में था। कई गाँवों के पास मूल्यवान वन थे जिनकी रक्षा वह करता था क्योंकि उनसे उसे आय होती थी। फसल असफल हो जाने पर वही था जो ऋण लेता था और रोज़गार उपलब्ध कराता था। उसका अन्न भंडार खोलकर भूखों को उधारी पर अन्न उपलब्ध करा दिया जाता था। मुझे अक्सर लगता है कि भारत के नगरीय शासकों और ग्रामीण शासितों के बीच संवादहीनता है। संभवतः ग्रामों के मध्यस्थों के उन्मूलन का निर्णय इस संवादहीनता से उद्‌भूत हुआ, इस भ्रांति में कि वह लोकप्रिय होगा। यह निर्णय ऐसा कोई मंत्री नहीं ले सकता था जिसने एक सुदूर गाँव में छह माह बिताए हों। इसके परिणाम देश के साथ-साथ कांग्रेस के लिए विनाशकारी थे।

रातोंरात सागौन के ग्रामवन गायब हो गए। करोड़ों रुपयों के सागौन मूर्खतापूर्ण लालच की अग्नि में पिघल गए। कुछ वैसे ही जैसे धर्मयोद्धाओं के हाथों में यूनानी कला का विनष्टीकरण हुआ था जब उन्हें पहली बार भित्ति चित्र दिखे। कुछ इमारती लकड़ी बेच दी गई। बहुत सी जला दी गई और जहाँ उसके पेड़ खड़े थे उस तुच्छ मृदा पर कुछ वर्षों तक खेती की गई, जिसके बाद उस पर घास उगनी भी बंद हो गई। ग्राम स्तर पर शासकीय संपत्ति का एकमात्र संरक्षक अब पटवारी था और यह जाहिर है कि उसने अपने चारों ओर हो रहे विनाश की अनावश्यक चिंता नहीं की। जंगल के विनाश से भी बुरी थी वह अराजकता जिसके चलते सार्वजनिक भूमि पर दबंग लोगों के द्वारा अतिक्रमण कर खेती करना शुरू कर दिया गया। इसका खामियाजा भुगतना पड़ा छोटे खेतिहरों को जिन्होंने अपनी चरनोई खो दी। वैसे ही आबादी के अंदर की आवासीय भूमियाँ हथिया ली गईं जिससे बाद के वर्षों में सरकार को आवासहीनों के लिए खासी रकम व्यय कर नई भूमियाँ अर्जित करनी पड़ीं।

यह हुआ राज्य का नुकसान। लेकिन केवल वही भर नुकसान नहीं था। अँगरेज़ों ने पुराने मध्यस्थों को उनके संकट के समय उनसे पल्ला झाड़कर उनमें अलगाव की भावना पैदा की थी। कांग्रेस ने नए मध्यस्थों को ज़मींदारी उन्मूलन के द्वारा पूरी तरह

से मटियामेट कर उन्हें अपना घोर शत्रु बना लिया। पूर्वकालीन मध्यस्थ और नए भूतपूर्व-मध्यस्थ मिलकर ग्रामीण भारत का सबसे प्रभावशाली तबक़ा थे। ये वे लोग थे जो गाँव का जनमत ढालते थे। ये वे थे जो वोट नियंत्रित करते थे। कांग्रेस ने पूर्वकालीन मध्यस्थों को कई आश्वासन दिए थे जिसमें उनके गाँव बेचे जाने पर खो दिए गए अधिकारों का पुनर्स्थापन करने का अर्ध-आश्वासन भी सम्मिलित था। इनमें से किसी भी आश्वासन को पूरा नहीं किया गया। जब लोगों ने देखा कि नए मध्यस्थों को भी समाप्त किया जा रहा है तो कांग्रेस की विश्वसनीयता निम्नतम स्तर पर पहुँच गई। इस प्रकार ग्रामीण लोकमत के इन दो सबसे प्रभावशाली धड़ों ने कांग्रेस के प्रति साझा लेकिन अभी भी सुप्त शत्रुता पाल ली। कई प्रकार से चक्र पूरा घूम चुका था, और हम लोग तीसरे दशक के आख़िरी और चौथे दशक के प्रारंभिक वर्षों के वातावरण में वापस आ गए थे। यह एक सशस्त्र तटस्थता का वातावरण था जिसमें प्रभावशाली लोग या तो प्रशासन के विरुद्ध थे या तटस्थ। यह बड़ी विचित्र बात थी, कि कांग्रेस के विरोधी राजनीतिक दलों ने इस स्थिति का लाभ उठाने का कोई प्रयास नहीं किया। उनके बीच वैचारिक दूरियाँ न के बराबर थीं, जैसे आज भी हैं। दूरियाँ मुख्यत: इस प्रश्न पर थीं कि सत्ता किसके पास हो। इससे भी अधिक आश्चर्यजनक था स्थिति से निपटने का कांग्रेसी तरीक़ा। वे अच्छी तरह से जानते थे कि मालगुज़ारी की समाप्ति के साथ वे ग्रामीण क्षेत्रों में अपने संगठन की रीढ़ खो चुके हैं। फिर भी उन्होंने विकल्प तैयार करने के लिए कोई गंभीर प्रयास नहीं किया। इसके स्थान पर वे शासकीय सेवक पर अधिक निर्भर होने लगे। पटवारी, राजस्व निरीक्षक, पुलिस आरक्षक और पुलिस उपनिरीक्षक पर। धीरे-धीरे लेकिन इतनी धीमी गति से भी नहीं कि देखा न जा सके, कांग्रेस यंत्र के पुर्जे बिखरते गए। शेष जो बचा रहा वह एक समय देश के सबसे शक्तिशाली रहे राजनीतिक संगठन का खोल मात्र था। कोई दल अपने राजनीतिक यंत्र का क्षय इस प्रकार नहीं होने देता जब तक कि वह निश्चिंत न हो कि वह सदैव शासन करेगा; और इस प्रकार का अति आत्मविश्वास विवेकपूर्ण नहीं है।

प्रशासन को राजनीति का औजार बनाने का सबसे ख़राब परिणाम था अनुशासन का क्षरण और दक्षता में तेज़ गिरावट। यदि शासकीय सेवक की प्रोन्नति के लिए राजनीति का सहारा उपलब्ध हो तो अपना कार्य करने में ऊर्जा का अपव्यय करना बुद्धूपन होगा; और शासकीय सेवक सामान्यत: बुद्धू नहीं होते हैं। पटवारी समझ चुका था कि उसका विधायक उसे स्थानांतरण से बचा सकता है; एक मंत्री से बात कर उसे पदोन्नति दिला सकता है; यहाँ तक कि उस पर आरोपित दंड को राज्य सरकार से अपील कर दरकिनार करा सकता है। उसने भू-अभिलेखों पर या तहसीलदार के निर्देशों पर समय बरबाद करना बंद कर दिया। एक बार बतख के शिकार पर निकले एक भारतीय रजवाड़े के शासक ने उसके ए.डी.सी. के द्वारा सब जगह की

गई दौड़-भाग देखकर प्रसन्नता से कहा, ''तीन क़त्ल माफ़।'' एक राजनीतिज्ञ को लाभ पहुँचाने से इसी के समान प्रतिफल मिलते थे। शासकीय सेवकों के द्वारा राजनीतिक पहुँच के प्रयोग पर रोक के परिपत्र नियमित रूप से प्रसारित होते थे, लेकिन उनके उल्लंघन के लिए प्रश्रय देने वाला सबसे पहला व्यक्ति सामान्यत: एक मंत्री होता था, और उसका कुछ नहीं किया जा सकता था। यदि आपके पास विनोदबुद्धि हो, जैसे कि मेरे पास थी, तो कभी-कभी ये राजनीतिक हस्तक्षेप हास्यास्पद दिखते थे। मेरे संभाग के एक ज़िले के एक पटवारी का मामला था, जिसका स्थानांतरण निरस्त करने का आदेश एक मंत्री के द्वारा दिया गया, बेशक लिखित में कुछ भी नहीं। संबंधित कलेक्टर ने यह मामला मेरे ध्यान में लाया, और मैंने उसे औपचारिक रूप से पत्र लिखकर पटवारी का स्थानांतरण पत्र में उल्लेखित कारणों से करने के लिए आदेशित किया, मंत्री के आदेशों का हवाला दिए बगैर। मैंने पत्र की एक प्रति मंत्री को पृष्ठांकित की। उस समय और कुछ नहीं हुआ। बाद में यह पता चला कि वह पटवारी एक प्रकार का दुरंगा गुरगा था। वह मंत्री के लिए काम करने का दिखावा करते हुए वास्तव में एक विपक्षी समूह की सेवा में था। जब मंत्री को इसका पता चला तब उन्होंने इसे मेरा अंतर्ज्ञान मानते हुए उसकी प्रशंसा की जिसे मैंने शिष्टतापूर्वक स्वीकार कर लिया। मैंने यह व्यक्त करना आवश्यक नहीं समझा कि मैं पटवारी की बदमाशी के बारे में बिल्कुल अनजान था; न ही यह कहना कि अधिकतर टेढ़े शासकीय सेवक ठीक यही करते थे, अपने सभी विकल्प खुले रखने की पद्धति के रूप में।

सरकार का मुख्य कार्य क़ानून और व्यवस्था बनाए रखना है, और क़ानून और व्यवस्था का संधारण करते समय कुछ अवसरों पर बल प्रयोग अपरिहार्य हो जाता है। दंड प्रक्रिया संहिता में इस विषय पर काफ़ी विचार किया गया है। क्या करें तथा क्या न करें यह स्पष्ट किया जा चुका है। लेकिन कोई भी दो स्थितियाँ ठीक एक जैसी नहीं होती हैं, और कभी-कभी बात बिगड़ जाती है। स्थिति नियंत्रण से बाहर होने दी जाती है; या अत्यधिक बल का प्रयोग किया जाता है; या निर्णय की भूल हो जाती है। पुलिस मैन्युअल में पुलिस गोलीचालन के प्रत्येक प्रकरण में एक दंडाधिकारी जाँच का प्रावधान है, और सरकार किसी भी गंभीर प्रकार के मामले में प्रशासकीय जाँच का आदेश कर ही सकती है। हम सोचते थे कि मानवीय कमजोरियों के विरुद्ध रक्षा के ये उपाय पर्याप्त हैं लेकिन जनता का विश्वास उनमें से उठने लगा। इसके दो कारण थे। पहला, सेवाओं के मध्य मित्रता जिसके कारण जाँचकर्ता अधिकारी जितना हो सके लीपा-पोती करने के लिए अग्रसर रहता था; और दूसरा, जनता के एक तबक़े में एक अधिकारी की व्यक्तिगत ग़लतियों के लिए सरकार को जिम्मेवार ठहराने की प्रवृत्ति, जिसके कारण सरकार किसी अधिकारी को दोषी ठहराने में अनिच्छुक रहती थी। अब माँग एक न्यायिक जाँच की होती थी, जिसके लिए, सच

कहें तो, विधि में कोई विशिष्ट प्रावधान नहीं है। दंड प्रक्रिया संहिता में एक दंडाधिकारी जाँच का प्रावधान है और जाँच आयोग अधिनियम में लोक महत्त्व के किसी भी मामले की जाँच का प्रावधान है। यह जाँच न्यायपालिका के सदस्य के द्वारा की जा सकती है पर ऐसा अनिवार्य नहीं है। अब जनता एक न्यायाधीश के द्वारा जाँच चाहने लगी थी और अगुआई करने के बजाय धकेली जाते हुए सरकारों ने जाँच आयोग अधिनियम का सहारा लेना शुरू कर दिया जिसके तहत एक न्यायाधीश, वरीयत: एक उच्च न्यायालय के न्यायाधीश, को जाँच आयोग का अध्यक्ष बनाया जाता था। जैसे ही ऐसी जाँच आदेशित की जाती थी, वह तत्काल ध्रुवीकरण कर देती थी। सभी अधिकारी एक तरफ़ और स्वयंभू नेतागण दूसरी तरफ़। सच की बलि हो जाती थी। एक कहानी है कि एक न्यायिक जाँच में अध्यक्षता करने वाले न्यायाधीश झूठ सुनते-सुनते ऊब गए, और उन्होंने निश्चित किया कि वे शृंखलाहीन (रेंडम) पद्धति से स्वतंत्र गवाहों को चयनित कर उनका परीक्षण करेंगे। तदनुसार उन्होंने रास्ते से जाते जो पहला व्यक्ति मिला उसे रोककर न्यायालय में साक्ष्य देने के लिए हाज़िर कराया। वह आदमी एक मुस्लिम था और जाँच एक सांप्रदायिक दंगे के बारे में थी। उसकी साक्ष्य ऐसी थी :

''मैं मस्जिद में अपनी इबादत कर रहा था जब मैंने हिंदुओं को नारे लगाते सुना। मुझे लगा कि वे हम पर हमला करने आ रहे हैं, इसलिए मैं भवन से बाहर भागा। जैसे ही मैं बाहर आया, एक हिंदू ने मेरे सिर पर लाठी से प्रहार किया और मैं बेहोश हो गया। मुझे बस यही मालूम है।''

रास्ते से जा रहा अगला व्यक्ति एक हिंदू था और उसका साक्ष्य इस प्रकार था :

''मैं मंदिर में पूजा कर रहा था, जब मैंने मुसलमानों को 'अल्लाह हो अकबर' चिल्लाते हुए सुना। मैं समझ गया कि वे हम पर आक्रमण करने आ रहे हैं। इसलिए मैंने भागने की चेष्टा की। जैसे ही मैं मंदिर के बाहर निकला एक मुसलमान ने मेरे सिर पर जानलेवा प्रहार किया और मैं मूर्च्छित हो गया। मुझे केवल यही पता है।''

जज ने निश्चय किया कि उसे एक निष्पक्ष मत लाभ उठाना चाहिए, और उसने एक ईसाई को बुलाने का आदेश दिया। गवाह ने कहा :

''मैं शराब की दुकान पर दारू पी रहा था, तब मैंने हिंदुओं को एक ओर से 'हर-हर महादेव' कहते हुए और मुसलमानों को दूसरी ओर से 'अल्लाह हो अकबर' कहते हुए सुना।''

न्यायाधीश के कान खड़े हो गए। आख़िर में यहाँ कुछ सत्य जैसा दिख रहा था। गवाह का कथन जारी रहा :

''मैं बाहर आकर देखने लगा कि यह सब हल्ला-गुल्ला क्यों हो रहा था। मान्यवर, मैं आपसे कुछ नहीं छिपाऊँगा; मेरा स्वास्थ्य कुछ ठीक नहीं था और मैं पहले यह भाँप नहीं पाया कि क्या हो रहा है। तभी वहाँ फ़साद शुरू हो गया और मैं

बीचोबीच था। एक मुस्लिम ने मेरे सिर पर घातक प्रहार किया, फिर एक हिंदू ने भी यही किया, और सबसे आख़िर में एक पुलिस वाले ने मेरे पेट को एक लाठी से कोंचा। इस आख़िरी बात ने जादू कर दिया। क्षणमात्र में मुझे होश आ गया और मैं अपने घर की ओर जितना तेज़ हो सके भागा। मेरी जानकारी सिर्फ़ इतनी ही है।''

एक न्यायिक जाँच में स्वतंत्र साक्षी होते ही नहीं हैं। संभवत: यही कारण है कि किसी भी न्यायिक जाँच की परिणति किसी को भी गंभीर दंड दिए जाने में नहीं हुई है।

1956–58 के पूर्व एक गंभीर घटना के हर प्रतिवेदन का विवेचन पुलिस महानिरीक्षक के द्वारा किया जाता था और यदि वह पर्याप्त रूप से महत्त्वपूर्ण होती थी तो गृह सचिव तथा मुख्य सचिव के द्वारा भी। निष्कर्षों पर शीघ्रता से पहुँचा जाता था तथा दोषों को सुधारा जाता था। यदि कोई कमी पाई जाती थी तो उसका निपटारा किया जाता था, लेकिन गाजे–बाजे के साथ कार्यवाही करने की घोषणा नहीं की जाती थी। सच निकलकर बाहर आता था। शायद सकुचाता सा, क्योंकि सच, तसवीर में नग्न नारी जैसा है। फिर भी वह निकलकर बाहर आता था और यही मुख्य बात थी। बचाव करने के लिए कोई षड्यंत्र नहीं होता था क्योंकि सभी संबंधित जानते थे कि न्याय किया जाएगा। यह तो जनता का बलि के बकरे खोजने का आग्रह है जिसके कारण न्याय और सरकार की वस्तुनिष्ठता दब गए हैं। और अधिक महत्त्वपूर्ण बात यह है कि इससे प्रशासन की दक्षता में एक दु:खद गिरावट आई है। कोई भी व्यक्ति न्यायिक जाँच का सामना कर अपमानजनक जिरहबाज़ी, जो क़ानूनी दृष्टि से ज़रूरी है, से गुज़रना नहीं चाहता था। हर स्थिति को 'व्यवहारकुशलता' के साथ निपटाया जाता था अर्थात् निपटाया ही नहीं जाता था। परिस्थितियों को उनके हाल पर छोड़ दिया जाता था। मुख्य लक्ष्य होता था किसी भी क़ीमत पर बल का प्रयोग टालने का। यह कुछ ऐसा ही था जैसे रोग को गंभीर अवस्था में आने तक बिगड़ने देना जब उसके निदान के लिए अधिक ताक़तवर औषधि का प्रयोग अनिवार्य हो जाता है। 'व्यवहारकुशल' निपटारे का अंत सामान्यत: गोलीचालन में होता था भयाक्रांत पुलिसकर्मियों के द्वारा अंधाधुंध गोलीचालन, इस धारणा के साथ कि वे अपनी प्राणरक्षा कर रहे हैं। फिर न्यायिक जाँच और बाद में लीपापोती, या कुछ नहीं तो जाँच प्रतिवेदन को ठंडे बस्ते में रख दिया जाना।

यहाँ आप पहुँच गए हैं। ग़लती करने वालों को कोई सज़ा नहीं, और अन्ततोगत्वा क़ानून और व्यवस्था को बनाए रखने का यह तरीक़ा जिसके हम अब अभ्यस्त हो गए हैं। दूसरे शब्दों में कहें तो कुछ नहीं। क़ानून और व्यवस्था को बनाए रखना एक घोड़े की सवारी करने के समान है एक बार आप उसे नियंत्रण के बाहर जाने दें तो वह भाग निकलता है और नियंत्रण की वापसी एक कठिन प्रक्रिया है। दुर्भाग्यवश वर्तमान प्रवृत्ति घोड़े को अपनी मनमर्जी करने देने की थी जिसे शिष्टोक्तिपूर्ण रूप

से 'छोटी बातें' कहा जाता था। यथा—महिलाओं के साथ छेड़छाड़; एक निरीह होटल वाले की अपने पैसे माँगने पर पिटाई; दो विरोधी जमावों के बीच आम रास्ते पर घनघोर युद्ध। मैंने सुनिश्चित किया कि कम-से-कम मेरे संभाग में छोटी बातों पर नियंत्रण कभी नहीं खोएँ, जिसका परिणाम यह हुआ कि हमारे समक्ष नियंत्रण करने के लिए कभी बड़ी बातें सामने नहीं आईं। मैंने 'अड़ियल' होने की प्रसिद्धि अर्जित की, जिसका चाहे जो अर्थ हो लेकिन न मुझे न ही मेरे संभाग के किसी कलेक्टर को न्यायिक जाँच का सामना करना नहीं पड़ा। कुल मिलाकर मैं सोचता हूँ कि लोग हमसे ख़ुश थे। दस में से नौ लोग भद्र और क़ानून का पालन करने वाले नागरिक होते हैं। लेकिन दुर्भाग्यवश वे दूसरों को क़ानून तोड़ने से रोकने का साहस नहीं रखते और न ही सामूहिक उन्माद छा जाने पर स्वयं को उनसे अलग रख पाने की स्वतंत्रता रखते हैं।

फिर भी, मुझे एक अनुभव अवश्य हुआ जो आसानी से एक व्यक्तिगत ट्रेजिडी में परिवर्तित हो सकता था। मेरी पुत्री, वही, जिसने खामगाव से उसके पालतू मुर्गे को लाने की ज़िद की थी, अब जबलपुर के शासकीय महाविद्यालय में विज्ञान की प्रथम वर्ष की छात्रा थी। स्वाभाविक संभाषण कला, और संभवत: थोड़ी बहुत स्वाभाविक योग्यता ने उसे महाविद्यालय की सभी सर्वाधिक उत्पाती लड़कियों की मानी हुई नेता बना दिया। ये लड़कियाँ वे थीं जो आंदोलनों में अग्रणी रहती थीं लेकिन उन्हें सहन किया जाता था क्योंकि वे पुरस्कार भी जीतती थीं। एक बार एक सिनेमाघर में दंगा हो गया और उसमें भाग लेने वाले कुछ लड़कों को गिरफ़्तार कर उन पर मुक़दमा चलाया गया। छात्र अपने इस विशिष्ट तर्क के साथ इस बात पर अड़ गए कि पहली ग़लती सिनेमाघर के कर्मियों की थी और इसलिए बाद में जो कुछ भी हुआ होगा, उसके संबंध में कोई मुक़दमा चलाने नहीं दिया जाएगा। छात्राओं ने मेरी पुत्री के नेतृत्व में इस बेतुकेपन को उत्साहपूर्वक समर्थन दिया। बैठकें हुईं, भाषणबाज़ी हुई और स्थिति बिगड़ती गई जब तक कि एक मुठभेड़ अपरिहार्य दिखने लगी। छात्र अडिग थे कि कोई मुक़दमा नहीं चलेगा। मैंने निर्णय लिया कि इस बेहूदा माँग को मान लेने का अर्थ होगा भीड़ को क़ानून और व्यवस्था समर्पित कर देना और मैं भी अडिग था कि मुक़दमा चलेगा। इस पूरे घटनाक्रम के दौरान न तो मेरी पुत्री ने, न मैंने आपस में प्रकरण पर कभी भी कोई चर्चा की। मुक़दमा प्रारंभ होने की पूर्व संध्या आई। मैंने कलेक्टर को न्यायालय के संरक्षण के लिए साधारण पुलिस के अतिरिक्त सशस्त्र पुलिस की दो कंपनियाँ तैनात करने का आदेश दिया और लिखित में निर्देशित किया कि किन्हीं भी परिस्थितियों में मुक़दमे की कार्यवाही में व्यवधान नहीं होने दिया जाए, भले ही इसके लिए गोलीचालन आवश्यक हो। ये आदेश जगजाहिर थे। यह भी सबको पता था छात्र मेरी पुत्री के नेतृत्व में ही न्यायालय की ओर कूच करेंगे और यदि गोलीचालन हुआ तो उसका क्या परिणाम संभावित है।

उस रात में जो मुक़दमे की पूर्व रात थी, मैं स्वभावत: अवसादपूर्ण मन:स्थिति में था। बैठक कक्ष में मैं बिस्मिल्ला खाँ को सुनते हुए स्वयं को सांत्वना दे रहा था। तभी मेरी पुत्री आई और मेरी कुर्सी की बगल में गालीचे पर बैठी। वह बगैर किसी भूमिका के बोली, ''मैं प्रकरण के बारे में आपका कथन जानना चाहती हूँ, समाचार पत्रों से नहीं, आपसे।'' वह हमेशा मेरी चहेती थी और मैंने अपनी प्रतिक्रिया बेहिचक दी। मैंने उसे संक्षेप में बताया कि दंगे के गुण दोष अर्थहीन थे। महत्त्वपूर्ण यह माँग थी कि कोई मुक़दमा नहीं हो। यह एक ऐसी माँग थी जो ख़ुद को क़ानून से ऊपर होने का दावा करती थी। मैंने कहा, ''हमारा प्रजातंत्र अभी शैशवकाल में है। एक बार आप किसी एक व्यक्ति या समूह को क़ानूनी प्रक्रिया से मुक्ति की अनुमति देते हैं तो फिर क़ानून के राज को नमस्कार कर लें; प्रजातंत्र को नमस्कार कर लें। इसलिए मैं इस मामले को इतना महत्त्वपूर्ण मानता हूँ कि उसके लिए अपना जीवन दाँव पर लगा दूँ।''

''आपका जीवन?'' उसके स्वर में व्यंग्य था।

''मेरा जीवन। क्या तुम सोचती हो कि तुम्हारे मारे जाने पर मैं ज़िंदा रहूँगा?''

वह सोच में दिखी, ''लेकिन तुम्हारा या मेरा जीवन महत्त्वपूर्ण नहीं है, यह क़ानून के राज वाली बात है जिससे फ़र्क़ पड़ता है। मुझे समझ में आ रहा है। ख़ुश हो जाओ डैडी, घटाटोप में भी आशा की किरण हमेशा रहती है, यदि आप ध्यान से देखें तो।''

अगले दिन न्यायालय के लिए कोई जुलूस नहीं हुआ, कोई प्रदर्शन नहीं था, कार्यवाही में व्यवधान डालने का कोई प्रयास नहीं था और मुक़दमा ख़ासा नीरसतापूर्वक चलता रहा। सामूहिक उन्माद की सीमा तक पहुँचे तनाव का ऐसा अपकर्ष होना था। बाद में मुझे पता चला, मेरी पुत्री से नहीं, कि क्या हुआ था। वह सुबह महाविद्यालय गई। सभी लड़कियाँ उसका निर्देश प्राप्त करने के लिए उसके चारों तरफ़ जमा हो गईं। जब उसने उन्हें बताया, ''मैं किसी जुलूस का नेतृत्व नहीं करने वाली हूँ'' तो जैसे अचानक बम फटा। वे इस धक्के से उबर पातीं इसके पहले ही उसने क़ानून के राज का जोशीला बचाव शुरू कर दिया; प्रजातंत्र का भी और क्या पता एक औरत की स्वतंत्र सोच का भी। अधिकतर लोग भेड़ होते हैं। लड़कियाँ कक्षाओं में गईं। जब लड़कों ने आधे-अधूरे मन से उन्हें रोकने की चेष्टा की तो उन्हें क़ानून के राज वाली औषधि की और तेज़ ख़ुराक मिली। उस दिन महाविद्यालय में हुए व्याख्यान मानक स्तर के नहीं थे, क्योंकि कोई भी शिक्षक तैयारी कर के नहीं आया था; बहुत से आए ही नहीं थे। मैंने सरकार को भेजे गए सरकारी प्रतिवेदन में अपनी पुत्री को पूर्ण श्रेय दिया और भेजने के पूर्व उसे दिखाया। उसने केवल यह टिप्पणी की, ''क्या आप ऐसा नहीं सोचते कि प्राचार्य मुझे वार्षिक परीक्षा से छूट दे देंगे यदि आप उन्हें यह दिखाएँ?'' मैं ऐसा नहीं सोचता था।

जब क़ाँनून और व्यवस्था के विषय पर हूँ तो मैं वह भी लिख डालता हूँ जो पैंतीस वर्ष के अनुभव ने मुझे सिखाया है। यदि आपके मन में आपकी स्वयं की सुरक्षा, आपके कॅरियर, बल के उपयोग की संभाव्यक सीमा या न्यायिक जाँच की संभावना को लेकर कोई संदेह है तो आप क़ानून और व्यवस्था को ठीक से नहीं बनाए रख सकते हैं, वैसे ही जैसे कि आप टेनिस में ठीक से ड्राइव नहीं मार सकते हैं, यदि ऐसा कर सकने की अपनी क्षमता पर आपको संदेह हो। इसीलिए राजनीतिज्ञ और कई अधिकारी क़ानून और व्यवस्था बनाए रख पाने में असफल रहते हैं। वे हमेशा साध्य साधन और परिणामों के बारे में दोचित्ति अवस्था में रहते हैं। यह बिल्कुल अनावश्यक है क्योंकि इस विषय में मसले और प्रक्रियाएँ दोनों ही स्पष्ट हैं। आपको चुना जाता है या आपको तनख्वाह मिलती है क़ानून तथा व्यवस्था बनाए रखने के लिए। क़ानून विहित करता है कि आप यह कार्य किस पद्धति से करेंगे। बस कुल मिलाकर यह है। लेकिन राजनीतिज्ञों के और कुछ अधिकारियों के, मस्तिष्क इतने सीधे नहीं चलते। 1960 में रायपुर में ए.आई.सी.सी. के अधिवेशन के समय लगभग बीस हजार उत्तेजित आदिवासियों की भीड़ अपनी शिकायतें व्यक्त करने के लिए कांग्रेस पंडाल की ओर जुलूस ले जाने के लिए ज़िद कर रही थी। मैं उस समय संभाग आयुक्त था। यह पूरी तरह से स्पष्ट था कि उन्हें रास्ते में रोकना ही होगा और मैंने वैसे आदेश दिए। ज़िला दंडाधिकारी के द्वारा पंडाल के निकटवर्ती क्षेत्र में जुलूस निकालने पर रोक लगाने का आदेश दंड प्रक्रिया संहिता की धारा 144 के अंतर्गत जारी किया गया, और निषिद्ध क्षेत्र के चारों ओर मजबूत घेरा डाल दिया गया। मेरे आदेश थे कि यदि आदिवासी इस क्षेत्र में घुसने का प्रयास करते हैं तो उन्हें रोक दिया जाए। सभी व्यवस्थाएँ कर मैंने, तत्कालीन मुख्यमंत्री डॉ. काटजू को जो उस समय पंडित नेहरू के साथ थे, मेरे द्वारा की गई कार्यवाही बता दी। मैंने इस बात पर जोर दिया कि आदिवासी भीड़ को निषिद्ध क्षेत्र की सीमा पर किसी भी क़ीमत पर रोक दिया जाएगा। डॉ. काटजू हतप्रभ हो गए। ''क्या, गोलीचालन भी?'' मैंने कहा, ''गोलीचालन भी। उसमें कम जानें जाएँगी बनिस्बत उस स्थिति के यदि ये लोग पंडाल में घुस जाएँ, उन सबके पास कुल्हाड़ियाँ हैं।'' फिर मैंने थोड़े नटखटपन के साथ जोड़ा, ''जब तक कि मुझे स्थिति को किसी और तरीक़े से निपटने के लिए आदेश न दिया जाए।'' डॉ. काटजू को धक्का लगा था। ''लेकिन, लेकिन...'' पंडित जी ने उन्हें चुप किया। ''क़ानून और व्यवस्था पूरी तरह से कार्यपालिका के द्वारा मैदानी स्तर पर निपटाए जाने का मामला है, तुम उससे संबंधित नहीं हो। नरोन्हा को अकेला छोड़ दो, कम-से-कम उसका दिमाग़ स्पष्ट है।''

ज़िला दंडाधिकारी और पुलिस अधीक्षक को पुलिस घेरे के प्रभार में रखा गया था और मैं भीड़ में चला गया जहाँ पुलिस उप महानिरीक्षक, प्रकाश राय, जो मेरे बहुत अच्छे मित्र थे, मेरे पहले ही आ चुके थे। मैं अपने साथ कोई पुलिस नहीं ले

गया लेकिन मैंने सुस्पष्ट निर्देश छोड़े थे कि भीड़ को पूर्व निर्धारित स्थान पर रोकना था और यदि गोलीचालन आवश्यक था तो किसी को भी इस बात से हिचकना नहीं था कि पुलिस उप महानिरीक्षक तथा संभागीय आयुक्त भीड़ में मौजूद थे। उस समय रुस्तमजी (जो बाद में सीमा सुरक्षा बल के महानिदेशक बने) पंडित जी की सुरक्षा के प्रभार में थे और वे सौभाग्य से मेरे निकटतम मित्रों में से एक थे, और हैं। मैंने उन्हें व्यवस्थाओं पर नज़र रखने के लिए और मेरे आदेशों का पालन सुनिश्चित करने के लिए कहा। रुस्तमजी इतने अच्छे अधिकारी थे कि उन्हें स्पष्टीकरणों की आवश्यकता नहीं थी; स्थिति उन्हें उतनी ही स्पष्ट थी जितनी वह मुझे थी। मैंने सिर्फ़ उन्हें बताया, ''यदि जब हम भीड़ में रहेंगे तब कोई गंभीर गड़बड़ी होती है तो मैं और प्रकाश दूसरी ओर से निकलने का प्रयास करेंगे; वापस लौटना असंभव होगा।'' उन्होंने सिर हिलाया। मैं प्रकाश के पीछे भीड़ में गया; उनके नेताओं को काफ़ी कठिनाई से खोजा और उन्हें यक़ीन दिलाया कि भीड़ पंडाल तक नहीं पहुँच पाएगी। फिर मैंने अपनी तुरुप की चाल चली, ''आप पंडितजी से बात करना चाहते हैं। ठीक है, यदि आप पंडाल जाने का विचार त्याग दें तो मैं उन्हें दोपहर को आपके शिविर में ले आऊँगा।'' जैसे ही मैंने यह बोला, मैं जानता था कि मैं जीत चुका था। वे पंडित जी के सिर्फ़ उनके लिए ख़ास दर्शन के लालच का प्रतिरोध नहीं कर सके, और लगभग आधे घंटे में वे अपने शिविर में लौट गए। मैं डॉ. काटजू को सूचित करने के लिए तेज़ कदमों के साथ लौटा और सबने राहत की साँस ली। पंडित जी ने मेरी बात रखी; दोपहर के भोजन के बाद वे आदिवासी शिविर में गए और उनके एकमात्र सुरक्षाकर्मी थे रुस्तमजी और मैं। आदिवासी दीवाने हो गए, और दंडवत होकर उनके पैर छूने लगे, और चापलूसी से घृणा करने वाले पंडित जी, इस बार नाराज़ नहीं हुए। सब कुछ अच्छे से निपट गया। पर रुस्तमजी ने बाद में मुझे बताया कि शिविर में पंडित जी की आदिवासियों के साथ भेंट के दौरान पूरे समय मैं अपनी काँख खुजा रहा था जैसे कि मुझे दाद हुई हो। मुझे दाद नहीं हुई थी, लेकिन मैं काँख में छिपी खोल में एक लंबी नली वाली 0.38 पिस्तौल डाले हुए था।

मैं अभिलेख के तौर पर जोड़ना चाहूँगा कि मुझे कभी भी गोलीचालन करना नहीं पड़ा, जबकि नाजुक परिस्थितियों से निपटना मेरे हिस्से में आया है। जिन मामलों में गोलीचालन हुआ है उनमें से 99.9 प्रतिशत में यह ठीक इसी कारण से हुआ क्योंकि जो प्राधिकारी स्थिति के प्रभार में थे उन्होंने येन-केन-प्रकारेण गोलीचालन टालने का प्रयास किया। ऐसा करके उन्होंने स्थिति को बिगड़ते जाने दिया और आख़िरकार एक डरे पुलिसकर्मी ने अपनी आत्मरसुरक्षा के नाम पर अपनी राइफ़ल दाग दी। और उसके बाद निश्चय ही उन सभी ने जिनके पास राइफ़ल थी, यही किया। अँगरेज़ों के अधीन हम घपला करने के बारे में चिंतित थे, गोलीचालन के बारे में नहीं; स्वतंत्र भारत में हम गोलीचालन के बारे में चिंतित थे और घपले के बारे

में नहीं। इसका अपरिहार्य परिणाम यह था कि किसी भी तुलनात्मक अवधि के लिए, स्वतंत्रता के बाद गोलीचालन की घटनाएँ, उस समय की अपेक्षा जब हम अँगरेज़ों के 'ग़ुलाम' थे, कहीं अधिक हुई। साध्य की तुलना में साधन को अधिक महत्त्वपूर्ण बनाना बुद्धिमानी नहीं है।

लगभग इसी समय 'प्रेरित' प्रशासन के युग का सूत्रपात हुआ। वह कुछ ऐसे काम करता था : एक मंत्री ने प्रेस को बताया (या कम-से-कम उसके वशीकृत पत्रकारों को) कि सरकार अमुक-अमुक करने जा रही है। रहस्योद्‌घाटन के उपरांत सचिवालय को आदेशित किया गया कि प्रस्ताव का परीक्षण किया जाए। यदि वह प्रस्ताव व्यावहारिक नहीं होता तो मंत्री कैबिनेट बैठक में निवेदन करता था कि वह वादा कर चुका है। यदि मंत्री बहुत महत्त्वपूर्ण होता, तो अव्यावहारिक प्रस्ताव होने के बावजूद परिणामी विधेयक ज़बरदस्ती धकेला जाता। जब कार्यान्वयन असफल रहता तो अनुमान लगाएँ किसे दोष मिलता ? हाँ, आपने पहली बार में अनुमान लगा लिया। निष्ठुर और लालफीताशाही से बँधी नौकरशाही को। केवल एक ही अवसर था जब नौकरशाही ने अपना थोड़ा सा बदला ले लिया। एक क़दम इसलिए नहीं उठाया जा सकता था क्योंकि उसका निषेध उसी मंत्रालय के द्वारा एक वर्ष पूर्व पारित एक अन्य क़दम द्वारा किया गया था। उस मामले में भी पूर्व के विधान की जानकारी न देने के कारण नौकरशाही पर आग बरसी। नि:संदेह, नौकरशाही को ऐसा करना चाहिए था, पर उसका दोष कम करने वाली परिस्थितियाँ भी हैं। जब विधेयकों के वार्षिक उत्पादन की मात्रा लगभग उतनी ही हो जितनी कि संपूर्ण ब्रिटिशकाल के दौरान विधेयकों की मात्रा थी, तब ध्यान रखना थोड़ा कठिन हो जाता है! विधान निर्मिति के प्रति इस दीवानगी की स्वाभाविक परिणति असावधानीपूर्वक प्रारूपित क़ानूनों में हुई। कोई विधि सचिव रातभर में 247 धाराओं वाला एक विधेयक नहीं बना सकता जब तक कि वह सोचना बंद न कर दे। जब उच्च न्यायालय ने अधिनियमों को असंवैधानिक घोषित करते हुए निरस्त कर ठीक ही काम किया तो वह बदनामी जिस पर पहले नौकरशाही का एकाधिकार था, न्यायालय को साझा करना पड़ी। प्रसंगवश इसका एक स्वागत योग्य प्रभाव हुआ; न्यायासन ने कार्यपालिका के विरुद्ध विपरीत टिप्पणियाँ करना बंद या लगभग बंद कर दिया। ऐसा अनुमान किया जा सकता है कि पारित किए जा रहे क़ानूनों के कुछ अनुभवों के बाद उन्होंने उनके क्रियान्वयन की कठिनाइयों के बारे में सहानुभूतिपूर्ण समझ अर्जित की होगी।

मैंने द्वितीय अध्याय में सेवाओं की दुचिताई का उल्लेख किया है। अब राजनीतिज्ञ एक अजीब तरीक़े से दुचित्ती बन गए। वे नहीं चाहते थे कि उनके बनाए क़ानूनों को वास्तव में क्रियान्वित किया जाए। दो उदाहरण देना चाहूँगा : किसानों पर खाद्यान्न लेवी तथा भूमि सीलिंग। बार-बार वे शासकीय सेवक पीड़ित हुए जिन्होंने लेवी

नीति का क्रियान्वयन करने का प्रयास किया, जो थोड़ा बहुत हाथ मरोड़े बिना नहीं किया जा सकता। और यदि आप जानना चाहते हैं कि सीलिंग क़ानून कैसे क्रियान्वित किए जा रहे थे और किए जा रहे हैं, तो ज़रा एक नज़र देश में निजी स्वामित्व के मध्यम और बड़े ट्रैक्टरों की संख्या पर डालें। आप एक पैंतीस से पचास हार्स पॉवर शक्ति के ट्रैक्टर को तब तक आर्थिक लाभप्रदता के साथ संचालित नहीं कर सकते जब तक कि आपके पास न्यूनतम पचास एकड़ दो फसली भूमि न हो। यह स्थिति मुझे पेट्रोल के राशन के दिनों की एक घटना की याद दिलाती थी (और अभी भी दिलाती है)। राशनिंग अधिकारी एक व्यावहारिक और काफ़ी हद तक ईमानदार अधिकारी था। उसके वरिष्ठ अधिकारी द्वारा दस अतिरिक्त गैलन 'क' या 'ख' को देने के निर्देशों की चिटें भेजने की आदत ने उसे कुछ समय बाद त्रस्त कर डाला। एक दिन वह अपने अधिकारी के पास गया और उसके टेबिल पर कुछ काग़ज़ रखे।

"सर, यह आपके मित्रों की सूची है और उसके नीचे है मेरे मित्रों की। यदि मैंने आपकी सूची में कोई नाम छोड़ दिए हों तो कृपया मुझे बता दें।"

वरिष्ठ अधिकारी (एक अँगरेज़) चकित था।

"पर यह सब क्या है?"

"यों ही सर। मैं सोचता हूँ कि यदि मैं यह दो सूचियाँ तैयार कर दूँ तो इससे समय बचेगा। मैं बार-बार आपसे निर्देश लिए बिना उसमें शामिल लोगों का ध्यान रख सकूँगा।"

"लेकिन शेष जनता का क्या होगा जिसे पेट्रोल लगता है?"

"उनके साथ न्याय किया जाएगा।"

अमूमन स्वतंत्रता के बाद के क़ानूनों में उन लोगों के साथ न्याय किया गया जो किसी सूची में नहीं थे। समय बीतने के साथ हम क्रियान्वयन के नए मानकों के अभ्यस्त हो गए, पर हम रणनीतिक वापसी की विशिष्ठ राजनीतिक आदत के कभी अभ्यस्त नहीं हो सके। एक क़ानून पारित किया जाता; उसे लागू करने के लिए बहुत बड़ा तंत्र स्थापित कर बेरोजगारी कम की जाती थी (ऐसी मैं आशा करता हूँ)। लेकिन यदि कांग्रेस दल में ही उसका पर्याप्त विरोध होता था, तो सरकार विरोध के सामने झुक जाती और क़ानून को वापस ले लेती, या उसे इस सीमा तक ढीला कर देती कि सभी व्यावहारिक प्रयोजनों के लिए उसका अस्तित्व समाप्त हो जाता। कालांतर में जब मैं सचिवालय में था तब मैंने अपनी पद्धतियों को तदनुसार युक्तियुक्त किया। मैं अपने विभाग से संबंधित अधिनियमों का सूक्ष्म परीक्षण तब तक के लिए टाल देता था जब तक कि सरकार के द्वारा उसे वापस लेने के लिए अंतिम रूप से इंकार न कर दिया जाए। परीक्षण में पाई गई त्रुटियों को सदैव ही संशोधनों के द्वारा सुधारा जा सकता था। यह एक कारण है कि क्यों अक्सर संशोधन मूल धाराओं से अधिक होते हैं। डी.पी. मिश्र, जो उन परम प्रतिभाशाली मंत्रियों में से एक थे जिनके

अधीन मैंने काम किया था, इन संशोधनों से परेशान हो जाते थे। मैं उन्हें होरास की घिसी-पिटी उक्ति से शांत करता था, "जो घटित होता है वह अनपेक्षित ही है।" जब मध्यप्रदेश कैबिनेट ने हमारे नवीनतम सीलिंग क़ानून का अनुमोदन कर दिया, मैंने उन्हें खेदपूर्वक कहा, "यह एक अफ़सोस की बात है कि मैंने अपने कम-से-कम एक पुत्र को वकील नहीं बनाया। यह क़ानून उनके लिए तीस वर्ष की लाभप्रद प्रेक्टिस सुनिश्चित करता।" सीलिंग अधिनियम गुणवत्ता के मामले में निस्सन्देह अन्य क़ानूनों के समकक्ष था। यद्यपि मेरा पुत्र उससे कोई लाभ प्राप्त नहीं कर सकेगा; सभी वकील प्राप्त करेंगे।

'प्रेरित प्रशासन' का निहितार्थ एक सुविचारित और दृढ़ नीति का अभाव है। यह कुछ-कुछ एक नवधनाढ्य कार मालिक के जैसा है जो कार में बैठकर ड्राइवर को बिना कोई मंज़िल बताए उसे चलाने के लिए कहता है। ड्राइवर को मालिक के प्रति न भय रह जाता है और न आदर। सेवाओं में सुशासन के लिए दोनों का होना आवश्यक है। नितांत अक्षमता में हमने नई बुराई प्राप्त की क्योंकि हमें अपने स्वामियों से न भय था और न ही उनके प्रति आदर। लेकिन वे भली मंशा रखते थे। वे लोगों का भला करना चाहते थे, बशर्ते उसमें वोटरों या राजनीतिक समर्थकों के बीच अलोकप्रियता निहित न हो। नर्क की राह अच्छे इरादों से प्रशस्त की गई है।

लेकिन सेवाओं और शासकों के लिए इतना काफ़ी है। लोगों के बारे में क्या? हमेशा की तरह वे अटूट आनंदकारी थे, परिपक्व, शांत, किंचित व्यंग्यपूर्ण। ये वे ही गुण हैं जिन्होंने उन्हें चार हजार वर्षों की सेवाओं और सरकारों के बाद भी जीवित रखा है। उनकी मदद करने की सरकार की इच्छा को वे पहचानते थे, पर वे यह भी पहचान गए कि यह इच्छा उनके वोट प्राप्त करने की आवश्यकता से जुड़ी हुई है। उनका रुख़ प्रबुद्ध स्वहित का हो गया : "धन्यवाद, कृपया थोड़ा और।" एक उदाहरण समझाने के लिए काफ़ी होगा। कृषि ऋण, जिन्हें तक़ावी कहा जाता है, किसानों को उदारतापूर्वक उपलब्ध कराए गए थे और उन्होंने अपनी पुनर्भुगतान क्षमता से बहुत आगे जाकर उधार लिए। जब मैंने एक किसान मित्र से पूछा कि उसके द्वारा उधार ली गई बड़ी राशि को चुकता करने के लिए उसका प्रस्ताव क्या है, तो उसने मुझे अपनी आँख में चमक के साथ कहा, "क्या? पुनर्भुगतान?" वह सही था। साफ़ तौर पर सरकार अपने द्वारा दिए गए ऋणों की वापसी की अपेक्षा नहीं कर रही थी। इतना पर्याप्त था यदि ऋणी उनके लिए वोट दे और उसके मित्रों को भी ऐसा करने के लिए तैयार करे। हर बार जब राजस्व अधिकारियों के द्वारा बल का प्रयोग किया जाता, सचिवालय से एक सामान्य स्थगन आदेश निकलता था और मामला बंद हो जाता था। इसका अवश्यंभावी परिणाम था कि बकाया का आकार विशाल होता गया। उतनी ही अवश्यंभाविता के साथ लेखे इतने अस्त-व्यस्त हो गए हैं कि विश्वास नहीं होता। आज कोई भी, महालेखापाल भी, सरकारी ऋणों या उन

पर देय ब्याज के आकार को नहीं जानता है। समय-समय पर, उनके समाधान के लिए तंत्र स्थापित किया जाता है, पर वह कहीं पहुँच नहीं पाता है। एक दुर्भाग्यपूर्ण परिणाम यह है कि जिन किसानों ने भुगतान कर दिया है, उन्हें पुन: भुगतान के लिए नोटिस दिए जाते हैं और उन्हें कष्ट उठाना पड़ता है, जब तक कि अगले सामान्य स्थगन आदेश के द्वारा उनकी रक्षा नहीं हो जाती है। लोग प्रशासन की अदक्षता को जीवन का सच मानना स्वीकार करने लगे और वे अपने सभी कार्यों में उसके लिए पर्याप्त गुंजाइश रखने लगे। वे परिपक्व थे।

यह अध्याय एक अभियोगपत्र जैसा पढ़ने में आता है। उसका आशय ऐसा नहीं है। मैंने सच को इतनी निष्पक्षता के साथ लिखने की चेष्टा की है जितना मैं कर सकता हूँ; क्योंकि 'सत्य ही तुम्हें मुक्त करेगा।'

डाकू

मैं जिन डाकुओं के बारे में लिख रहा हूँ, वे सचमुच थे और उसी तरह अन्य पात्र भी। नाम और स्थानों के नाम परिवर्तित कर दिए गए हैं, लेकिन यहाँ जो कुछ बताया जा रहा है वह 1956 में सचमुच घटित हुआ था। कुछ स्पष्ट कारणों से मैं उस क्षेत्र की ओर सटीक संकेत नहीं कर रहा हूँ जहाँ ये घटनाएँ हुईं।

वे सब मिलाकर बारह लोग थे। यह दो गिरोहों का एक अस्थाई गठबंधन था। उनका एकमात्र पथप्रदर्शक एक नाला था जिसके किनारे-किनारे वे एक क़तार में चल रहे थे। उस समय आसमान में लगभग पूरा चाँद था और काफ़ी रोशनी थी। ''यह आसान होना चाहिए।'' मदन सिंह ने कहा। वह अधिक महत्त्वपूर्ण गिरोह का मुखिया था, चालीस वर्ष का और एक सुगठित शरीर का आदमी।

''हथियारबंद चौकी को कभी संदेह नहीं होगा कि हम उनके इतने पास धावा बोलेंगे। और गाँव वाले, वे तो बहुत ही अहिंसक हैं!'' वह निःशब्द हँसी हँसा।

दूसरा दस्यु मुखिया काफ़ी कम उम्र का आदमी था। ''हाँ, यह आसान होना चाहिए।'' उसने कहा, ''लेकिन मैं उम्मीद करता हूँ कि वैसा कुछ भी नहीं होने वाला है जैसा महुआखेड़ा में हुआ था...''

मदन सिंह फिर से हँसा। निःशब्द हँसी उसकी विशेषता है।

''मैं तुम्हें कह रहा हूँ कि यह एक पूरी तरह से शांतिपूर्ण मामला होगा। मैं दुनिया में सबसे दयालु इंसान हूँ, बस, लोग मुझे नाराज़ न करें।''

दूसरे मुखिया ने, जिसका नाम छतर सिंह था, उस 'क्षोभ' के बारे में सोचा जो महुआखेड़ा में हुआ था। एक बारह वर्ष का लड़का बहुत घबराकर चीख़ा था, और उसके बाद...। उसने अपने दिमाग़ से उस याद को टाल दिया।

वे गाँव से एक फर्लांग की दूरी पर आ गए और शाम के भोजन के बाद गपशप कर रहे लोगों की आवाजें हवा में तैर रही थीं। कुछ मिट्टी के तेल की चिमनियाँ दीवारों के सुराखों से चमक रही थीं। मदन सिंह रुक गया और अपने पीछे खड़े गिरोह से एक सदस्य को इशारे से बुलाया। एक चौड़ा, ठिंगना और बहुत ढलुआ कंधों वाला आदमी आया। उन्होंने थोड़ी सी कानाफूसी की और फिर वह आदमी

गाँव की ओर खिसक लिया। "तुमने उसे क्या करने के लिए कहा है?" महुआखेड़ा को याद करते हुए छतर सिंह ने पूछा।

"कुछ नहीं। कुछ भी नहीं। वह केवल अपने मुखबिरों को लाने के लिए गया है। तुम्हें इतना घबड़ाने की ज़रूरत नहीं है। मैंने तुमसे पहले ही कहा है कि यह पूरी तरह से शांतिपूर्ण होगा।"

लगभग आधे घंटे के विलंब के बाद संदेशवाहक वापस लौटा। वह था घसिया एक सौंर जो एक दूसरे आदमी को साथ लाया था। दूसरे आदमी ने कहा, "गाँव में लूटने लायक छह लोग हैं।" और फिर उसने उनके ब्यौरे दिए। मदन सिंह ने चाँदनी में नक्काशी जैसे उभरकर दिखाई दे रही चिमनियों की ओर देखा और एक मिनट के लिए सोचा। उसके बाद उसने आदेश दिए।

"दो आदमी पड़रिया को जाने वाले रास्ते को बंद करेंगे। दो आदमी खेतों में जाने वाली गली को रोकेंगे। बाकी मेरे साथ चौक आएँगे। पटेल का घर वहाँ पर है, हम उससे शुरुआत करेंगे।" डाकुओं ने अपने हथियारों को देखा और चल पड़े। मुख्य टोली, मदन सिंह और छतर सिंह के अधीन पटेल के घर की ओर गई और उनके साथ चल रहे सौंर ने राइफ़ल की बट से दरवाज़ा ठोका। घर के अंदर अचानक भयभीत खामोशी छा गई। एक कँपती हुई आवाज़ ने पूछा, "कौन है?" मदन सिंह ने नरमी के साथ उत्तर दिया, "हम पुलिस वाले हैं। हमें जानकारी मिली है कि मदन सिंह गाँव को लूटने वाला है और हम उससे बचाने के लिए आए हैं।"

द्वार अनिच्छापूर्वक खुला। इसके पहले कि उसे फिर बंद किया जाता, डाकू अंदर घुस आए। पटेल खड़े-खड़े जम गया।

"हमें तुम से ज़्यादा नहीं चाहिए। तुम्हारे पास एक बंदूक है; हम उसे लेंगे, और उसकी गोलियाँ। तुम्हारे पास क़रीब दो हजार रुपए नक़द और बारह तोले सोने के जेवरात भी होने चाहिए। तुम एक समझदार आदमी लगते हो। हम जहाँ तक बन सके तुम्हें चोट नहीं पहुँचाना चाहते। सब चीजें इकट्ठा करो और मेरे पास लाओ। मैं समझता हूँ कि तुम मुझे जानते हो; मैं मदन सिंह हूँ।"

पटेल ने कमरे के किनारे पर एक टॉड़ से एक दुनाली बंदूक निकाली। औरतें दूसरे कमरे में थीं। उसने उनसे कुछ कहा और अनिच्छा से कानों, नाकों, कलाइयों और उँगलियों से आभूषण उतरे। नक़दी दीवाल में बने एक गड्ढे के अंदर रखी थी और वह भी मदन सिंह के पैरों पर लगे ढेर में जा मिली।

"अब यहाँ से जहाँ हमें जाना है वह बलदेव का घर है; बलदेव कुर्मी का। पटेल तुम हमारे साथ आओ और अपने लोगों को समझा दो कि यदि यहाँ से शोर हुआ तो तुम मर जाओगे ..."

एक औरत रुँधे गले के साथ फूट-फूट कर रोने लगी। पटेल और डाकुओं की पंक्ति लूट के माल के साथ घर के बाहर आई।

पूरे संसार में किसानों को मिट्टी से लगाव रहता है। वही उसकी उपासना है। किसी भी अन्य समुदाय में यह भावना कुर्मियों से, जो परंपरागत खेतिहर हैं, अधिक तीव्र नहीं रहती है। ये वे लोग हैं जिन्होंने मानव इतिहास के तीन हजार वर्षों तक जिन्सों को उगाया है। बलदेव एक कुर्मी था और उसे भी याद नहीं है कि कबसे वह अपने जोत की बगल के खेत को ख़रीदने के लिए बचत कर रहा था। अब तक उसने माँगी गई पूरी क़ीमत के बराबर बचत कर ली थी। पूरे सात सौ रुपए। विक्रेता उसके साथ अगले दिन तहसील में उप पंजीयक के कार्यालय दस्तावेजों के निष्पादन के लिए जाने वाला था। बलदेव अपने गद्दे पर लेटा हुआ उस खेत का स्वामी बनने के सुख की प्रत्याशा में मन ही मन आनंदित हो रहा था। उस उर्वरा और समतल काली मिट्टी की ज़मीन का स्पर्श किसी भी औरत के स्पर्श से अधिक आह्लादक था। वह एक अच्छे स्वभाव का आदमी था। वह अपने परिवार और बच्चों के प्रति स्नेह रखता था। और अपने नए खेत के ख़्यालों के बीच उसके मन में उनके लिए भी विचार आया। शायद छोटे-मोटे गहनों के लिए कुछ रुपया बच जाए; हो सकता है थोड़े से कपड़े के लिए भी।

दरवाज़े में से दबे स्वर में आई पटेल की आवाज़ ने उसके विचारों को भंग किया।

''बलदेव भैया, द्वार खोलो! मुझे तुम्हें एक ज़रूरी समाचार देना है। जल्दी खोलो!''

बलदेव विचार करते हुए अपने पैरों पर खड़ा हुआ और रेंगते हुए दरवाज़े की ओर गया।

''आ रहा हूँ! मैं आ रहा हूँ! क्या समाचार है?''

वह कहते-कहते दरवाज़े की कुंडी खोल रहा था और उसका मुँह अभी बंद भी नहीं हुआ था कि डाकू उसको धकियाकर अंदर आ गए। छतरसिंह ने दरवाज़ा बंद किया। पटेल, लज्जित चेहरा लिये दस्युओं की आड़ में हो गया। वह मदन सिंह था जिसने मौन तोड़ा।

''समाचार यह है'' उसने कहा, ''मदन सिंह और उसका सौंर, घसिया, जिसे तुम बेवक़ूफ़ लोग मेरा जल्लाद कहते हो, यहाँ आए हैं। तुम्हारे पास सात सौ रुपए नक़द और पंद्रह तोले सोने के आभूषण हैं। वे पूरे दे दो और अपने आप को मुसीबत से बचाओ। अब जल्दी करो!''

जो मिट्टी जोतते हैं, उनकी प्रतिक्रियाएँ धीमी होती हैं। रचना करना सदैव एक धीमी प्रक्रिया है, और ये रचनाकार हैं। वे उन पौधों से शांति ग्रहण करते हैं जिनकी वे देखभाल करते हैं। कुछ सेकंडों तक मदन सिंह के शब्द बलदेव की चेतना में नहीं आए। जब वे आए तो उसका मन पंद्रह तोले सोने में अटक गया, और अचेतन मन ने सात सौ रुपए और उससे जुड़े खेत वाले मामले को भुला दिया।

"मैं नहीं जानता कि पंद्रह तोला है," उसने कहा, "लेकिन जो भी है तुम ले लो।" फिर, अंदर के कमरे से झाँक रही महिलाओं की ओर मुड़कर वह बोला, "हमारे पास जो है वह सभी उसे दे दो।"

महिलाएँ अपने अलंकारों को अलग करते हुए अश्रुपात कर रही थीं। सौंर ने मदनसिंह के पैरों के पास रखे कपड़े पर मंद-मंद चमकते सोने का छोटा सा ढेर लगा दिया। बलदेव चुपचाप खड़ा रहा। वह मानता था कि होनी का प्रतिरोध नहीं किया जाना चाहिए। सूखा आता था, और किट्ट[1] रोग आकर लहलहाती शानदार गेहूँ की फसल को नष्ट कर देता था, और टिड्डियों की तरह डाकू तभी आ जाते थे जब विनष्ट करने के लिए संपदा की सबसे अधिक उपलब्धता रहती। ये सभी बातें अवश्यंभावी थीं। वह लगभग उपेक्षा के साथ आभूषणों को कपड़े पर खनखनाते गिरते हुए देखता रहा। जब देने के लिए और नहीं बचा, मदन सिंह ने लूट पर एक विवेचना-दृष्टि फेरी।

"हाँ यह लगभग पंद्रह तोला है। अब सात सौ रुपए..." बलदेव के चेहरे ने एक ठस मूर्खता धारण कर ली जो किसानों में असत्यता का द्योतक है।

"सात सौ रुपए ? मेरे पास सात सौ रुपए कहाँ से आएँगे ? हमारे पास जो कुछ है वह तुम्हारे पास है—अब जाओ !"

मदन सिंह ने अधीर हलचल दिखाई।

"तुम मूर्ख...जब हम तुम्हारी उँगलियों पर एक चिंदी लपेटेंगे और उसे मिट्टी के तेल में डुबाएँगे और उसमें आग लगाएँगे जब तुम हमें बताओगे; हाँ, तुम हमें बताओगे !" तभी सौंर ने, जो उन लोगों में सबसे कम मुखर होने की ख्याति रखता था, आश्चर्यजनक रूप से हस्तक्षेप किया।

"महाराज रुकिए। मैं सोचता हूँ कि मैं उसकी मदद के बिना रुपए ढूँढ़ सकता हूँ। ये किसान हमेशा एक से ही रहते हैं। बताओ, पूर्व दिशा कौन सी है ?" डाकुओं में से एक ने दिशा की ओर संकेत किया। सौंर ने हुंकार भरी, "हाँ, वही है। ये लोग उनकी बचत को मुख्य कमरे के पूर्वी कोने में गाड़कर रखते हैं।"

वह कोने में गया। उस पर बलदेव का गद्दा बिछा देखकर बोला, "इतने मूर्ख हैं, ये लोग। उस गद्दे को खींचो और खोदो।"

उसके कहे अनुसार किया गया। एक डाकू ने कमरे में रखे औजारों की ढेरी से एक गैंती उठाई, और बहुत जल्दी, सतह के मुश्किल से छह इंच नीचे, उसे एक बर्तन मिला। वह कलदार रुपयों से भरा हुआ था। मदन सिंह ने कहा, "मुझे लगता है कि तुम्हें मेरे सौंर को ख़ास ईनाम देना चाहिए, तुम्हें घासलेट चिंदी से बचाने के लिए। उसे देखकर लगता नहीं है, लेकिन है वह वाक़ई में अक्लमंद।"

1. Rust

सौंर ख़ुशी से सिहरा, जैसे थपथपाया हुआ एक श्वान।

एक डाकू ने कपड़े पर रखे आभूषणों पर रुपयों का बर्तन खाली किया और उसकी गठरी बनाने लगा। हक्का-बक्का खड़े रह गए बलदेव ने जो देखा, वह रुपयों का एक ढेर और आभूषणों की एक ढेरी नहीं थी; एक खेत था। लहलहाती फसलों के साथ एक उपजाऊ काला खेत। तब उसे कुछ हो गया। एक विचित्र विकृत तर्क के कारण वह मदन सिंह के प्रति क्रुद्ध नहीं था, वह सौंर के प्रति क्रुद्ध था जो उसके खजाने की खोज का तात्कालिक कारण था। उसने गैंती खींचकर उठाई और उसे अपनी पूरी ताक़त लगाकर सौंर के कंधों के बीच घोंप दी। छतरसिंह ने एक सेकंड के अंश की देर से गोली चलाई। गैंती अपना काम कर चुकी थी लेकिन उसकी गोली सही लगी; छाती के बीच। बलदेव के हाथ झटके से उठे और वह पूरी लंबाई में फर्श पर धड़ाम से गिर पड़ा। मदन सिंह घुटने के बल होकर सौंर के बगल में बैठा और उसने कहा, ''कोई इसकी मदद करो, मदद करो!''

दो डाकुओं ने धीमे से गैंती को घाव से निकाला और हल्के रंग के ख़ून के उड़ते फव्वारे ने अपनी कहानी बयान कर दी। घसिया अब और किसी को 'मृत्युदंड' नहीं दे सकता था। मदन सिंह ने उसका सिर अपनी गोद पर रखा। शांत आँखें उसकी ओर ज़रा सी झपकीं। मदद करने के लिए कोई कुछ नहीं कर सकता था।

छतर सिंह ने कहा, ''वह अभी भी साँसें ले रहा है। यदि हम उसे जल्दी से एक डॉक्टर के पास ले जाएँ, तो शायद उसे बचाया जा सकता है। समय नहीं गँवाया जा सकता, हमें चलना चाहिए।''

उन्होंने घायल आदमी को एक चारपाई पर यथासंभव धीरे से रखा और उसे बाहर ले गए। किसी को फर्श पर पड़ी गठरी में रखी लूट की याद नहीं रही। किसी को बलदेव की ओर देखने की भी सुध नहीं थी, जो अच्छा ही रहा, क्योंकि वह अभी ज़िंदा था। 303 की ठोस गोली उसके शरीर में से चटाक से निकल गई थी और वह यथासमय खेत ख़रीदने के लिए स्वस्थ हो गया। लेकिन उसकी बात हम फिलहाल नहीं करेंगे क्योंकि अब वह कहानी से बाहर हो गया है।

डकैत औसत ग्रामीण से अधिक अंधविश्वासी होते हैं क्योंकि उनकी ज़िंदगियाँ बहुत सारे संयोगों पर निर्भर करती हैं। मदन सिंह के साथ के आदमी आपस में बड़बड़ाने लगे कि यह अशुभ चिह्न था, यह दुष्टात्माओं का काम था। वे बोझ ढोते हुए लड़खड़ा रहे थे और उसके भारी वज़न के कारण नाराज़ भी। लेकिन किसी ने अपनी नाराज़गी व्यक्त नहीं की क्योंकि मदन सिंह उनके साथ चल रहा था। उन्हें उस नाले तक पहुँचने के लिए आधा घंटा लगा जहाँ से उन्होंने गाँव को देखा था। उन्हें वहाँ रुकना पड़ा क्योंकि घसिया ने खाँसना शुरू कर दिया। खाँसी का हर दौर डाँडी वाहकों पर ख़ून छिड़कने लगा।

''उसे आगे नहीं ले जाया जा सकता,'' मदन सिंह ने कहा। ''तुममें से दो रोमसरा जाओ और डॉक्टर को लेकर आओ। उसे हर हालत में लाओ, भले ही तुम्हें उसे बाँधकर और उठाकर लाना पड़े।''

अत्यधिक नाराज़गी भरे मौन के साथ उसकी आज्ञा का पालन किया गया। यह मूर्खता थी; गाँव के इतने पास रुकना, एक डॉक्टर को बुला भेजना; जब साफ़ दिख रहा था कि घसिया मर रहा है। लेकिन फिर से किसी ने अपने विचारों को प्रकट करने का साहस नहीं किया।

दो मील दूर एक सशस्त्र चौकी एक नौजवान नायक के प्रभार में थी। वह एक शौक़ीन शिकारी था लेकिन इस क्षेत्र में डाकुओं का खतरा होने से शिकार कठोरता से वर्जित था। उसने दो या तीन महीनों तक शिकार के प्रलोभन के विरुद्ध एक हारती जंग लड़ी। फिर उसने एक टेलीस्कोप दृष्टि लगी .22 राइफ़ल ख़रीदकर समस्या सुलझा ली। .22 राइफ़ल काले हिरण और चिंकारा के लिए बहुत प्रभावकारी थी और वह बहुत कम शोर करती थी। गाँव वालों को कभी पता नहीं चला कि वह भोर में शिकार करने निकल जाता था, और उसके ख़ुद के आदमियों ने एक समझदारी भरी चुप्पी बनाए रखी क्योंकि उनके साथ मांस साझा किया जाता था। आज वह हमेशा की तरह अपनी राइफ़ल के साथ प्रभात के समय निकल पड़ा था। छद्म प्रभात ही कहें क्योंकि तारे अभी भी दिख रहे थे। दो-तीन संभावित स्थानों पर कोई शिकार नहीं मिलने पर, वह उस नाले पर आया जहाँ डकैत उनके संदेशवाहकों का इंतज़ार कर रहे थे। शिकार की खोज में होने से वह गुपचुप विचरण कर रहा था। चूँकि वह शिकार की खोज में था, वह ओट में छिपकर आया। अक्सर उसे उस स्थान पर फसल चरकर लौटते हुए काले हिरण या चिंकारे मिले थे। इस बार वहाँ पर कोई जानवर नहीं था। डाकू दिखने पर उसकी आँखें चौंक पड़ीं। वे मुश्किल से पचास गज दूर थे और उन्हें वह एकदम पहचान गया। एक चारपाई पर बैठा हुआ वह मदन सिंह था और ऊँचा आदमी साफ़ तौर पर छतर सिंह था। उसने अपने आपको एक झाड़ी के पीछे छिपाया और फटाफट सोचा। चौकी पर वापस जाने और अपने आदमियों को लाने के लिए समय नहीं था। जो कुछ भी किया जाना था उसे अभी यहीं और उसी के द्वारा किया जाना था। उसने सुव्यवस्थित सोच के साथ और ठंडे दिमाग़ से अपनी संभावनाओं की गणना की। यदि वह मदन सिंह और छतर सिंह दोनों को मारने में सफल हो जाए तो वह उनसे बच निकल सकता था...। डाकुओं में निश्चय ही खलबली मच जाती और वे भाग जाते। उसने बहुत धीमे से सुरक्षा खटका हटाया और झाड़ी के पीछे निस्तब्ध एक घुटने पर खड़ा हुआ। दूरबीन के क्रास-वायर ने मदन सिंह के सिर को केंद्र बनाया, कानों के ठीक ऊपर। उसने घोड़ा दबा दिया।

छतर सिंह अब तक आतंकित बेसब्री की स्थिति में पहुँच चुका था। आत्म रक्षण की नैसर्गिक प्रवृत्ति के सामने मदन सिंह का खौफ़ दोयम हो चुका था। उसने

कहा, ''मैं नहीं समझता कि हमें यहाँ और अधिक रुकना चाहिए। घसिया लगभग मर ही चुका है। और अब उसे कोई नहीं बचा सकता। हमें उसे छोड़कर निकल लेना चाहिए।''

''तुम जा सकते हो चाहो तो। मैं अपने साथी के साथ रहूँगा। तुम अपने आप को एक ठाकुर कहते हो, तुम डरपोक, तुम सुअर।'' वह इतना क्रोधित था कि वह अपने शब्दों को स्पष्ट उच्चारित नहीं कर सका। वह फिर से चारपाई पर पड़ी निश्चल आकृति पर झुका। यही वह क्षण था जब राइफ़ल चली। मदन सिंह बिना आवाज़ किए सामने की ओर चारपाई पर गिर पड़ा। डाकू अधिक भारी हथियारों के अभ्यस्त होने के कारण .22 की धीमी तड़क को ढूँढ़ या पहचान नहीं सके। वे मदन सिंह की ओर देखते ही रहे। छतर सिंह भी उसकी ओर देखता रह गया। .22 फिर चटकी, जैसे बदला ले रही हो। छतर सिंह उसके घुटनों पर गिरा, फिर धीमी गति से उसके चेहरे पर गिरा, उसने करवट पलटी और मर गया। फिर डाकू छूटकर भागे, अपने पीछे तीन मरे आदमी छोड़कर। घसिया भी उस क्षण मर गया था जब मदन सिंह उसकी छाती पर गिर पड़ा था।

बलदेव कुर्मी अब अपना नया खेत जोतता है। नायक को सब पुरस्कार और प्रशंसा मिलने से उसे कोई शिकवा नहीं था। एक किसान का काम ज़मीन जोतना है, उसे डाकुओं और मारकाट से क्या लेना-देना?

दो

शेष भारत के लिए मध्यप्रदेश की एक मुख्य पहचान डाकू है। कार्यभार ग्रहण करने के बाद हर मंत्रिमंडल इस समस्या के लिए कुछ करने के वचन देता है। पुलिसकर्मियों के यात्रा भत्तों पर अत्यधिक राशियाँ व्यय की जाती हैं। जब उस मंत्रिमंडल का प्रस्थान होता है तब समस्या जहाँ की तहाँ रहती है। वैसे सम्राट जहाँगीर ने भी, जिसे मूलभूत अधिकारों और प्राकृतिक न्याय की चिंता नहीं करनी पड़ती थी, सामूहिक फाँसियाँ दी जाने के बावजूद चंबल के डकैतों के सुधार में असमर्थ रहने पर खेद व्यक्त किया था।

एक ऐतिहासिक बुंदेला कहानी है जो अलबत्ता टेढ़े रूप से दस्यु समस्या पर कुछ प्रकाश डाल सकती है। मैं उसे भविष्य के मंत्रिमंडल को समर्पित करता हूँ; इस आशा के साथ कि इससे स्थिति के बारे में उनकी समझ बेहतर बनेगी। एक ठाकुर का पुत्र गाँव की पाठशाला में भेजा गया था और स्कूल शिक्षक ने उस पर विशेष ध्यान दिया। फिर भी उल्लेखनीय परिणाम प्राप्त नहीं हुए। वह लड़का पढ़ाई से अधिक खेलकूद में रुचि रखता था। आख़िरकार परेशान मानव स्वभाव ने नैसर्गिक प्रवृत्ति के आगे समर्पण कर दिया और शिक्षक ने उस लड़के के दोनों हाथ कसकर

बाँध दिए। लेकिन जैसा कहते हैं, उसने अपने जजमान को ठीक से नहीं पहचाना था। लड़का दौड़ते हुए अपने घर गया और एक तलवार लेकर पुनः प्रकट हुआ। चूँकि उसकी मंशा पर्याप्त रूप से स्पष्ट थी, स्कूल शिक्षक उल्टे पैरों भागा। वह वेग का अच्छा प्रदर्शन कर रहा था और मदद के लिए चिल्ला रहा था। ठाकुर उसके घर से बाहर निकला और उसने स्थिति का ठीक से आकलन किया। उसका पुत्र साफ़-साफ़ दौड़ में हार रहा था। वह चिल्लाया, "ओ गुरुजी! धीमे हो जाओ; धीमे हो जाओ! पहली बार लड़के के हाथ में पक्के इरादे के साथ तलवार है, उसे निराश मत करो। उसका दिल मत तोड़ो!"

यह कोई आकस्मिक संयोग नहीं है कि डाकू समस्या राज्य के दो सुस्पष्ट क्षेत्रों में है। उत्तर में चंबल घाटी जिसमें भिंड, मुरैना, ग्वालियर और शिवपुरी ज़िले आते हैं और उत्तरपूर्व में बुंदेलखंड का भाग जिसमें सागर, दमोह और छतरपुर ज़िले आते हैं। दोनों क्षेत्रों में भौगोलिक या आर्थिक दृष्टि से कोई समानता नहीं है। चंबल घाटी सिंचित और समृद्ध है; बुंदेलखंड, सूखा, पथरीला और निर्धन है। लेकिन दोनों क्षेत्र उत्तर से दक्षिण की ओर घुसने के मुख्य रास्ते पर हैं। इस रास्ते को न मालूम कितने लाख सिपाहियों ने, आर्यों ने, शकों ने, मुगलों ने, स्वतंत्र मनुष्यों ने, गुलामों ने, कुलीन राजपुत्रों ने और राजपुत्र बनने के मार्ग पर चले साहसप्रिय भाड़े के सैनिकों ने रौंदा था। इन सेनाओं में बहुतेरे थे जिन्हें सत्ता और अनुशासन से नफ़रत थी, जो एक ग़ैर-इरादतन शब्द या वार की उत्तेजना पर भगोड़े हो गए। ऐसे मानसिक विद्रोही इस क्षेत्र में बस गए। स्थानीय निवासियों के साथ उन्होंने वैवाहिक संबंध स्थापित किए। एक के बाद एक चली आती आक्रामक लहरों में से निकलकर आए नवीन भगोड़ों के द्वारा उनकी लगातार सम्पुष्टी होती गई। सत्ता के प्रति प्रतिरोध और एक विवेकहीन गुस्सैल स्वभाव उन्हें पूर्वज-प्रदत्त था, जो बाद में आने वाले नए रक्त से पुष्ट होता गया और अंततः एक नई प्रजाति स्थिर हो गई। डकैतों की विशिष्ट प्रजाति; आनुवंशिक विद्रोही। यह यों ही नहीं है कि वे अपने आप को बाग़ी या विद्रोही कहते हैं।

तो यह है व्याख्या डकैत की। उसके अस्तित्व का दोष आर्थिक नीतियों को देना बकवास है; क्योंकि राज्य के बहुत से भाग अधिक निर्धन हैं फिर भी इस अभिशाप से मुक्त हैं। इस समस्या का दोष भ्रष्ट और अदक्ष प्रशासन को देना, जैसे राजस्व प्रकरणों के निपटारे में ढिलाई और निर्णयों में रिश्वत का बोलबाला, उतना ही बकवासपूर्ण है। इन क्षेत्रों में प्रशासन दूसरे इलाकों से ज़्यादा ख़राब नहीं है। सीधा-सादा तथ्य यह है कि आनुवंशिकता तथा पर्यावरण ने युक्त होकर एक विशिष्ट प्रकार के आदमी को उत्पन्न किया है जो अपने आप में क़ानून है; जो और कोई क़ानून नहीं पहचानता; जो शीघ्र गुस्सा करने वाला और शीघ्र वार करने वाला है; जो भूलने या क्षमा करने में धीमा है; जो विपरीत परिस्थितियों में जीवित रहने की अपनी

योग्यता पर गर्व करने वाला है; वह है डाकू। उसे ठीक इन्हीं गुणों के कारण सराहा जाता है, इस सीमा तक कि एक अन्यथा निष्कलंक परिवार में उसके द्वारा संतान उत्पन्न करने हेतु उसका स्वागत होता है। लेकिन इन गुणों के कारण उसके चरित्र में विसंगतियाँ भी निहित हैं—दयालुता और कठोर क्रूरता; विश्वास और विश्वासघात; उदारता और स्वार्थ, वीरता और कायरता। एक अर्थ में वह केवल समाज और क़ानून के विरुद्ध विद्रोही नहीं है; वह स्वयं के विरुद्ध भी विद्रोही है।

ऐसे तीन मुख्य कारण हैं कि वह क्यों एक डकैत है। पहला यह कि यही एक मात्र तरीक़ा है जिससे कि वह अपने आप में क़ानून बनकर रह सकता है। दूसरा यह कि इससे उसे शक्ति और दूसरों से आदर मिलता है, जो अन्य किसी व्यवसाय से प्राप्त नहीं होगा। तीसरा यह कि यह लाभप्रद है। और ऐसे तीन मुख्य कारण हैं कि क्यों चंबल और बुंदेलखंड क्षेत्रों में डकैती का उन्मूलन नहीं किया जा सकता है। पहला यह कि प्रत्येक ख़त्म किए गए डकैत के बदले में दूसरा आ जाता है। दूसरा यह कि डकैतों को दिए जाने वाला सम्मान यह सुनिश्चित करता है कि वे हमेशा दोस्ताना समुद्र में मछली के समान या दोस्ताना जनता के बीच गुरिल्ला के समान रहते हैं और तीसरा यह कि पुलिस सोने के अंडे देने वाली मुर्गी को मारने के बजाय लाभ में से हिस्सा लेने को वरीयता देती है। तो यह है आपके पास। डकैती अमीबा पेचिश के समान है। वास्तव में उसका कोई निदान नहीं है; केवल दर्दनाशक दवाइयों जैसे उपचारात्मक उपाय जो बीमारी को अधिक सहनीय बनाते हैं। जब मैंने सेवा में प्रवेश किया था उस समय गाँव वालों पर क्षेत्र का पहरा देने के लिए बचाव दल बनाने के लिए दबाव डाला जाता था। पैंतीस वर्ष के बाद जब मैं सेवानिवृत्त हुआ हूँ तो वे ही पुराने रक्षा दल थोड़े से बेहतर शस्त्रों के साथ अभी भी वैसे ही बेमन से पहरे पर जाते हैं। कठिनाई यह है कि जिस धड़े को डाकुओं से सबसे अधिक खतरा है—संपन्न लोग; वे रखवाली करने के लिए अत्यधिक भयभीत और अत्यधिक कमजोर हैं। शेष जनता ऐसा कोई कारण नहीं देखती कि क्यों उन्हें अपनी गर्दन सेठजी या समृद्ध किसान को बचाने के लिए खतरे में डालनी चाहिए जब उसके स्वयं के पास खोने के लिए कुछ नहीं है। आशा की एकमात्र किरण है नवीन पीढ़ी की ख़ुशनुमा ज़िंदगी के लिए बढ़ती हुई ललक। जब वे सभ्यता के रेशमी वस्त्रों के द्वारा पर्याप्त रूप से भ्रष्ट कर दिए जाएँगे तब वे डकैत बनने के प्रति अत्यधिक नर्म हो जाएँगे।

1956–58 में कमिश्नर जबलपुर के पद पर मेरी पदस्थापना के दौरान मुझे आदेश दिया गया था कि डकैतों का सफाया किया जाना सुनिश्चित किया जाए। इसे करने का एक ही तरीक़ा था। वह यह कि अभियान में मेरे द्वारा स्वयं भाग लिया जाए जिससे कि पुलिस और राजस्व विभाग के वरिष्ठ अधिकारी भी वैसा ही करें; न कि एक सुरक्षित नेपथ्य से निर्देशन किया जाए। एक सौ से अधिक डाकू मारे गए और कम–से–कम उसके दुगने गिरफ़्तार हुए। इन दर्दनाशकों ने बीमारी को सहनीय बना

दिया और अधिकांश लोग जो डाकुओं के भय से अपने गाँव से भाग गए थे, बाद में धीरे-धीरे वापिस लौटे। काफ़ी बाद, 1970 और 71 में जब मैं ग्वालियर में राजस्व मंडल का अध्यक्ष था, मैंने अधिक मानवीय नाते स्थापित किए। डाकुओं के साथ तो नहीं, लेकिन उनके परिवारों के साथ। उस इलाके में अच्छी मछलियाँ हैं और ठंड के दिनों में बतख और हंस का ठीक-ठाक ही शिकार भी है। मैं रविवार को एक मछली पकड़ने की डंडी तथा बंदूक के साथ भटकने निकल पड़ता था। मैंने अब तक यह खोज कर ली थी कि उच्च न्यायालय के न्यायाधीशों और राजस्व मंडल के सदस्यों को गिरोहों से कोई खतरा नहीं था; पूर्ववर्तियों को इसलिए नहीं क्योंकि वे आपराधिक अपील और पुनरीक्षण देखते थे और पश्चातवर्तियों को इसलिए नहीं क्योंकि उन्हें भूमि विवाद से संबंधित राजस्व प्रकरणों में अंतिम अधिकारिता थी। ऐसे हुई मेरी पहचान माधो सिंह के चाचा, मोहर सिंह के भतीजे और नाथू सिंह के भाई से जो सभी अतिथि-सत्कार-प्रिय और खिलाड़ी-वृत्ति रखने वाले लोग थे। बहुत से दूसरों से भी मेरी पहचान हुई और इस प्रकार मुझे जयप्रकाश नारायण और सर्वोदय कार्यकर्ताओं के समक्ष हुए बड़े समर्पण के असली कारणों की कुछ अनौपचारिक अंतर्दृष्टि मिली।

बड़े तीन में सबसे बुद्धिमान था माधो सिंह। उसने भिंड ज़िले की तीन चावल मिलों में बड़ी राशि का निवेश किया था। लेकिन उसके दुर्भाग्य से पुलिस हमेशा नवंबर, दिसंबर और जनवरी में पूरे जोर-शोर से दस्युविरोधी अभियान चालू कर देती थी। ठीक उस समय चावल कुटाई का मौसम चरम पर रहता था और पर्यवेक्षण की सबसे अधिक आवश्यकता रहती थी। इस कारण उसे अपने मिलों में बहुत नुकसान होने लगा।

मोहर सिंह गिरोहों के नेताओं में सबसे अधिक खतरनाक और सबसे अधिक शक्तिशाली था। उसकी मौत या गिरफ़्तारी पर पाँच लाख रुपए के कुल इनाम घोषित थे; और पाँच लाख बहुत बड़ी रकम होती है। उसने रात में अपने गिरोह से छिपकर गोपनीय स्थानों पर अकेले सोना शुरू कर दिया था क्योंकि पाँच लाख रुपए का वज़न गिरोह के किसी भी सदस्य की ईमानदारी को नीचे खींचकर दगाबाज़ी करा सकता था। फिर भी उसे नींद नहीं आती थी। डँगाल की हर सरसराहट हत्यारे का क़दम बन जाती; रात भर भूत मौत की फुसफुसाहट करते। पहले से चली आ रहीं ख़राब परिस्थितियाँ आगे और बिगड़ीं; पुलिस मुठभेड़ें उसके लिए दुर्भाग्यशाली रहीं और उसने अपने बहुत से आदमी खो दिए। संक्षेप में कहें तो उसका धैर्य चुक गया था।

नाथू सिंह की कहानी सर्वाधिक मानवीय है। वह बीना-इटावा में एक स्नातक स्कूल शिक्षिका से मिला; उसके प्रेम में अटका और उससे विवाह किया। वह भी उसके प्रेम में थी, और उसकी यह सतत टेक कि 'मैं एक विधवा नहीं होना

चाहती' की परिणति नाथूसिंह के सभी पेशेवर गतिविधियों के थम जाने में और लगभग पूरी तरह से दस्यु के जीवन से उसके निवृत्त होने में हुई। लेकिन वह समर्पण के विचार की रट लगाने लगी क्योंकि समर्पण नाथूसिंह के जीवन को सुरक्षित करता...

यह है पृष्ठभूमि। शेष सर्वविदित है। माधोसिंह की जे.पी. से मुलाकात; मोहर सिंह और नाथू सिंह को तैयार करना और अंतत: सामूहिक समर्पण, न केवल चंबल घाटी में बल्कि बुंदेलखंड में भी। इस प्रकार का आंदोलन सामूहिक सत्याग्रह की तरह तेज़ी से जोर पकड़ता है जैसे कि बर्फ का लुढ़कता गोला। जब दिग्गज समर्पण करते हैं तब वे सुनिश्चित करते हैं कि सभी विद्यमान दस्यु भी वैसा ही करें; अपने रिश्तेदारों और मित्रों को छुटभैयों की कोमल कृपा के भरोसे छोड़ने का उनका कोई इरादा नहीं होता है। और भविष्य? मैं माधो सिंह के चाचा को उद्धृत कर रहा हूँ, "अब पटवारी कलेक्टर बनेगा।" उसका आशय यह था कि बड़े नामों के निवृत्त होने से मैदान सभी नए प्रवेशकर्ताओं के लिए खुल गया था। यदि वह सही है, तो जे.पी. का निदान बीमारी से अधिक ख़राब होगा।

'आयाराम, गयाराम'

बारह वर्ष बीतने के बाद 1961 में अपर मुख्य सचिव की हैसियत से मैं सचिवालय लौटा। बॉस (एच.एस. कामथ) अब मुख्य सचिव थे और जैसी अपेक्षा थी उन्होंने मेरी गर्दन काम में अच्छे से फँसाई। 1956 में विलय हुए चार राज्यों—पूर्व का मध्यप्रदेश, मध्यभारत, विंध्यप्रदेश और भोपाल—की सेवाओं के एकीकरण से संबंधित बहुत काम थे। 1961 के आख़िरी दिनों में मैं गोवा के विलय में भाग लेने के लिए उसके प्रथम मुख्य नागरिक प्रशासक की हैसियत से गया और वहाँ पर सामान्य प्रशासन को पटरी पर लाने और विकास योजना के लिए एक आधार तैयार करने के बाद लौटा। मुझे सैनिक राज्यपाल मेजर जनरल कैडेथ के अधीन कार्य करने में आनंद आया। इन सब कामों में मुश्किल से तीन माह लगे। मेरी वापसी के बाद उन्होंने मुझे एक अच्छा सा पत्र लिखा :

> मेरे प्रिय रॉन,
>
> मुझे खेद है कि मैं मुख्य नागरिक प्रशासक के रूप में तुम्हारे द्वारा यहाँ किए गए कार्य के लिए तुम्हें धन्यवाद देने के लिए पहले नहीं लिख पाया। तुम्हारे ऊपर जो भारी जिम्मेदारी लादी गई थी उसे मैं पूरी और अच्छी तरह से समझता हूँ; और यह भी कि किए जाने वाले काम का बोझ शुरुआती दिनों में अत्यधिक था।
>
> तुम्हारे साथ ने मुझे बहुत कुछ सिखाया है और मैं यह आशा करता हूँ कि इसी प्रकार तुमने भी यहाँ के प्रवास का आनंद लिया होगा। तुमने मेरे लिए और गोवा के लिए जो कुछ भी किया है उसके लिए और विशेषकर तुम्हारे सहयोग के लिए मैं तुम्हें धन्यवाद देता हूँ।
>
> भवदीय—
>
> हस्ता उन्नी कैडेथ

इसके बाद मैं अपने असली काम पर वापस आया। कार्मिक विभाग और गृह विभाग के काम और बॉस के नीचे उप-प्रमुख की ज़वाबदेही का काम। जब वे 1963 में सेवानिवृत्त हुए, मैं मुख्य सचिव के रूप में उनका उत्तराधिकारी बना। मंडलोई मुख्यमंत्री थे लेकिन कुछ ही समय बाद डी.पी. मिश्र ने उनका स्थान लिया।

मिश्र जी के नेतृत्व का पहला चरण 1967 के चुनावों के साथ समाप्त हुआ। यह मुख्य रूप से क़ानून और व्यवस्था के मापदंडों की पुनर्स्थापना और दृढ़ प्रशासन की वापसी के लिए जाना जाता है जिसे हमने 1957 में पंडित रविशंकर शुक्ल के निधन के बाद खो दिया था। जोर देकर बखान के लिए कुछ ख़ास नहीं है क्योंकि एक दक्ष प्रशासन में कोई जोर देकर बताने वाली बात नहीं होती है। उसके बाद आए 1967 के चुनाव और उसके साथ आया 'आयाराम' और 'गयाराम' का युग।

ईमानदार राजनीतिज्ञ वह है, जो एक बार ख़रीद लिए जाने पर, ख़रीदा हुआ बना रहता है। जब वह ख़रीद लिए जाने की अवस्था को छोड़ कर ख़ुद को फिर से बेचता है, तो उसे एक राजनीतिक दलबदलू कहते हैं। राजनीतिक दलबदल की तकनीक कांग्रेस के द्वारा आविष्कृत की गई थी। लेकिन शुरू-शुरू में और अपने सुदीर्घ राजनीतिक अनुभव की परंपरा के अनुसार, वह इसका उपयोग एक विद्यमान बहुमत को सुदृढ़ करने के लिए करती थी, न कि एक अल्पमत को बहुमत में बदलने के लिए। इसलिए कोई भी इसको चौकन्ना होकर देखने नहीं लगता था। यह उन चुनाव क्षेत्रों से प्रारंभ हुआ जहाँ कांग्रेस उम्मीदवार एक स्वतंत्र उम्मीदवार से हार जाता था। ऐसा होने पर यह इस बात का प्रमाण मान लिया जाता था कि स्वतंत्र उम्मीदवार कांग्रेसी बनने के लिए पात्र है, और उसे ऐसा करने के लिए मना लिया जाता था। उनके बाद अल्प बहुमत के वर्ष आए और दलों के सदस्यों ने एकल मत का महत्त्व समझा, जाहिर है उनके स्वयं का। फिर वे दल की नीतियों को काफ़ी असमानुपातिक रूप से प्रभावित करने के लिए जोर देने लगे। ऐसे लोगों से निपटने के लिए विरोधी पक्ष के सदस्यों को अपने पक्ष में फोड़ लिया जाता था और उनमें से कुछ को पद के राजसी सुख से पुरस्कृत किया जाता था। इसके चलते अधिक अनुशासित दल-सदस्य यह सोचने के लिए प्रेरित हुए कि वे यदि पर्याप्त संख्या में एकजुट हो जाएँ तो वे सत्ताधारी गुट का तख़्ता पलट कर सकते हैं; और जब एक नई सरकार बनेगी तो हो सकता है, गुणों को पुरस्कृत किया जाए। ऐसा तख़्ता-पलट दल के भीतर ही सीमित था, और हाईकमान (कांग्रेस वर्किंग कमेटी) के छुपे आशीर्वाद के साथ किया जाता था; अर्थात् नई सरकार अभी भी कांग्रेस की सरकार रहती थी। तत्कालीन मध्यप्रांत और बरार की सबसे पहली कांग्रेसी सरकार ने इस प्रकार की सत्ता की राजनीति का प्रारंभिक उदाहरण तब देखा जब डॉ. एन.बी. खरे, मुख्यमंत्री, ने गवर्नर को अपना इस्तीफ़ा सौंपकर रविशंकर शुक्ल और डी.पी. मिश्र से पिंड छुड़ाने की चेष्टा की। उनकी यह अपेक्षा थी कि इसका परिणाम मंत्रिमंडल के भंग होने तथा उन्हें नया मंत्रिमंडल गठन करने के लिए आमंत्रण दिए जाने में होगा, क्योंकि कांग्रेस निर्विवादित रूप से बहुमत में थी और वे विधानमंडल में उसके नेता थे। इसके विपरीत, हाईकमान ने उन्हें बरख़ास्त कर दिया और पंडित रविशंकर शुक्ल मुख्यमंत्री बने। मुझे हमेशा ऐसा प्रतीत हुआ है कि दलबदल के मामले में

शुरुआती स्थान प्राप्त करने में डॉ. खरे ने चरण सिंह (प्रथम गयाराम) को मात दी है, लेकिन दल के भीतर ही। यह भी तो है कि डॉ. खरे ने अपना क़दम जुलाई 1938 में उठाया था!

स्वतंत्रता के बाद केंद्र के साथ-साथ राज्यों में पहली-पहली कांग्रेस सरकारें उनके विशाल बल में भीमकाय थी; दमनकारी बहुमत का बल। कांग्रेस से अन्य दल के लिए दल-बदल का प्रश्न उत्पन्न नहीं हो सकता था, और अन्य दल से कांग्रेस में दल-बदल, कांग्रेस के दृष्टिकोण से अनावश्यक था। लेकिन छठवें दशक में विरोधी दल उभरने लगे। कांग्रेस का बहुमत अभी भी था, केवल अब वह अल्प तथा आशंकित बहुमत था। एक बहुमत जो गृहयुद्ध से बँटा हुआ था। भेड़ियों की टोली के शावक अब बड़े हो गए थे और नेता चाहे जो हो, उसकी एड़ियों के पिछवाड़े पर गुर्राने लगे थे। ऐसे में यह अपेक्षा करना अनुचित नहीं था कि नेतृत्व भविष्य की पदचाप को सुनता और अपने मतभेद दूर कर एक हो जाता। इसके विपरीत नेतृत्व उसके कुछ अनुयायियों की स्वामिभक्ति में आई संदिग्धता की पूर्ति करने के लिए कुछ विरोधियों की स्वामिभक्ति को क्रय करने की ओर प्रवृत्त हुआ जो और अधिक संदिग्ध थे। 1962 के चुनाव के बाद कांग्रेस की ताक़त हर राज्य में एक-दो माह के अंदर दसियों और बीसियों में बढ़ गई थी। कभी-कभी शुरुआत में उसका पूर्ण बहुमत नहीं होता था लेकिन कुछ ही सप्ताह में एक सशक्त ख़रीद-फरोख़्त कर वह सामूहिक विपक्ष के अच्छे ख़ासे आगे हो लेती। पूरे देश में जो हो रहा था वह मध्यप्रदेश में भी सही-सही प्रतिबिंबित हो रहा था। 1967 के सामान्य निर्वाचन के बाद कांग्रेस के पास 288 सीटों के सदन में 232 सीटें थीं। उन्होंने विपक्ष की 56 की ताक़त को और कम करने का प्रयास नहीं किया। लेकिन 1962 के चुनाव में बेचारे वृद्ध डॉ. काटजू अपनी सीट हार तो गए ही, कांग्रेस भी निर्वासित होने से बाल-बाल बची। उसे कुल सीटों में से आधी से कम मिलीं; 289 में से 141। लेकिन राज्यपाल ने उसे सरकार बनाने के लिए आमंत्रित किया। उसने बी.ए. मंडलोई के नेतृत्व में मई में सरकार बनाई और देखते-देखते, जुलाई तक उसे एक आरामदेह बहुमत मिल चुका था; तब तक भरी गई 282 सीटों में से 176। कांग्रेस के लिए वह आयारामों के दिन थे। फिर आए 1967 के सामान्य निर्वाचन। मार्च 1967 में कांग्रेस के पास 296 सीटों वाले सदन में 167 सीटें थीं। ईश्वर अपने स्वर्ग में था और दुनिया में सब कुछ बढ़िया चल रहा था; गोविंद नारायण सिंह (और उत्तरप्रदेश में चरण सिंह) के अपवाद को छोड़ दें तो। नवंबर तक कांग्रेस की संख्या गिरकर 125 हो गई और सत्ता पक्ष पर एक सं.वि.द. सरकार का अशांत लेकिन रोचक बीस महीनों के लिए कब्जा हो गया था। वे 'गयारामों' के दिन थे। मई 1969 में कांग्रेस वापस सत्ता में आ गई थी; बिना चुनाव के। मूलतः ख़ुद के द्वारा आविष्कृत तरीकों को सं.वि.द. की कुछ युक्तियाँ अपनाकर बहुत बेहतर करते हुए उसने 169 सीटें अर्जित कीं। श्यामाचरण

शुक्ल मुख्यमंत्री बने और जब उन्हें हाईकमान के द्वारा जनवरी, 1972 में पी.सी. सेठी के लिए राह बनाने के लिए हटाया गया उस समय उनके पास 191 अमूमन स्वामिभक्त सरकार समर्थक कांग्रेसी थे। गयाराम लौट आए थे। 1972 का सामान्य चुनाव इंदिरा लहर पर तैरा। कांग्रेस आसानी से 297 में से 220 सीटें लेकर विजयी रही, लेकिन इससे भी वे असंतुष्ट रहे। सितंबर 1974 तक उनके पास आठ और 'आयाराम' आ गए।

और यह देखें एक यू.एन.आई. संदेश दिनांक 14 मई, 1975 का। हरियाणा से, जो 'आयाराम'–गयाराम' कुनबे का मूल स्थान है : एक नाटकीय क़दम में हरियाणा के मुख्यमंत्री बंसीलाल ने, जो वर्तमान में शिमला में अवकाश मना रहे हैं, आज कांग्रेस में नौ स्वतंत्र विधायकों के प्रवेश की घोषणा की, जिससे कांग्रेस की ताक़त सदन की कुल संख्या की तीन चौथाई हो गई है।

राजनीतिक दल के स्तर पर दल–बदल, सत्ताधारी दल की अधिक समर्थन प्राप्त करने की आवश्यकता, जो वास्तविक या काल्पनिक हो सकती है, के कारण होता है। यह उल्लेखनीय है कि अधिकांश दल–बदल सत्ता पक्ष की ओर होते हैं न कि उससे बाहर की ओर। उपकृत करने के लिए सुख–सुविधाएँ सत्ता पक्ष के पास जो होती हैं। जब सत्तापक्ष से बाहर की ओर दल–बदल होता है तब सदैव ही उसका असली मक़सद एक अमहत्त्वपूर्ण स्थिति से सत्ता की स्थिति में आने का होता है। उस प्रकार का दलबदल व्यक्तिगत नहीं हो सकता। वह एक इतने बड़े पैमाने पर होना होता है जो सरकार गिराने के लिए पर्याप्त हो। हाँ, निःसंदेह वह हमेशा एक व्यक्ति के द्वारा प्रारंभ किया जाता है। इस प्रकार के दलबदलू वे लोग हैं जो दल के अंदर एक सफल विद्रोह का नेतृत्व करने की कोई आशा नहीं रखते। सफल होने के लिए उन्हें एक विपक्षी दल से हाथ मिलाना ज़रूरी है। उनके अपने दल के नेता को पराजित करने के लिए, उन्हें अपने दल को ही हराना होता है। अब हम अक्टूबर 1967 के मध्यप्रदेश लौट चलें।

डी.पी. मिश्र मुख्यमंत्री थे। वे एक ऐसे व्यक्ति थे जिन्हें मैं नेतृत्व के गुण में सरदार के समकक्ष रखूँगा। वे रविशंकर शुक्ल के उप–प्रमुख थे। फिर जवाहरलाल के साथ असहमति की वजह से अचानक उन्होंने कांग्रेस छोड़ दी। अमहत्त्व के बारह वर्ष गुजारने के बाद वे वापस लौटे। उन्हें इंदिरा गांधी का अनुग्रह प्राप्त हुआ। कोई–कोई कहते हैं कि बाद में इंदिरा जी के द्वारा कामराज का 'कामराजीकरण' करने की रणनीति को लागू करने में वे उनके मुख्य सलाहकार थे। उन्होंने दल का नेतृत्व एक निर्णायक बहुमत से जीता। वे राज्य के नेतृत्व की पंक्ति में एक विशाल मूर्ति जैसे थे; शायद राष्ट्रीय नेतृत्व की पंक्ति में भी। उनके आकाश में कोई घटाटोप नहीं था; सिवाय एक छोटे से मेघ के, जो एक हथेली से अधिक बड़ा नहीं था। निश्चित रूप से उसे ऐसा बादल नहीं कह सकते जो आने वाले तूफान का लक्षण हो। उसका नाम

था गोविंद नारायण सिंह। वे कैप्टन अवधेश प्रताप सिंह के पुत्र थे जिन्होंने विंध्यप्रदेश के सबसे बड़े रजवाड़े रीवा में कांग्रेस का संगठन खड़ा किया था। गोविंद नारायण सिंह जन्म और परवरिश से कांग्रेसी थे। शायद बचपन में उनके दाँत हरिजन से माँजे गए हों और उन्हें महात्मा जी की प्रार्थना सभाओं के प्रवचनों का दूध पिलाया गया हो। बाद के वर्षों में सन् 42 के आंदोलन में पिता और पुत्र एक साथ जेल गए। वे एक वंशानुगत कांग्रेसी थे, बिल्कुल धर्म से कांग्रेसी। अनुमान लगाने के दस लाख अवसर मिलने पर भी मैं उनके बारे में एक ऐसे व्यक्ति होने की कल्पना नहीं कर सकता था जो कांग्रेस को चौपट करे। उन्होंने डी.पी. मिश्र की सत्ता वापसी में, मध्यभारत और विंध्यप्रदेश को उनके लिए वोट देने के लिए लामबद्ध कर, एक अग्रणी भूमिका निभाई और मिश्र जी के मुख्यमंत्रित्व की प्रथम कालावधि में मंत्रिपरिषद में प्रवेश किया। इसके बाद उन दोनों के रिश्तों में खटास आ गई। बादशाह जहाँगीर ने कहा था कि हिंदुस्तान 'एक तेज़-तर्रार घोड़ा है जिसके लिए एक अच्छा घुड़सवार चाहिए।' गोविन्द नारायण सिंह भी ऐसे ही थे। एक अच्छा सवार एक घोड़े (या एक आदमी) में तेज़-तर्रारी से रुष्ट नहीं होता। लेकिन मिश्र जी ने तेज़-तर्रारी को सुप्त विद्रोह मानने की ग़लती की और उसके हिसाब से प्रतिक्रिया की। यदि दोनों की भूमिकाओं की अदला-बदली हुई होती और गोविंद नारायण सिंह उनके स्थान पर होते, तो कुछ असाहित्यिक शब्द मिश्रित एक बेबाक बातचीत वातावरण को स्थाई रूप से साफ़ कर देती। लेकिन मिश्र जी गोविंद नारायण सिंह नहीं थे। विभिन्न आरोपों पर गोपनीय जाँचें की गईं और वे केवल नाम के लिए ही गोपनीय थीं। कोई भी सामान्य संवेदनशील व्यक्ति इस कार्यवाही से रुष्ट होता। ख़ासकर यदि वह एक मंत्री हो। आख़िर में जब मिश्र जी को दूसरा टर्म मिला गोविंद नारायण सिंह को मंत्रिपरिषद से बाहर रखा गया। उन्होंने अपने समय का इंतज़ार किया; एक शिकारी की तरह जो शेर का चारे के लिए आने का इंतज़ार करता है। प्रसंगवश, वे एक उल्लेखनीय शिकारी थे भी।

नरक की अग्नि भी एक अपमानित की गई महिला की क्रोधाग्नि के सामने फीकी है। भले ही मिश्र जी ने ग्वालियर की राजमाता को अपमानित नहीं किया था, तो भी उनके तौर-तरीक़े ने राजमाता के मन में यह बात जमा दी कि उन्होंने ऐसा किया था। 1967 के चुनाव में भूतपूर्व ग्वालियर राज्य में से कांग्रेसी उम्मीदवारों का चयन उनसे परामर्श किए बिना किया गया। यहाँ तक कि इस विषय पर चर्चा का उनका सुझाव रुखाई के साथ झटक दिया गया। यह देखते हुए कि उस क्षेत्र में कांग्रेस उम्मीदवारों को जीतने की एकमात्र संभावना सिंधिया घराने के समर्थन के माध्यम से थी, उनका सुझाव अयुक्तियुक्त नहीं था। लेकिन उम्मीदवारों का चयन गौतम शर्मा की सलाह पर किया गया जो ग्वालियर से एक मंत्री थे और राजमाता के कट्टर शत्रु थे। स्थिति तनाव से इतनी भरी हुई थी कि कुछ न कुछ तो टूटना था ही। राजमाता

का धैर्य टूटा। उन्होंने कांग्रेस से त्यागपत्र दिया; 1967 के चुनाव में संपूर्ण ग्वालियर क्षेत्र से अपने स्वयं के उम्मीदवार खड़े किए और भारी विजय प्राप्त की। उनके उम्मीदवारों में से हरेक चुना गया और अधिकांश कांग्रेसी उम्मीदवारों की, जिनमें गौतम शर्मा भी सम्मिलित थे, जमानतें जप्त हो गईं।

मिश्र जी ने यह पक्ष लिया था कि सामंतवाद को पूर्व शासकों के साथ संधि कर कभी भी पराजित नहीं किया जा सकता क्योंकि परिभाषा से ही वे सामंतवाद का प्रतिनिधित्व करते थे। हो सकता है कि मिश्र जी सही हों; लेकिन विंध्यप्रदेश में रीवा के भूतपूर्व राजा का समर्थन लेने वे अपनी राह से हटकर गए थे और यही एकमात्र कारण था कि वहाँ कांग्रेस जीती। ग्वालियर में वे एक भी सीट नहीं ले पाए। एक दांडिक बोनस के रूप में उन्होंने पचपन धुर विरोधी अर्जित किए जो तन-मन से राजमाता को समर्पित थे। उनका संगठित जत्था राजमाता के एक आदेश पर युद्ध में झोंका जा सकता था। इस चरण पर भी मेल-मिलाप की गुंजाइश थी क्योंकि राजमाता व्यक्तिगत रूप से प्रदेश की राजनीति में रुचि नहीं रखती थीं। उन्होंने एक लोकसभा सीट भी जीती थी और संकेत थे कि वह राज्य विधानसभा की सदस्यता से त्यागपत्र देकर संसद में बैठेंगी। गौतम शर्मा ने यह विचार बनाया कि ऐसा न हो पाए। मिश्र जी को एक व्यंग्यपूर्ण बयान देकर राजमाता को उनके द्वारा विधानसभा में जीती गई सीट स्वीकार करने के लिए आमंत्रण या चुनौती देने के लिए मनाया गया। इससे सुलह की सभी संभावनाएँ समाप्त हो गईं। राजमाता ने अपनी संसदीय सीट से त्यागपत्र दिया और विधानसभा में अपना स्थान ग्रहण किया।

नेपोलियन ने एक बार कहा था कि विजय सुनिश्चित करने के लिए एक अच्छा सैन्य यंत्र पर्याप्त नहीं है। देश, काल और अवसर की भी आवश्यकता होती है। गोविंद नारायण सिंह को अब प्रथम दो कारक प्राप्त हो गए थे और वह तीसरे के लिए प्रतीक्षा करने के लिए पर्याप्त धैर्य रखते थे। मिश्र जी ने वह उन्हें एक तश्तरी में पेश कर दिया। उन्होंने मध्यप्रदेश को एक साफ़-सुथरा, दृढ़ और गतिशील प्रशासन उपलब्ध कराया जिसमें विधायकों के प्रभाव में भारी कटौती निहित थी। आप एक साफ़-सुथरा, दृढ़ और गतिशील प्रशासन नहीं पा सकते यदि शासकीय सेवक राजनीतिज्ञों की आज्ञानुसार चलें और न्याय न करें। अपवाद उस स्थिति में है जब राजनीतिज्ञों की आज्ञा न्याय के साथ मेल खाती हो। लोग प्रसन्न थे; परंतु लोग कहाँ सरकार को बनाते या बिगाड़ते हैं। वे केवल विधायक बनाते हैं और ये विधायक होते हैं जो शेष काम करते हैं। जनादेश कुछ माहों के लिए चलता है, जब तक निर्वाचन हो न जाए। उसके बाद विधायक प्रभार ग्रहण करते हैं और पाँच वर्ष के लिए चलते हैं; निस्सन्देह यदि वे भाग्यशाली हों तो। मिश्र जी ने विधायकों और मंत्रियों (या उनमें से अधिकांश को) और दोनों पदों के लिए लालायितों की प्रतीक्षा सूची में सम्मिलित लोगों को, दो मुख्य कारणों से क्षुब्ध कर दिया था। क्योंकि मिश्र

जी सही थे और वे यह जानते थे; और क्योंकि विधायकगण और अन्य ग़लती पर थे और मिश्र जी ने उन्हें यह जताने का कष्ट किया। स्वयं सही होना और लोगों को मालूम होने देना कि वे ग़लत हैं; गड़बड़ी के लिए इससे अधिक कारगर नुस्ख़ा मुझे नहीं पता है।

मिश्र जी मार्च, 1967 में मुख्यमंत्री बने। जुलाई तक उनके प्रति शत्रुत्व की अंतर्धारा ने खाड़ी धारा का रूप ग्रहण कर लिया था। वे इससे अवगत थे। वे अवज्ञापूर्वक बैठे रहे और उन्होंने गुर्राते हुए शावकों को ललकारा कि वे जो कर सकते हैं, कर लें। डॉ. राय जैसे आजीवन कांग्रेसियों ने त्यागपत्र दिया तब भी उन्होंने उनका दिल जीतने के लिए कोई क़दम नहीं उठाए जबकि सुलह का एक छोटा सा संकेत भी पर्याप्त होता। अतीतावलोकन से समझदारी ग्रहण करने के बाद मैं सोचता हूँ कि वे दल को एक पाठ पढ़ाना चाहते थे; यह कि अनुशासनहीनता से कोई लाभ नहीं होता। उन्हें ज्ञात था कि उनके विरोधियों के पास उन्हें कांग्रेस संसदीय दल के नेतृत्व से हटाने का कोई अवसर नहीं था और उन्होंने पहले से ही इस बारे में सोच रखा था कि यदि विपक्ष की ओर दल बदल के कारण उनकी सरकार गिर जानी है तो उस स्थिति में क्या करना है। वे विधानसभा को भंग करने तथा नए चुनाव की सिफ़ारिश करते। क़ानून मंत्रालय ने इंदिरा गांधी को यह परामर्श दिया था कि यह उस स्थिति में भी संभव था जब भंग करने की माँग बहुमत खो चुके मुख्यमंत्री के द्वारा की जाए। इंदिरा जी ने पतन के ठीक पूर्व दो बहु-प्रचारित बयानों के द्वारा मध्यप्रदेश सरकार के गिरने पर विधानसभा भंग करने का घुमा-फिरा कर संकेत दिया था। इनमें से दूसरा और आख़िरी बयान सामूहिक दलबदल के वाक़ई में होने के ठीक चौबीस घंटे पहले जारी हुआ था। मिश्र जी उनका समर्थन होने की बात दिमाग़ में बैठाकर अपने-आपको सुरक्षित मान रहे थे और उन्होंने हाथ पर हाथ धरे बैठे रहने की शानदार नीति पर काम किया।

गोविंद नारायण सिंह ने लेकिन ऐसा नहीं किया। लगभग इसी समय उनके पिता का निधन हुआ और कांग्रेस से खुले तौर पर दो-दो हाथ करने के उनके रास्ते में आ रहा अंतिम अवरोध हट गया। पिता और पुत्र एक दूसरे के बहुत क़रीब थे। यदि कप्तान साहब, जैसा कि अवधेश प्रताप सिंह को स्नेह से जाना जाता था, जीवित रहते तो मुझे इसमें कोई संदेह नहीं है कि गोविंद नारायण सिंह को कांग्रेस छोड़ने से अदम्य रूप से रोक लिया जाता, उससे लड़ने की बात तो दूर रही। लेकिन उनका निधन हो गया। गोविंद नारायण सिंह अग्नि संस्कार से वापस लौटे, वे पिता को खो चुके थे और उनके मन में कड़वाहट थी। एक मित्र से उन्होंने कहा, ''पिता के क्रिया-कर्म से अभी लौटा हूँ, अब चाचा (डी.पी. मिश्र) का करना है।'' उन्होंने अथक ऊर्जा और संकल्प के साथ अपने आप को लड़ाई में झोंक दिया। तपते हुए ग्रीष्मकाल और भिगोते मानसून की पूरी अवधि के दौरान उन्होंने मध्यप्रदेश की

लंबाई और चौड़ाई में दौड़-धूप की। प्रत्येक असंतुष्ट विधायक से व्यक्तिगत संपर्क किया; राजमाता से किया; जनसंघ से किया और सोशलिस्ट पार्टी (उनके पास सात सीटें थीं) से किया। हर उस व्यक्ति को जो मिश्र जी के विरुद्ध लड़ाई में संभवत: शामिल हो सकता था, चाहे वह कितना ही अमहत्त्वपूर्ण क्यों न हो, उन्होंने विद्रोह की अपनी योजना के लिए मनाया। मिश्र जी की जानकारी में यह था लेकिन वे पचमढ़ी में ब्रिज खेलते रहे और प्रशासकीय मसलों पर सोचते रहे। गोविंद नारायण सिंह ने क्रमश: उनके बेमेल दल की झलाई कर उसे एकरस तो नहीं, परंतु एक सामान्य दिशा में जाने वाली भीड़ में तब्दील कर दिया। एक बार मैंने मिश्र जी से स्थिति के बारे में संकेत किया। वे मुस्कुराए, "मैं प्रशासकीय मामलों में आपकी सलाह सुनता हूँ; राजनीति मेरे ऊपर छोड़ दो!" और मैं वैसा ही करने में ही संतुष्ट रहा।

बारिश के ठीक बाद बजट पारित करने के लिए विधानसभा का सत्र आहूत किया गया था, क्योंकि हमने चुनाव के बाद केवल लेखानुदान पारित कराया था। सामूहिक दलबदल तथा सरकार के गिरने की आसन्नता को लेकर अफवाहें लगातार चल रही थीं। अचानक मुझे यह सूचना मिली कि डी-डे[1] कल है और विधानसभा के उपाध्यक्ष नर्मदा प्रसाद श्रीवास्तव भी दलबदलुओं में शामिल होंगे। मैंने यह सूचना मिश्र जी तक पहुँचाई। उन्होंने सूचना के उत्तरार्ध पर विश्वास नहीं किया किंतु उन्हें इस बात को सुनिश्चित करने के लिए मना लिया गया कि अगले दिन अध्यक्षता विधानसभा अध्यक्ष (के.पी. पांडे) ही करें, न कि श्रीवास्तव। प्रश्नकाल अनभ्यस्त आसानी के साथ गुज़र गया क्योंकि विपक्ष उठा-पटक करने के लिए विकल था। उसके बाद घटनाएँ बिजली की गति से घटित हुईं। गोविंद नारायण सिंह और अन्य उनतीस उठ खड़े हुए और उन्होंने अपना पाला बदल दिया। दलबदलुओं में शामिल थे नर्मदा प्रसाद श्रीवास्तव और धर्मपाल सिंह गुप्ता जो कांग्रेस संसदीय दल के मुख्य सचेतक थे। मिश्र जी ने तत्काल अध्यक्ष को एक चिट भेजकर सदन को अगले दिन तक के लिए स्थगित करने के लिए कहा। यदि श्रीवास्तव आसंदी पर होते, जैसा कि मूलत: नियोजित था यह अनुरोध अमान्य कर दिया जाता। लेकिन पांडे ने उसे स्वीकार कर ठीक ही किया। कुछ समय के लिए कोहराम मचा। आख़िरकार सदन स्थगित हो गया। फिर दिल्ली के साथ और दल के सदस्यों के साथ खलबलीपूर्ण विचार-विमर्श चला। अंतत: राज्यपाल को सदन अनिश्चितकाल के लिए स्थगित करने के लिए अनुरोध किया गया और मुझे किंचित आश्चर्य हुआ कि उन्होंने ऐसा किया भी। रेफ़री विजेता की तरफ़ था, जैसा वह हमेशा रहता है। वर्षों बाद, इन्हीं परिस्थितियों में बंगाल में एक राज्यपाल ने एक पूर्णत: वैधानिक सरकार (ग़ैर-कांग्रेसी) को उसका बहुमत सिद्ध करने के लिए तत्काल सदन आहूत न करने के

1. D-day

लिए बरख़ास्त कर दिया था। इस तथ्य ने कि पूर्वनिर्धारित कार्यक्रम के अनुसार सदन एक सप्ताह बाद आहूत होने वाला ही था, राज्यपाल पर कोई प्रभाव नहीं डाला। लेकिन यहाँ हमें अपना स्थगन बिना कठिनाई के मिल गया। गोविंद नारायण सिंह अपने 'गयारामों' को दिल्ली हाँककर ले गए, राजमाता के ख़र्चे पर, ताकि उन्हें सुरक्षित रखा जा सके। वे इसके लिए कष्ट न उठाते तो भी चल जाता क्योंकि मिश्र जी को उनसे कोई लेना-देना नहीं था। उन्होंने सोशलिस्टों और विपक्ष के छुटपुट धड़ों को, जो गोविंद नारायण सिंह का समर्थन कर रहे थे, अपनी ओर करने का प्रयास अवश्य किया पर उन्हें मिश्र जी से कोई लेना-देना नहीं था। अंततोगत्वा सदन आहूत किया गया। उसके सम्मिलन के एक दिन पूर्व प्रधानमंत्री ने पुन: विधानसभा भंग करने का संकेत दिया और वैसा होने के बारे में मिश्र जी आश्वस्त थे। उन्होंने मेरा मत पूछा। मैंने कहा कि एक मुख्यमंत्री जो कि अपना बहुमत पूर्व में ही खो चुका है, सभी अभिप्रायों और प्रयोजनों के लिए मुख्यमंत्री नहीं रह जाता है इसलिए वह अपने लिए उस संवैधानिक प्रावधान का उपयोग नहीं कर सकता था जिसके अधीन वह नए चुनावों के लिए कह सकता है; यह प्रावधान एक बहुमत प्राप्त मुख्यमंत्री को विशेषाधिकार देता है। वे मुझसे सहमत नहीं थे। विधि सचिव भी सहमत नहीं थे।

सदन के सम्मिलन की पूर्व रात्रि में मिश्र जी ने दलबदलुओं से संपर्क करने का विलंबित निर्णय लिया। जैसे ही गोविंद नारायण सिंह को इसका पता चला उन्होंने अपने झुंड को विधानसभा अध्यक्ष के घर पर हाँका और उनके संरक्षण की माँग की। यह आरोप लगाया कि उनके समर्थकों का अपहरण करने के प्रयास किए जा रहे हैं। वे विधानसभा अध्यक्ष के आवास के लॉन में रात्रि बिताना चाहते थे और उन्हें उनके समर्थकों के साथ ऐसा करने की अनुमति दी गई। समर्थक आराम से सोते रहे जबकि एक प्यारी छोटी सी 275 रिग्बी से लैस होकर गोविंद नारायण सिंह उनकी निगरानी करते रहे। लेकिन किसी ने भी उनके किसी नियंत्रणाधीन का अपहरण करने का प्रयास कर उसकी सटीकता नहीं जाँची।

अगले दिन सदन का सम्मेलन हुआ। शिक्षा अनुदान पर मतदान हुआ और सरकार हार गई। अध्यक्ष ने 24 घंटे के लिए स्थगन दिया और मिश्र जी ने कामराज को फ़ोन लगाया। एक बार, दो बार, तीन बार। हम आश्चर्य कर रहे थे कि क्या हो रहा है और अंतत: हमें पता चला कि दिल्ली में पूरा दिशा परिवर्तन हो गया था। अब उन्होंने मिश्र जी को त्यागपत्र देने के लिए कहा। कड़वाहट और मोहभंग के साथ उन्होंने मध्य रात्रि को त्यागपत्र दिया। अपने ही नेताओं में से किसी के साथ एक दल जितनी ओछी चालें चल सकता है, उनमें से यह सबसे ओछी थी। यदि हाईकमान ज़रा भी संकेत देता कि विधानसभा भंग नहीं की जाएगी तो वे गोविंद नारायण सिंह का ही खेल खेलते और, मुझे काफ़ी विश्वास है, उसमें उन्हें हरा देते। जैसा पंजाब और हरियाणा ने सिद्ध किया है एक दलबदलू पारे की बूंद के समान होता है; वह

पात्र के झुकाव की ओर बहता है। गोविंद नारायण सिंह के आदमी इस नियम के अपवाद नहीं थे। लेकिन हाईकमान के रुख़ ने मिश्र जी को आश्वस्त कर दिया था कि हाईकमान दलबदलुओं का उदाहरण बनाने के लिए कृतसंकल्प था और मिश्र जी ने स्वामिभक्ति के साथ उसका साथ दिया। आज तक मुझे निश्चित पता नहीं है कि हाईकमान ने अपना रुख़ क्यों बदला। लेकिन मुझे संदेह है कि लगभग इसी समय हाईकमान उत्तरप्रदेश में चरण सिंह के साथ वह करना चाहता था जो चरण सिंह ने उसके साथ किया था। और उत्तरप्रदेश मध्यप्रदेश से अधिक महत्त्वपूर्ण था। या एक सिद्धांत से अधिक महत्त्वपूर्ण।

कोष्ठक में और 'गयारामों' के पीड़ित मुख्यमंत्रियों के उपयोग के लिए, यह नोट किया जा सकता है कि केंद्र सरकार ने अंततः अब वह दृष्टिकोण स्वीकार कर लिया है जो मैंने मिश्र जी को प्रतिपादित किया था। वह है कि सदन को भंग किए जाने की माँग सदन के नेता के द्वारा अपना बहुमत खो दिए जाने के पूर्व ही की जा सकती है। एक बार उसकी सरकार मतदान में हार जाए तो उसके पास एक वैयक्तिक विधायक से अधिक अधिकार या शक्तियाँ नहीं हैं। लेकिन मैं ऐसे किसी मुख्यमंत्री को नहीं जानता जो उसकी सरकार के वास्तव में पराजित हो जाने के पहले, अपने मन में ही सही, यह स्वीकार कर ले कि वह बहुमत खो चुका है; मिश्र जी के अनुभव के बावजूद।

गोविंद नारायण सिंह ने उनके गठबंधन को संयुक्त विधायक दल कहा, या संक्षेप में सं.वि.द.। उन्होंने मिश्र जी के त्यागपत्र की प्रतीक्षा नहीं की। जैसे ही सरकार पराजित हो गई वे और सभी विपक्षी दल (जनसंघ, राजमाता का गुट, सोशलिस्ट) पैदल एक जुलूस में राजभवन गए, शायद इसलिए कि उनकी गिनती की जा सके। उन्होंने माँग की कि उन्हें सरकार बनाने के लिए आमंत्रित किया जाए। आमंत्रण अगले दिन आया और पूरे प्रशासनिक तंत्र को इस बात पर सोचने के लिए पर्याप्त समय मिला कि उनका क्या होगा। उसने मुख्यमंत्रियों के परिवर्तन देखे थे लेकिन सरकार का नहीं। यह कुछ ऐसा ही था जैसे विएटकांग के द्वारा थियू से सत्ता ग्रहण करना या भारत सरकार के द्वारा गोवा में पुर्तगालियों से सत्ता लेना। सचिवालय के गलियारे भरे पड़े थे जब तक कि मैंने बाहर आकर कतिपय सुचयनित शब्दों के साथ उन्हें खाली नहीं कराया। जहाँ तक मेरा संबंध था, अति-व्यस्तता के कारण चिंता करने के लिए मेरे पास समय नहीं था, और वैसे भी मैं कभी उन बातों के लिए चिंता नहीं करता जो मेरे नियंत्रण के बाहर होती हैं।

राजमाता ने नई सरकार का नेतृत्व करने या उसमें शामिल होने से भी इंकार कर दिया। इसकी बजाय वे घटक दलों से गठित की गई एक समन्वय समिति की अध्यक्ष बनीं। जो एक प्रकार का अधि-शासन था, बेशक सीमितताओं के साथ। जाहिर है समिति प्रशासन के साथ दैनंदिन संपर्क नहीं रख सकती थी और आख़िरकार

उसकी स्थिति कुछ वैसी ही बनी जैसी अखिल भारतीय कांग्रेस कमेटी की भारत के कांग्रेसी सरकार के मुकाबले थी। उसकी मुख्य उपादेयता थी मतभेदों को दूर करना। सं.वि.द. के विभिन्न दलों के बीच मतभेद थे भी बहुत सारे। सरकार अपने आप में एक खिचड़ी चालक दल थी। उसके एक छोर पर गोविंद नारायण सिंह, सखलेचा (जनसंघ नेता) जैसे असंदिग्ध योग्यता रखने वाले लोग थे तो दूसरे छोर पर एक मंत्री था जो एक भृत्य के स्थानांतरण के लिए दस रुपया शुल्क लेता था। मंत्री जितना अधिक मूर्ख होता था, उसकी खुराफ़ाती क्षमता उतनी ही अधिक होती थी। उसे अपनी बात मनवाने के लिए बस त्यागपत्र देने की धमकी देनी होती थी, क्योंकि एक त्यागपत्र सं.वि.द. को सिलाई से उधेड़ देता। एकीकरण करने वाले प्रभाव मात्र दो थे, गोविंद नारायण सिंह और राजमाता। दोनों के तरीक़े भिन्न थे। गोविंद नारायण सिंह ने एकीकरण किया मान मनौवल के अपने विस्मयजनक गुण से। मन हो तो वे लगभग हर किसी को अपने दृष्टिकोण से सहमत करा सकते थे। राजमाता ने यही लक्ष्य प्राप्त किया प्रत्येक गुट की प्रत्येक माँग को स्वीकार करके और सभी (प्राय: विरोधी) माँगों की अगुवाई करके। वह ऐसा इसलिए कर पाने की स्थिति में थी क्योंकि उनके पास अधिकार थे, ज़िम्मेदारी नहीं। यदि कुछ ग़लत घटित हो, तो ज़िम्मेदारी हमेशा मुख्यमंत्री की थी। सरकारी गोपनीयता अधिनियम ने समन्वय समिति के साथ व्यवहार करना थोड़ा क्लिष्ट बना दिया। गोविंद नारायण सिंह ने मेरा अनुरोध स्वीकार किया कि कोई सरकारी अधिकारी उसकी बैठकों में उपस्थित नहीं होगा। इसलिए कि ऐसी एक समिति को जिसमें मुख्यमंत्री सम्मिलित थे, गोपनीय जानकारी देने से मना करना कठिन होता। लेकिन हम आवश्यकता पड़ने पर उन्हें मंच-बाह्य परामर्श देने के लिए उपलब्ध रहते, और यह व्यवस्था कारगर थी। जो कारगर नहीं रही वह थी समन्वय समिति की इच्छा कि मैं उनके निर्णयों का सीधे क्रियान्वयन करूँ; मुख्यमंत्री के आदेशों पर नहीं। मैंने ऐसा करने से इंकार कर दिया और गोविंद नारायण सिंह ने मेरा समर्थन किया। फिर समिति ने मुझे 'मिश्र का आदमी' कहना शुरू किया। पुन: गोविंद नारायण सिंह मेरे बचाव में आए और उन्होंने रूखेपन से यह टिप्पणी की कि प्रत्येक मुख्य सचिव परिभाषा से ही मुख्यमंत्री का आदमी होता है, और इसलिए मैं उनका आदमी हूँ। लेकिन समन्वय समिति ने मुझे कभी पसंद नहीं किया और मैं उन्हें पसंद करने में अक्षम था। कुल मिलाकर वे सिद्धांतहीन नौसिखियों का समूह थे।

वैसे देखा जाए तो सं.वि.द. सरकार ही अपने आप में, एक नौसिखिया सरकार थी जो पूर्ववर्ती कांग्रेसी सरकार से भिन्न होने की इच्छा से प्रेरित थी। सभी सरकारों का अंतर्निहित ध्येय एक ही होता है—शासन करना। शासन करने की पद्धतियों को शताब्दियों तक आज़माइश और चूक के द्वारा अंतिम रूप दिया जा चुका है। इसलिए उनमें क्रांतिकारी परिवर्तन लाने के लिए दक्षता की क़ीमत चुकानी पड़ती है। तेज़

गति से काम करने की इच्छा से सं.वि.द. ने त्वरित निर्णय लिए और उतने ही त्वरित प्रति-निर्णय। उदाहरण के लिए आदेश, विशेषकर स्थानांतरण आदेश, विस्मयजन्य तेज़ी से जारी और निरस्त किए जाते थे। मैंने एक मंत्रिपरिषद की बैठक में यह सुझाव रखा कि हमें केंद्र सरकार से मध्यप्रदेश के लिए दो एक्सप्रेस रेलगाड़ियाँ मुहैया कराने के लिए अनुरोध करना चाहिए जो उत्तर-दक्षिण और पूर्व-पश्चिम चलें और बेतार से सुसज्जित हों। मैंने समझाया कि ये रेलगाड़ियाँ स्थानांतरित कर्मचारियों के आवागमन में तेज़ी लाएँगी।

''लेकिन वायरलैस क्यों ?''गोविंद नारायण सिंह ने मनोरंजक अंदाज़ में पूछा।

''निरस्तीकरण आदेशों के शीघ्र संप्रेषण के लिए, श्रीमान।''

डी.पी. मिश्र स्थानांतरणों के बारे में सख़्त थे जो केवल प्रशासकीय आधारों पर ही किए जाते थे। इसलिए निःसंदेह सं.वि.द. के लिए उन्हें मुक्तता से और बिना किसी आधार के करना लाज़िमी था, जब तक कि एक राजनीतिक कार्यकर्ता की सिफ़ारिश एक आधार न हो। डी.पी. मिश्र ने अलाभदायक खातों पर से भू-राजस्व समाप्त कर दिया था, इसलिए सं.वि.द. के लिए उसे लाभदायक खातों से भी समाप्त करना लाज़िमी था। डी.पी. मिश्र सदैव सेवाओं को संरक्षण देते थे जब वे अपने कर्तव्यों के निर्वहन में कार्य करती थीं। इसलिए सं.वि.द. को एक आई.पी.एस. पुलिस अधीक्षक को निलंबित करना लाज़िमी था क्योंकि उसने एक सांप्रदायिक दंगे के दौरान कुछ जनसंघ के कार्यकर्ताओं को बंदी बनाया था। गोविंद नारायण सिंह न होते तो स्थिति और भी ख़राब होती। वे प्रशासन के न्यूनतम अनिवार्य तत्त्वों को बचाने के लिए फुसलाते, मनाते, त्यागपत्र देने की धमकी देते। यदि वे नहीं होते तो सं.वि.द. सरकार अपनी ही अदक्षता के बोझ के तले तीन माह में गिर जाती। लेकिन कुछ अवसरों पर उन्हें भी उच्च शक्ति के समक्ष समर्पण कर देना पड़ता था। एक मंत्री द्वारा किए गए एक प्रस्ताव का, जो कि प्रथमदृश्या ही प्रशासकीय दृष्टि से अनुपयुक्त था, परीक्षण करने के लिए गोविंद नारायण सिंह ने नस्ती मुझे अंकित की और मैंने सुझाव का तगड़ा विरोध किया। उन्होंने तब लिखा, ''मुख्य सचिव ने जो लिखा है उससे मैं पूरी तरह से सहमत हूँ, लेकिन राजनीतिक कारणों से मैं मंत्री का प्रस्ताव स्वीकार करता हूँ।'' और बात वहीं समाप्त हो गई।

जैसे-जैसे समय बीतता गया मैंने गोविंद नारायण सिंह में एक विचित्र बात देखी। उन्होंने एक कांग्रेस सरकार को गिराया था, परंतु हृदय से वे अभी भी एक कांग्रेसी थे। कुछ आंतरिक विवशता उन्हें हर बार कांग्रेसी हितों की रक्षा करने के लिए प्रेरित करती थी। जनसंघ शिक्षा चाहता था लेकिन उन्होंने उसे गृह विभाग देकर पिंड छुड़ाया। उनका यह तर्क था, जो मेरे मत में बिल्कुल सही था, कि वे प्राथमिक शालाओं के माध्यम से एक स्थाई समर्थन का निर्माण कर लेंगे जबकि पुलिस उनके पीछे तभी तक आएगी जब तक वे सत्ता में रहेंगे। बार-बार मैंने देखा कि वे जनसंघ

को कोहनियों से पीछे धकेलकर कांग्रेस का परोक्ष साथ देते थे। उनके लिए न तो सोशलिस्ट, न दलबदलू और न राजमाता गुट ही महत्त्वपूर्ण था। यह ऐसा था जैसे कि उन्होंने उस वस्तु को जिसे वह प्यार करते थे मार डाला था और उसे वे पुनर्जीवित करने का प्रयास कर रहे थे।

सांप्रदायिक स्थिति, अपेक्षा के विपरीत, ख़राब नहीं हुई। जनसंघ ने, जो क़ानून और व्यवस्था के लिए जिम्मेदार था, अपने समर्थकों को नियंत्रण में रखा और मुसलमानों ने समझ लिया था कि यदि वे गड़बड़ शुरू करेंगे तो उन्हें दंडित करने में कोई देर नहीं होगी। यह वैसा ही था जैसा कि रजवाड़ों के समय होता था। सभी जानते थे कि ताक़तवर कौन है, और ताक़तवर जानता था कि उसे शांति बनाए रखना है। जनसंघ के लिए मुसलमान यदि विदेशी थे, तो भी उन्होंने कम-से-कम उनके लिए एक न्यूनतम सुरक्षा सुनिश्चित की लेकिन इस बात का विशेष ध्यान रखा गया कि किसी विभाग में किसी महत्त्वपूर्ण पद पर मुस्लिम को न रखा जाए।

मेरी स्वयं की स्थिति बहुत आसान नहीं थी। मंत्रियों को ऐसा बर्ताव करने से रोकना पड़ता था जैसे कि आज पृथ्वी पर उनका अंतिम दिन है। बहती गंगा में हाथ धोने के लिए एक ही दिन। मिश्र जी के शासनकाल में बहुत कम भ्रष्टाचार था; अब छुटभैयों ने भ्रष्टाचार को जीवन शैली बना दिया था और गोविंद नारायण सिंह उन्हें नहीं रोक सके। मैं केवल यही कर पाया कि उसे थोड़ा सा, बहुत थोड़ा सा कठिनतर बना दूँ। मंत्रिमंडल में मुख्य समन्वयक की उनकी हैसियत से उन्होंने यह सुनिश्चित किया कि कोई भी विवादास्पद, अर्थात कमाऊ, नस्ती उनके समक्ष मेरे माध्यम से प्रस्तुत हो। मैंने यह सुनिश्चित किया कि उन्हें एक ईमानदार आदमी के मत का लाभ प्राप्त हो। परिणाम यह हुआ कि धीरे-धीरे मैं अधिक दुष्ट मंत्रियों का एक नंबर का सार्वजनिक शत्रु हो गया। उन लोगों ने राजमाता को अपनी तरफ़ कर लेने की सावधानी बरती। वह मैं था, न कि कांग्रेस जो विपक्ष बनाती थी। एक मंत्रिपरिषद बैठक में एक मंत्री ने, जिसके प्रस्ताव का मैंने विरोध किया था, अप्रसन्नता के साथ कहा, ''नरोन्हा, आप मुख्य सचिव के रूप में बने रहने के लिए उत्सुक नहीं दिखते, नहीं तो आप इस राह पर नहीं चलते।''

मैंने कहा, उतने आदर से जितना मैं अपने अंदर से बटोर सकता था, ''श्रीमान, मेरी वास्तविक इच्छा एक तहसीलदार बनने की है लेकिन दुर्भाग्य से आपको मुझे उस पद का वेतन देना होगा जिसमें मैं स्थाई किया गया हूँ, एक आयुक्त का वेतन।'' और, यह अनगिनत बार होगा जब गोविंद नारायण सिंह ने एक असहज स्थिति को समेटा।

जब मध्यप्रदेश के तृतीय वर्ग और चतुर्थ वर्ग कर्मचारी हड़ताल पर गए तब उन्होंने स्थिति के बारे में मेरी समझ जानना चाही। मैंने उन्हें बताया कि मेरा अनुभव यह है कि ऐसे मामलों में सबसे बड़ी कठिनाई होती है वैयक्तिक मंत्रियों के द्वारा

हड़तालियों के साथ समझौते पर पहुँचकर लोकप्रियता प्राप्त करने की कामना रखना। यही कामना हड़ताल को प्रोत्साहित करती है और लंबा खींचती है। यदि एक बार सरकार अंतिम निष्कर्ष तक पहुँच चुकी है, तो समझौताजन्य शांति का प्रश्न नहीं उठना चाहिए और लड़ाई अप्रिय अंत तक लड़ी जानी चाहिए। उन्होंने कहा मैंने भी यही सोचा है। मैं एक शिकार पर जा रहा हूँ। केवल आपको ही पता होगा कि मैं कहाँ हूँ। मेरे साथ एक बेतार वाहन भेजो और जब हड़ताल समाप्त हो जाए तब मुझे खबर करो। मेरी अनुपस्थिति में केवल आप ही प्रभार में होंगे।

और ठीक वैसा ही हुआ। हड़ताल ठीक सात दिन तक चली, जिसके बाद वह बिना शर्त वापस हो गई। जब उन्होंने उस रात यह समाचार रेडियो पर सुना तो उन्होंने मुझे एक संक्षिप्त बेतार भेजा, "बधाई! वापस लौटने की आज्ञा चाहता हूँ।"

मैंने सं.वि.द. की एक वर्ष से थोड़ी अधिक समय तक सेवा की और तब तक गोविंद नारायण सिंह और मैं, दोनों ही उनसे थोड़ा-थोड़ा ऊबने लगे थे। बिना कोई न्यूनतम साझा विचारधारा के और केवल कांग्रेस के प्रति साझा घृणा से भरी एक गठबंधन सरकार की अपने ही विरोधाभासों से धज्जियाँ उड़ जाती हैं। वह सरकार सेवा करने में या नेतृत्व करने में संतुष्टि नहीं देती। इसलिए जब मुझे 1968 के अंत में पंजाब में राज्यपाल के सलाहकार के रूप में प्रतिनियुक्ति पर जाने के लिए कहा गया, तो मैंने ख़ुशी से हाँ की। सभी श्रेणियों के शासकीय सेवकों के द्वारा मुझे दी गई विदाई जबर्दस्त थी; उससे मुझे अचंभा हुआ क्योंकि यह उस हड़ताल के बहुत अल्प समय बाद ही दी गई थी जिसे मैंने तुड़वाया था। लेकिन उससे सं.वि.द. और भी अधिक आश्चर्यचकित हुआ। बिदाई स्वरूप गोविंद नारायण सिंह ने मुझे निम्नलिखित पत्र लिखा :

मेरे प्रिय नरोन्हा,

राज्यपाल के सलाहकार के रूप में कार्य करने के लिए आपके पंजाब प्रस्थान की बेला पर, मैं आपको इस महत्त्वपूर्ण पद के लिए चयनित होने के लिए अभिनंदन करने हेतु लिख रहा हूँ। पंजाब के समक्ष राजनीतिक दृष्टि से और एक सीमावर्ती राज्य के रूप में एक नाजुक स्थिति उपस्थित है। मुझे भरोसा है कि आप अपनी नई जिम्मेदारियों को उसी दक्षता और ईमानदारी से निभाएँगे जो कि आपने हमेशा आपको दिए गए किन्हीं भी कर्तव्यों के निर्वहन में प्रदर्शित की है।

साथ ही मैं आपको उस उत्कृष्ट कार्य के लिए धन्यवाद देना चाहता हूँ जो आपने मेरे अधीन आपके पदांकन के दौरान किया है। हर समय मैं आप पर राजनीतिक झुकाव से अदूषित एक सही और ईमानदार अभिमत के लिए निर्भर कर सकता था। मेरे द्वारा आपकी बात को उलट दिए जाने पर भी, मैं आप पर मेरे निर्णय को स्वामिभक्ति से, विश्वसनीयता से और

सक्षमता से निष्पादित करने के लिए निर्भर कर सकता था। आप प्रशासकीय सेवाओं में से उन गिने-चुने कुछ लोगों में से एक हैं जिनकी बुद्धिमत्ता और सत्यनिष्ठा के लिए मेरे मन में प्रशंसा और आदर है। मैं इस पत्र की एक प्रति आपके गोपनीय वैयक्तिक चरित्रावली में रखने के लिए निर्देशित कर रहा हूँ।

ससम्मान—

भवदीय
हस्ता—जी.एन. सिंह

मूल्य सदैव अपने आप में पुरस्कार न भी हों तो भी वह क्षतिपूर्ति तो हैं ही।

पंजाब मध्यांतर

संविधान का अनुच्छेद 356 उन परिस्थितियों के लिए प्रावधान करता है जब एक राज्य का प्रशासन एक विधिवत निर्वाचित सरकार के द्वारा नहीं चलाया जा सकता है। उदाहरण के लिए, जब 'आयाराम' और 'गयाराम' इतनी तेजी से एक ओर से दूसरी ओर जाएँ कि एक स्थायी सरकार सम्भव न हो। ठीक यही हुआ पंजाब में और राष्ट्रपति ने—व्यवहारतः भारत सरकार ने—तदनुसार एक उदघोषणा जारी कर राज्य शासन का अधिग्रहण कर लिया था। ऐसे मामलों में जैसा होता है, राज्यपाल और दो सलाहकार मिलकर नई सरकार बनाते थे। दो सलाहकार थे ज्ञान सिंह कहलों, जो पहले मुख्य सचिव रह चुके थे, और मैं।

1968 में पंजाब राष्ट्रपति शासन के अधीन आने के पूर्व लक्ष्मण सिंह गिल आख़िरी मुख्यमंत्री थे। लेकिन सही अर्थ में आख़िरी मुख्यमंत्री थे प्रताप सिंह कैरों, नए पंजाब के स्थापक और निर्माता। जो लोग उनके बाद आए वह नितांत टाँय-टाँय-फिस थे। पंजाब एक पौने छह फुट ऊँचा घोड़ा था और उस पर सवार बेढंगे बौने जैसे। पंजाब ने उन्हें अनदेखा किया और अपने काम में लग गया। समृद्धि बढ़ी, और सभी क्षेत्रों में उत्पादन में, विशेषकर कृषि में, उछाल आई। दुर्भाग्यवश बौनों को प्रशासन में खुली छूट थी; लोग यहाँ कुछ नहीं कर सकते थे; और जिस समय मैं आया सेवाएँ नींव तक घिस दी गई थीं। पंजाब की सेवाएँ देश में किसी से दोयम नहीं हैं लेकिन एक के बाद एक क्रूर और मूर्ख टीपू सुल्तानों ने उन्हें एक रुष्ट, खिन्न और हतोत्साहित भीड़ बना दिया था। इसके लिए आसान तरीक़ा था उनके पीछे हाथ धोकर पड़े रहो जब तक कि हर चीज़ के लिए वे 'हाँ' न कर दें। कैरों ने ऐसा नहीं किया था। वे इतने महान थे कि एक अच्छी तलवार का, जो कि एक अधिकारी यथार्थतः होता है, मोल पहचानें।

संविधान का अनुच्छेद 311 सिविल सेवाओं के लिए रक्षा कवच समझा जाता है। हम इसकी ओर देखें।

(1) किसी व्यक्ति को जो संघ की सिविल सेवा का या अखिल भारतीय सेवा का या राज्य की सिविल सेवा का सदस्य है अथवा संघ या राज्य के अधीन कोई सिविल पद धारण करता है, उसकी नियुक्ति करने वाले

प्राधिकारी के अधीनस्थ किसी प्राधिकारी द्वारा पदच्युत नहीं किया जाएगा या पद से नहीं हटाया जाएगा।

(2) यथोपूर्वोक्त किसी व्यक्ति को ऐसी जाँच के पश्चात ही जिसमें उसे अपने विरुद्ध आरोपों की सूचना दे दी गई है और उन आरोपों के संबंध में सुनवाई का युक्तियुक्त अवसर दे दिया गया है, और जहाँ ऐसी जाँच के बाद, उस पर कोई शास्ति अधिरोपित करने की प्रस्थापना है, उसे प्रस्थापित शास्ति के विषय में अभ्यावेदन देने का युक्तियुक्त अवसर दे दिया गया है, केवल ऐसी जाँच में प्रदत्त साक्ष्य के आधार पर ही, पदच्युत किया जाएगा या पद से हटाया जाएगा या पंक्ति में अवनत किया जाएगा, अन्यथा नहीं।

परंतु यह खंड वहाँ लागू नहीं होगा—

(क) जहाँ किसी ऐसे व्यक्ति को ऐसे आचरण के आधार पर पदच्युत किया जाता है या पद से हटाया जाता है, या पंक्ति में अवनत किया जाता है जिसके लिए आपराधिक आरोप पर उसे सिद्ध दोष ठहराया गया है; या

(ख) जहाँ किसी व्यक्ति को पदच्युत करने या पद से हटाने या पंक्ति में अवनत करने के लिए सक्षम प्राधिकारी का यह समाधान हो जाता है कि किसी कारण से, जो उस प्राधिकारी द्वारा लेखबद्ध किया जाएगा, यह युक्तियुक्त रूप से साध्य नहीं है कि ऐसी जाँच की जाए; या

(ग) जहाँ यथास्थिति, राष्ट्रपति या राज्यपाल का यह समाधान हो जाता है कि राज्य की सुरक्षा के हित में यह समीचीन नहीं है कि ऐसी जाँच की जाए।

(3) यदि यथापूर्वोक्त किसी व्यक्ति के संबंध में यह प्रश्न उठता है कि खंड (2) में निर्दिष्ट जाँच करना युक्तियुक्त रूप से साध्य है या नहीं तो उस व्यक्ति को पदच्युत करने या पद से हटाने या पंक्ति में अवनत करने के लिए सशक्त पदाधिकारी का उस पर विनिश्चय अंतिम होगा।

अनुच्छेद 311 की मुख्य आलोचना हमेशा इस बात को लेकर होती रही है कि वह भ्रष्ट और/या अदक्ष शासकीय सेवकों को अत्यधिक संरक्षण देता है। वह ऐसा कुछ नहीं करता। कुल मिलाकर खंड (2) एक न्यायोचित जाँच का अधिकार ही तो प्रदान करता है जो निश्चय ही न्याय के रास्ते में अवरोध नहीं है! मेरा अनुभव है कि जहाँ उच्च न्यायालयों द्वारा एक पदच्युति को अपास्त करने के लिए अनुच्छेद 311 का सहारा लिया है वे केवल ऐसे ही मामले हैं जिनमें अनुशासनिक प्राधिकारी सही प्रक्रिया से अनभिज्ञ था या उसने उनके पालन की चिंता नहीं की। भ्रष्ट शासकीय सेवकों का असली संरक्षक बिना अपवाद के राजनीतिज्ञ रहा है। पंजाब में मैंने जो देखा मुख्यत: उसके आधार पर मैं स्वयं अनुच्छेद 311 की आलोचना इसलिए करता हूँ कि वह ईमानदार तथा स्वतंत्र शासकीय सेवक को पर्याप्त रूप से

संरक्षण नहीं देता है। सेवा नियमों में निलंबन को एक दंड नहीं माना जाता; हैं ना? मैंने पंजाब में पाँच-पाँच साल तक निलंबन में रखे गए शासकीय सेवकों को देखा है और उनके विरुद्ध अब तक कोई आरोप निर्धारित नहीं किए गए हैं। धारित पद पर उनका स्थाईकरण न होने की स्थिति में, जो कि एक आम बात थी, उन्हें निलंबन अवधि में अपने आप निचले पद पर लाया जाता था। इसका अर्थ था वेतन में न्यूनतम पच्चीस से तीस प्रतिशत गिरावट। लेकिन उन्हें यह घटी हुई राशि भी नहीं मिलती थी; उन्हें जो कुछ मिलता था वह था उसका एक तिहाई। नियम यही है। आपके वेतन के पचहत्तर प्रतिशत के एक तिहाई पर वर्षों तक जीने का प्रयास करो; जब एक परिवार को पालना हो; और तब मुझे बताओ कि निलंबन एक दंड नहीं है! कुछ दीर्घ निलंबनों ने पंजाब में सिविल सेवा को जल्द ही अनुकूल बना दिया।

कोष्ठक में, संवैधानिक रक्षा कवच कोई संरक्षण नहीं देता यदि सरकार अन्याय करने के लिए कृतसंकल्प हो। संविधान भी तो संशोधित किया जा सकता है। यही तो अनुच्छेद 314 के मामले में हुआ जिसके द्वारा आई.सी.एस. का संरक्षण अभिप्रेत था। यही अनुच्छेद 362 के मामले में हुआ जो भारतीय राजाओं के अधिकारों और विशेषाधिकारों से संबंधित था। संवैधानिक प्रावधानों को छकाया भी जा सकता है। अनुच्छेद 314 पर जब विचार हो रहा था, तब मैंने यह कहा था कि दीवानी न्यायालय में प्रवर्तनीय एक साधारण अनुबंध, कुछ सेक्रेटरी ऑफ स्टेट फॉर इंडिया के साथ एक प्रसंविदा जैसा, प्रस्तावित अनुच्छेद 314 से अधिक बल रखेगा। मैंने ठीक यही बात अनुच्छेद 362 के बारे में ईस्टर्न स्टेट्स एजेंसी के राजाओं में से मेरे एक मित्र से कही थी। लेकिन दोनों ही मामलों में अधिकतर का विचार सरकार पर और संविधान पर विश्वास रखने के पक्ष में था और देखो इससे उन्हें क्या मिला!

हम वापस अनुच्छेद 311 और पंजाब की ओर लौट चलें। बिना आरोप निर्धारण किए निलंबन करने के अलावा अत्यंत तुच्छ आरोपों पर मंत्रियों के द्वारा लोगों को निलंबित किया जा रहा था। परपीड़क बच्चे किस्म के मंत्रिगण मक्खियों के पंख नोच रहे थे। अंत में जाकर जो दंड अधिरोपित होता था वह लघु था। लेकिन निलंबन की अवधि को नियमों के अंतर्गत कार्यावधि नहीं माना जा सकता था और अभागे पीड़ित को उसकी संपूर्ण त्रिशंकु अवस्था की अवधि के लिए निलंबन भत्ता मिलता था। अनुच्छेद 311 ने उसके लिए कुछ नहीं किया।

निकृष्टतम बेहूदगी थी जानबूझ कर झूठे आरोप गढ़ने की। फिर निलंबन, इसके बाद एक सुदीर्घ जाँच जो कभी शुरू ही नहीं हो पाती थी। अनुच्छेद 311 चुपचाप बैठे देखता रहा।

नहीं; मैं सेवाओं को हतोत्साहित होने के लिए दोष नहीं देता। ऐसे अधिकारी जो जुगाड़ कर सकते थे, वे केंद्र में प्रतिनियुक्ति पर गए लेकिन विशाल बहुमत को

चुपचाप अपमान के घूँट पीते रहना पड़ा। गृह विभाग मुझे आवंटित विभागों में से एक था। इसके अंतर्गत पुलिस है और उन बेचारों पर तो आई.ए.एस. से भी अधिक मार पड़ी थी। स्थिति का आकलन करते ही मैंने शीघ्रता से सभी ज़िलों का दौरा किया और हर जगह मैंने एक सी बातें कहीं। "न्याय किया जाएगा, तथाकथित विरोधियों को प्रताड़ित नहीं किया जाएगा, और गड़े मुर्दे नहीं उखाड़े जाएँगे। आपका भविष्य इस पर निर्भर करेगा कि आप अब कैसे सेवा करते हैं; न कि इस पर कि आपने लक्ष्मण सिंह गिल या किसी अन्य के अधीन रहते हुए क्या किया था। अब काम पर लग जाओ।"

वे काम पर लग गए। कुछ ही महीनों में उन्होंने फिर से देश की सर्वोत्तम सिविल सेवाओं में से एक होने का गौरवपूर्ण स्थान पा लिया। मैंने उनसे बहुत अपेक्षाएँ कीं और उन्होंने मुझे कभी निराश नहीं किया। लगभग अचेत कर देने वाले आघात से उबर कर इस प्रकार से कूद खड़े होने के लिए असली जीवटता आवश्यक है; पर क्यों न हो, पंजाबी जीवट है ही!

फिरोजपुर में कपास की विपुल फसल पर कीड़ों का प्रकोप हुआ था। दूसरे सलाहकार ज्ञान सिंह कैरों, जो कृषि के प्रभार में थे, ने एक व्यापक पैमाने पर हवाई छिड़काव कराने का निर्णय लिया। उपयोग में लाया गया कीटनाशक अत्यंत विषाक्त होने के कारण यह आवश्यक था कि छिड़काव के कम-से-कम एक घंटे बाद तक खेत में न घुसा जाए। आवश्यक अनुदेश लिखे हुए हजारों पर्चे बाँटे गए और इसके अलावा कृषि विभाग के कर्मियों ने गाँव-गाँव जाकर अपनाई जाने वाली सावधानियों के बारे में बताया। इसके बावजूद चतुर पंजाबी किसान हवाई जहाज द्वारा अपना काम पूरा कर दिए जाने के तुरंत बाद ही अपने खेत में प्रवेश करने के लिए व्यग्र रहता था; यह देखने के लिए कि क्या कीड़े मर चुके हैं। कीड़े मर चुके होते थे। वैसे ही किसान भी, लगभग चालीस मामलों में। मैं उस समय फिरोजपुर ज़िले में प्रवास पर था और जब मुझे बताया गया कि किसानों का एक प्रतिनिधि मंडल मुझ से मिलना चाहता है, मैंने अपने-आप को ख़राब से ख़राब स्थिति का सामना करने के लिए तैयार किया। जब लोग मरते हैं, तो ग़लती हमेशा सरकार की होती है। मैंने उन्हें समय दिया और वे समय पर जमा होकर आ गए। उन्होंने चालीस मृतकों के बारे में एक शब्द भी नहीं कहा; वे केवल यह चाहते थे कि और हवाई जहाज मँगाए जाएँ ताकि छिड़काव को जल्दी पूरा किया जा सके। मैंने उनकी पैरवी ज्ञान सिंह के समक्ष करने का आश्वासन दिया।

इसके बाद पड़ा सूखा और उसके साथ शुरू हुआ अपनी बारी तोड़कर पानी चुराने का ठेठ पंजाबी खेल। कुछ हत्याएँ हुईं और मैंने ज्ञान सिंह को नहरों की गश्त करने के लिए पंजाब सशस्त्र बल उपलब्ध कराने के लिए सहमति दी। बल के निकल पड़ने के पहले मैंने उन्हें निःशस्त्र करने की सावधानी बरती और उन्हें कुछ

अनुदेश दिए : यदि पानी किसी ऐसे खेत में दिखे जिसे उस समय सिंचित होने का अधिकार नहीं था, तो मोटे पुलिस बैल्ट की मदद से ज़मींदार का साक्षात्कार लिया जाए, जिसके द्वारा ऐसी परिस्थितियों में बात अच्छे से समझ में आ जाती है। मेरे अनुदेशों को ठीक–ठाक और कुछ मौकों पर उत्साह के साथ भी, कार्यान्वित किया गया; और पानी की चोरियाँ बंद हो गईं। कुछ दिनों के बाद तत्कालीन केंद्रीय गृह मंत्री चव्हाण, फिरोजपुर आए और उन्होंने मुझे हवाई अड्डे पर मिलने के लिए कहा। मैंने अनुमान लगाया और मुसीबत का सामना करने के लिए तैयार होकर पहुँचा। मुझे आश्चर्य हुआ जब उन्होंने मुझसे कहा कि पंजाबी मेरे बहुत प्रशंसक थे, इसलिए कि मैंने फसल बचा ली थी। आखों में चमक के साथ उन्होंने पूछा कि ऐसी लोकप्रियता अर्जित करने के लिए मैंने क्या किया था। मैंने उन्हें बता दिया। मैं नहीं समझता कि कहीं और के लोग बैल्ट के आगे सोचते और बचाई गई फसल के लिए धन्यवाद देते।

जैसा मैंने देखा, 1968 के पंजाब में तीन प्राथमिकताएँ थीं—सेवाओं का मनोबल पुनर्स्थापित करना; क़ानून और व्यवस्था (जो एक नवीन बुराई तक पहुँच चुकी थी) को पुनर्स्थापित करना और निष्पक्ष तथा स्वतंत्र चुनाव सुनिश्चित करना। राज्यपाल डॉ. पावटे मुझसे सहमत थे। अधिक महत्त्वपूर्ण बात यह थी कि उन्होंने मुझे खुले हाथ से काम करने की छूट दी और मैं उसमें लग गया। एक बार सेवाओं का मनोबल पुनर्स्थापित हो जाने पर बाकी काम आसान था। लेकिन चुनाव की पूर्वबेला में मुझे दिक़्क़त हुई। चुनाव प्रारंभ होने के मुश्किल से दस दिन पहले मुझे भारत सरकार की ओर से केंद्रीय गृह सचिव एल.पी. सिंह का संदेश प्राप्त हुआ कि डी.आई.जी. जालंधर को स्थानांतरित किया जाए क्योंकि ऐसी शिकायतें मिली थीं कि वह अकाली दल का समर्थन कर रहा है। मैंने एल.पी. को बताया कि मैंने मामले में व्यक्तिगत जाँच की थी और डी.आई.जी. के द्वारा राजनीतिक हस्तक्षेप के कुछ भी प्रमाण नहीं हैं। हम चुनाव के बहुत नजदीक थे और जालंधर पंजाब की सबसे महत्त्वपूर्ण रेंज थी जिसमें तीन सीमावर्ती ज़िले अमृतसर, गुरदासपुर और फिरोजपुर आते थे। सीमा पर स्थित मतदान केंद्रों का विशेष ध्यान रखा जाना था, और यह अति आवश्यक था कि डी.आई.जी. को क्षेत्र की, लोगों की और, पुलिस की अच्छी जानकारी हो। इस चरण में उसका स्थानांतरण करना प्रशासकीय दृष्टि से भारी भूल होगी, चरम कोटि की। इसे लेकर यह धारणा बनेगी, जो ग़लत नहीं होगी, कि यह प्रशासन में अवांछनीय हस्तक्षेप है, केवल इसलिए कि कुछ लोग ऐसा चाहते हैं। फिर मैंने उन्हें कह दिया कि मैं अपनी ओर से स्थानांतरण नहीं करूँगा। यदि इससे किसी को परेशानी होती है तो मैं अभी अवकाश पर जाने के लिए तैयार हूँ। यदि भारत सरकार स्थानांतरण चाहती है तो वह अपनी जवाबदारी पर मुझे विशिष्ट रूप से आदेश जारी करे। मैं उसका पालन करूँगा।

राज्यपाल को पूरे समय इस घटनाक्रम से अवगत रखा गया था और वे मेरे द्वारा लिए गए पक्ष से सहमत थे। अंततः स्थानांतरण नहीं किया गया और मैं अवकाश पर नहीं गया।

जैसे-जैसे चुनावी तापमान बढ़ा, अतिमहत्त्वपूर्ण व्यक्तियों के प्रवास और तेज़ चुनाव प्रचार शुरू हुआ। यह सब तो सामान्य कार्यों के अंतर्गत आता था, लेकिन मैंने यह स्पष्ट कर दिया, एक से अधिक बार, कि न तो शासकीय संसाधनों को, न ही शासकीय तंत्र को किसी भी प्रकार से चुनाव प्रचार के लिए संबद्ध किया जाएगा।

बिहार से प्रकाशित समाचार पत्र 'दी सर्चलाईट' के संपादक एस.सी. सरकार ने मुझे एक पत्र लिखा और उसके साथ अपने संपादकीय दिनांक 15 जनवरी, 1969 की कतरन संलग्न की।

संपादकीय अंशतः निम्नानुसार था :

सही दृष्टिकोण

प्रथम सामान्य निर्वाचन के समय से देश में सतत रूप से माँग की जा रही है कि मंत्रियों को अपने दल के लिए चुनावी प्रचार करते समय राज्य के संसाधनों का उपयोग नहीं करना चाहिए। लेकिन कांग्रेस, जो केंद्र और राज्यों में सत्ता पर थी, के द्वारा इस माँग को अनसुना कर दिया जाता था। जब ग़ैर-कांग्रेसी दल कतिपय राज्यों में सत्ता में आए और उनके मंत्रियों ने भी सरकारी संसाधनों को उनके दलों के प्रचार में उपयोग करना प्रारंभ कर दिया तब इस विषय को महत्त्व मिला और नई दिल्ली को भी यह समझ में आने लगा कि सत्ता का दुरुपयोग एक ऐसा खेल है जिसे दो लोग खेल सकते हैं। जहाँ तक लोगों का संबंध है, वे कांग्रेसी मंत्रियों और ग़ैर कांग्रेसी मंत्रियों के द्वारा चुनाव में उनके पक्ष के उम्मीदवारों के प्रचार के लिए राज्य के संसाधनों का दुरुपयोग करने का समान रूप से विरोध करते हैं। लोगों की इस माँग की प्रतिक्रिया में पहला क़दम हाल में पश्चिम बंगाल के राज्यपाल श्री धर्मवीर के द्वारा उठाया गया जिन्होंने यह निर्णय लिया कि प्रधानमंत्री को छोड़कर अन्य किसी मंत्री को, जो चुनावी कार्य के लिए प्रदेश में आते हैं, राज्य सरकार के द्वारा अतिविशिष्ट व्यक्ति की सुविधाएँ नहीं दी जाएँगी। प्रधानमंत्री का अपवाद क्यों छोड़ा गया है यह स्पष्ट नहीं किया गया है। चाहे प्रधानमंत्री हो या मान लो कि उप-प्रधानमंत्री, उनमें कोई अंतर नहीं है जब वे कांग्रेसी उम्मीदवारों को मत दिए जाने के लिए प्रचार करने जाते हैं।

लेकिन आख़िरकार इस विषय में एक सही दृष्टिकोण अपनाया है पंजाब सरकार ने। सोमवार को जारी एक प्रेस विज्ञप्ति में पंजाब के राज्यपाल

के सलाहकार श्री नरोन्हा ने यह साफ़ तौर पर कह दिया है कि प्रदेश में चुनावी उद्देश्य से भ्रमण पर आने पर प्रधानमंत्री अथवा केंद्रीय मंत्री को राज्य सरकार अति महत्त्वपूर्ण व्यक्ति की सुविधाएँ नहीं देगी। उन्होंने कहा कि राज्य सरकार ने प्रधानमंत्री के लिए, जो कि अभी पंजाब के चुनावी दौरे पर हैं, एक कार की व्यवस्था भी नहीं की है। मानी हुई बात है कि श्रीमती गांधी को उनके दौरों के लिए कारों का कोई टोटा नहीं पड़ेगा। लेकिन मुद्दा यह है कि दो दशकों के बाद भी, हमने अब तक कई क्षेत्रों में प्रजातांत्रिक मानक विकसित नहीं किए हैं। बिहार में और उत्तर प्रदेश में भी, राज्यपाल शासन के अधीन सरकारों ने राज्य के सभी संसाधन उन केंद्रीय मंत्रियों के निपटान पर सौंप दिए हैं, जो उन राज्यों में प्रवास कर कांग्रेसी उम्मीदवारों को जिताने के लिए प्रयासरत हैं। लखनऊ में उत्तरप्रदेश सरकार के एक प्रवक्ता इसे बेशर्मी के साथ स्वीकार करते हैं। शासकीय वायुयान तथा वाहन इच्छानुसार उपयोग के लिए उनके निपटान पर हैं। हो सकता है कि कुछ केंद्रीय मंत्री मामूली शासकीय कार्य भी करते हैं लेकिन इस तथ्य से मुँह नहीं मोड़ा जा सकता कि वे इन राज्यों में चुनावी प्रचार के उद्देश्यों से भ्रमण कर रहे हैं...पंजाब सरकार ने एक अच्छा उदाहरण स्थापित किया है। राज्यपाल श्री पावटे और सलाहकार श्री नरोन्हा इस पहल के लिए अभिनंदन के पात्र हैं...

उपर्युक्त दो घटनाओं में मुद्दे की बात यह नहीं है कि मैंने कोई तीर मारे थे लेकिन यह ध्यान दें कि उनके कारण मेरे ख़िलाफ़ कुछ भी नहीं हुआ। उनमें मौजूद आम धारणा के बावजूद शासकीय कर्मचारियों को कुछ होता भी नहीं है, जब वे सही काम करते हैं। मुझे तो सेवानिवृत्ति के बाद एक पद्मभूषण भी मिल गया!

चुनाव निर्विघ्न संपन्न कराए गए। सरकार बनाने के लिए कांग्रेस बहुमत प्राप्त नहीं कर सकी। परिणाम जैसे ही घोषित हुए मैंने अपना प्रभार सौंपा और मध्यप्रदेश वापस लौटा।

दो

किसी भी स्थान के बारे में लिखने का सबसे अच्छा समय वहाँ पहुँचने के ठीक दो माह बाद का होता है। इसके पहले लिखना ज़ल्दबाज़ी है; सब कुछ होता है नया-नवेला, आश्चर्यजनक, रंग-बिरंगा, भ्रामक, उत्तेजक, शुरुआती। इसके बाद लिखना देरी है, चीज़ें ज्यों-ज्यों बदलती हैं त्यों त्यों वे एक सी रहती हैं[1], भूरे और श्याम और बीच में कोई गहरा आसमानी टुकड़ा नहीं।

---

1. *plus ca change, plus c' est la meme chose*

पंजाब आए मुझे अब ठीक दो माह हो गए हैं और इसलिए यह पंजाब के बारे में अंतिम और संभवत: अनन्य सत्य वचन है। अपनी आँखों की पट्टी खोलो और ज्ञान लेने के लिए तैयार हो जाओ।

इज़राइल की दस गुमी हुई जातियाँ ही पंजाबी हैं। अन्य कोई भी कारण उनके प्रवास-पिपासा की निष्पत्ति करने में सक्षम नहीं है। यदि आप होशियारपुर, जालंधर और लुधियाना ज़िलों की वास्तविक जनगणना करना चाहें, तो आपको अपने गणक संयुक्त राज्य अमेरिका, ब्रिटेन और कनाडा में भेजने होंगे, क्योंकि उनमें से ज्यादातर तो वहीं हैं। पंजाब में जितने पंजाबी रहते हैं उससे अधिक उसके बाहर हैं।

पंजाब में लोकमत का आकलन करते समय इस बात का ध्यान रखा जाना चाहिए क्योंकि वह बर्मिंघम और भोपाल के, विस्कॉन्सिन और वाराणसी के, क्यूबेक और कोल्लम के पंजाबी मत से बहुत अधिक प्रभावित होता है। (पंजाबी अपने नातेदारों से संपर्क रखता है चाहे वे कहीं भी हों)। भारत में और कहीं पर भी आप निक्सन की जीत पर उपेक्षापर्वक कंधे उचकाकर चर्चा कर सकते हैं, लेकिन पंजाब में नहीं। पूरी संभावना है कि जिस व्यक्ति के सामने आपने कंधे उचकाए हैं, उसके किसी कज़िन ने निक्सन के साथ हस्तांदोलन किया हो या उस पर एक पत्थर फेंका हो। यहाँ पर रिपब्लिकन और डेमोक्रेट दोनों के बारे में भावातिरेक मौजूद हैं और उसकी उपेक्षा करना बुद्धिमानी नहीं है। मैं निक्सन के ऊपर बाज़ी लगाकर पाँच रुपए जीता और भुगतान प्राप्त करने के पहले मुझे बीस मिनट तक एक ज्ञानयुक्त निक्सन विरोधी मत को सुनना पड़ा।

आप अपेक्षा करेंगे कि पंजाबी विश्वबंधुत्व तथा परितृप्तता के भाव रखता होगा। इस बात से अधिक सत्य से परे कुछ नहीं हो सकता। दिल से अभी भी वह खुब्बन गाँव का युवा किसान है जो भारत की सर्वोत्कृष्ट कपास पैदा करता है— सर्वोत्कृष्ट गेहूँ भी, सर्वोत्कृष्ट चावल भी और..., सूची अंतहीन है। भले ही आज वह एक औद्योगिक अधिपति हो जिसका ओवर ड्राफ्ट स्वीकार करना हर बैंक अपना सौभाग्य समझेगा, फिर भी उसकी जड़ें उसके गृह गाँव की उपजाऊ मिट्टी में हैं। मैं सोचता हूँ कि उसकी जीवंतता का कारण यही है। वह गिरता है; वह झुलसता है; लेकिन वह फिर उठ खड़ा होता है, जैसे पुनर्जन्म लेकर फीनिक्स पक्षी; वह उस उपजाऊ मिट्टी से नया जीवन खींच लेता है जिससे वह अटूट रूप से बँधा हुआ है।

प्रेमासक्त नयनों से अपनी पत्नी को निहारते पंजाबी को मैंने, जाहिर है, कभी नहीं देखा है। लेकिन मैंने उसके अनजाने उसे अपने खेत को निहारते हुए देखा है और मेरी कल्पना है कि दोनों नज़रें एक सी ही होंगी। मिट्टी से उपजी यही जीवंतता पंजाबी को एक महान रचयिता और पुनर्रचयिता बनाती है। पिछले तीन हजार वर्षों में (इसके पूर्व केवल दंतकथाएँ हैं) समय-समय पर पंजाब का विनाश,

फिर पुनर्निर्माण, फिर विनाश, फिर पुनर्जीवन हुआ है। पुराने पंजाब जैसा कुछ नहीं है; जो है, और जो हमेशा रहता है, वह है एक युवा पंजाब। एक उद्धत युवा पंजाब जो ग़लतियाँ करता है लेकिन कभी भी उम्र के साथ थक हार जाने और समझदार होने और अनुपयोगी हो जाने की ग़लती नहीं करता।

1947 और 1948 में पंजाब सभी व्यावहारिक प्रयोजनों के लिए अस्तित्व में नहीं रहा। उजड़े हुए गाँव, सुनसान खेत और दिगंत से दिगंत की ओर बढ़ती चली जा रही शरणार्थियों की अंतहीन क़तारों में खिंची हुई मानवीय त्रासदी। बस यही सब कुछ था। चार वर्ष बाद पंजाब उस मात्रा से अधिक अन्न का निर्यात कर रहा था जितनी मात्रा में वह विभाजन के पूर्व करता था। गए वर्ष पैंतालीस दिनों में 1,400,000 टन गेहूँ मात्र ग्यारह ज़िलों से उपार्जित किया गया था। यह शब्दश: सुनहरे अनाज की बाढ़ थी जिसमें से थककर चूर और परेशान कर्मचारी निकल भागने के लिए इच्छुक थे। यह फीनिक्स का पुनर्जन्म था। दो कारण हैं जो पुनर्निर्माण के इस विशाल काम में पंजाबी की सफलता के पीछे हैं। एक है उसकी ज़िंदादिली; धरती की; मिट्टी की। दूसरा है नया आजमाने और पैसा लगाने के लिए और पूँजी को फालतू रखे रहने के प्रति अनिच्छुक रहना। इसके कारण पूँजी तेज़ी से घूमती है जो कि समृद्धि के लिए बहुत लाज़िमी है।

मटकों में धन भरकर गाड़ना पंजाब को मालूम नहीं है, या क़रीब-क़रीब मालूम नहीं है। जो आदमी अपने खेत से पैसा बनाता है वह सबसे पहले खेत के बारे में सोचता है और उसमें सुधार के लिए निवेश करता है। इसके बाद वह सोचता है उपभोक्ता वस्तुओं के बारे में; उसकी बीवी के लिए एक सिलाई मशीन, कपड़े, अच्छा खाना और एक अच्छा घर। और आख़िर में वह सोचता है सरकार के लिए और निकटवर्ती शराबख़ाने की सरपरस्ती करता है। पंजाब सरकार को उसकी मौज़-मस्ती के लिए उसका अनुगृहीत होना चाहिए। शराब से प्राप्त होने वाला आबकारी राजस्व है—अपनी साँस रोकें—28 करोड़ रुपए वार्षिक।

पंजाबी की समृद्धि का तीसरा और संभवत: सबसे महत्त्वपूर्ण कारण है श्रीमती पंजाबी। वह उसे आर्थिक और सामाजिक उपलब्धियों में अपने मित्रों और पड़ोसियों को पीछे छोड़ देने के लिए एक अंतहीन दौड़ में अपने आपको झोंक देने के लिए विवश करती है। यहाँ मुझे एक धनाढ्य की याद आती है जिससे पूछा गया था कि वह इतना कड़ा परिश्रम क्यों करता है। उसने कहा, ''मैं यह देखना चाहता हूँ कि क्या कोई ऐसी आमदनी भी है जिसे मेरी पत्नी अपने ख़र्चे से पार न कर सके।''

श्रीमती पंजाबी की बात चल ही रही है, तो मैं गुमनामी से मिली हिम्मत के साथ यह कह ही दूँ कि पंजाबी महिलाएँ सुंदर नहीं होती हैं। सुंदरता केवल कुरूपता के सापेक्ष ही स्वयं को उभार सकती है। एक कुरूप पंजाबी महिला जैसी कोई चीज़ नहीं होती, और इसलिए एक सुंदर पंजाबी महिला जैसी कोई चीज़ नहीं है। यह मेरा

अंतिम शब्द है और इस पर मुझे कोई बहस नहीं करनी है; कम-से-कम उस समय तक नहीं जब तक कि मैं अगली सुंदर पंजाबन न देख लूँ।

जब मैं पंजाब छोड़ दूँगा तब मेरे साथ एक युक्तिसंगत, सतत, क्रमबद्ध स्मृति नहीं वरन लघु चित्रों की एक कड़ियाँ जाएँगी। उनमें से कई परंपरागत नहीं होंगे। मेरे लघु चित्र लीक से हटकर की गई ताक-झाँक हैं जिन्होंने मेरे मस्तिष्क में छोटे झरोखे बना दिए हैं। आसमान की पृष्ठभूमि में आनंदपुर साहेब का खींचा हुआ दृश्य, मृदु, दूरस्थ और निःसंग। सीमा पर रहने वाले एक मजबूत निवासी के द्वारा अपनी विपुल उपज का 'दो क़त्ल की फसल' के रूप में वर्णन जिसका आशय है कि वह दो हत्याएँ कर बच निकल जाने के लिए पर्याप्त है। एक सर्द शिशिर की सुबह और कपास के खेतों में से उड़ते हुए तीतर और उन्हें मार-मारकर भगा रही राय सिक्खों की एक उत्साही भीड़ और पर्याप्त अभिभूत स्वर में मुझसे कहता हुआ एक पुलिसकर्मी : ''पंजाब में ये ही एक मात्र लोग हैं जो एक जाँच करने आए पुलिस वाले को बैठने के लिए एक खटिया देने से इंकार करने का दम रखते हैं।'' सीमा पर एक भव्य पीपल के पेड़ में बनी निगरानी चौकी और अनवरत पहरा देते हुए कुछ जवान और ग्रैंड ट्रंक रोड पर ऊँटों और बैलगाड़ियों की एक क़तार, तीन हजार वर्ष पूर्व के दृश्य की प्रतिकृति...।

मेरे मालिक

पंजाब से वापस लौटने के बाद मैंने दो माह का अवकाश लिया जिसे मैंने पूरी तरह से ग़ैर ज़िम्मेदार तरीक़े से बस, रेलगाड़ी और कार से मेरे पुराने अड्डों पर भटकने में, शिकार करने में तथा मछली पकड़ने में बिताया। मुझे बड़ा मज़ा आया लेकिन सभी अच्छी बातों का अंत होना ही होता है और मेरा अवकाश भी इस नियम का अपवाद नहीं था। गोविंद नारायण सिंह और उनकी सं.वि.द. सरकार गिर चुकी थी। गोविंद नारायण सिंह के जादू से प्रभावित होकर सारंगगढ़ के राजा ने ठीक उस समय कांग्रेस छोड़कर सं.वि.द. में प्रवेश लिया जब एक अंधा भी देख सकता था कि वह विघटित हो रही है और वे तेरह दिन तक मुख्यमंत्री रहे। कांग्रेस 'आयारामों' की बौछार की मदद से, जिसका नेतृत्व पुनः गोविंद नारायण सिंह कर रहे थे, श्यामाचरण शुक्ल, आत्मज पं. रविशंकर शुक्ल (जिनके बारे में मैंने पूर्व में लिखा है) के नेतृत्व में सत्ता में लौटी। वे मुझे मुख्य सचिव के रूप में नहीं चाहते थे। लेकिन उन्होंने मेरे लिए एक संवर्गेतर पद, मुख्य सचिव के वेतनमान में निर्मित किया—महानियंत्रक राज्य आय तथा व्यय का, और मुझे उस पर नियुक्त किया।

मुख्य सचिव का पद ऐसा है जिसमें और सब बातों से ऊपर उठकर मुख्यमंत्री के साथ एक निजी समीकरण होना ज़रूरी होता है। दोनों को एक पूर्ण के अंशों की तरह से काम करना होता है, मुँह के दोनों जबड़ों जैसा। मुख्य सचिव को मुख्यमंत्री के मन को भाँपते आना चाहिए, जिससे कि आवश्यकता पड़ने पर वह इस निश्चिंतता के साथ स्वयं कार्य कर सके यह सोचकर कि वह अपने प्रधान की विचारधारा के अनुसार काम कर रहा है। वहीं दूसरी ओर मुख्यमंत्री को मुख्य सचिव पर पूरा विश्वास होना चाहिए। इसमें से कुछ भी संभव नहीं है जब तक कि वे सम-विचार न रखते हों। इसलिए यह ज़रूरी है कि मुख्यमंत्री को अपना मुख्य सचिव चुनने की स्वतंत्रता होनी चाहिए और इसमें वरिष्ठता के तुच्छ प्रश्न के द्वारा मुद्दा दूषित नहीं होने देना चाहिए। मुझे कोई शिकायत नहीं है कि मुझे मुख्य सचिव नहीं बनाया गया या मुझसे कनिष्ठ को बनाया गया था। उल्टे मैं श्यामाचरण जी का अनुगृहीत था कि उन्होंने एक पद निर्मित कर मुझे वित्तीय हानि से बचाया। लेकिन यदि ऐसा नहीं भी किया जाता तो भी मुझे व्यक्तिगत रूप से कोई शिकायत नहीं होती।

सीने पर से यह बोझ हल्का कर लेने के पश्चात मैं कहना चाहता हूँ कि महानियंत्रक के रूप में बिताए गए तीन वर्ष मेरे जीवन के चरम प्रसन्नता के दिनों में से एक थे। पूरे साल भर मेरा कार्यालय प्रात:कालीन रहता था। मैं ठीक 11 बजे पूर्वाह्न कार्यालय जाता था (जो कि उस स्थान का, जहाँ मेरा कार्यालय स्थित था, खुलने का समय था) और उतनी ही पाबंदगी के साथ 11.30 बजे पूर्वाह्न घर लौट आता था, कोई काम बकाया छोड़े बिना। लेकिन जनवरी, 1972 में श्यामाचरण शुक्ल को पी.सी. सेठी के लिए जगह बनाने के लिए खिसका दिया गया। उसके बाद आए सामान्य निर्वाचन और उसके कुछ माह के बाद मुझे बुलाकर कहा गया कि मुझे मुख्य सचिव बनना है। मैंने अपनी अनिच्छा बेबाक ज़ाहिर की। मैंने पाँच वर्षों तक मुख्य सचिव के रूप में काम किया था और अब तीन वर्ष बाद सेवानिवृत्त होने वाला था। किसी भी मुख्य सचिव को पाँच वर्ष से अधिक पद पर नहीं रहना चाहिए अन्यथा प्रशासन पर उसकी छाप आवश्यकता से अधिक पड़ जाती है। किसी ऐसे को भी इस पद पर नियुक्त नहीं किया जाना चाहिए जिसका सेवाकाल तीन वर्ष से कम बचा है क्योंकि वह अपनी सेवानिवृत्ति तक समय काटने की ओर अभिमुख रहता है। मैंने यह सब कुछ बताया, लेकिन मेरी एक नहीं चली। चौबीस घंटे के बाद मैं सचिवालय में अपने पुराने कक्ष में था, वही जिसे मैंने 1968 में छोड़ा था।

मुख्य सचिवों और उनके भाग्य—निर्धारक पासों के बारे में इतना पर्याप्त है। इस अध्याय का असली उद्देश्य तो उनके मालिकों, अर्थात् मुख्यमंत्रियों के बारे में बताना है। मैंने तीन के अधीन मुख्य सचिव के रूप में कार्य किया—डी.पी. मिश्र, गोविंद नारायण सिंह और पी.सी.सेठी। मैं सौभाग्यशाली था कि तीनों के साथ मेरे वे संबंध स्थापित हुए जिनके बगैर कार्य का सहज संचालन संभव नहीं है। वे हैं परस्पर विश्वास के संबंध। तीनों के साथ काम करते समय कठिन समय भी आए। डी.पी. मिश्र के समय अकाल, व्यापक छात्र उपद्रव और बस्तर गोलीचालन; गोविंद नारायण सिंह के समय सं.वि.द. के निरंतर तनाव और शासकीय कर्मचारियों की हड़ताल, पी.सी. सेठी के समय असंतुष्ट काँग्रेसियों के उकसावे पर विपक्ष के द्वारा क़ानून और व्यवस्था की स्थितियाँ निर्मित करने के प्रयास। इन सबके बावजूद दोनों में से किसी भी ओर से दूसरे के प्रति विश्वास कम नहीं हुआ। उल्टे बाहरी तनावों से हमारे बीच एक तरह की अंतरंगता बनी। यदि मुझे यह भय न होता कि मैं कुछ ज़्यादा ही स्वतंत्रता ले रहा हूँ तो मैं उसे मित्रता कहता।

डी.पी. मिश्र जानते थे कि मैं उन्हें निजी संभाषण में 'समुद्र-हरा छल-प्रपंच[1]-रहित' कहता हूँ, कार्लालय[2] द्वारा रोब्सपियरे[3] की वर्णन के तर्ज पर। जहाँ तक मैं

---

1. the sea-green incorruptible
2. Carlyle
3. Robespierre

जानता हूँ वे इससे रुष्ट नहीं थे लेकिन उन्होंने मुझसे अपनी भरपाई से अधिक वसूली कर ली जब मैंने उन्हें अपनी हिंदी की प्रशंसा करने के लिए उकसाया। मैंने कहा, सर, मैं विश्वास करता हूँ कि मेरी हिंदी में सुधार आपके ध्यान में आया होगा। उन्होंने गंभीरतापूर्वक सिर हिलाया, ''हाँ, मेरे ध्यान में आया है।'' फिर उन्होंने जोड़ा ''मुसीबत केवल यह है कि आपकी हिंदी पढ़ने से मेरी हिंदी का लगभग विनाश हो गया है।'' हिंदी राजभाषा थी और हमारा अधिकतर कार्य उसमें होता था। मैं कई बार नोटशीट पर यह लिखकर छल कर जाता था, ''मेरी राय संलग्न टीप में प्रस्तुत है।'' संलग्न टीप अँगरेज़ी में होती थी। लेकिन मैं तब भी और आज भी, हिंदी का उपयोग केंद्र में और उन राज्यों में जहाँ वह मातृभाषा है, किए जाने का समर्पित पक्षधर हूँ। एक राष्ट्रभाषा के बिना एक राष्ट्र नहीं हो सकता है; और अँगरेज़ी का स्नेही होने के कारण आज के चलन में उसकी हत्या होते देख मुझे घृणा होती है। मिश्र जी उस तरह की हिंदी लिखते थे जो राष्ट्रभाषा हो सकती थी; सरल, संक्षिप्त, बिना संकोच के उर्दू या अँगरेज़ी से शब्द उधार लेने वाली। वे अफ़सर (officer), इंजीनियर (enginear) और बरख़ास्त (dismiss) को बेहिचक उपयोग में लाते थे। हालाँकि यह भी एक तथ्य है कि उनका 'कृष्णायन' आधुनिक हिंदी साहित्य की सर्वश्रेष्ठ कृतियों में से एक है।

वह सेवाओं के लिए अनुकरणीय आदर्श थे; न्यायी, मजबूत और स्फटिक समान स्पष्ट विचारशक्ति रखने वाले व्यक्ति। क्लिष्टतम नस्ती को भी समझने में उन्हें शायद ही कभी दस मिनट से अधिक समय लगता हो; और हर शासकीय सेवक उनका समर्थन मिलने के बारे में निश्चिंत रह सकता था यदि उसने सद्‌भावना से काम किया हो। कम-से-कम दो अवसरों पर मुझे स्वयं उनका समर्थन मिला, जबकि मेरे मत में उनके द्वारा ऐसा करना उपयुक्त नहीं था। पहला अवसर एक अतिप्रसिद्ध सर्वोदय कार्यकर्ता से संबंधित था, जो छठे दशक के मध्यकाल में जयप्रकाश नारायण के ठीक बाद का स्थान पाते थे और जो राज्य के पश्चिमी भाग में एक कंटक बन गए थे। वे वहाँ पर आदिवासियों के बीच कार्य कर रहे थे और आदिवासी चीज़ों को शब्दशः लेते हैं। उन्होंने उन्हें यह पट्टी पढ़ा दी कि उन्हें अपने अधिकारों के लिए दबाव देना चाहिए; आदिवासियों ने इन अधिकारों में पड़ोसी की बकरी और पत्नी को भी सम्मिलित कर लिया और गिरफ़्तारी से छूट भी। मैंने, मिश्र जी से आदेश प्राप्त किए बिना, कलेक्टर को उन्हें डिफेंस आफ इंडिया रूल्स के अंतर्गत निरुद्ध करने की अनुमति दे दी। इस पर अखिल भारतीय स्तर पर एक भारी हल्ला-गुल्ला हुआ। मैंने साफ़-साफ़ स्वीकार कर लिया कि मैं उक्त महाशय की महिमा से अपरिचित था और मैंने सुझाव दिया कि उन्हें छोड़ दिया जाए। मिश्र जी ने कहा, ''नहीं। इसका अर्थ होगा आपके निर्णय को पलटाना और एक संकेत कि मैं आपमें विश्वास नहीं रखता हूँ। उन्हें जेल में एकाध माह रहने दें, फिर मामला मुझे

भेजे बिना आप ही उन्हें रिहा कर दें।'' वे एक सेकंड के लिए रुके, ''जैसा आपने उन्हें निरुद्ध करने के समय किया।''

दूसरा अवसर विधानसभा में एक चर्चा के दौरान उत्पन्न हुआ जब मुझ पर बस्तर के पूर्व शासक की मृत्यु की साजिश के आरोप पर एक निर्दयी और उग्र व्यक्तिगत हमला किया जा रहा था। इससे मुझे अधिक परेशानी नहीं थी क्योंकि आरोप पूरी तरह से झूठा था। मैंने मिश्र जी को कहा कि उनके द्वारा बहस का उत्तर देते समय उस पर जवाब न देना उपयुक्त होगा। मेरा बचाव करने से हमला उनकी ओर खिंचा चला आ सकता है। उन्होंने बगैर कोई भाव प्रकट किए सिर उठाकर देखा और कुछ नहीं कहा। लेकिन उनके उत्तर का अधिकांश भाग उनके मुख्य सचिव के शानदार और कभी-कभी जोशीले बचाव पर केंद्रित रहा और जैसा कि मैंने पूर्वानुमान लगाया था, विपक्ष ने तुरंत अपना हमला उनकी ओर मोड़ दिया। लेकिन इस प्रकार की बातें ही तो शासन करने के योग्य लोगों का अन्तर ऐसे लोगों से करती हैं जो मात्र शासन करना चाहते हैं। मुझे बरबस याद आया एक ठीक विरोधाभासी प्रकरण—मूंदड़ा प्रकरण में टी.टी. कृष्णाचारी और एच.एम. पटेल। तब टी.टी. ने पटेल को भेड़ियों के हवाले कर दिया था!

शुरू में जब मैं मिश्र जी का मुख्य सचिव बना तो वे मुझे अक्सर रात आठ से नौ के बीच में फ़ोन करते थे। मैं सोचता हूँ कि लोगों ने उन्हें बताया था कि मैं शराब का सेवन न करने से कोसों दूर था और वे स्वयं पुष्टि करना चाहते थे कि मैं दिन ढलने के बाद कार्य कर पाने की स्थिति में रहता था अथवा नहीं। संभाव्यत: वे एक न एक दिशा में संतुष्ट हो गए थे क्योंकि कुछ सप्ताह के बाद फ़ोन कॉल आना बंद हो गए और इसके बाद उन्होंने कार्य करने के लिए अधिक युक्तियुक्त समय बनाए रखा। कुछ वर्षों के बाद उन्हें एक आपात स्थिति में मुझे और पुलिस महानिरीक्षक को मध्य रात्रि में बुलाने की आवश्यकता पड़ी। पुलिस महानिरीक्षक ने कार में मुझे एक पान पेश किया जो मेरे मुँह में था जब हम मिश्र जी के घर पहुँचे। उन्होंने हमसे जो काम था उसे निपटा लिया और फिर जब हम निकल रहे थे, तो उन्होंने मुझे एक तरफ़ बुलाया। ''मुझे खेद है कि मैंने आपको इतनी देर रात को परेशान किया, लेकिन जब आप मेरे पास आते हैं तो आपको पान खाकर आने की आवश्यकता वास्तव में नहीं है।'' वे जानते थे कि मैं सामान्यत: पान का शौक़ नहीं रखता था और उन्होंने सोचा होगा कि मैंने उसे ब्लैक नाइट की गंध को दबाने के लिए लिया होगा। मैंने इस धारणा से उन्हें उबारा। ''सर, पान एक संयोग था, आपसे कुछ भी छिपाना तो मैं सपने में भी सोच नहीं सकता!'' उन्होंने सुहास्य किया और प्रसंग समाप्त हुआ।

अब जब मैं शराब सेवन के विषय पर हूँ, तो इस स्वीकारोक्ति में मुझे कोई हिचक नहीं है कि मेरे देश में इसके प्रति जो पाखंडी अभिवृत्ति है वह मेरे नाक में

दम कर देती है। यदि लोग जान जाएँ कि आप शराब पीते हैं तो बुरा है, लेकिन चोरी-छिपे शराब पीना, जो कि लोग और जल्दी जान जाते हैं ठीक है। शराब के प्रति मेरी स्वयं की अभिवृत्ति (जिसे छिपाने का मैंने कभी प्रयास नहीं किया है) यह है कि मैं उसे ले भी सकता हूँ और छोड़ भी सकता हूँ। लेकिन मैं उसे बहुत कम बार छोड़ता हूँ। यह मुझे एक कहानी की याद दिलाता है जो कि एक मंत्रिपरिषद बैठक के दौरान पी.सी. सेठी ने सुनाई, हो सकता है मेरे बचाव में। बीरबल के विरोधियों ने शहंशाह अकबर को बताया कि वह शराब का शौक़ीन था और आख़िर एक दिन वे बीरबल को एक पार्टी में रँगे हाथ पकड़ने के लिए उनके साथ जाने के लिए सहमत हो गए। जब वे पहुँचे, पार्टी पूरे जोश पर थी। बीरबल ने शहंशाह का पूरे अदब के साथ स्वागत किया और आसन दिया। फिर प्याले लेकर आए साक़ी ने अपनी सामग्री पेश की। उर्दू में शराब के लिए नौ समानार्थी शब्द हैं। बीरबल ने पूछा कि क्या पेश किया जा रहा है और साक़ी ने उन समानार्थी शब्दों में से एक नाम लिया। बीरबल ने एक जाम उठाया और अकबर ने भी उसका साथ दिया। कुछ समय के बाद साक़ी फिर से आया और उन्होंने फिर से एक जाम लिया, अलग नाम से। यह तीसरी बार दोहराया गया। लेकिन जब साक़ी चौथी बार एक चौथे नाम के साथ आया तो बीरबल ने, जो अब सुरूर महसूस कर रहा था, कहा, ''तुम झूठ बोल रहे हो। यह शराब है, यह नशा करती है, हटाओ इसे!'' मेरे यह बुदबुदाने से कहानी का प्रभाव कुछ कम हो गया कि ''वह ज़रूर कमजोर मस्तिष्क का रहा होगा अभी भी छह नाम और छह जाम बचे थे शराब तक पहुँचने के लिए।''

प्रशासन के प्रति मिश्र जी ताज़गी भरी व्यावहारिक मनोवृत्ति रखते थे। वे अपने अधीनस्थों से सदैव एक ईमानदार राय चाहते थे, भले ही वह अरुचिकर हो। इसके बदले में वे अपेक्षा करते थे, जो बिल्कुल सही था, कि अरुचिकर निर्देशों का क्रियान्वयन भी निष्ठापूर्वक हो। ''आपका कार्य सुझाव देना है, निर्णय लेना मेरा है और निर्णय आप पर बंधनकारी है।'' जिन अधिकारियों की उनके साथ भेंट निर्धारित होती थी, उन्हें कभी भी प्रतीक्षा नहीं कराई जाती थी क्योंकि ''उसके समय का अपव्यय लोकनिधि का अपव्यय है।'' उन्होंने क़ानून और व्यवस्था के संधारण को गौरव का स्थान दिया। वे कहते थे कि ''हमारे देश की प्रतिभा धन-संपत्ति का निर्माण करने में सक्षम है। जो आवश्यक है वह है एक सुरक्षित वातावरण जिसमें वह प्रतिभा विकसित हो सके, न कि एक आज्ञा कि वह किस प्रकार विकसित हो। भारत में चंद्रगुप्त से लेकर प्रत्येक महान और अच्छे शासन ने इस मूलभूत सत्य पर काम किया है।'' प्रसंगवश वह मिश्र जी ही थे जिन्होंने 'योजना से अवकाश' पदबंध गढ़ा था जब वे अपनी इस परिकल्पना को विकसित कर रहे थे कि मूल्य-वृद्धि का मुख्य कारण योजनाएँ थीं, क्योंकि उनमें अनिवार्यत: पहले व्यय किया जाना और बाद में उत्पादन वृद्धि से व्यय पूर्ति पर निर्भर रहना निहित

था। इस बात ने मुझे आनंदित किया कि भारत सरकार ने लिखित में इस प्रस्ताव को सिरे से अस्वीकृत किया लेकिन कम-से-कम दो वर्ष व्यवहार में उसका पालन किया।

यह विस्मयजनक था कि यद्यपि अधिकारियों का चयन करने के लिए मिश्र जी ने अचूक आँखें पाई थीं लेकिन वे राजनीतिज्ञों को आँक पाने में कमजोर थे। हर उस व्यक्ति ने, जिसे उन्होंने एक सहायक के रूप में चयनित किया, उन्हें आज नहीं तो कल, धोखा दिया। या शायद यह राजनीतिज्ञोचित व्यवहार है। फिर विचार करने पर लगता है कि संभवत: ऐसा नहीं है। किसी ने पंडित रविशंकर शुक्ल को धोखा नहीं दिया। हो सकता है कि मिश्र जी की सही समस्या यह थी कि महान होने के बावजूद भी वे लोगों को लोगों जैसा नहीं, केवल एक यंत्र के दाँतों जैसा देखते थे। यह अकारण नहीं है कि उन्हें 'लौहपुरुष' कहा जाता था। लोहा ठंडा होता है।

यदि डी.पी. मिश्र लौहपुरुष थे, तो गोविंद नारायण सिंह उसके एकदम विपरीत थे। वे एक मानवीय पुरुष थे जिनमें एक युवा और सफल व्यक्ति का आभास होता था, और जिसका व्यवहार और विचार असामान्य होने के कारण चौंकानेवाला या असहज करने वाला हो। पतन के अगले दिन मैं मिश्र जी के पास गया; विदाई लेने तथा यह पूछने के लिए कि क्या मैं उनकी कुछ मदद कर सकता हूँ। वे अकेले ही थे; घर में शांति थी; आगंतुकों की टोलियाँ नहीं थीं; कार्य की हड़बड़ नहीं थी। हमने कुछ देर तक गपशप की। फिर मुझे पता चला कि उनके पास कोई कार नहीं थी। जिस आदमी ने सैकड़ों लोगों को कार के लिए अनुज्ञा-पत्र दिए थे, उसके पास कोई कार नहीं थी। उन्होंने चेहरा बिचकाकर कहा, ''मैं समझता हूँ कि इसे प्राप्त करने के लिए अब देर हो चुकी है।'' मैंने कहा, ''मुझे ऐसा नहीं लगता। क्या मैं आपको एक अनुज्ञा-पत्र उपलब्ध कराने का प्रयास करूँ?'' वे एकदम भड़क उठे, ''आपको ऐसा लगता है कि मैं एहसान माँगूँगा?'' मैंने उन्हें शांत किया। ''आपको कुछ भी करने की आवश्यकता नहीं है; आपको बीच में पड़ने की कोई आवश्यकता नहीं है; मैं सब कुछ आपकी ओर से करूँगा।'' आख़िर में वे माने लेकिन जब मैं निकल रहा था उन्होंने चेताया, ''याद रहे, कोई एहसान नहीं!''

मैं गोविंद नारायण सिंह के पास गया और उन्हें बताया कि मिश्र जी के पास कोई कार नहीं थी और उन्हें एक फिएट की आवश्यकता थी। मैंने यह भी स्पष्ट कर दिया कि मैं अपनी पहल पर काम कर रहा था न कि उनके अनुरोध पर। गोविंद नारायण सिंह ने मेरी ओर अप्रसन्न नज़र से देखा। ''मेरा आपके बारे में अधिक अच्छा मत था, नरोन्हा। आपको इतनी स्वयं-स्पष्ट बात के लिए मेरी अनुमति माँगने की क्या आवश्यकता थी? वे जिस भी कार का चाहें उसका परमिट उन्हें दें और देखें कि वह कार उन्हें तत्काल मिल जाए।'' मिश्र जी को उनकी फिएट चौबीस घंटे के अंदर मिल गई।

गोविंद नारायण सिंह के पास एक उत्कृष्ट दिमाग़ था। लेकिन कभी–कभी जिस तरह से वे काम करते थे उसे देखकर कोई भी इस पर विश्वास नहीं कर सकता था। हमारे बीच एक बार बहस हुई कि यदि शेर पर उसके पीछे से अचानक प्रहार किया जाए या उसे चौंकाया जाए तो वह भाग निकलेगा या मुड़कर हमला करेगा। मेरे विचार से दूसरी संभावना सही थी, जबकि वे जोर दे रहे थे पहली संभावना पर। इसके कुछ ही दिन बाद हम लोगों का कान्हा किसली अभ्यारण्य में जाना हुआ। रात्रि भोजन के बाद मैंने प्राणियों को देखने के लिए एक सैर पर जाने का प्रस्ताव रखा। वे मान गए। हम लोग एक जीप में निकल पड़े जिसे मैं चला रहा था। रेस्ट हाउस से कुछ मील जाने के बाद हमें वन मार्ग से बमुश्किल दस गज की दूरी पर स्थित एक नाले के किनारे पर लेटा हुआ शेर दिखा, जो ऐसे विचारों मे निमग्न था जो शेर सोचते हैं। उसने हम पर ज़रा भी ध्यान नहीं दिया। मैंने जीप रोकी, हैडलाइट बंद की, और उसकी ओर स्पॉट लाइट रखी। कुछ सेकंड के बाद मैंने पाया कि मेरे पास गोविंद नारायण सिंह नहीं थे; वे चुपचाप खिसक गए थे। फिर शेर ने एक जोर से दहाड़ लगाई, ठीक वैसी जैसी एक अचानक डर गए बच्चे की होती है, और भाग खड़ा हुआ। स्पॉट लाइट की रोशनी के वृत्त में गोविन्द नारायण सिंह हँसते हुए उठ खड़े हुए। ''मैंने तुम्हें कहा था, वे भाग जाते हैं। तुमने देखा?'' वे चुपचाप चल कर शेर के पिछवाड़े गए थे और उसके पुट्ठे पर एक चपत लगाई थी। आज के दिन तक वे इसे स्वीकार नहीं करते हैं कि उन्होंने मूर्खतापूर्वक बर्ताव किया था। ''शेर के आवेग की भविष्यवाणी की जा सकती थी।'' वे कहते हैं, ''और कुछ भी जिसकी भविष्यवाणी की जा सकती है, खतरनाक नहीं है।''

फिर भी वह यही आदमी था जो अवसर आने पर बुद्धि की इतनी बारीकियों को प्रदर्शित कर सकता था जो कि अत्यंत विस्मयजनक थीं। 1967 के चुनाव में वे जिस सीट से चुनाव लड़ रहे थे वह एक मुस्लिम कांग्रेसी को आवंटित सीट से लगी हुई थी, जिसके वे व्यक्तिगत विरोधी थे। उन्होंने अवसर का उपयोग उसके पक्ष में चुनाव प्रचार करने में किया, बिना कहे ही। इस दौरान जब एक फँसाने वाला प्रश्न उनकी ओर उछाला गया, ''आपको गौ हत्या के बारे में क्या कहना है?'' तो उन्होंने ईमानदारी से, जानबूझकर और कपटी पूर्वचिंतन के साथ उत्तर दिया, ''मैं गौ हत्या के पक्ष में हूँ। यदि आप गाय को न खाओ, तो गाय आपको और आपके बच्चों को खा जाएगी,'' और फिर वे उसकी व्याख्या करने लगे। उम्मीदवार एक मुस्लिम था, लेकिन हार गया। मुझे इसमें कोई संदेह नहीं है कि गोविंद नारायण सिंह सच में ये विचार रखते थे। उन्होंने केवल उन्हें व्यक्त करने के लिए समय, स्थान और अवसर का ऐसा चयन किया कि उसके कारण उस उम्मीदवार को अधिकतम नुकसान पहुँचे। इस प्रकार की बारीकी की अपेक्षा आप एक ऐसे आदमी से शायद ही रखते

हैं जो एक शेर के पिछवाड़े पर चपत लगाता है, केवल एक परिकल्पना को सिद्ध करने के लिए!

गोविंद नारायण सिंह बादशाह जहाँगीर से सहमत थे कि हिंदुस्तान एक तेज़-तर्रार घोड़ा था जिसके लिए एक अच्छा घुड़सवार आवश्यक था। लेकिन इस बात को उन्होंने दूसरी तरह से रखा। अपने अनुकरणीय तरीक़े से उन्होंने रामायण के एक प्रसंग का निरूपण किया। जब श्री राम वनवास को जा रहे थे, भरत ने उनसे मार्गदर्शन माँगा। ''मुझे शासन करने का कोई अनुभव नहीं है, मैं युवा हूँ, मैं क्या करूँगा?'' उसे राजधर्म पर भाषण देने के स्थान पर श्री राम ने उसे अपनी पादुकाएँ दीं गद्दी पर रखने के लिए। संकेत पर्याप्त थे; भारत एक देश है जहाँ चप्पलों का उपयोग लोगों को और पिल्लों को अनुशासित करने के लिए किया जाता है। फलत: भरत ने इतने अच्छे से और दृढ़ता से शासन किया कि असली राम राज्य उसके राज-प्रतिनिधि-काल के समय रहा। जब श्री राम की वापसी हुई तो देश पहले के किसी भी काल की तुलना में अधिक समृद्ध और शक्तिशाली था। प्रशासन का यह सिद्धांत, दृढ़ सवार का, और मिश्र जी का यह सिद्धांत कि प्रशासन की धुरी क़ानून और व्यवस्था है, मूलभूत रूप से समान है। लेकिन मिश्र जी अपने सिद्धांत का क्रियान्वयन करने की स्थिति में थे; गोविंद नारायण सिंह केवल इतना ही कर सकते थे कि उसे सं.वि.द. के समन्वय समिति को समझाएँ, जो कि प्रशासन से अधिक महत्त्वपूर्ण बातों में व्यस्त थी।

फिर भी उस संकरे क्षेत्र में जो स्वतंत्र कार्यवाही के लिए उनके लिए छोड़ दिया गया था (राजनीतिक महत्त्व रहित बातें और ये बहुत थोड़ी होती हैं) उन्होंने अपना सर्वोत्तम दिया। उन्होंने भू-जल संसाधनों का उपयोग करने की महत्त्वपूर्ण आवश्यकता को पहचाना और वैसा करने के लिए जी जान से जुट गए। एक नलकूप संगठन की स्थापना की गई और उससे बिना रुके तब तक काम लिया गया जब तक कि उसने सचमुच में और ईमानदारी से नतीजे नहीं दिए। निधियाँ नहीं थीं; उन्होंने मुख्यमंत्री सूखा राहत निधि में एक निश्चित दान के बदले में गुलाबी चना के निर्यात अनुज्ञा-पत्र देने का निर्णय लिया जो निहायत अनुचित था और मेरी लिखित सलाह के विरुद्ध था। एक करोड़ रुपए से अधिक राशि प्राप्त हुई जो सब की सब नलकूपों के लिए उपयोग में लाई गई। एक बार यह निश्चय कर लेने के बाद कि वह क्या करना चाहते थे, उन्होंने सटीक और संक्षिप्त आदेश दिए। उन्होंने अपने आदेशों के क्रियान्वयन के विस्तृत विवरण मुझ पर छोड़ दिए और वैसी क्षुद्र किच-किच नहीं की जिसे राजनीतिज्ञों के द्वारा पर्यवेक्षण समझा जाता है। उन्होंने कहा, ''यह सुनिश्चित करें कि पैसे का उपयोग सिर्फ़ नलकूपों के लिए हो।'' मैंने इसका क्रियान्वयन एक ऐसी प्रक्रिया बनाकर किया जिसमें दान राशि सीधे मुख्यमंत्री सूखा राहत कोष के लेखे में जमा होती थी और किसी के भी द्वारा नक़द राशि का परिचालन नहीं होता था।

उसके बाद उसे नलकूप संगठन के खाते में आवश्यकतानुसार अंशों में स्थानांतरित किया जाता था। केंद्रीय सहायता तथा बैंकों से ऋण के द्वारा उस एक करोड़ रुपए ने चार करोड़ रुपए लागत के नलकूप निर्मित किए। मेरा अंदाज़ है कि वह भावे आयोग (जाँच आयोग अधिनियम के अंतर्गत स्थापित) से एक अग्निबाण भी चलवाएगा, जो कि मिश्र जी के साथ-साथ सं.वि.द. सरकार के अंतर्गत गुलाबी चना के निर्यात के मामले की जाँच कर रहा है। न्यायमूर्ति भावे का प्रतिवेदन अब तक सरकार को मिल चुका है और जब तक यह पुस्तक मुद्रित होगी तब तक प्रकाशित हो जाएगा। इसलिए मुझे उम्मीद नहीं लगानी चाहिए—ज़्यादा।

संविधान केंद्र को एक राज्य से दूसरे राज्य के बीच वस्तुओं और उत्पादों की आवाजाही पर रोक लगाने के लिए सशक्त करता है। राज्यों को ऐसा कोई अधिकार नहीं है। मिश्र जी के मुख्यमंत्रित्व की पहली अवधि में 1967 के चुनाव आ गए और उन्हें लड़ने के लिए धन की आवश्यकता थी। मध्यप्रदेश के बाहर गुलाबी चना के निर्यात पर प्रतिबंध लगाया गया, बिल्कुल अवैधानिक रूप से। जिन्होंने कांग्रेस निधि में प्रति क्विंटल निर्धारित दर के अनुसार योगदान दिया, केवल उन्हें निर्यात अनुज्ञा-पत्र दिए गए। यह कहने की आवश्यकता नहीं है कि इस प्रकार एकत्रित धन का प्रमुख भाग कांग्रेसी हाथों में पहुँचा लेकिन कांग्रेस की तिजोरी में नहीं क्योंकि न कोई प्रणाली थी, न प्रक्रिया और न जाँच-पड़ताल। जब सं.वि.द. सरकार आ गई, जनसंघ घटक मामले की न्यायिक जाँच बैठाने के लिए बहुत व्यग्र था, लेकिन गोविंद नारायण सिंह इसमें टाल-मटोल करने में सफल रहे। मैंने पूर्व में कांग्रेसी हितों का ध्यान रखने के लिए उनकी रहस्यमय व्यग्रता का उल्लेख किया है। बाद में उन्होंने ट्यूबवैल के लिए धन जुटाने के लिए वही तरीक़ा अपनाया, लेकिन धन सचमुच ट्यूबवैल के काम में लगा। फिर भी इसके कारण निर्यात पर प्रतिबंध की अवैधानिकता कम नहीं होती।

उसी प्रकार मिश्र जी के पहले कार्यकाल में, और 1967 के सामान्य निर्वाचनों के ठीक पूर्व दमोह ज़िले में जिसमें कि तत्कालीन राजस्व मंत्री के.बी.एल. गुरु का विधानसभा क्षेत्र आता था, राहत कार्यों पर बड़ी राशियाँ ख़र्च की गईं। सूखा राहत का काम राजस्व विभाग देखता है। अधिकांश धनराशि का गबन विभिन्न स्तरों पर हुआ। इस प्रकरण में गोविंद नारायण सिंह जनसंघ के सतत आग्रह से पीछा नहीं छुड़ा सके और एक सेवानिवृत्त आई.सी.एस. अधिकारी, के.एन. नगरकट्टी को जाँच आयोग अधिनियम के अंतर्गत जाँच के लिए नियुक्त किया गया। उन्होंने शीघ्रता से कार्य पूरा किया और मुख्य जवाबदारी गुरु और मिश्र जी पर डाली। गोविंद नारायण सिंह ने बढ़िया तरीक़े से नज़ाकत के साथ एक विलंबकारी नीति पर काम किया जिसका परिणाम यह हुआ कि सं.वि.द. कार्यकाल में नगरकट्टी रिपोर्ट पर कुछ ठोस नहीं हुआ। श्यामाचरण मंत्रिमंडल में भी गुलाबी चना कांड या

सूखा राहत कांड के गड़े मुर्दे नहीं उखाड़े गए। यह काम सेठी मंत्रिमंडल के द्वारा करने लिए छोड़ दिया गया।

1973 में उन कारणों से, जो मुझे कभी भी स्पष्ट नहीं हुए हैं, सेठी सरकार ने जाँच आयोग अधिनियम के अंतर्गत गुलाबी चना दमोह में सूखा राहत और लगे हाथ प्राथमिक शालाओं के लिए टाटपट्टियों के क्रय में एक गौंण गबन के प्रकरणों के लिए नए सिरे से जाँच के लिए आदेश दिए। इनमें से अंतिम प्रकरण सं.वि.द. अवधि के दौरान घटित हुआ था। न्यायमूर्ति भावे को तीनों जाँचों के लिए नियुक्त किया गया था। और मध्यप्रदेश ने एक कांग्रेस सरकार के द्वारा एक पिछली कांग्रेस सरकार की साख को बट्टा लगाने के लिए अकल्पित कार्यवाही में जी जान लगाकर सहयोग करने की असाधारण घटना देखी। मुझे यह गमगीन समाधान मिला कि मैं सही था लेकिन तीन सरकारों के द्वारा मेरी बात नहीं मानी गई थी। प्रथम दो बार तब जब मैंने गुलाबी चना के निर्यात पर प्रतिबंध की अवैधानिकता की ओर इंगित किया, और तीसरी बार तब जब मैंने नए सिरे से न्यायिक जाँच का विरोध किया। कुछ लोग करने के पहले सोचते हैं; दूसरे करने के बाद विचार करते हैं; और आज़ादी के बाद की सरकारें सामान्यत: सोचती नहीं हैं। भावे प्रतिवेदन 1976 के चुनावों में विपक्षी प्रचार में छाएगा।

तत्काल ताड़ने और समस्या के मूल तत्त्वों को समझ लेने की योग्यता में गोविंद नारायण सिंह मिश्र जी की कोटि के थे। मिश्र जी के समान वे भी जल्दी निर्णय लेते थे और अपने निर्णयों पर कायम रहते थे। लेकिन वे राज़ी करने की अपनी विलक्षण प्रतिभा का परिचय देते हुए अपने विचार प्रस्तुत करते थे, जबकि मिश्र जी अपने प्रभावशाली व्यक्तित्व से अपनी बात मनवाते थे। गोविंद नारायण सिंह को 'नहीं' कहना बहुत कठिन था; मिश्र जी उनके सहकर्मियों को 'नहीं' कहने का अवसर ही नहीं देते थे। मिश्र जी के अधीन मंत्रिपरिषद की बैठकें शायद ही कभी आधे घंटे से अधिक चली हों। वे जानते थे कि वे क्या चाहते हैं, और वे उसे प्राप्त कर लेते थे। गोविंद नारायण सिंह के समय वे घंटों खिंच जाती थी; पर मैंने लक्ष्य किया कि अंततोगत्वा वह भी जो चाहते थे उसे प्राप्त कर लेते थे। अंतर केवल यह था कि वह मंत्रिगणों को यह विश्वास करा देते कि वे जो चाहते हैं वह उन्हें मिल गया है। उनका तरीक़ा क़ाबिले-तारीफ तो था क्योंकि वह अपने पीछे कोई कटुता का अवशेष नहीं छोड़ता था। उसके कारण यद्यपि मुख्य सचिव का काम बढ़ गया क्योंकि वह कभी भी ठीक-ठीक पूर्वानुमान नहीं कर सकता था कि मुख्यमंत्री ने पहले से ही क्या निर्णय ले लिया है। इस मुख्यमंत्री के निर्णय निश्चित रूप से मंत्रिपरिषद बैठक के पहले ही ले लिए जाते थे, ठीक वैसे ही जैसे कि मिश्र जी के। यह जानना कि निर्णय क्या होने वाला है काफ़ी उपयोगी होता है। चर्चा जारी रहने के बीच आप मंत्रिपरिषद आदेश का ड्राफ्ट तैयार कर सकते हैं और समय बचा सकते हैं। गोविंद नारायण सिंह

यदि एक जमावड़े के बजाय एक दल का नेतृत्व कर रहे होते तो प्रदेश के लिए बहुत कुछ कर सकते थे।

योग्यता, ऊर्जा, लगन ये थे उनके गुण, लेकिन उनके संपर्क में आने वाले लोगों पर वे जो समग्र छवि छोड़ते थे, वह थी मानवता की। वे पहले एक मनुष्य थे और बाद में एक मुख्यमंत्री। वे लोगों के साथ मनुष्य की तरह व्यवहार करते थे; लोगों को पसंद करते थे; और बदले में पसंद किए जाते थे। वे लोगों के साथ ज़मीनी स्तर से व्यवहार करते थे, बजाय किसी मीनार के शिखर से। जब मैं पंजाब गया था तब मैंने भोपाल में मुझे आवंटित सरकारी बंगले को रखने की अनुमति प्राप्त की और अपनी पत्नी और परिवार को उसमें छोड़ गया था। मेरे जाने के कुछ दिनों के बाद एक दिन अलस्सुबह गेट पर लगातार हॉर्न बजने की आवाज़ आई। मेरी पत्नी बाहर आईं और उन्होंने देखा कि गोविंद नारायण सिंह एक जीप में सवार थे। उन्होंने पूछा, "क्या सब कुछ ठीक है, क्या कोई समस्याएँ हैं?" मेरी पत्नी ने उन्हें आश्वस्त किया और चाय का निमंत्रण अस्वीकार कर वे चले गए। इसके बाद, औसतन सप्ताह में एक बार जब तक मैं वापस नहीं लौटा उन्होंने भेंट देना जारी रखा। हर बार संक्षिप्ततः पाँच मिनट के लिए, केवल यह सुनिश्चित करने के लिए कि मेरी पत्नी का ध्यान रखा जा रहा है। मेरे सुनने में आया वे एक मात्र ऐसे मुख्यमंत्री थे जो त्यागपत्र देने के बाद सचिवालय गए और सभी शासकीय सेवकों को उनके द्वारा की गई सेवा के लिए धन्यवाद दिया। भावभीने स्वर में उन्होंने कहा, "आप लोग शासकीय सेवक हो और मंत्रियों को आपका कोई देना नहीं लगता। फिर भी आप लोगों ने अपने कर्तव्य की सीमा से बढ़कर मेरी सेवा की है और मैं आपके प्रति सदैव कृतज्ञ रहूँगा।" ऐसे गिने–चुने ही मंत्री होंगे जो यह अनुभूत करते हैं कि सरकारी सेवकों का उनके लिए कोई देना नहीं लगता है और जो इच्छा से की गई ईमानदार सेवा के लिए कृतज्ञ होते हैं; अधिकतर तो सेवा को अपना अधिकार मानकर चलते हैं और उस प्रकार की सेवा प्राप्त करते हैं जिसके वे योग्य होते हैं। लेकिन गोविंद नारायण सिंह को उत्तम सेवा प्रदान की गई थी।

मेरे कॅरियर के दौरान मेरे द्वारा हारी गई लड़ाइयों में से एक उनके समय की थी। जनसंघ शासकीय सेवकों की सेवानिवृत्ति आयु को अट्ठावन से घटाकर पचपन करने के लिए बहुत आतुर था, मितव्ययिता के दिखावटी कारणों से। मैंने ध्यान दिलाया कि जो लोग सेवानिवृत्त होंगे वे वरिष्ठ पदों को धारित करने वाले होंगे और इन वरिष्ठ पदों पर हुई रिक्तियों को (निम्नतर पदों पर कार्यरत व्यक्तियों को पदोन्नत कर) भरना होगा। इस प्रकार जो कुछ मितव्ययिता प्राप्त होगी वह मात्र परिणामी कनिष्ठतम रिक्तियों को न भरने से ही होगी। यह काम सेवानिवृत्ति आयु घटाए बिना भी किया जा सकता है। प्रशासकीय दृष्टि से देखें तो सेवानिवृत्ति आयु को अचानक कम कर दिए जाने से वरिष्ठ पदों पर बहुत बड़ी संख्या में रिक्तियाँ

होती हैं और इससे काम में अवरोध उत्पन्न होता है। यदि आयु कम करना ही हो तो ऐसा क्रमशः किया जाए; पहले सत्तावन फिर छप्पन फिर पचपन। मेरे तर्कों के उत्तर में जनसंघी उप-मुख्यमंत्री सखलेचा ने कहा कि इस क़दम से रोज़गार के अधिक अवसर उत्पन्न होंगे। मैंने कहा कि ऐसा नहीं होगा यदि रिक्तियाँ नहीं भरीं जाती हैं; और यदि कनिष्ठ रिक्तियों को भी भरा जाता है तो मितव्ययिता न के बराबर होगी। लेकिन मैं अपना सिर एक पत्थर की दीवार पर पटक रहा था। जो भी सेवानिवृत्ति आयु अचानक कम करता है उसका असली मक़सद शासकीय सेवकों के वरिष्ठ संवर्ग से मुक्ति पाना होता है क्योंकि वे सेवानिवृत्ति की कगार पर होने से अपना कार्य पर्याप्त निष्पक्षता से करते हैं। उनके उत्तराधिकारियों को वरिष्ठता का ध्यान रखे बगैर तथा सत्तारूढ़ दल के प्रति प्रतिबद्धता के आधार पर चुना जा सकता है। यदि यही परिणाम चाहिए तो सबसे सरल और अधिक ईमानदार तरीक़ा यह होगा कि शासकीय सेवकों के आचरण नियमों में (राजनीतिक) प्रतिबद्धता को सरकारी सेवा की शर्त बनाया जाए। गोविंद नारायण सिंह ने मुझे कोई समर्थन नहीं दिया; प्रशासन के बारीक बिन्दुओं में उन्हें कोई रुचि नहीं रहती थी और सेवानिवृत्ति आयु घटाकर विधिवत पचपन वर्ष कर दी गई। प्रसंगवश उल्लेखनीय है कि जब कांग्रेस सत्ता में वापिस लौटी तब उन्होंने सेवानिवृत्ति आयु बढ़ाकर अट्ठावन कर उनकी प्रतिबद्धता सुनिश्चित कर ली जिन्हें एक नया जन्म मिला था। मेरे पिता मेरे गिने-चुने हीरो में से एक रहे हैं। जब वे नहीं रहे तब मैं पंद्रह वर्ष का था। वे कहते थे, ''अपनी तलवार की देखभाल करो और तुम्हारी तलवार तुम्हारी देखभाल करेगी।'' राजनीतिज्ञ ने यह कभी नहीं जाना है कि सेवाएँ ही हक़ीक़त में उसकी एकमात्र तलवार हैं। उसने न तो उसकी देखभाल करना सीखा है और न ही उसका इस्तेमाल करना।

मैंने गोविंद नारायण सिंह के द्वारा मुख्यमंत्री पद की शपथ लिए जाने के तत्काल बाद उनसे भेंट की और अपनी बात को दो टूक रखने के लिए उनकी अनुमति माँगी। उन्होंने कहा, ''आप तो ऐसा करोगे ही; बहरहाल अनुमति दी जाती है।''

मैंने अपना पैन टेबल पर रख दिया और कहा, ''इस पैन के लिए मैंने एक रुपए आठ आने की क़ीमत चुकाई है। लेकिन वह मेरा है, सरकारी नहीं और केवल मैं ही उसे बता सकता हूँ कि क्या लिखना है। दूसरी बात यह है कि मेरे मुख्य सचिव के रूप में बने रहने का कोई कारण नहीं है यदि आप किसी अन्य को चाहते हैं।''

अब की बार वे गंभीर हुए। ''जब तक मैं मुख्यमंत्री हूँ तब तक कोई आपके पैन को आदेश नहीं देगा और यदि किसी भी समय मुझे दूसरा मुख्य सचिव चाहिए, तो मैं आपको वैसा स्वयं ही बता दूँगा।'' उन्होंने पैन के बारे में अपनी ज़बान कायम रखी और मेरे पद पर रहते उन्होंने कभी भी दूसरा मुख्य सचिव नहीं चाहा।

लौह पुरुष, मानवीय पुरुष, और अब आता है शिष्ट पुरुष। ये थे प्रकाश चन्द्र सेठी। मिश्र जी ईसा मसीह के जज हो सकते थे, ''लोगों की भलाई के लिए इस

सच्चे मनुष्य को मरना ज़रूरी होगा।'' गोविंद नारायण सिंह भी अवसर आने पर पछतावे के साथ कठोर बन सकते थे। लेकिन पी.सी. सेठी के दयालु और शरीफ़ होने से हटकर कुछ और हो सकने की मैं कल्पना भी नहीं कर सकता। ये ऐसे गुण हैं जो यदि एक राजनीतिज्ञ में बड़ी तादाद में हों तो बेगाने लगते हैं। राज्यपाल सत्यनारायण सिन्हा, जो निश्चित ही एक राजनीतिज्ञ थे, ने सेठी जी के मुख्यमंत्री बनते ही अपने आप को उनके गुरु की भूमिका में ढाल लिया और उन्हें सेवाओं के प्रति किस प्रकार का रुख़ अपनाना चाहिए इसकी ओर उन्हें एक किस्सा सुनाकर संकेत किया। एक नई दुल्हन उसके पति के घर पहली बार आई और उसका स्वागत उसकी सास के द्वारा एक झन्नाटेदार झापड़ से किया गया। रोते-रोते उसने पूछा कि उसने क्या अपराध किया था। सास ने कहा, ''तुमने अब तक कोई अपराध नहीं किया। यह सिर्फ़ तुम्हें सिखाने के लिए है कि क्या होगा जब तुम अपराध करोगी।'' जब मैं मुख्य सचिव बना तब आठ प्रथम श्रेणी अधिकारी निलंबन में थे, अपेक्षाकृत तुच्छ आरोपों पर। धीरे-धीरे मैंने सेठी जी को महसूस करवाया कि सेवाएँ बहुएँ नहीं हैं और उसके बाद स्थिति तनाव मुक्त हुई।

स्वतंत्र भारत में, पहले-पहले राज्यपाल सेवानिवृत्त राजनीतिज्ञों और सेवानिवृत्त शासकीय सेवकों की श्रेणियों से बनाए जाते थे। जब तक यह प्रथा चली सब काफ़ी आसानी से चलता रहा। उसके बाद वे 'कामराजीकृत' राजनीतिज्ञों की श्रेणी से बनाए जाने लगे और आग में खूब घी डल गया। 'कामराजीकृत' राजनीतिज्ञ में अहमन्यता का स्थाई भाव रहता है और वह अपना 'कामराजीकरण' किए जाने से कभी समझौता नहीं कर सकता। सिन्हा जी ने मुझे मेरे मुख्य सचिव की दूसरी पदावधि में एक सपाट कथन देकर चौंका दिया कि इस पद के लिए मुझे उन्होंने चयनित किया था। मैंने मन में सोचा, 'आ हा, अब आ गए कटीले तार', पर मैं ज़्यादा कुछ नहीं कर सकता था बजाय इसके कि अपने घोड़े की काठी पर बैठ जाऊँ और आशा करूँ कि वह मुझे पार करा देगा क्योंकि सेठी जी ने अपनी अबोधता में यह सोचा था कि मुख्य सचिव को मुख्यमंत्रियों के द्वारा चयनित किया जाता है। यही तो मैंने भी सोचा था और चूँकि मैं कभी भी विभाजित स्वामिभक्ति में विश्वास नहीं रखता इसलिए राज्यपाल को जल्दी ही अपनी पसंद पर पछतावा हो गया, यह उनकी पसंद जो थी। यह हम दोनों के लिए एक शैक्षणिक अनुभव था। वे अपनी तरह के पहले राज्यपाल थे जिनसे मैं मिला, और मैं शायद अपनी तरह का पहला सिविल सेवक था जिनसे वे मिले थे। डी.पी. मिश्र या गोविंद नारायण सिंह उनका आसानी से सामना कर लेते; लेकिन सेठी एक सज्जन पुरुष थे।

हमारे संविधान के साथ दिक़्क़त यह है कि वह एक परिपक्व प्रजातंत्र के लिए तैयार किया गया था जिसमें सैकड़ों वर्षों के दौरान विकसित परंपराएँ और व्यवहार लिखित शब्द से अधिक वज़न रखती हैं। इंग्लैंड में तकनीकी रूप से हर कार्य राजा

के द्वारा किया जाता है, जिसे कुछ भी करने का सपना भी नहीं आ सकता। यहाँ, राज्य स्तर पर कार्यपालिक शक्तियाँ राज्यपाल में निहित हैं (अनुच्छेद 154) और राज्य सरकार की कार्यपालिक शक्तियों का प्रयोग राज्यपाल के नाम से किए जाने का उल्लेख किया जाना होता है (अनुच्छेद 166)। इसके अलावा मुख्यमंत्री को मंत्रिपरिषद के सभी निर्णयों को राज्यपाल को संसूचित करना होता है; उनके द्वारा जो भी जानकारी चाही जाए वह प्रदान की जानी होती है; और कोई भी ऐसा संदेश जो राज्यपाल भेजना चाहे, मंत्रिपरिषद के निर्णय के लिए प्रस्तुत करना होता है (अनुच्छेद 167)। बारूद की सबसे बड़ी ढेरी अनुच्छेद 164 है जिसके अनुसार (क) मुख्यमंत्री को राज्यपाल के द्वारा नियुक्त किया जाएगा (ख) मंत्रियों को मुख्यमंत्री की सिफ़ारिश पर राज्यपाल के द्वारा नियुक्त किया जाएगा, और (ग) मंत्री राज्यपाल के प्रसाद के दौरान पद पर बने रहेंगे।

यदि शाब्दिक व्याख्या की जाए तो ये प्रावधान राज्यपाल के हाथों में एक शक्ति की छोटी पुड़िया दे देते हैं। लेकिन किसी ने इसकी शाब्दिक व्याख्या नहीं की, जब तक सत्य नारायण सिन्हा नहीं आए। उन्होंने कई संकेत दिए कि महत्त्वपूर्ण नस्तियाँ आदेश पारित होने के पहले उनके पास आनी चाहिए। उन सबकी ओर मैंने कान नहीं दिया। फिर उन्होंने इस विषय का ज़िक्र दिल्ली में किया होगा क्योंकि मुझे गृह सचिव एल.पी. सिंह से एक पत्र प्राप्त हुआ जिसमें मेरा ध्यान उन संवैधानिक प्रावधानों की ओर दिलाया गया जिनका मैंने वर्णन किया है, और यह सुझाव दिया गया कि उनका पालन किया जाए। मैंने उत्तर भेजा कि सभी महत्त्वपूर्ण प्रकरण स्वाभाविक रूप से मंत्रिपरिषद प्रकरण होते हैं जिन्हें संपूर्ण मंत्रिपरिषद के द्वारा निर्णित किया जाना होता है और किसी एक व्यक्तिगत मंत्री के द्वारा नहीं; और प्रत्येक मंत्रिपरिषद बैठक की कार्यसूची सुसंगत संक्षेपिकाओं के साथ राज्यपाल को अग्रिम प्रेषित की जाती है; यह कि इसी प्रकार मंत्रिपरिषद के निर्णय उन्हें संसूचित किए जाते हैं; और यह प्रक्रिया उन्हें प्रशासन से दिन-प्रतिदिन संपर्क में रहने के लिए पर्याप्त अवसर प्रदान करती है जिससे कि वे स्वयं तय कर सकते हैं कि कौन सी जानकारी या प्रकरण उन्हें अनुच्छेद 167 के अंतर्गत भेजा या भेजे जाएँ। इसका कोई उत्तर प्राप्त नहीं हुआ।

एकमात्र समय जब मुझे सेठी जी से एक सेवाओं से जुड़े विषय में सच में कुछ कठिनाई हुई वह था आर.एस. खन्ना, विक्रयकर आयुक्त का प्रकरण। यह किस्सा कहने लायक है क्योंकि यह दर्शाता है कि कैसे लोकप्रिय सरकारें हमारे प्रजातंत्र की परिस्थितियों में कार्य करती हैं। म.प्र. विक्रय कर अधिनियम की धारा 2 की व्याख्या भिन्न-भिन्न रूप से निर्वचनीय है। खन्ना के पूर्वाधिकारियों ने एक व्याख्या अपनाई, लेकिन मामले के परीक्षण के बाद खन्ना इस निष्कर्ष पर पहुँचे कि वास्तव में दूसरी व्याख्या सही थी। संयोगवश यह भिन्न व्याख्या दो से तीन करोड़ रुपए का अतिरिक्त

राजस्व प्राप्त कराती, लेकिन व्यापारी वर्ग पर अधिक बोझ आने की क़ीमत पर। फिर भी, उन्होंने अपनी व्याख्या पर तत्काल अमल नहीं किया। मामला वित्त विभाग को भेजा गया और उस पर वित्त मंत्री एस.एन. मुश्रान और वित्त सचिव के साथ विस्तृत चर्चा हुई। कोई भी उनसे असहमत नहीं था। जब नई व्याख्यानुसार क्रियान्वयन करने के लिए प्रारंभिक कार्यवाही की गई, तो व्यापारियों ने, जैसा कि अनुमान लगाया जा सकता है, विक्रय कर आयुक्त पर एकजुट होकर चढ़ाई कर दी और कोई कसर नहीं छोड़ी। जैसे ही यह हुआ मुश्रान ने मामले से अपना पल्ला आसानी से झाड़ लिया और मामला खन्ना के पाले में आ गया जैसे-तैसे निपटारे के लिए। सब कुछ उन्होंने किया था लेकिन वित्त विभाग की मौन स्वीकृति को दबा दिया गया, वित्त सचिव के पुरजोर विरोध के बावजूद। वास्तव में केवल एकमात्र व्यक्ति जो सत्य के साथ खड़ा रहा वे थे पसरीचा, वित्त सचिव। विशेषकर उपमंत्री वित्त (शेखर) खन्ना का सिर कलम करने के लिए मुखर थे। मुझे आश्चर्य हुआ जब यह मामला दिसंबर, 1973 के अंतिम दिनों में एक मंत्रिपरिषद की बैठक में बिना किसी भी कार्यसूची के अचानक फूट पड़ा। मैंने महसूस किया कि खन्ना के विरुद्ध काफ़ी दुष्प्रचार मंत्रियों के बीच पहले ही किया जा चुका था। उन पर सरकार के आदेशों की जानबूझकर अवहेलना करने का आक्षेप लगाया गया जो सत्य से उतना ही दूर था जितना कि चुप्पी साधे मुश्रान वाचा से थे। यहाँ तक कि उनकी तत्काल निलंबन की भी एक माँग उठी। मैंने किसी तरह से इस अवरोध को यह सुझाव देकर पार किया कि राज्य शासन से एक स्पष्ट आदेश जारी करा के श्री खन्ना की व्याख्या को खारिज़ करते हुए उन्हें पूर्व की व्याख्या का पालन करने के लिए निर्देशित किया जाए, और इस बीच मैं मामले का परीक्षण कर देखूँ कि क्या सरकार के आदेशों या नीति का कोई उल्लंघन हुआ है। सौभाग्य से मेरी सूझ काम कर गई और तदनुसार उसी रात आदेश जारी हो गए।

एक बलि का बकरा तब तक बलि के बकरे के रूप में प्रदर्शनीय नहीं है जब तक कि उसकी बलि न दी जाए। इसलिए खन्ना की बलि चढ़ाई जानी थी यदि व्यापारी वर्ग में हुए होहल्ले को शांत कराना था। कुछ दिनों के बाद जब मुख्यमंत्री उनकी दिल्ली की आवधिक यात्राओं में से एक पर प्रस्थान कर ही रहे थे तभी शेखर के द्वारा खन्ना को निलंबित किए जाने के लिए उनके आदेश प्राप्त कर लिए गए। अभी मैं अपनी पीठ इस बात के लिए थपथपा ही रहा था कि मैंने अपने-आपको एक असहज स्थिति से उबार लिया था; यदि यह उबर पाना सम्मानजनक नहीं था तो कम-से-कम घाव भी दिखाई नहीं दे रहे थे। तभी मुझे निलंबन आदेश प्राप्त हुआ। निलंबन का आदेश पूरी तरह से अन्यायपूर्ण था। खन्ना ने वित्त विभाग की स्पष्ट स्वीकृति के बिना कुछ नहीं किया था। वास्तव में उन्होंने अब तक कुछ किया भी नहीं था। सरकार के स्पष्टीकरण या निर्देशों की प्राप्ति के बाद, लेकिन वित्तमंत्री की

पूर्व स्वीकृति लेकर उन्होंने यह लिखकर सुझाव दिया था कि प्रकरण में महाधिवक्ता का मत प्राप्त किया जाए। शेखर ने इस पत्र को झपट लिया और इसे नियम की पुरानी व्याख्या को फिर से लागू करने के लिए सरकार के द्वारा दिए गए आदेशों की जानबूझकर अवहेलना के रूप में पेश किया। वे अपना दृष्टिकोण सेठी जी को समझाने में सफल हुए। मैंने पूरी नस्ती का अध्ययन किया और अपने आप को इस बिन्दु पर संतुष्ट किया कि मुख्यमंत्री जी के आदेश एक गलतफ़हमी पर आधारित थे। मैंने उन्हें एक विशेष वाहक से पत्र भेजकर प्रकरण के सभी तथ्यों से अवगत कराया और पुनर्विचार करने का अनुरोध किया। मैंने अगले दिन इस मामले में पुनः एक टेलेक्स संदेश भेजा जिसमें इस नियम की ओर ध्यान दिलाया कि एक आई.ए.एस. अधिकारी को तब तक निलंबित नहीं किया जा सकता जब तक कि उसके विरुद्ध आरोप निर्धारित न किए गए हों; और खन्ना के विरुद्ध अब तक कोई आरोप निर्धारित नहीं हुए थे। सेठी जी ने उत्तर भेजा कि उनके आदेशों का पालन नियमों की पूर्ति करने के बाद किया जाना अभिप्रेत है। इससे मुझे बच निकलने का एक साफ़ रास्ता मिल गया; मैंने वित्त विभाग को आरोपों का निर्धारण करने के निर्देश दिए, निःसंदेह यह जानते हुए कि ऐसा करने के लिए कोई आधार नहीं था। इस बीच सेठी जी दिल्ली से लौटे और मैंने बेमुरव्वत होकर व्यक्तिगत रूप से उन्हें प्रकरण समझाया। इस प्रकार की परिस्थितियों में केवल तथ्य रखना, चाहे ऐसा कितना भी जोर देकर किया जाए, पर्याप्त नहीं होता है; एक रास्ता सुझाना भी आवश्यक होता है। मेरा काम राष्ट्रीय प्रेस ने आसान कर दिया था जिन्होंने खन्ना के प्रकरण को एक ईमानदार शासकीय सेवक को अनैतिक राजनीतिज्ञों के द्वारा उत्पीड़न किए जाने के उदाहरण के रूप में उठाया था। अंततः खन्ना ने एक अर्ध शासकीय पत्र लिखकर यह स्पष्ट किया कि उन्होंने सरकार के आदेशों के विरुद्ध कुछ नहीं किया था; सरकार ने स्पष्टीकरण को स्वीकार किया, और प्रकरण समाप्त किया गया।

सेठी जी को केंद्र के द्वारा मध्यप्रदेश पर थोपा गया था। जब वे मुख्यमंत्री बने, निवर्तमान मुख्यमंत्री श्यामाचरण शुक्ल के पास कांग्रेस संसदीय दल में एक ताक़तवर बहुमत था। श्यामाचरण जी के विरुद्ध सेठी जी को मिश्र जी ने मदद की और अंततः त्रिभुज के तीन कोण मिश्र और सेठी विरुद्ध श्यामा उभरकर आए। गुटबाज़ी इस चरम सीमा तक, और कड़वाहट पर पहुँच गई कि सेठी जी ने अपने पूर्ववर्ती मंत्रिमंडल को 'अलीबाबा और चालीस चोर' (श्यामाचरण की सरकार में चालीस मंत्री थे) का नाम दिया। ऐसे लोग होते हैं जो हमेशा 'सरकार विरोधी' होते हैं चाहे जो भी सरकार हो और ऐसे अन्य होते हैं जो उतनी ही निष्पक्षता के साथ 'सरकार समर्थक' होते हैं। आरंभ में सेठी के जो भी समर्थक थे, वे परवर्ती श्रेणी के थे। जब उन्होंने मंत्रिमंडल का गठन किया तब उसमें 'मिश्र जी के आदमी' और 'मुख्यमंत्री के आदमी' (जो भी मुख्यमंत्री सत्ता में रहे) थे। 'सेठी के आदमियों' का अभाव

स्पष्ट दिखाई दे रहा था। लेकिन तीन वर्षों के बाद सभी 'मिश्र जी के आदमियों' तथा 'मुख्यमंत्री के आदमियों' का विलय 'सेठी के आदमियों' में हो गया। यह एक ऐसा राजनीतिक रूपांतरण था जिसने हर उसको जो इसे लक्ष्य करने की बुद्धिमत्ता रखता था, आश्चर्यचकित कर दिया। सेठी ने अपना प्रशिक्षुता-काल पताका फहराते हुए पूरा कर दिया था और वे राजनीति के कुरुक्षेत्र में एक अनुभवी रणनीतिकार के रूप में उभरे।

मैं पूरे आदर के साथ कहना चाहता हूँ कि एक किशोर को विकसित होकर पुरुष बनते हुए देखना एक मोहक अनुभव था। प्रारंभ में वे आत्मविश्वासविहीन थे, अपने आप के प्रति सशंकित और इस वजह से वे मिश्र जी पर बहुत निर्भर हो गए। क्रमशः राज्य दूरस्थ नियंत्रण के द्वारा शासित होने लगा; मिश्र जी का नियंत्रण। एक ऐसे व्यक्ति को, जिसने उनके अधीन इतने लंबे समय तक सेवा की थी, अधिकारियों की पदस्थापना में, प्रशासन के तौर-तरीक़े में और घटनाक्रमों पर प्रतिक्रियाओं में मिश्र जी का हाथ साफ़-साफ़ दिखाई देता था। लेकिन दूरस्थ नियंत्रण के द्वारा शासन करना कठिन है क्योंकि आपको अन्य व्यक्ति के द्वारा किए गए घटनाओं के आकलन पर निर्णय लेना पड़ता है, और आपको इस बात पर निर्भर रहना पड़ता है कि अन्य व्यक्ति की प्रतिक्रियाएँ ठीक आपकी अपनी प्रतिक्रियाओं के समान हों। वे कभी भी नहीं होती हैं। इसीलिए नेपोलियन, जिसे मार्शल नी का आश्रय लेना पड़ा था, वाटरलू का युद्ध हारा। उसमें नी की ग़लती नहीं थी, बात सिर्फ़ यह थी कि नी का आकलन उससे भिन्न था जो कि नेपोलियन का होता। यदि नी के द्वारा युद्ध के प्रारंभिक चरणों में क्वात्रे ब्रा में वेलिंगटन पर हल्ला बोल दिया जाता तो वाटरलू की कोई आवश्यकता नहीं होती। उसको लेकर नेपोलियन का धैर्य चुक गया होगा। मिश्र जी का धैर्य सेठी जी को लेकर दो कारणों से चुक गया था। इसलिए क्योंकि कुछ लड़ाइयों में हार प्राप्त हुई और इसलिए क्योंकि वे यह मानने के लिए तैयार नहीं थे कि उनकी स्वयं की युद्ध योजनाएँ दोषपूर्ण हो सकती थीं। इसका परिणाम यह हुआ कि वे क्रमशः हस्तक्षेप बढ़ाने लगे, अधिकाधिक प्रत्यक्ष हस्तक्षेप। अब सेठी जी के धैर्य चुकने की बारी थी। बिस्मार्क ने कैसर प्रथम की निष्ठापूर्वक सेवा की और एक नए और अत्यधिक शक्तिशाली जर्मनी की आधारशिला रखी। लेकिन कैसर भी यथासमय परिपक्व हुआ और बिस्मार्क ने हावी रहना जारी रखा और जैसा कि भविष्यवाणी की जा सकती थी इसका परिणाम यह हुआ कि वे अलग हो गए। इस घटना को पंच पत्रिका में प्रकाशित कार्टून 'पाइलट का टपकना' ने अजर अमर कर दिया है। सेठी बड़े हो गए थे केवल पाइलट को टपकाना बाकी था।

सेठी जी के मंत्रिमंडल के 'मिश्र जी के आदमियों' में से एक थे चंद्रप्रताप तिवारी जो कांग्रेस के सदस्य बनने के पहले मूलतः प्रजा सत्ता पार्टी में थे। वे ईमानदार और निष्ठावान पर किंचित् ज़िद्दी थे। वे विंध्यप्रदेश से थे जो बाद में

1956 में मध्यप्रदेश में विलीन हो गया था। 1956 की पूर्व अवधि में जब विंध्यप्रदेश एक पृथक इकाई था, उस पिछड़े और अविकसित क्षेत्र में बिड़ला समूह ने एक काग़ज़ कारख़ाना, ओरिएंट पेपर मिल की स्थापना की। विंध्यप्रदेश की तत्कालीन सरकार ने कंपनी को बाँस के दोहन के लिए छह रुपए प्रति टन की दर से बीस वर्ष की लीज़ दी थी और उसे अक्टूबर, 1956 में एक पूरक समझौते के द्वारा अगले दस वर्ष के लिए बढ़ा दिया था। यह बढ़ोतरी राज्यों के पुनर्गठन की ठीक पूर्व संध्या में विंध्यप्रदेश सरकार के अधिकार नए मध्यप्रदेश सरकार को हस्तांतरित होने के ठीक पहले की गई। 1966 में दर युक्तियुक्त थी लेकिन उसके आवर्ती संशोधन के लिए कोई प्रावधान नहीं किया गया था जैसा कि प्राय: लंबी अवधि की लीज़ में किया जाता है। इसका परिणाम यह हुआ कि 1966 तक बिड़ला कंपनी पूर्व विंध्यप्रदेश के बाँस के लिए अभी भी छह रुपए प्रति टन की दर से भुगतान कर रही थी और बिड़ला-विरोधी राजनीतिज्ञ इस पर चीख़-पुकार कर रहे थे। डी.पी. मिश्र ने मेरी अध्यक्षता में एक समिति गठित की जिसे पूरे प्रकरण का परीक्षण कर यह सुझाव देना था कि (क) पूर्व विंध्यप्रदेश अंचल में पुरानी लीज़ के द्वारा आच्छादित बाँस के दोहन के लिए और (ख) शेष प्रदेश के बाँस के लिए ओरिएंट पेपर मिल से क्या दर वसूल की जाए। हमने यह प्रतिवेदन दिया कि विंध्यप्रदेश लीज़ की कालावधि समाप्त होने के पहले उसमें कोई संशोधन करना क़ानूनी रूप से संभव नहीं था। शेष राज्य के लिए बाँस की विद्यमान क़ीमतों और भावी रुझानों के हमारे पूर्वानुमानों के आधार पर हमने 1965 से 30 जून, 1968 तक की अवधि के लिए तीस रुपए प्रति टन और 1 जुलाई, 1968 से पैंतीस रुपए प्रति टन की दर की अनुशंसा की। न तो हमने और न किसी और ने यह सपने में सोचा था कि क़ीमतें बढ़कर आज के स्तरों को छू लेंगी, लेकिन हमने भविष्य के सभी अनुबंधों या लीज़ों में दरों के नियतकालिक संशोधन के प्रावधान रखने की अनुशंसा अवश्य की। हमारे प्रतिवेदन पर आदेश जारी हो पाते इसके पहले ही मिश्र जी की सरकार गिर गई। उसकी उत्तराधिकारी सं.वि.द. ने मामले में सावधानी बरतते हुए उसे ठंडे बस्ते में डाल दिया क्योंकि वह विघटन का एक संभावित स्रोत था; समाजवादी तथा जनसंघ—राजमाता धुरी का दृष्टिकोण पूरी तरह से एक-दूसरे से विपरीत था। श्यामाचरण के नेतृत्व में क्या हुआ मैं नहीं जानता लेकिन चंद्रप्रताप तिवारी ने उसे सफलतापूर्वक पुनर्जीवित किया जब सेठी जी सत्ता में आए। प्रकरण की प्रक्रिया पूर्ण कर मंत्रिपरिषद के समक्ष लाया गया और विंध्यप्रदेश लीज़ के बाहर के क्षेत्रों के लिए एक टन के लिए 1 जुलाई, 1965 से 30 जून, 1968 तक तीस रुपए, 1 जुलाई, 1968 से 30 जून, 1972 तक चालीस रुपए और 1 जुलाई, 1972 के बाद से पचास रुपए की दरें प्रभारित करने का निर्णय लिया गया। कुछ दिन बाद तिवारी जी की प्रधानमंत्री से मुलाक़ात हुई जिसके दौरान ऐसा प्रतीत होता है कि उन्होंने प्रधानमंत्री जी को इस विषय पर एक टीप भेजने की

पेशकश की। बाद में उसे प्रेषित कर उसकी एक प्रति सेठी जी को दी गई। इस टीप में बिड़ला को लाभ पहुँचाने के लिए सेठी जी को लगभग कटघरे में खड़ा कर दिया गया था; सीधे-सीधे तो नहीं, लेकिन निहितार्थ स्पष्ट था। सेठी जी आगबबूला हो गए। उन्होंने पूरे प्रकरण में तिवारी जी के पीछे मिश्र जी की छाया देखी और वे तिवारी जी का त्यागपत्र माँगने पर तुल गए। दूसरे मंत्रियों के द्वारा बीच-बचाव किया गया और मामला उस समय के लिए सुलझ गया। लेकिन जल्दी ही तिवारी जी से वन विभाग ले लिया गया। कुछ माह के बाद मंत्रिपरिषद का (लघु) पुनर्गठन किया गया और अंतत: तिवारी जी बाहर हो गए। सेठी जी अब बालिग हो गए थे; और तिवारी जी को टपकाकर उन्होंने पाइलट को भी टपका दिया। मिश्र जी ने भी परदे के पीछे के आदमी की भूमिका ओढ़ना बंद कर दिया।

तिवारी जी का टपकाया जाना कहानी का अंत नहीं था। सर्वप्रथम मंत्रिमंडल से त्यागपत्र की एक क्रिया-प्रतिक्रिया बनने की आशाओं पर तुषारापात हुआ। खतरे के कँटीले पौधे को कसकर पकड़ लिए जाने के कारण, कोई काँटा नहीं चुभा। जो मंत्री आत्मविश्वास के साथ भविष्यवाणी कर रहे थे कि सेठी जी ने इतना बड़ा निवाला ले लिया है जिसे वे निगल नहीं सकते हैं, वे ही उन्हें अपनी अटूट स्वामिभक्ति का विश्वास दिलाने में अग्रणी थे और लगभग रातोंरात मंत्रिमंडल का प्रत्येक सदस्य 'सेठी का आदमी' हो गया था। यदि भविष्य के किसी अवतार में राजनीतिज्ञों का पुनर्जन्म औरतों के रूप में हो और यदि वे अपने किस्म के बने रहें, तो वैवाहिक शपथों को नए सिरे से गढ़ना होगा।

औसतन, सेठी जी हर माह का अधिकतर हिस्सा दिल्ली में गुजारते थे, और इस प्रथा की काफ़ी आलोचना होती थी। लेकिन अब पीछे मुड़कर देखने पर मुझे लगता है कि वे सही थे। असंतुष्ट राजनीतिज्ञों का पसंदीदा शग़ल होता है दिल्ली में मुख्यमंत्री को एक काला आदमी निरूपित करना, ख़ासतौर पर तब जब वह प्रधानमंत्री द्वारा नामांकित हो। सर्वाधिक संभावना तो यही रहती है कि वे प्रधानमंत्री तक कभी नहीं पहुँच पाते, लेकिन उन लोगों तक अवश्य पहुँच जाते हैं जो कि प्रधानमंत्री के क़रीबी होते हैं और अनवरत दुष्प्रचार अंतत: रंग लाता है। सेठी जी की नियतकालीन यात्राओं ने उनकी प्रतिमा पर लगाए गए कीचड़ के धब्बों को पोंछने के लिए बहुत कुछ किया जो इस हद तक महत्त्वपूर्ण था कि उससे एक उपयोगी, यहाँ तक कि एक शासकीय प्रयोजन, सिद्ध हुआ। यदि उनकी प्रथा निंदनीय थी, तो त्रुटि उस प्रणाली में है जिसमें अफ़वाहें और सुनी-सुनाई बातें एक व्यक्ति को हानि पहुँचाने में समर्थ हैं।

मेरे साथ वे हमेशा ही अत्यंत कृपालु थे और हमारे व्यक्तिगत संबंध सौहार्दपूर्ण थे। मैंने उन्हें मेरी ईमानदार राय उपलब्ध कराई और उनके आदेश उस राय के विपरीत होने पर भी उनका पालन अपनी सर्वोच्च क्षमता के अनुरूप किया। जब मेरे सेवानिवृत्ति का समय समीप आया तो उन्होंने मुझे एक सेवावृद्धि स्वीकार करने के

लिए अनुरोध किया। मैंने उन्हें समझाया कि इस विषय पर मेरे विचार सख़्त हैं और उनकी पेशकश को अस्वीकार कर दिया। टाइम्स आफ इंडिया ने मेरे प्रस्थान को प्रशंसनीय संक्षिप्तता के साथ वर्णन किया है (20 मई, 1974) :

सेवानिवृत्त सिविल सेवकों को विदाई देने के लिए कुछ ही कार्यक्रम इतने जीवंत होते हैं जितना कि कुछ दिन पूर्व भोपाल में मध्यप्रदेश के निवर्तमान मुख्य सचिव श्री आर.सी.वी.पी. नरोन्हा के सम्मान में भोपाल में आयोजित हुआ।

उन्होंने इस अवसर का उपयोग करते हुए प्रशासनिक और पुलिस अधिकारियों को एक ठोस सलाह दी और अपने बीच के मतभेदों को समाप्त कर भविष्य की चुनौतियों से निपटने के लिए कंधे से कंधा मिलाकर खड़े होने के लिए कहा।

एक दुनियादार आदमी होने के नाते उन्होंने तुरंत अपनी उँगली सही जगह पर रखी। 'सज्जनो,' उन्होंने कहा, 'प्रशासकीय और पुलिस अधिकारियों के बीच गड़बड़ी सामान्यतः ज़िला दंडाधिकारी और ज़िला पुलिस अधीक्षक की पत्नियों के बीच स्वभावगत अंतर से प्रारंभ होती है। फिर वह पदों की सीढ़ी के ऊपर की ओर और नीचे की ओर बढ़ती है। इसलिए सज्जनो, यदि आप वास्तव में देश की सेवा कहना चाहते हैं, तो कृपया अपनी पत्नियों पर नियंत्रण रखें।

नरोन्हा साहब, कहना आसान है, और करना कठिन, ऐसा पलटकर जवाब देने की इच्छा किसी की हो सकती है। लेकिन मध्यप्रदेश के पूर्व मुख्य सचिव असामान्य चीजें कर सकने के लिए जाने जाते हैं। उदाहरण के लिए आई.सी.एस. में उनके बराबरी के बहुत से अधिकारी सेवानिवृत्ति के बाद सेवावृद्धि प्राप्त करने के लिए जहाँ किसी भी हद तक जा सकते हैं, उसके ठीक विपरीत कहा जाता है कि उन्होंने राज्य सरकार के द्वारा सेवावृद्धि या पुनर्नियुक्ति के लिए बार-बार की गई पेशकशों को दृढ़ता से अस्वीकार किया है।

बताया जाता है कि उन्होंने यह कहा कि 'अब मेरा जाने का समय आ गया है और मैं सेवा में एक दिन भी अधिक नहीं ठहरूँगा' और वे अपनी मोटर साइकिल पर उछलकर बैठे और तेज़ी से निकल गए।

एक बुजुर्ग के रूप में मैं कैसे महसूस करता हूँ...

कवि ब्राउनिंग ने कहा है, 'मेरे साथ बूढ़े होते जाओ, सबसे अच्छा अभी बाकी है।' कवि ब्राउनिंग मूर्ख था। वृद्धावस्था में कोई शिखर नहीं है। अधिक से अधिक वह एक दूसरे नंबर की वस्तु है, जिसकी तुलना तारुण्य और उसकी शानदार बेवकूफ़ियों से नहीं की जा सकती। मैं जानता हूँ क्योंकि मुझे वृद्धावस्था के साथ तालमेल बनाने में कई वर्ष लगे।

सामान्य अनुभव से बात करें, तो एक मनुष्य की ढलान उसके मस्तिष्क से शुरू होती है और यह लगभग पैंतालीस वर्ष की उम्र के आसपास शुरू होती है। सिकंदर ने दुनिया जीती तब वह पच्चीस वर्ष का था। आइंस्टीन ने जब सापेक्षता के सिद्धांत की खोज की तब उसकी आयु चालीस वर्ष से बहुत नीचे थी। सर सी.वी.रमन अभी पैंतीस वर्ष के भी नहीं थे जब उन्होंने रमन प्रभाव सिद्धांत प्रतिपादित किया जिसके लिए उन्हें नोबल पुरस्कार मिला। शिवाजी के कर्नाटक अभियान को इतिहासकार उनका सर्वोत्कृष्ट काल मानते हैं, और तब वे तीस वर्ष से कम आयु के थे। संक्षेप में, किसी ने भी पैंतालीस वर्ष की आयु के बाद कुछ भी सार्थक नहीं किया है। आप में से जो पैंतालीस वर्ष से अधिक उम्र के हैं उनको मैं गणना में नहीं ले रहा हूँ।

मॉल्कलम मुगेरिज़ ने अपनी आत्मकथा में वृद्धावस्था के एक अन्य संकट को उभारा है, ''बहुत थोड़े से कर्मठ व्यक्ति सही समय पर एक शालीन प्रस्थान कर सके हैं। सत्ता का नशा, किसी भी दूसरे नशे के समान, आख़िर में लाइलाज बन जाता है। उसके शिकार नशीली दवा के लिए तड़पते रहते हैं, उस समय भी जब वह प्राप्त नहीं की जा सकती, और इससे भी बुरा उस समय भी जब वे उसके द्वारा उत्पन्न उद्दीपन पर प्रतिक्रिया कर पा सकने के लिए जीर्ण हो चुके होते हैं।'' इसी दिशा में विचार करते हुए मैं एक हल पर पहुँचा हूँ। नरोन्हा का दूसरा नियम कहता है कि ''जैसे ही तुम अपने सर्वोत्तम से पचास प्रतिशत नीचे गिर जाओ; जल्द से जल्द बाहर आ जाओ। यदि तुम ऐसा ईमानदारी से करोगे तो ऐसा किसी अन्य के द्वारा गिरावट को लक्ष्य किए जाने के पहले होगा।'' मैं तुम्हें यह वृद्धावस्था के लिए दर्दनाशक के रूप में पेश कर रहा हूँ। हर चीज़ से बाहर आ जाओ; न केवल तुम्हारी नौकरी से, आसक्ति से, महत्त्वाकांक्षाओं से, उन बंधनों से जो तुम्हें लोगों से और वस्तुओं से

बाँधकर रखती है। विश्व की जनसंख्या को घटाकर एक पर ले आओ—केवल तुम। हिंदू दर्शनशास्त्र हजारों सालों से यह उपदेश देता आ रहा है; वानप्रस्थ और कुछ नहीं है केवल यही है जिसकी मैं वकालत कर रहा हूँ। लेकिन हर कोई हिंदू दर्शनशास्त्र की चर्चा करता है, कोई उसका अनुपालन नहीं करता, जानवरों को छोड़कर। एकाकी हाथी, एकाकी जंगली गौर या भैंसा, एकाकी सांभर। आख़िरकार वृद्धावस्था में आप मूर्खों को अब और ख़ुशी-ख़ुशी सहन नहीं कर सकते और मूर्ख आपको बिल्कुल भी सहन नहीं करेंगे।

मैंने अभी जो कहा वह महिलाओं पर लागू नहीं होता। एकाकी बूढ़ा जानवर हमेशा एक नर होता है। एक पर्वत शिखर के ऊपर बैठा एकाकी साधु अक्सर हमेशा एक पुरुष ही होता है। औरतें दूसरों के साथ संलिप्तता की इच्छा से कभी मुक्त नहीं होतीं; पतियों के साथ, बच्चों के साथ; नाती-पोतों के साथ और कुल मिलाकर संपूर्ण मानवता के साथ। कोई भी औरत एक टापू बनी नहीं रहती, उसे मुख्य भूमि से जुड़े रहना ही है। चूँकि मैं यह व्यक्तिगत अनुभव से कह रहा हूँ, किताबों से नहीं, इसलिए आपको उस लिंग के विषय में मेरा मत प्राप्त करने के लिए तब तक इंतज़ार करना होगा जब तक कि मैं एक औरत के रूप में पुनर्जन्म न लूँ। मैं निश्चित नहीं हूँ कि आपको तब भी कोई अन्य राय मिलेगी। औरतें कभी भी बूढ़ी नहीं होतीं।

जब मैं बाहर निकलने की वकालत कर रहा हूँ, तो मेरा आशय हताश होकर वनस्पतियों की तरह निष्क्रिय जीवन बिताने या शाखा पर सूख जाने से नहीं है। एक ठीक-ठाक सुखी वृद्धावस्था की आपकी आशाओं के लिए इससे अधिक घातक कुछ नहीं हो सकता। दार्शनिक ने कहा था, ''मैं विचार करता हूँ इसलिए मेरा अस्तित्व है।'' विचार करना मत बंद करो क्योंकि ऐसा करना अस्तित्व समाप्त करना है। जीवन में अपनी पूरी रुचि बनाए रखो लेकिन उसमें उलझो मत। जीवन मछली पकड़ने जैसा है। यदि आप एक बहुत हल्का धागा और एक बहुत हल्की छड़ी उपयोग करते हैं, तो छोटी से छोटी मछली भी बड़ी लगेगी। जब आप वृद्ध हो तब आपको बड़ी मछली के बारे में भूल जाना चाहिए; अंदर की ओर बढ़ रहे अँगूठे के नाखून पर एक हलचल मचाने वाला प्रबंध लिखने की अपनी महत्त्वाकांक्षा को भूल जाना चाहिए; लेकिन निश्चित रूप से यह विचार करते रहना चाहिए कि क्यों एक बड़ा चम्मच दलिया का वमनकारी पेट को शांत कर देता है (जो कि सत्य है); या क्यों करोंदे की जड़ों का काढ़ा पोलियो ठीक कर देता है (जो कि असत्य है)। वृद्ध की जिज्ञासुवृत्ति एक वरदान है, उनके स्वयं के लिए; उनकी जिज्ञासा के शिकार के लिए निस्सन्देह नहीं; क्योंकि वह उनके जीवन में रुचि को बनाए रखती है। मेरे गाँव की एक भी बात मेरे ध्यान से चूकती नहीं है। पहली कोयल का आगमन; गेहूँ में घुन लगने का पहला संकेत; यह बात कि मंगी उसका मटका भरने में अधिक ही समय लगाती है जब सुब्बा तैरता रहता है (सुब्बा उसका पति नहीं है)। लेकिन मैं

दोहराता हूँ, घुन लगने पर रोये मत भले ही वह आपके गेहूँ में लगा हो; मंगी और सुब्बा पर नैतिकता मत झाड़ो। वृद्धावस्था में, जीवन एक नदी है जिसे निहारना है; उसमें तैरना नहीं है। मैं कभी समझ नहीं पाया हूँ कि वृद्ध आदमी अपने बालों को क्यों रँगते हैं। सफ़ेद बाल वृद्धावस्था के लिए बना बनाया लाभ है। कम-से-कम हमारे देश में वे सयानेपन की निशानी हैं। उनसे युक्त होकर आप सबसे अविश्वसनीय रूप से मूर्ख करतूत कर सकते हैं और उसे एक समझदारी के रूप में स्वीकार करा सकते हैं। यदि आप मुझ पर विश्वास नहीं करते हैं तो विधानसभा या लोकसभा के एक सत्र में जाकर देखें। मैं स्वयं और वे वृद्ध जन जो गाँव में मेरे मित्र हैं इस संपत्ति, हमारे सफ़ेद बालों से लाभ उठाते हैं। अक्सर मैं ख़ुद को एक इतनी नासमझी भरा कथन करते हुए पकड़ लेता हूँ कि उससे मुझे एक राजनीतिज्ञ बन जाने के लिए अर्हता लगभग हासिल हो जाती है और मैं जल्दी से चारों ओर देखता हूँ यह ज्ञात करने के लिए कि क्या मेरी ख़ुद की मूर्खता के बारे में कोई मेरे मत को साझा करता है। लेकिन कोई भी नहीं करता। वे सफ़ेद बालों से सम्मोहित हो जाते हैं। यदि काला सुंदर है तो सफ़ेद बुद्धिमान है। इसके लिए भी, मेरे पास एक स्पष्टीकरण है : वृद्ध अप्रत्याशित होते हैं। वे गुनगुनाते स्वर में एक सैकड़ा घिसी-पिटी बातें करते हैं और फिर अचानक एक बुद्धिमत्तापूर्ण विचार उत्पन्न करते हैं। यह विचार पूर्ववृत्त की तुलना में निश्चित ही मेधावी प्रतीत होता है। यह वह विचार है जिसकी प्रतीक्षा में मेरा गाँव मेरी आवाज़ को पकड़े रहता है पर अक्सर उन्हें एक लंबे समय तक प्रतीक्षा करनी पड़ती है।

मैंने अभी-अभी जो कहा वह यह कहने के समान है कि 'अपनी उम्र के बन जाओ!' दुर्भाग्यवश यह उक्ति कि 'एक व्यक्ति उतना बूढ़ा होता है जितना वह अपने आप को महसूस करता है' वृद्धों की कल्पना में छा गई है। वह वृद्धों की मौतों में से आधी के लिए जिम्मेवार है। वे युवा महसूस करते हैं इसलिए अतिभोजन करते हैं और उनका पेट बुढ़ापा महूसस कर सके उसके पहले ही उनका हृदय महसूस करने लगता है, और वे मर जाते हैं। एक वृद्ध आदमी उतना वृद्ध है जितना उसका जन्म प्रमाण पत्र कहता है कि वह है, यदि यह माना जाए कि जन्म प्रमाण पत्र फर्जी नहीं बनाया गया है। यह एक बात है जो कहने की इच्छा सभी चिकित्सकों को कई बार होती है लेकिन हर बार बेड साइड मैनर्स सिन्ड्रोम उन्हें ऐसा करने से रोकता है। मैं उनकी ओर से यह बात कह रहा हूँ। यदि वे चाहते हैं कि मरीज उनके पास आते रहें, तो उन्हें मेरा विरोध जोर-शोर से करना चाहिए। मैं बुरा नहीं मानूँगा। मेरा एक मात्र मरीज मैं स्वयं हूँ। वृद्ध लोगों का शरीर वृद्ध होता है और वे पुरानी कारों के समान रहते हैं। वे धात्विक थकान के मानवी समतुल्य से ग्रस्त होते हैं। मैं एक वैस्पा (स्कूटर) में पीछे की सीट पर बैठा यात्री था और एक गाँव की पगडंडी से जा रहा था और मेरा पाँव एक 'फैशनेबल' कोण बनाकर बाहर की ओर निकला हुआ था,

ठीक मेरे पोते के जैसा। तभी ज़मीन से क़रीब दस इंच ऊपर निकली हुई एक जड़ ने मेरे पाँव को जकड़ लिया और उसे घुमा दिया। मेरा टखना टूट गया, जड़ नहीं टूटी। तीस वर्ष पहले होता वह जड़ होती जो टूटती। देखें, यह है मेरा आशय धात्विक थकान से।

यदि आप धात्विक थकान की धारणा का ध्यान रखो तो आप एक पुरानी कार से काफ़ी दूरी तय कर सकते हैं। यदि आप वही सिद्धांत मानव शरीर पर लगाएँ तो आप एक बूढ़े आदमी से काफ़ी दूरी तय करा सकते हैं। इसका गुर छिपा है कम करने में और उसे धीमे करने में। जब मैं चालीस वर्ष का था तो मैं एक दिन में औसतन बीस मील पैदल चल सकता था, तीन मील प्रति घंटे की रफ्तार बनाए रखते हुए। अब जबकि मैं एक बूढ़ा आदमी हूँ, मैं विशेष कठिनाई के बग़ैर दस मील चल सकता हूँ, यदि मैं दो मील प्रति घंटे से अधिक तेज़ न चलूँ। मैं बीस मील पैदल कतई नहीं चल सकता। और मैं दस मील नहीं चल सकता यदि मैं अपना वेग दो मील प्रति घंटे से अधिक धकेलूँ। यह मंत्र याद रखें—कम और धीरे-धीरे।

यह न केवल पैदल चलने पर बल्कि सभी बातों पर लागू होता है। कम चलो और धीमे चलो। लेकिन भगवान के लिए 'कम' को 'शून्य' न कर दें और न ही 'धीमे' को 'थम' कर दें। जो मैंने बुद्धि के लिए कहा है वही समान रूप से शरीर पर भी लागू होता है। यदि आप इनमें से किसी का भी इस्तेमाल करना बंद कर दें, वे मृत हो जाते हैं। यदि आप उनका अत्यधिक उपयोग करें तो भी वे मृत हो जाते हैं।

वृद्धावस्था से गुज़रना और वृद्धावस्था का आनंद लेना ये दो भिन्न बातें हैं। यदि आप अस्तित्व में होने से ही संतुष्ट हैं, तो अपनी बुद्धि तथा शरीर पर नियंत्रण करना पर्याप्त है। यदि आप जीवन का आनंद लेना चाहते हैं तो आपसे कुछ अधिक अपेक्षाएँ होती हैं। उसके लिए आवश्यकता होती है सभी बातों के लिए एक बौद्धिक जिज्ञासा की; उसके लिए आवश्यकता होती है एक साहसी भाव की जो हर बात करके देखने के लिए तैयार हो; उसके लिए आवश्यकता होती है एक विनम्रता की जिससे कि आप हर एक से कुछ न कुछ सीख सकते हैं। आज मैं कहीं अधिक बातें जानता हूँ बनिस्बत उस समय के जब मैं आठ वर्ष पूर्व सेवानिवृत्त हुआ था। मैं जानता हूँ कि तोते स्वाद में एक पुरानी मोटर ट्यूब की तरह लगते हैं चाहे आप उन्हें कैसे भी पकाएँ। मैं जानता हूँ कि हीरा, जो कि एक नृशंस हत्यारा था और जिसने एक औरत के चाँदी के कड़े निकालने के लिए उसके पैर काट दिए, जमानत पर बाहर रहने के दौरान एक छोटे बच्चे को डूबने से बचाते हुए मरा। मैं जानता हूँ कि उन छह गाँवों में जहाँ वे मुझे बाबा कहते हैं, हरेक के पास मुझे सिखाने के लिए कुछ है, और मैं सीखने के लिए तैयार हूँ। टेनिसन ने कहा था, 'सभी अनुभव एक मेहराब हैं जिसमें से चौड़ा क्षितिज धुँधला हो जाता है।' इसे याद रखें, एक मेहराब, एक बंद छोर नहीं। ऐसी वस्तु जिसमें से आप गुजरते हैं, न कि ऐसी वस्तु जहाँ आप थम जाते हैं।

जीवन अल्प विरामों और अर्ध विरामों का क्रम है जिसका पूर्ण विराम मृत्यु है। मैं आशा करता हूँ कि मैं पूर्ण विराम का स्वागत उस समाधि-लेख से कर सकूँगा जो मैंने अपने लिए लिखी है :

जब मैं मर जाऊँ
न बहाओ
कोई आँसू मेरे लिए।
वह ज़िंदगी जिससे मैंने प्यार किया
जीता हूँ मैं रंगारंग, और चरम प्यार से।[1]

तो यह है—इस पुस्तक का अंत। उसमें एक ऐसे समय का वर्णन है जो हमेशा कठिन था, कभी-कभी अंधकारमय, लेकिन कभी भी नीरस नहीं; एक ऐसा समय जिसके बारे में होरेस सचमुच में सोच रहा होगा जब उसने लिखा :

भाग्य कइयों से कई वादे करता है और कोई भी पूरा नहीं करता।[2]

❑❑❑

---

1. मूल पाठ :
'When I am dead,
Shed
No tears for me.
The life I loved
I live richily And to the last love.'
2. Spondet Fortuna mula multis pracstat nemini –by Hovace, (Epistlest-iv-16)